FLEUR VÉNÉNEUSE

DU MÊME AUTEUR
CHEZ LE MÊME ÉDITEUR

Une troublante identité, 2014.
Le Département de musique, 2013.
L'Amour en double, 2012.
Œil de serpent, 2011.
Le Sourire de l'ange, 2010.
Double Diabolique, 2008.

JOYCE CAROL OATES

alias ROSAMOND SMITH

FLEUR VÉNÉNEUSE

traduit de l'américain
par Florianne Vidal

ARCHIPOCHE

Ce livre a été publié sous le titre
Double Delight par Dutton, unc division de Penguin Books USA Inc., New York avec l'autorisation de John Hawkins & Associates, Inc.

Une première édition de ce livre a été publiée sous le titre *Double délice* par les éditions Belfond en 2000.

Notre catalogue est consultable à l'adresse suivante : www.archipoche.com

Éditions Archipoche,
34, rue des Bourdonnais
75001 Paris.

ISBN 978-2-35287-732-5

Pour Rosemary Ahern

C'est un Dieu bien jaloux que Dieu
Qui ne supporte pas de voir
Qu'au lieu de jouer avec Lui nous préférons
Jouer les uns avec les autres.

Emily Dickinson

Tout est possible, car tout est ordonné.

Le Livre du millénaire

À présent, il était trop tard pour faire demi-tour. Il le savait et en éprouvait un certain réconfort, un soulagement. Il était trop loin pour songer à revenir. Les vagues épaisses le giflaient, le cognaient, le malmenaient. Comme les poings d'un homme en colère. *Une question de vie ou de mort*. Il nage, et son corps traverse la clarté lunaire éparpillée sur l'eau comme des morceaux de vaisselle brisée. Il avale de l'eau, suffoque, ne peut faire autrement que respirer par la bouche, son souffle est haché tel un tissu qu'on déchire, ses jambes pèsent lourd et des crampes tordent ses épaules comme si ce corps n'était pas le sien, comme s'il était emprisonné dans la peau d'un inconnu. Seuls ses sens demeurent intacts, en alerte. Devant lui, les silhouettes agiles fendent l'eau traîtresse et atteignent en un clin d'œil l'ombre du pont. Leurs pieds blancs lancent des éclairs, leurs jambes s'envolent devant ses yeux – *Au secours ! Ne me laissez pas ! Attendez !*

L'assignation

C'est bizarre, cette chose m'est parvenue comme une simple lettre, et non par coursier ou en recommandé. Elle était mélangée au courrier de tous les jours. Quelques plis urgents, les habituelles factures, des imprimés, des prospectus publicitaires, et cette banale enveloppe kraft d'aspect officiel, percée d'une fenêtre ovale et translucide où on lisait :

GREENE TERENCE C.
7 Juniper Way
Queenston NJ 08540

Ces mots qui le désignaient semblaient l'accuser.

L'adresse de l'expéditeur était indiquée : *Bureau du shérif, comté de Mercer, Trenton, NJ 08650.*

C'était un samedi, à la fin du mois de mars. Le ciel était couvert ; il flottait dans l'air un relent d'humidité et de feuilles pourries, mêlé de légers effluves printaniers. Ce jour était un jour comme les autres, à ce détail près (mais cela ne pouvait être qu'une coïncidence) que, le lendemain, Terence Greene aurait quarante-quatre ans.

Cet événement lui était sorti de l'esprit et, sans cette assignation, Terence ne s'en serait pas souvenu.

« Papa, il y a quelque chose pour toi ! Ça sent le roussi. »

Ce fut Cindy, onze ans, la fille cadette des Greene, qui lui apporta la convocation. Le sachant dans la cave, elle l'appela d'une voix contrariée. Mais où donc était papa ? Pourquoi ne se montrait-il pas ? Agacée, elle lança de nouveau : « Pa-pa. Courrier. »

En bas, dans la semi-pénombre – l'une des ampoules au-dessus de lui avait grillé –, Terence, penché sur les marches de l'escalier, était occupé à consolider un giron en caoutchouc. En descendant l'escalier, Phyllis, son épouse, avait failli trébucher et se briser le cou. Elle lui avait demandé de le réparer, ce qu'il faisait à présent. Enfin, pas encore. Il était sur le point de s'y mettre quand un problème était survenu : au moment où il tentait d'allumer la lumière, un éclair aveuglant avait jailli et le noir s'était fait. Il s'était donc mis en quête d'une torche dans la buanderie ; cela lui avait pris quelques minutes – l'objet n'était pas rangé à sa place –, et en la dénichant il avait constaté que les piles étaient mortes ; il était parti à la recherche de nouvelles piles, certain d'en avoir acheté plusieurs chez le quincaillier, était monté dans la cuisine en sifflotant entre ses dents, avait fouillé dans le placard, était passé dans le garage, avait regardé sur son établi encombré d'outils, et repéré une pile. Une pensée était venue le distraire : il y avait tellement de choses à faire dans ce garage. *Ma maison, mon foyer. J'en suis responsable. C'est mon univers.*

Mari, père de famille, propriétaire. Il était tout cela à la fois. Avec quel plaisir il accomplissait ces petits travaux du samedi matin !

Il avait une femme, Phyllis. Un fils de dix-neuf ans, Aaron, qui étudiait à Dartmouth. Une fille de quinze ans, Kim. Et Cindy, onze ans, le bébé de la famille, la préférée de son papa. *Parce qu'elle est encore si proche de la petite enfance, de l'innocence.*

Ce matin-là, Cindy et Terence étaient seuls à la maison, dans la grande bâtisse de style colonial où vivaient les Greene, au 7 Juniper Way. Perdu dans ses pensées, Terence fronçait les sourcils et souriait en lui-même, tout en sifflotant ; il avait regagné la cave et, du faisceau de sa torche, balayait les recoins de la pièce quand il découvrit avec consternation la vieille moquette qu'il s'était promis de remonter et de traîner jusqu'au trottoir pour que les éboueurs du samedi matin l'en débarrassent. « Malheur ! » – c'était la troisième fois qu'il oubliait. Dans la semaine, sa femme lui avait dit : « Terry, tu penseras au tapis, n'est-ce pas ? » et Terence avait répliqué en s'esclaffant : « Bien sûr. »

Mais voilà, c'était encore raté. Cette moquette beige n'était plus qu'un souvenir poussiéreux. Ils l'avaient posée dans le salon dix ans auparavant, ou peut-être plus – Cindy était bébé, Kim allait à l'école maternelle, Aaron, garçon fluet au doux visage, adorait son père. Et puis, quelques mois auparavant, Phyllis avait fait installer une nouvelle moquette dans le salon. Ils n'avaient donc plus besoin de l'ancienne, bien évidemment.

Grimaçant sous l'effort, Terence repoussa le rouleau de moquette dans l'ombre, sous l'escalier de la cave. Les éboueurs ne repasseraient que la semaine suivante ; par conséquent, il ne servait à rien de le laisser à la vue de tous, au risque de mécontenter Phyllis.

Comme le garage, la cave avait besoin d'un bon nettoyage et d'un sérieux rangement. Le regard de

Terence s'immobilisa sur une étagère encombrée d'outils de jardinage rouillés. Personne ne les utilisait plus depuis belle lurette ; ils dataient de l'époque où Phyllis avait le temps de s'occuper de ses rosiers. Sur une autre étagère s'entassaient des exemplaires jaunis de *The Way, The Truth and The Light*, un magazine religieux de tendance conservatrice que le père de Phyllis, décédé depuis peu, pasteur presbytérien à New Bedford, dans le Massachusetts, leur avait transmis régulièrement des années durant. Il y avait aussi le vieil équipement de sport d'Aaron, qu'il leur avait réclamé à cor et à cri et dont il ne s'était presque jamais servi : une raquette de tennis de marque allemande ridiculement chère qui, selon les propres mots d'Aaron, n'était qu' « une merde », des haltères de dix kilos et d'autres appareils de musculation que l'adolescent peu persévérant avait fini par délaisser. En voyant ces objets, et tant d'autres, Terence sentit sa gorge se serrer. Là s'étendait le royaume des ombres, le cimetière de leur foyer. Il rangerait une autre fois.

Quelle honte. C'est le fils de Hettie, pas vrai ? Mais qu'est-ce qu'il en sait ?

Regarde un peu où il vit ! C'est quelqu'un d'important.

Soudain, Tuffi apparut à ses pieds ; le chien réclamait des caresses, il avait faim. Terence, exaspéré, s'écria : « Enfin, Tuffi, on vient de te donner ta pâtée ! » Le terrier tremblait de désarroi ; depuis le départ d'Aaron, la maison était devenue trop grande et trop triste ; Terence lut, dans les yeux dorés de Tuffi, la perplexité muette propre aux animaux, mais il n'avait pas le temps de s'occuper de lui pour l'instant. Quand Tuffi était un chiot, tout le monde l'aimait ; aujourd'hui, ce n'était plus qu'un vieux chien trapu aux moustaches grisonnantes, qui dégageait, par moments, une odeur de pourriture. Terence soupira, frotta la tête osseuse de Tuffi, et laissa le chien lui lécher avidement les doigts de sa langue humide et soyeuse. « Oui, oui, tu es un bon chien, un bon Tuffi, mais bien sûr qu'on t'aime, tu peux me croire ! », murmura Terence en remplissant la gamelle vide de l'animal. Ce n'était pas une bonne idée. Combien de fois n'avait-il pas sermonné ses enfants pour qu'ils ne le rendent pas obèse ?

Terence partit en quête du marteau – où avait-il bien pu le mettre ? – et remarqua ce faisant que la matinée était déjà très avancée. Une légère panique le saisit. Ce temps lui était précieux ; il aimait tellement ces heures de tranquillité, d'intimité, où il pouvait s'affairer à de modestes tâches domestiques ! Le samedi, il n'était pas obligé, comme il le faisait cinq jours par semaine, de se rendre au 81 Park Avenue, à Manhattan, siège social de la Fondation Nelson P. Feinemann, où il occupait le poste de directeur ; le samedi, il pouvait à loisir entretenir son foyer, et cela lui procurait un plaisir étrange, opiniâtre. Que d'anonymat dans ces menus travaux de bricolage ! Dans certaines sphères, le nom de *Terence C. Greene* évoquait la distinction, l'autorité, le pouvoir ; mais ici, dans cette cave, il ne signifiait plus grand-chose.

Il entendit résonner les pas de Cindy, au-dessus de lui. Le samedi matin, l'enfant était solitaire, agitée. Suivant l'exemple de sa mère et de sa sœur, elle courait partout, sans raison précise, sans but particulier. Elle ne semblait pas avoir d'amis, en tout cas pas dans le quartier. Terence se prit à espérer que sa fille ne le découvrirait pas et, un peu honteux, se laissa envahir par une bouffée de tendresse. Existait-il, dans chaque famille, un enfant capable de provoquer un tel sentiment de culpabilité chez son père ou sa mère ? *C'est comme si je ne pouvais pas la protéger suffisamment, l'empêcher d'être meurtrie.* Ses aînés, Aaron et Kim, n'avaient plus besoin d'être entourés, ils n'étaient plus des gamins et n'avaient que faire de la protection de leur papa. Mais Cindy était différente. Il existait un décalage entre ses manières enfantines et son intelligence. *C'est elle qui me ressemble le plus, c'est sûrement pour cela.*

Terence empoigna le marteau à panne fendue, et le balança en lui faisant décrire un petit arc de cercle. Combien de millénaires avait-il fallu à l'homme pour inventer cet outil ? Ce marteau si banal qu'on trouve dans toutes les maisons était un modèle d'efficacité et de précision, avec son manche, merveille de simplicité, et sa tête qui combinait ingénieusement la puissance de percussion (pour faire pénétrer les clous) et son contraire (pour les faire ressortir). En devenant propriétaire, Terence avait appris à savourer la sensation que procure un outil au creux de la main : tournevis, tenailles, scie, marteau. Chez le quincaillier du coin, il admirait ceux qu'il n'utilisait pas – les grosses scies, les haches. Il achetait quantité de clous, de vis, de boulons, de rondelles, et il adorait cela. C'était comme s'il prouvait au vendeur et aux autres clients que lui, Terence Greene, appartenait de droit à leur clan. Son nom, son adresse figuraient là, gravés sur sa carte de crédit, en relief comme du braille.

Terence C. Greene.

Terence sourit. Il s'était forgé une identité, une personnalité bien à lui, celle d'un homme affable, raisonnable, généreux : un citoyen modèle, en somme ; un peu comme autrefois, quand il était un écolier timide mais doué, et qu'il s'amusait à modeler des figurines d'argile.

À Queenston, personne ne connaissait ses origines. On ignorait que son passé était obscur, mystérieux, et que Terence Greene lui-même ne l'avait appris que par hasard.

« Papa ? Le courrier est arrivé ! »

Cindy avait fini par dénicher sa cachette et l'appelait, tout excitée, du haut des marches.

« Quelque chose pour toi, papa. Ça sent le roussi. »

Terence grimpa l'escalier sans avoir recloué le giron ; cette interruption le contrariait, mais il ne voulait surtout pas le laisser paraître. Il fit courir ses doigts dans les cheveux de Cindy, ébouriffés par le vent, et dit : « Oui, mon chou ? Qu'y a-t-il ? » Tuffi, stimulé par l'agitation de Cindy, donnait de petits coups de truffe dans les talons de Terence.

« Ça vient du shérif, on dirait. Oh, papa, je me demande ce que c'est ! »

Cindy tendit l'enveloppe kraft à son père. Ses yeux étaient écarquillés, sa voix tremblait.

Terence examina d'un air soupçonneux le pli, le nom et l'adresse imprimés par ordinateur. Il n'avait rien à se reprocher, bien évidemment, et pourtant les mots « Bureau du shérif, comté de Mercer, Trenton, NJ 08650 » lui donnèrent un choc.

Que me veulent-ils ? Ils n'ont pas le droit.

L'enveloppe ne contenait sûrement rien d'important, puisqu'elle n'était pas recommandée. Néanmoins, Terence ressentit un malaise passager. Une certaine animosité.

Il sourit en taquinant Cindy. Il souhaitait que l'enfant abandonnât, pour un temps au moins, son air boudeur, sa mauvaise humeur, cette mélancolie teintée d'exubérance qui la caractérisait. Il esquissa le geste de déchirer l'enveloppe en deux, tout en disant : « En quoi ce "shérif de Mercer County" pourrait-il m'intéresser ? Et que pourrait-il bien me vouloir ? » Cindy poussa un léger cri d'effroi et retint sa main. « Papa, ne fais pas cela ! On pourrait t'arrêter. »

De toute évidence, Cindy avait peur pour lui. Elle semblait fébrile, anxieuse. Elle avait dû se remettre au régime. La petite fille avait à peine deux ou trois kilos de trop ; son teint rose et frais, son corps potelé évoquaient les enfants des peintures de Renoir ; aux yeux de son père, elle était belle, bien que turbulente et manquant de grâce ; mais la fillette portait sur elle-même un regard impitoyable, elle se voyait grosse et laide. Quel était ce mot terrible que les enfants répétaient sans cesse, en faisant la moue ? « Boudin ».

Terence leva très haut la main qui tenait l'enveloppe et dit d'un air rusé : « Faisons un marché, mon cœur. J'ouvrirai l'enveloppe si tu prends ton petit-déjeuner. »

Les yeux vert pâle de Cindy vacillèrent. Elle répondit d'une manière évasive, avec une voix éteinte : « Papa, j'ai déjeuné.

— Non, c'est faux.

— Comment tu le sais ? »

Terence n'en savait rien ; mais la mine coupable et méfiante de Cindy suffit à lui prouver qu'il était dans le vrai. L'espace d'un instant, il ressentit quelque agacement envers Phyllis ; elle était partie faire les courses du samedi sans s'assurer que leur fille, qui se nourrissait de manière fort irrégulière depuis des semaines, ait avalé un petit-déjeuner convenable. « Papa, je ne peux pas. Ne m'oblige pas, je ne peux vraiment pas », ajouta Cindy. Sa lèvre inférieure tremblait, aussi Terence suggéra dans un sourire : « Rien qu'un bol de céréales, ma chérie ! Allons ! Et ensuite, j'ouvrirai ma lettre. » Cindy rétorqua : « Si je commence à manger, je vais avoir faim. C'est toujours pareil, j'ai horreur de ça », et Terence répondit, en frôlant la joue fiévreuse de l'enfant : « Tu as faim parce que tu n'as pas mangé, et c'est pour cela que tu dois manger. N'est-ce pas la logique même ? »

Cindy haussa les épaules. « Si tu le dis, papa. »

Boudeuse mais consentante, elle se laissa conduire vers le coin-repas recouvert de formica, et Terence, comme à son habitude, se mit à siffler avec entrain et à faire le clown. Il jouait le rôle du bon papa qui essaie de calmer le jeu, pour que ses enfants se comportent de manière raisonnable. Il disposa prestement les aliments : du muesli aux raisins secs, une banane mûre, un litre de lait mousseux enrichi aux vitamines. Cindy, tout en observant son manège, s'empara d'une cuillère et, la tête penchée, commença à manger, de bonne grâce sembla-t-il. Terence détourna discrètement le regard pour ne pas la mettre mal à l'aise. Décidément, cette enfant de onze ans était dotée d'un solide appétit.

Terence était conscient que sa fille occupait une position délicate, entre une sœur aînée très jolie, très estimée et très égocentrique et une mère énergique, séduisante et volontiers sarcastique.

« Papa, ouvre ta lettre, maintenant », dit Cindy la bouche pleine.

Terence feignit de l'avoir égarée, prit un air inquiet, et finit par la découvrir à l'intérieur de sa chemise, ce qui provoqua l'hilarité de Cindy. Il l'ouvrit cérémonieusement et sortit un feuillet rose qu'il agita. « "Assignation à comparaître en vue de la constitution d'un jury". Bon, au moins, je ne suis pas en état d'arrestation.

— Un jury ? Un procès ? Oh, papa, c'est cool. »

Terence parcourut le document ; c'était un imprimé on ne peut plus sommaire et, de plus, une simple copie carbone. D'une voix faussement solennelle, il lut : « Vous êtes par la présente assigné à comparaître au palais de justice du comté de Mercer, 209 South Broad Street, Trenton, New Jersey, en tant que juré, le dix-septième jour de juin, à 8 h 30. Par ordre de la cour. »

Étrange comme sa main tremblait en tenant la convocation. Il espéra que Cindy ne le remarquerait pas.

La petite fille, déçue, lança : « Pas avant juin ? C'est si loin. J'espérais que le procès aurait lieu maintenant. »

Terence crut bon de préciser : « Je suis convoqué, mais cela ne signifie pas que je serai choisi comme juré, Cindy. Que je participerai à un véritable procès. Ce n'est qu'une possibilité. »

L'année précédente, une vague de procès fort sinistres avait défrayé la chronique, dans le comté. Meurtres en série, assassinats de célébrités, viols, brutalités et corruption policières, terrorisme. L'idée de *procès public* flottait dans l'air, pareille à une musique de carnaval. Cindy s'écria : « J'espère que ce sera un meurtre, papa ! Avec préméditation ! La peine de mort existe dans le New Jersey, et il va bientôt y avoir une exécution – par "injection létale". On en a discuté en cours d'instruction civique.

— En sixième, vous débattez de la peine de mort ? », s'exclama Terence, troublé.

Cindy se mit à rire. Comme ses aînés, elle adorait voir son père s'étonner des choses les plus évidentes ; cela renforçait sa foi en la faillibilité des adultes. « Oh, papa, répondit-elle en cognant ses dents contre la cuillère, on parle de plein de choses à l'école. Des crimes sexuels, du sida, de la peine capitale, de politique.

— Vraiment ! Eh bien, alors, je n'ai plus rien à ajouter. »

Un peu vexé, Terence replia vite l'assignation, l'enfonça dans une de ses poches, et redescendit à la cave pour reprendre ses activités matinales.

Phyllis suggéra d'un ton soucieux : « Mais, Terry, tu peux t'arranger pour ne pas y aller : je l'ai fait, tout le monde le fait. Ne te tracasse pas pour ça. »

Terence protesta : « Mais pourquoi agirais-je ainsi, Phyllis ? Je pense que cela peut avoir un intérêt.

— Tu vas surtout perdre un temps fou.

— Pourquoi ne pas envisager la chose comme un privilège ? Je n'ai jamais été convoqué…

— Oui, tu as eu cette chance.

— C'est un privilège. Dans une démocratie… »

Phyllis le dévisagea ; il voulait sûrement la faire marcher. Elle déclara : « Ton travail à la fondation est autrement plus important et tu es bien trop occupé pour gaspiller ton temps dans ce tribunal minable, dans cette ville minable. Ce soir, nous n'aurons qu'à demander conseil à Matt Montgomery ; il nous dira quel genre d'excuse une personne dans ta position est en droit d'alléguer. Il suffira d'un coup de téléphone et ton nom pourra même disparaître de l'ordinateur.

— Mais…

— Terry, chacun sait que participer à un jury est une perte de temps pure et simple. Passe encore pour les gens qui n'occupent pas de poste à responsabilité, ceux qui sont à la retraite et n'ont rien à faire de leurs journées. Ou alors ceux qui enquêtent sur le système, pour écrire un livre, par exemple. De toute façon, il y a de grandes chances pour que tu ne sois pas choisi. Tu resteras simplement parqué dans la salle de réunion, durant cinq jours pleins, comme ça m'est arrivé. Tu ne le supporteras pas. »

Terence s'obstina. « Phyllis, comment peux-tu être certaine que je ne le supporterai pas ? Et pourquoi ne serais-je pas choisi, comme n'importe qui d'autre ?

— Parce que les procureurs de Trenton pensent que les habitants de Queenston sont trop "libéraux" – c'est-à-dire intelligents et larges d'esprit – et les avocats de la défense, quant à eux, estiment que nous sommes trop "conservateurs" – c'est-à-dire trop futés pour nous laisser manipuler par leur rhétorique et leurs effets de manche. » Phyllis sourit à son mari, avec l'air d'en savoir plus que lui-même à son sujet. « Chéri, ils veulent des Américains moyens pour leurs jurys. Ou moins que moyens. Pas *toi*. »

Terence insista : « Mais je suis un Américain moyen. Dans mon cœur. »

Phyllis le regarda de travers, comme si sa dernière remarque risquait de faire déborder la coupe. « Ne sois pas de mauvaise foi, tu sais bien que ce n'est pas le cas.

— Demain, j'aurai quarante-quatre ans…

— Qu'est-ce que *cela* vient faire dans cette histoire ? » Phyllis avait treize mois de plus que Terence et, depuis quelques années, elle était devenue chatouilleuse sur la question de l'âge.

« … et je n'ai jamais reçu ce genre de convocation. Pas une seule fois ! Je trouve que ce serait une expérience enrichissante.

— Non, je ne suis pas d'accord, répliqua Phyllis, sur le point d'éclater. Même si tu étais désigné comme juré, ce qui est improbable, le procès serait atroce et déprimant – sûrement une affaire de drogue. Trenton est une ville tellement triste, tu en reviendrais écœuré. Tu es si sensible... aux atmosphères, aux humeurs. Crois-moi, chéri, je te connais. » Phyllis s'efforçait d'adopter un ton badin, mais dans sa voix perçait comme une supplique. Elle s'était même appuyée contre lui, l'avait embrassé sur la joue. « N'est-ce pas ?

— Je suppose que oui. »

Terence lui jeta le regard d'un enfant privé de dessert.

Voilà qu'arrivait le crépuscule. Et, avec lui, la vie mondaine reprenait ses droits.

Cocktail chez les Hendrie ? Dîner chez les Montgomery ? À moins que ce ne soit le contraire.

À Queenston, d'un bout à l'autre de l'année, ce n'étaient que réceptions, dîners, banquets. Une autre sorte de musique flottait dans l'air ; pas vraiment un air de carnaval, mais quelque chose d'entraînant, malgré tout. Qui aurait pu blâmer une femme telle que Phyllis de l'écouter sans relâche, tout en souriant à la perspective du prochain appel téléphonique, de la prochaine invitation ? Alors, tu vois, on nous aime, nous existons ! On nous a *invités*.

Dans cette ville fort huppée, Terence Greene assumait deux personnalités imbriquées. Il était le mari de Phyllis Greene, que tout le monde connaissait et appréciait, ou du moins admirait ; il était, en outre, le directeur de la Fondation Feinemann, une institution à laquelle leur quotidien, le *New York Times*, consacrait quelques lignes de temps à autre. On ne voyait pas très bien ce que Terence y faisait, hormis qu'il s'occupait de l'attribution de sommes importantes – plus de 8 millions de dollars par an – à des musées, des théâtres, des compagnies de danse, des artistes indépendants. Les Greene avaient pour amis et voisins des avocats, des agents de change, des banquiers, des hommes d'affaires, des promoteurs, des spéculateurs, avec également, par-ci par-là, quelqu'un touchant au monde de l'art – et tous ces gens, il va sans dire, bénéficiaient de confortables revenus.

Le fils de Hettie, parmi eux. Comme s'il était leur égal.

En réalité, c'était grâce aux revenus de Phyllis – provenant de placements dont elle avait hérité – et aux dons en espèces de ses parents que les Greene avaient pu accéder à ce statut social. À l'occasion de leur mariage, ils leur avaient offert une somme rondelette – « Pour vous aider à démarrer, vous les jeunes » – qui leur avait permis d'acquérir leur maison de Timberland Estates, sur Juniper Way, une bâtisse de six pièces de style colonial néogeorgien.

« … Vraiment, tu n'aurais pas dû t'en mêler, Terry. Bien sûr, je ne sais pas comment cela s'est passé, mais elle dit que tu l'as forcée à manger. Et maintenant… »

Bien qu'elle tentât de le masquer sous un rire contraint, on devinait à la voix de Phyllis qu'elle était blessée, qu'elle en voulait un peu à son mari. Terence murmura une vague approbation, tout en choisissant au hasard une cravate parmi toutes celles qui pendaient dans son placard.

« Elle s'est littéralement goinfrée, la pauvre petite ! Qu'est-ce qu'elle a mangé ! J'ai dû lui demander de ne plus m'en parler, c'était trop déprimant. Enfin, au moins, elle ne s'est pas fait vomir, comme ces adolescentes boulimiques dont on entend parler quelquefois. Mais si ça se reproduit... ! »

Terence adressa un regard sévère à son reflet, dans le miroir de la coiffeuse. Sous certains éclairages, son visage, sa tête semblaient sculptés. Un homme de bois, une marionnette grandeur nature. Au fond de ses yeux luisait une vie inconnaissable.

Phyllis, contrariée, poursuivait : « Comme nous avons les mêmes traits – le même teint, la même morphologie –, c'est à moi qu'elle fait des reproches. »

Sans interrompre son monologue, Phyllis s'empara de la cravate à rayures grises que Terence avait en main et lui tendit, à la place, une magnifique cravate de soie bleu marine qu'elle venait d'acheter. Terence la noua sans broncher autour de son cou.

La cravate était belle. Tout compte fait, il était séduisant. Un visage fin, anguleux, des narines aussi larges et noires que des cavités, des yeux verts tachetés qui semblaient toujours attendre quelque chose d'improbable – on aurait dit que ces traits, en soi peu prometteurs, formaient un tout acceptable. Il s'adressa un large sourire, mais dans son regard se lisait la douleur.

Phyllis grommela : « Et Kim ! Je le jure, elle est en train de me briser le cœur. Elle était si gentille autrefois, c'était ma petite fille, tu te rappelles ? Et maintenant ! Depuis cette damnée fête chez Suzi Ryan, où je l'ai surprise à mentir, c'est fini, je ne peux plus lui faire confiance. »

Terence tenait à la main un bouton de manchette. Tout en cherchant l'autre, il marmonna une approbation prudente. Il savait par expérience qu'il valait mieux ne pas acquiescer trop franchement quand Phyllis critiquait leurs enfants.

« Tout en elle est si différent – les cheveux, le teint, la morphologie – qu'on la dirait adoptée. Et elle se comporte comme si c'était le cas ! »

Terence avait posé son assignation sur sa table de travail, au rez-de-chaussée, dans son bureau. Il s'en occuperait lundi matin. Phyllis avait raison, bien entendu : il s'arrangerait pour se faire dispenser.

« … ses amis, et pas nous. Quand cela est-il arrivé ? Durant la nuit ? Et les garçons. Ah, les garçons ! Si son téléphone ne sonne pas, c'est que toute la bande est déjà ici. » Phyllis fit une pause. « C'est vrai qu'elle est jolie. Mère trouve qu'elle a ses yeux. »

Simplement vêtue d'un collant, Phyllis s'approcha de Terence, gracieuse mais preste, et, sans cesser de parler, glissa la main dans le tiroir où il était en train de fouiller, pour en retirer une boîte à bijoux – et cette dernière, une fois ouverte, révéla non pas le bouton de manchette manquant, mais une autre paire de boutons de manchette. C'étaient de magnifiques bijoux en or, formés des initiales *TG ;* le révérend et Mrs Winston les avaient offerts à Terence pour son anniversaire quelques années auparavant.

Terence susurra un merci et se pencha pour baiser la joue de Phyllis. Mais sa femme s'était déjà éloignée.

Plaçant une robe jaune devant elle, elle fixait sa psyché, les sourcils froncés. « Et Aaron : lui as-tu téléphoné comme tu l'avais promis ? Non ? Demain, alors ? Je sais qu'il ne rappelle jamais, j'ai dû lui laisser une douzaine de messages, ces derniers jours, mais tu devrais essayer, toi. Quoi qu'il en dise, je pense que quelque chose le chagrine. On exige beaucoup d'eux, à Dartmouth, autant qu'à Harvard ou Princeton – et, bien sûr, les jeunes évoluent tellement plus vite que nous, à leur âge. Toi, il te respecte. Tu dois essayer. Il m'a accusée de… disons, de l'espionner ! Il faut juste que j'apprenne à garder mon calme. Matt Montgomery assure que tout est dans le ton de la voix et dans le regard. Avec les enfants comme avec les électeurs… Terry, tu écoutes ? Il faut que tu découvres ce qu'Aaron a fait des 400 dollars que nous lui avons envoyés, mais ne l'ennuie pas trop avec ça. Ce n'est pas une question d'argent – je veux dire, pas uniquement –, je pense plutôt qu'il a besoin d'être rassuré. Il faut lui montrer qu'on l'aime. »

À ces mots, Terence, qui se débattait avec ses boutons de manchette, émit une sorte de grognement. Quelque chose entre le rire et le ricanement. Phyllis lui décocha un regard chargé de reproches.

« Mais bien sûr. Tu juges ton fils trop sévèrement. Tu en restes à son air de… Bon, d'accord, il est combatif ; mais cela ne signifie pas qu'il est insensible et qu'il n'a pas besoin de notre amour. Depuis l'histoire de l'équipement de ski… »

Terence, de peur de se trouver emporté dans cette discussion comme dans un tourbillon, s'empressa d'approuver dans un murmure.

« Alors, c'est d'accord, Terry ? Demain ? Juste avant midi, il est encore au lit, d'habitude ! »

Terence chuchota un autre « oui ».

« Et j'écouterai sur l'autre poste. Sans dire un mot. »

Avec une moue désappointée, Phyllis avait écarté la robe jaune, et enfilait à présent une robe noire chatoyante qui soulignait délicieusement la rondeur de ses hanches et épousait d'une manière spectaculaire la courbe de ses seins. En contemplant sa femme, non pas dans un miroir mais dans deux, Terence ressentit une légère bouffée de désir. Que Phyllis était belle quand elle ne le regardait pas en face.

« Ce soir, n'oublie pas de féliciter Matt pour son discours aux agents immobiliers de Central Jersey. Il a vraiment déclenché un tonnerre d'applaudissements – enfin, presque ! Et cette interview que je lui ai arrangée dans le *Chronicle* – tu as pu la lire ? Non ? Oh, Terry ! Matt est un bon ami, et en plus c'est un de mes clients, tu devrais faire un effort. Je dois admettre que cette campagne a démarré sur les chapeaux de roue, mais… »

Maintenant, Phyllis parlait de son travail de publicitaire. (À quarante ans, elle avait décidé de monter un bureau de relations publiques à Queenston – Queenston Opportunities – avec une partie de l'argent que lui avait légué feu son père.) Chaque fois que Phyllis évoquait sa profession, sa voix grimpait comme celle d'une gamine excitée et son visage semblait s'éclairer.

« Touches-en un mot à Hedy aussi, tu veux ? » Hedy Montgomery était l'épouse de Matt. « Je crains qu'elle ne soit un petit peu… froide. Jalouse. Comme si Matt et moi… ! »

Terence murmura que, oui, il le ferait volontiers.

La crise économique avait affecté l'entreprise de Phyllis, de même que de nombreuses petites affaires semblables à la sienne ; cependant, secourue par ses apports en capital, elle s'était maintenue à flot. Certes, durant deux ou trois mois, Phyllis n'avait pas vu l'ombre d'un client, mais cela lui aurait brisé le cœur, selon ses propres dires, de devoir quitter son bureau – qu'elle venait à peine d'aménager à Manhattan, en plein cœur du Village. Phyllis souhaitait *faire quelque chose*, se forger un nom dans la région, et Terence l'approuvait –, même s'il trouvait plutôt cocasse que l'ambition de sa femme dépassât la sienne.

En ce moment, Phyllis s'occupait d'un projet de grande envergure, le plus important qu'elle ait eu à traiter jusqu'à ce jour. Elle organisait la campagne de son ami Matt Montgomery pour le siège de contrôleur de la municipalité de Queenston. Montgomery, avocat privé, spécialiste des questions d'urbanisme et d'environnement, était un citoyen en vue ; s'il remportait les prochaines élections d'avril, le bénéfice en reviendrait aussi à Phyllis, en lui assurant la reconnaissance de ses qualités professionnelles dans toute la région.

Avec une soudaine véhémence, comme si ses pensées avaient suivi celles de Terence, Phyllis lâcha : « Je sais que tout le monde – y compris mes amis, y compris ma famille – s'attend à ce que j'échoue ! Mais je ne vous ferai pas ce plaisir. »

Aussitôt, Terence protesta. C'était parfaitement faux. Injuste ! Mais Phyllis l'écarta d'un geste. « Je dis non : vous en serez pour vos frais. »

Quel était donc ce regard implacable qu'elle lançait à son reflet dans le miroir ? Phyllis était déchaînée ; elle ruminait, la bouche tordue par la colère et le défi. Terence constata – ce n'était pas la première fois, mais jamais la chose ne lui était apparue de façon si poignante – que son épouse, bien que séduisante, sûre d'elle-même et financièrement indépendante, était une femme insatisfaite.

Robuste et bien faite, Phyllis mesurait environ un mètre soixante-cinq (quand elle était déchaussée, comme à présent) ; ses cheveux blonds, ondulés et savamment sculptés, séparés par une raie, se dressaient sur sa tête comme la crête d'un oiseau, et son visage rond avait tendance à s'empâter. Dans la journée aussi bien que dans la soirée, elle était soigneusement maquillée ; et, la nuit, elle s'enduisait la figure de crèmes et d'huiles qui sentaient le médicament. (Terence avait-il jamais vu le visage de sa femme dépouillé, fragile, sans fards ?) Particulièrement mécontente de ses yeux, trop petits à son goût – « la déception de toute ma vie » –, elle les soulignait d'ombre à paupières, d'eye-liner, de mascara, pour les rendre plus expressifs. Et pourtant, Phyllis Greene était une femme attrayante – on pouvait même dire irrésistible. Quand elle était à la maison, entourée de sa famille, son humeur changeait sans cesse (Aaron avait pris l'habitude de fredonner ce refrain insolent : « V'là m'man qui r'part ! ») ; en revanche, en public, elle restait constante : avec quelques années de pratique, Phyllis ressemblerait à ces Américaines des quartiers chic qui se distinguent par leur suprême assurance, leur plénitude ; ces créatures pour lesquelles le Sourire est devenu un art.

Ces femmes qui sourient en permanence !… Rien qu'à les observer, Terence Greene se sentait déprimé.

Phyllis avait adopté la version Sourire Radieux : il surgissait avec tant d'assurance, lorsqu'elle arrivait dans une réunion mondaine ou un lieu public, tel un rayon de joie, de bonté, de générosité universelle, qu'il produisait un effet comparable à celui d'une musique soudaine ou d'un éclat de rire ; on aurait dit un projecteur aveuglant venu illuminer les recoins obscurs et chasser les ombres de l'ennui. Le simple fait de voir Phyllis et son Sourire Radieux entrer dans une salle bondée, et de constater l'apparition, sur le visage des autres, de sourires semblables au sien emplissait Terence de félicité. *J'ai épousé mon salut.*

En effet, pourquoi tomberions-nous amoureux sinon pour être sauvés ? Par l'amour de l'autre. Le pouvoir de l'autre.

Vingt-deux ans auparavant, Phyllis Winston était une jeune femme innocente, fille de pasteur – très jolie, très sûre d'elle-même, le genre d'Américaine qu'on qualifie parfois de « populaire », au lycée. Terence Greene, alors sans le sou, en était tombé amoureux durant l'été fort agité qui avait suivi l'obtention de son diplôme universitaire. Il venait de décrocher une bourse de recherche pour préparer son doctorat d'histoire à Harvard. Au cours de ses quatre années préparatoires, il avait obtenu d'excellentes notes et gagné l'admiration de ses professeurs ; mais il avait aussi contracté une dette de plusieurs milliers de dollars, qu'il désespérait de pouvoir jamais rembourser ; il avait trouvé un boulot épuisant, qui lui prenait dix heures par jour, dans un hôtel à Rockport, Massachusetts, ville « historique », et c'est là qu'en ce mois de juin s'était tenue une réunion de pasteurs presbytériens. (Ils avaient choisi Rockport parce que c'était une ville sobre, et que l'hôtel ne servait pas d'alcool – Terence découvrirait par la suite que les non-buveurs sont également sobres en matière de pourboires.) Parmi les pasteurs figurait le débonnaire révérend Willard Winston, accompagné de sa femme et de sa fille. Phyllis souriait si tendrement à Terence Greene, le jeune serveur qui s'occupait de la table des Winston, dans la vaste salle à manger de l'hôtel. Terence était grand, séduisant, poli et emprunté dans son uniforme de lin blanc ; cette remarquable jeune femme daignait lui adresser la parole, dans la salle à manger ou ailleurs, comme s'ils étaient égaux, et c'était si aimable, si généreux, si chrétien de sa part ; parfois même, semblait-il, elle le guettait avec un sourire amical. Ah, ce sourire !

En fait, Terence, jeune homme solitaire tenaillé par la peur de déplaire et qu'aucun succès universitaire ne pouvait vraiment rassurer, fut étonné que Phyllis, la fille du révérend Winston, posât les yeux sur lui. Elle était dotée d'une telle ouverture d'esprit, d'une telle *énergie* féminine. Phyllis le mit très vite à son aise : bien que chrétienne, elle n'était ni pieuse ni excessivement dévote ; la religion faisait partie de sa vie, ce n'était pas sa vie. Ils débattirent des problèmes sociaux de l'époque, des droits civiques, des derniers livres parus, de cinéma, d'art ; ils évoquèrent la question de l'existence de Dieu : existait-Il ou (Terence se trouvait fort audacieux d'aborder de tels sujets devant une fille de pasteur) L'avions-nous créé à notre image ?

L'attitude sereine et bienveillante de la jeune fille ne manqua pas de l'impressionner : « Oh, eh bien… c'est une question de foi. »

C'est elle qui avait fait le premier pas. Elle l'avait embrassé. Et plus encore.

« Tu sembles si solitaire, Terence. Tes yeux… Tu as l'air d'un orphelin. »

Ses paroles n'étaient pas aussi brusques et condescendantes qu'on aurait pu le croire. Phyllis les avait prononcées avec une sincérité juvénile, avec chaleur. Terence, touché en plein cœur, avait tenté de rire et bafouillé une plaisanterie maladroite : « C'est donc l'image que je donne… un orphelin ? Je m'étais toujours posé la question. »

Voilà comment il tomba amoureux. Les vagues de l'océan Atlantique se fracassèrent sur sa tête.

Si une telle femme m'aime, m'épouse, c'est que je dois valoir quelque chose, en fin de compte.

« Tu m'écoutes, Terry ? S'il te plaît, souviens-t'en. »

Phyllis avait de nouveau changé de robe. À présent, elle portait de la soie crème, une jupe plissée aux reflets moirés dont Terence remonta la fermeture Éclair d'un air déterminé. Envahi de tendresse, il se pencha pour déposer un baiser conjugal sur la nuque de sa femme. Elle frissonna et rit. Comme si ce geste était imprévisible.

Terence s'aperçut qu'il s'était habillé, lui aussi. Comment cela se fait-il ? Par quel mystère notre nudité se recouvre-t-elle ? Il s'adressa un sourire : il avait devant lui un prétendu citoyen de Queenston, un imposteur vêtu d'un costume de flanelle à fines rayures grises qui donnait à son corps efflanqué une allure distinguée ; ce costume, Phyllis l'avait choisi pour lui, au Queenston Esquire Shoppe ; sa chemise du soir était en coton blanc amidonné ; ses boutons de manchette en or gravés TG luisaient, bien à leur place, à ses poignets. Et sa cravate de soie bleu marine était parfaitement nouée. Un homme de bois, un visage taillé à la serpe où s'enchâssaient des yeux vifs.

Terence s'accorda quelques secondes de vanité : dans un geste qui lui rappelait Aaron quand il se pavanait et se pomponnait devant son miroir, il se tourna un peu pour examiner ce qu'il pouvait apercevoir de son profil. Depuis qu'il s'était sérieusement mis à la natation, dans un club sportif local qu'il fréquentait cinq matins par semaine, son maintien s'était bien amélioré.

Phyllis éteignit la lumière et sortit de la chambre, suivie de Terence. « Les portes et les fenêtres, Terry ! Et la cave. Et l'alarme, bien entendu. Oh, j'ai horreur de cette alarme ! Elle me fait peur. »

Terence s'exécuta aussitôt. Il aimait préparer la maison pour son départ, car c'était une manière de la préparer pour son retour.

Cette routine consistait à tout vérifier, jusqu'aux fenêtres du premier, quoiqu'il les sache fermées. En théorie, un cambrioleur adroit pouvait grimper sur le garage et en traverser le toit pour atteindre ainsi les fenêtres des chambres. Si Terence Greene avait été un voleur, c'est le chemin qu'il aurait pris. Mais les maisons de Timberland Estates, comme pratiquement toutes celles de Queenston, étaient protégées par des alarmes. On ne pouvait donc pénétrer nulle part de cette manière. Par effraction.

Terence frappa à la porte de Cindy, car un père ne devait jamais entrer dans la chambre de sa fille sans y avoir été invité. La fillette était là, mais elle ne répondit pas immédiatement ; il y eut un petit bruit de musique, de voix. « Cindy chérie, c'est papa. » Il entendit un « OK, papa » hésitant, ouvrit la porte et passa la tête, tel un gentil papa rigolo s'adressant à sa fille de onze ans comme s'il appartenait à la même génération qu'elle. Il vit qu'elle était seule – évidemment, Kim n'aurait jamais eu l'idée de tenir compagnie à sa jeune sœur ; vêtue d'un T-shirt bien trop grand pour elle, Cindy était affalée devant le téléviseur où, pour la énième fois, la cassette de *Dirty Dancing* défilait dans un vacarme assourdissant. (La vidéo appartenait à Cindy, et pourtant elle critiquait les filles de sa classe qui s'abrutissaient devant ce style de films.)

« Cindy, nous partons et nous rentrerons sans doute vers minuit. Kim reste avec toi, tu le sais. Essaie de te coucher à une heure raisonnable, d'accord ?

— Entendu, papa. » Cindy détourna à peine le regard de l'écran de télévision. Ses yeux étaient gonflés et tristes, remarqua Terence, car elle avait passé une partie de l'après-midi à se quereller avec sa mère. Était-ce au sujet de ses mauvaises habitudes alimentaires ou d'autre chose ? On n'informait jamais Terence de ce genre de problème.

« Promis ? Et demain, nous ferons une sortie rien que nous deux. Nous... »

La voix de Terence faiblit. Il ne savait pas vraiment ce qu'ils feraient demain dimanche. C'était son anniversaire. Il avait la vague impression que Phyllis avait prévu quelque chose.

« Entendu, papa. »

Cindy haussa les épaules dans un élégant mouvement de démission calqué sur la gestuelle de sa mère. Comme si elle était gênée par les manières cordiales de son père, par son sourire factice. *Elle me perce à jour*, pensa Terence inquiet. *Mais que voit-elle ?*

Sur l'écran s'agitaient les silhouettes grotesques de jeunes gens trop beaux pour être vrais. Tout ce petit monde se contorsionnait, se balançait, tournoyait et frappait des pieds en cadence, sur une musique saccadée qui évoquait à s'y méprendre le rythme de la copulation.

Terence Greene, le bon papa, ferma doucement la porte de la chambre de sa fille, comme s'il s'effaçait.

Mais où était Kim ? En tout cas, pas dans sa chambre – sans doute quelque part en bas, supposa Terence. Très vite, il vérifia les fenêtres : oui, elles étaient toutes fermées, il y avait lui-même veillé et les avait contrôlées à plusieurs reprises. Cette maison construite en brique, stuc et bois sur plus d'un hectare de terre de première qualité, à cinq kilomètres du bourg, ne lui avait pas plu quand il l'avait vue pour la première fois, en compagnie des parents de Phyllis. Il l'avait trouvée trop grande, trop prétentieuse – il avait reculé devant la démesure de la façade, le portique, les énormes cheminées de brique – et bien trop chère ! Même l'écriteau l'avait choqué : MAISON DE CARACTÈRE, AFFAIRE EXCEPTIONNELLE, AMÉNAGEMENTS DE PRESTIGE. Cette bâtisse n'était rien d'autre qu'un gros pavillon de banlieue amélioré, comme toutes les autres villas de Timberland Estates ; son plan n'avait rien d'original, et elle ne se distinguait de ses voisines que par des détails insignifiants, comme la couleur de ses nombreux volets et la disposition de son garage, prévu pour trois voitures. Terence aurait souhaité une maison plus ancienne, plus petite, bâtie au cœur de la campagne, ou bien dans le village, à quelques minutes à pied de la gare ; mais Phyllis ainsi que Mr et Mrs Winston en étaient tombés amoureux ; et, après tout, il s'agissait du cadeau de mariage de ses beaux-parents – « Vous les jeunes, il faut que vous nous laissiez faire quelque chose pour vous ! »

Un *quelque chose* qui se répéterait, au cours des années, et deviendrait de *nombreuses choses*. Devant l'enthousiasme de sa nouvelle famille, Terence, le gendre, s'était dit que toute protestation de sa part aurait été malvenue.

Ce jour de mars déclinait rapidement et la lumière avait acquis une nuance argentée. La pluie éclaboussait les fenêtres comme des pensées involontaires. Pourquoi Phyllis et lui sortaient-ils si souvent, chaque week-end sans exception ? Pourquoi ne restaient-ils pas à la maison avec les filles, pour changer ?

Quelque chose… Bon, évidemment, ce devait être l'assignation, l'assignation.

Toute la journée, depuis qu'il avait ouvert l'enveloppe en kraft émanant du bureau du shérif, Terence s'était senti mal à l'aise. Pas dans son assiette. Pourquoi ?

Aucun droit. Quel droit ont-ils ?

Terence pensait à son enfance. À plusieurs reprises, on l'avait mis dans un bus Greyhound et il était parti s'installer chez des parents, jamais les mêmes ; finalement, à l'âge de dix ans, on l'avait placé dans une famille d'accueil. La première d'une longue série. À l'âge de Cindy, il n'était déjà plus ce qu'on appelle un enfant. Ses propres enfants ne connaissaient rien de son passé. Phyllis se montrait toujours bienveillante, mais n'en savait guère plus. À quoi servirait de révéler à l'être que vous aimez et dont vous êtes aimé les épisodes tristes et sordides qui ont marqué votre histoire personnelle ? À dire vrai, Terence avait presque tout oublié de sa vie ancienne. *Le fils de Hettie, c'est sa force, oublier.* De ce lointain passé, une seule maison restait gravée dans sa mémoire : une vieille ferme de pierres branlantes, située dans l'État de New York, à Shaheen, une communauté rurale au pied des Adirondacks. On l'y avait accueilli à l'âge de cinq ans, et il y avait vécu avec une demi-sœur aînée de sa mère et sa famille, composée de quatre gamins turbulents et d'un mari routier. Ce dernier avait tenté, sans grands résultats, de lui apprendre la boxe pour qu'il sache se défendre contre les rudes fils de paysans de son école. Il avait eu plus de succès avec la natation. La tante Megan aimait Terence, n'est-ce pas ? Et l'oncle Frank ? Mais hélas, quatre ans plus tard, sa tante était morte d'un cancer du pancréas, le plus rapide, le plus fatal des cancers.

« Papa ! Oh ! »

Cette exclamation fut lancée d'un ton indigné, furibond. D'un geste automatique, Terence avait ouvert la porte du salon pour jeter un œil à l'intérieur ; en scrutant l'obscurité, il aperçut, sur un canapé, sa fille Kim et un adolescent – un garçon ? – aux cheveux longs ébouriffés, au visage blafard, aux hanches osseuses ; quand il avait fait irruption dans la pièce, ils se tortillaient ensemble comme des anguilles. L'énorme poste de télévision, un achat récent, se profilait au-dessus d'eux ; sur l'écran se déroulait une scène grotesque : des corps d'adolescents s'agitaient, tournoyaient – MTV, le son était très bas, et l'on ne percevait que des cris et des martèlements à peine audibles.

« Dis donc, papa ! Tu pourrais frapper, au moins ! » Kim sauta sur ses pieds, fit la moue, écarta les longs cheveux roux qui cachaient son visage cramoisi et rajusta son petit pull rose, si finement tricoté qu'on voyait à travers le dessin de ses côtes. Son ami, vite redressé, tira fort sur ses vêtements lui aussi, s'essuya la bouche et adressa à Terence une sorte de sourire commercial. Faisant preuve d'une étonnante présence d'esprit, il s'exclama d'une voix profonde, rocailleuse, une voix d'homme mûr : « Hé, comment va, Mr Greene ? Je suis Studs Schrieber, content de faire votre connaissance ! » Le garçon avait environ dix-sept ans, des yeux noirs enfoncés, une peau blême et grêlée, et des lèvres charnues, humides ; une demi-douzaine d'anneaux s'alignaient à chacune de ses oreilles et un autre, plus petit, lui perçait la narine. À la stupéfaction de Terence, il lui tendit cordialement la main.

Terence dut se retenir pour ne pas s'avancer et lui serrer la main : ce geste de courtoisie était si profondément ancré en lui qu'il était devenu aussi prégnant qu'un réflexe biologique.

Il balbutia : « Que faites-vous ici ? Que se passe-t-il ? »

Les jeunes gens répondirent en chœur, comme un duo mal assorti. Kim émit une protestation enfantine, Studs Schrieber s'exprima avec aisance. « On regardait la télé ! »

Une nouvelle règle avait été édictée dans le foyer des Greene : Kim qui, depuis un an, jouissait d'une grande popularité parmi les jeunes gens de son âge, n'avait pas le droit de recevoir des amis, garçons ou filles, sans en informer ses parents ; de plus, aucun garçon ne devait monter dans sa chambre.

Terence s'avança vers le téléviseur et l'éteignit. Kim continua de récriminer et Studs Schrieber de sourire bêtement, la main tendue. « Mr Greene, euh... ! Je suis Studs Schrieber, et... » L'anneau de son nez miroita, ses petites dents resserrées aussi.

Terence articula calmement : « Oui. Bon. Mais je crois que vous feriez mieux de partir. Cela vaut mieux. Tout de suite. Immédiatement.

— Ouais, c'est sûr, Mr Greene, j'allais justement m'en aller quand...

— Papa, tu es odieux ! Studs et moi nous ne...

— Je sais, je sais, et c'est parfait, parfait, mais... la visite est terminée maintenant, comprenez-vous ?

— Mais enfin, Mr Greene, vous êtes fou ou quoi ? Tout va bien, vraiment... vous savez.

— Je sais ! Je sais. Mais la visite est terminée pour aujourd'hui. »

Studs Schrieber retira sa main, non sans hésitation, comme s'il éprouvait une certaine difficulté à analyser la mauvaise humeur de Terence ; pour autant, il ne cessa pas de sourire – bien que plus faiblement, d'un air chagriné. Il effleura l'anneau piqué dans sa narine, écarta les mèches de cheveux qui balayaient son visage, lança un clin d'œil à Kim – *Était-ce bien un clin d'œil ? Un clin d'œil !* – et, avec résignation, se mit à enfiler ses bottes en peau de serpent (sur le canapé, il était en chaussettes). C'était un garçon sec et nerveux, mais sûrement vif comme un serpent, vêtu de noir des pieds à la tête : un T-shirt noir étroit qui laissait deviner ses petits mamelons, un jean noir, des chaussettes et des bottes noires. Les poils de ses avant-bras étaient très noirs et frisés, et Terence, en frissonnant, imagina un court instant ce corps nu, pareil à celui d'un singe – les touffes de poils noirs sur son torse, son ventre et son sexe. *Un animal sur deux pattes.*

L'œil acéré de Studs Schrieber remarqua l'expression dégoûtée qui s'était peinte sur le visage de Terence, mais il s'écria d'un ton affable : « Hé, Mr G., désolé de vous avoir causé des ennuis ou quoi que ce soit », comme s'il s'agissait d'une plaisanterie entre eux, d'une blague typiquement masculine à laquelle Kim ne pouvait rien comprendre. « Je vous l'ai dit, je faisais que passer. Pas vrai, Kim ? Tout va bien ! » Le garçon rit et attrapa une veste en jean dont le dos s'ornait d'une langue rouge obscène ; il osa grimacer un sourire à l'attention de Terence. L'anneau étincela. Ses yeux noirs pétillèrent de gaieté.

Terence tremblait. Mais il réussit à conserver une expression calme et polie. Tout comme à la Fondation Feinemann quand, pris sous le feu des débats entre ses confrères, il restait parfaitement digne, maître de lui. Il accompagna le garçon et sa fille, gênée, jusqu'à la porte d'entrée et attendit, tout raide, qu'ils se souhaitent bonne nuit à mi-voix ; il nota qu'ils ne s'embrassaient pas. Ils n'osaient pas. Et quand Studs Schrieber descendit l'allée en trottinant, la langue rouge claquant au vent comme un au revoir, c'est

Terence qui, d'un geste déterminé, ferma la porte derrière lui et tourna le verrou.

« Doux Jésus ! », murmura-t-il.

Soudain, Kim devint hystérique. « Papa, comment as-tu pu ? Tu es si odieux ! Si borné ! J'ai tellement honte ! Nous ne faisions rien de mal ! Tu le sais parfaitement ! Studs va se moquer de moi, il le dira à tout le monde. Oh, papa, je te déteste, je voudrais mourir ! » La voix de Kim montait crescendo, ses doux yeux débordaient de larmes d'indignation et de dégoût, et ce comportement révélait l'influence de sa mère. Terence, sidéré, découvrait la mère dans la fille et ne savait comment, à qui répondre. Il esquissa un geste vers Kim, mais elle recula vivement, ainsi que Phyllis l'aurait fait en semblable occasion, et cria : « Ne me touche pas. Je te déteste, tu comprends ? » Bousculant son père, elle se précipita dans l'escalier pour s'enfermer dans sa chambre. Cette enfant pesait probablement moins de cinquante kilos, mais sa fureur fit vibrer toute la maison.

Terence prit la belle pochette de coton blanc que Phyllis avait si soigneusement pliée et glissée dans sa poche de poitrine, et s'épongea le visage. Il frissonnait, il avait la bouche sèche. Et pourtant il souriait. Car c'était drôle, non ? Normal, typiquement américain ! Comme dans un feuilleton télévisé !

Le regrettable incident du salon avait eu lieu peu après 18 heures ; le cocktail chez les Hendrie était prévu pour 18 heures ; mais Phyllis ne sortirait pas de la chambre de Kim avant 18 h 40, après avoir consolé sa fille. Durant ce temps, Terence, le père tant détesté, arpenta l'entrée, la salle à manger, son bureau. Son cœur battait encore vite, sa bouche était toujours sèche. S'il n'y avait pas eu cet anneau dans le nez, pensait-il. Ou cette langue rouge qui claquait. Si…

Phyllis, ravissante dans sa robe crème, semblait moins fâchée que Terence ne le craignait. Elle avait dû pleurer, mais ses joues étaient colorées et son regard, en rencontrant celui de son mari, se fit aimable. Ils se prirent les mains, comme des survivants. « Fallait-il vraiment que cela arrive maintenant, Terry ? Juste au moment où nous allions sortir !

— Kim… est-ce qu'elle va bien ? Elle semblait…

— Ces gamines, quand ce n'est pas l'une, c'est l'autre ! Cindy a passé toute la journée à me bouder parce que j'avais à peine évoqué son problème de poids – elle est un peu trop grosse, pourquoi prétendre le contraire ? – et à présent voilà Kim qui s'affiche avec son petit ami. Crois-tu que ce soit freudien ? inconscient ? Les adolescentes et leur mère ? » Phyllis rit en s'essuyant les yeux avec précaution, pour ne pas abîmer son mascara. « Cela n'a rien à voir avec toi, Terry. Ne te fais aucun reproche. C'est une affaire entre mère et fille, et il se trouve que la mère c'est moi. »

Phyllis respirait fort mais elle était calme. Comme une actrice regagnant les coulisses après avoir triomphé d'une scène difficile, éblouissante.

Terence demanda gauchement : « Ce… Studs Schrieber… ?

— Oh, c'est un sacré numéro ! Ces cheveux, cet anneau dans le nez ! Cette voix ! » Phyllis frissonna.

« Tu veux dire que tu le connais ?

— Évidemment que je le connais, Terry ! Il est sans arrêt fourré ici, depuis quelque temps.

— Lui ?

— J'ai eu une discussion avec lui, et il a saisi les règles. Il me comprend. En fin de compte, je le trouve plutôt gentil. Il est en terminale au lycée de Queenston. Un après-midi où tu n'étais pas là, il m'a aidée à réparer le broyeur pour les ordures.

— Lui ? Ce petit fumier ? "Studs" ? *Gentil* ?

— Les Schrieber vivent dans cette grande demeure en brique de style sudiste, sur Manor Drive, tu vois laquelle ? Son vrai nom, c'est Edward Jr. Moi, je l'appelle "Eddy". Et il est plus sympathique que certains autres garçons de son âge, crois-moi. »

Phyllis discourait tandis que Terence, l'esprit ailleurs, l'aidait à enfiler son manteau – un très long manteau de cachemire couleur caramel, tout à fait somptueux. Une phrase d'Héraclite traversa l'esprit de Terence comme une aiguille : *L'homme ne voit pas ce qu'il a sous les yeux*. Terence eut soudain l'impression qu'une véritable aiguille lui perçait le cerveau ; il se sentit frappé de cécité, de paralysie, et porta très vite ses mains à son visage pour se protéger les yeux ; Phyllis lui demanda ce qui n'allait pas, quelle mouche à son tour le piquait.

Terence aurait tant aimé qu'elle renonce à ses projets. Ils auraient pu rester à la maison, cette fois-ci. Tous les deux ensemble, avec les filles. Juste un soir…

« Terry, tu es malade ? Oh, Terry !

— Pas malade… Seulement je crois… Si…

— Je t'en prie, ne me déçois pas, toi aussi. Cette journée a été infernale, j'ai tellement envie de m'amuser. »

Alors, Terence reprit contenance et, devant l'air anxieux, froissé de sa femme, il sourit ; il sourit pour la rassurer. Non, il n'était pas malade, juste un peu secoué peut-être, mais c'était déjà passé, terminé.

Comme ils quittaient la maison par la porte de la cuisine donnant sur le garage, Terence brancha soigneusement le système d'alarme. Aussitôt un champ de force magique, une énergie terriblement puissante se propulsa du haut en bas de la maison, comme lâchée dans les couloirs d'un labyrinthe. *Tranquillité d'esprit assurée avec Arcadia, les systèmes d'alarme contre le feu et les cambrioleurs. Une station d'écoute branchée vingt-quatre heures sur vingt-quatre. Toutes garanties. Votre sécurité est notre métier.*

Tout irait pour le mieux durant son absence.

Le procès

Le 17 juin était une journée ensoleillée mais fraîche et venteuse.

Terence Greene aperçut pour la première fois Ava-Rose Renfrew dans une rue de Trenton, New Jersey, plusieurs pâtés de maisons au sud du tribunal du comté de Mercer ; coincé au beau milieu de la circulation, il avait ralenti pour contempler à son aise cette surprenante jeune femme. *Une gitane ? Ici ? À Trenton ?* Cette ville lui était peu familière et il s'était perdu – enfin, pas exactement, mais il avait raté la sortie de la Route 1 et avait dû prendre la bretelle suivante, en toute hâte, craignant de se retrouver sur l'autre rive de la Delaware, en Pennsylvanie ; à présent, il rebroussait chemin et regagnait Broad Street, à travers un réseau de petites rues à sens unique, en longeant un quartier en ruine – des rangées de maisons en brique, ravagées par les intempéries, des trottoirs jonchés de détritus, des carcasses de voitures abandonnées le long de la chaussée. Où donc était le tribunal ? Terence se voyait tourner éternellement sans jamais parvenir à le repérer, comme dans ces rêves affreux où les choses tombent, glissent et fondent dès que vous tentez de les saisir.

Tout le week-end, Terence avait attendu le lundi matin avec une certaine appréhension. Au lieu de gagner New York par le train, il prendrait sa voiture pour se rendre à Trenton. Au lieu de descendre à Penn Station et de marcher jusqu'aux bureaux familiers de la Fondation Feinemann sur Park Avenue, il se présenterait au tribunal du comté de Mercer, tel un citoyen anonyme. Il portait le numéro 551. Une véritable angoisse l'étreignait.

Et puis, soudain, semblant surgir de nulle part, tandis que Terence tournait pour s'engouffrer au hasard dans une rue animée, la jeune femme étourdie traversa au feu vert juste devant sa voiture. Comme elle était curieusement vêtue ! Ses cheveux splendides que le vent soulevait lui tombaient jusqu'à la taille ; ils brillaient tel du mica. Terence sourit à sa vue. Les autres conducteurs klaxonnèrent, un chauffeur de camion passa la tête à sa portière et siffla pour exprimer une dérision toute masculine ; mais Terence, lui, se contenta de sourire. Bien qu'il ne la vît pas nettement, il lui donnait environ vingt-cinq ans ; elle était ravissante, avec son nez retroussé, son teint clair et frais. Elle portait une veste exotique, ou un chemisier, vert émeraude avec des dessins multicolores sur le dos ; ses jambes fines, aussi agiles que celles d'une danseuse, étaient d'un jaune jonquille tout à fait saisissant. Oubliant un moment qu'il se trouvait au volant de sa voiture, Terence suivit du regard la fille qui courait. Il la vit continuer son chemin d'un pas résolu, traverser une seconde rue, au feu rouge cette fois, et gravir les marches d'un immeuble gris et massif – le quartier général de la police de Trenton.

Terence Greene en garderait le souvenir à jamais : ce matin du 17 juin, piquant, clair et venteux, évoquait des drapeaux claquant au vent.

Le tribunal du comté n'avait qu'une entrée, sur la façade. Presque en courant, Terence gravit la côte puis un escalier de pierre d'une seule volée ; il tenait à la main son attaché-case bourré de documents et le *New York Times* du matin. Le tribunal se dressait au-dessus de lui. C'était un bâtiment funèbre, datant de 1903, construit dans un granit d'un gris sinistre, avec des colonnes inaltérables et un portique posé là tel un lourd sourcil. Terence en ressentit le poids, l'austère dignité, comme un accusé au moment de pénétrer sur les lieux de son procès, menottes aux poignets.

Pourquoi cette précipitation, cette impatience ? Il arriva tout essoufflé en haut des marches.

Bien qu'il eût cinq minutes de retard, Terence dut faire la queue devant un détecteur de métaux surveillé par un policier. Puis il se précipita dans le hall, parmi une foule d'hommes et de femmes qui semblaient aussi égarés que lui, longea un corridor et prit un escalier, en suivant les panneaux qui indiquaient le chemin de la salle de réunion des jurés. Vu de l'intérieur, le tribunal était bien moins impressionnant. C'était un endroit vieillot, pauvrement éclairé et ventilé, où flottaient des odeurs de désinfectant, de canalisations bouchées, de transpiration. Terence dépassa le bureau du greffier, celui des services familiaux, les bureaux de la protection infantile, de la mise en liberté surveillée, des stupéfiants, des pupilles de l'État. Comme l'atmosphère était morose ! Comme ces hommes, ces femmes et ces adolescents paraissaient déprimés ! La plupart des gens qui attendaient dans les couloirs étaient noirs. Dès que Terence aperçut la salle de réunion des jurés – une longue pièce en sous-sol, basse de plafond, éclairée par des néons –, il se prit à regretter d'être venu.

Et pourtant, toujours poli et affable, il sourit à la fonctionnaire énervée qui surveillait la file, signa, reçut le badge de juré, et s'ouvrit un chemin à travers la foule jusqu'à un siège situé le plus loin possible du téléviseur (qui diffusait un programme tonitruant : un jeu télévisé se déroulant dans un crescendo frénétique). De tous côtés, des gens bavardaient, riaient. Aucun d'eux ne ressemblait à ses voisins de Queenston. La plupart étaient vêtus n'importe comment – vêtements de sport, de travail, T-shirts, jeans ; il y en avait même un, un jeune homme costaud, tout en muscles, qui portait un short de coureur à pied. Terence, dans son costume de gabardine bleu marine, se sentait déplacé. Heureusement, il avait apporté un journal et du travail. L'atmosphère saturée, le bruit, le remue-ménage lui portaient sur les nerfs, mais il réussit à s'en abstraire et se plongea dans ses pensées.

Exercer la justice ? Pourquoi, et où ?

Le fils de Hettie. Trop tard ?

Et les heures passèrent avec une lenteur exaspérante.

Les heures passèrent et, au grand désappointement de Terence, aucun des jurés de la liste ne fut appelé à monter dans les salles d'audience du quatrième étage. S'était-il déplacé pour rien ? Il lut son journal de la première à la dernière ligne, sortit de son attaché-case une chemise contenant des demandes de subvention, les compulsa, prit des notes en essayant de ne pas se laisser distraire par cette damnée télévision… L'une des demandes de subvention émanait d'une poétesse âgée de quatre-vingts et quelques années. Terence se souvenait d'elle : après avoir connu son heure de gloire dans les années 1950, elle avait été balayée par la marée montante des jeunes poètes.

À présent, on l'avait presque oubliée. Pauvre Myra Tannenbaum ! Terence l'avait crue morte.

Chaque année, la Fondation Feinemann distribuait des centaines de milliers de dollars aux artistes. Poètes, écrivains, peintres, sculpteurs, dramaturges, compositeurs… Le seul critère, en dehors du talent, était la nationalité : l'artiste devait être citoyen américain. La carrière de Nelson P. Feinemann, homme d'affaires des années 1920, avait été fort controversée à son époque. Il devait son affreuse réputation à son caractère impitoyable, dont ses associés faisaient les frais tout autant que ses rivaux ; dans certains milieux, aujourd'hui encore, son nom était synonyme de duplicité. (L'un de ses vice-présidents n'avait-il pas fait de la prison à sa place ? L'un de ses fils ne s'était-il pas suicidé ?) Pourtant, de même que ses prédécesseurs, Andrew Carnegie, John D. Rockefeller, J. Pierpont Morgan et Andrew Mellon, entre autres, Feinemann avait laissé une fortune considérable à des œuvres philanthropiques et, du coup, sa réputation s'était améliorée comme par magie. Jamais, durant ses quatre-vingts années de fonctionnement, la Fondation Feinemann n'avait été boudée par un artiste, quelles que fussent les valeurs d'intégrité dont celui-ci se réclamât. Bien au contraire ! Des milliers de demandes affluaient dans les bureaux, et c'était à Terence Greene, assisté de juges triés sur le volet, qu'il incombait de retenir les plus valables. Une tâche qui semblait devenir plus lourde chaque année…

Piégé. Je suis piégé ! Ils avaient dit que sa mère était « partie », mais n'avaient jamais parlé de son père, si bien que durant des années, de trop nombreuses années, Terence avait cru qu'il était un garçon différent des autres, un enfant sans père. *C'est bien triste ! Pauvre petit bâtard.*

Pourquoi ai-je voulu... ? Qu'est-ce que j'ai voulu ?

Son bel attaché-case en cuir lui avait été offert par Phyllis pour son quarante-quatrième anniversaire. Il remplaçait la serviette écrasée et craquelée comme une vieille chaussure qu'il avait achetée jadis, à l'époque où il enseignait à l'université. Le nouvel attaché-case s'ornait de ses initiales dorées : *TCG ;* il était en cuir italien et portait la griffe Gucci. Terence revit le marronnier d'Inde, derrière la ferme délabrée de Shaheen. En effet, cet objet en cuir lustré, qui sentait encore le neuf, avait la même teinte et provoquait au toucher la même sensation que les marrons d'Inde de son enfance. Un jour, avec son cousin Denton, son aîné de deux ans, il avait ramassé les plus beaux marrons ; puis ils les avaient cachés dans un tiroir de leur chambre, et oubliés. Tante Megan ne les avait découverts que plusieurs semaines après. Ils étaient tout mous, tout pourris. *Qu'est-ce que c'est, les garçons ? Quelle odeur !*

Vers midi, Terence attendait toujours qu'on l'appelle. Il se sentait grugé, impatient, furieux. De guerre lasse, il résolut de se rendre à la taverne « Mill Hill », de l'autre côté de la rue, et d'y déjeuner au milieu d'un enchevêtrement de tables, de clients, le tout baignant dans la fumée de cigarette et une redoutable odeur de graillon. Après tout, il n'avait pas le choix. Il commanda un verre de bière et un sandwich. Maintenant, il était à deux doigts de regretter son geste : il aurait tant aimé se trouver à New York, dans le bureau confortable où il prenait fréquemment ses repas – une nourriture excellente qu'on lui montait d'une boutique du rez-de-chaussée. Il ouvrit son attaché-case, bien déterminé à ne pas perdre de temps, et fouilla dans ses papiers. X sollicitait une subvention de 40 000 dollars afin de… Y sollicitait une subvention de 9 000 dollars afin de… Quelle position insolite ! Terence Greene tenait entre ses mains l'avenir de tous ces gens, lui qui avait tant de mal à construire le sien.

Le fils de Hettie. Quelle rigolade, regarde-le à présent !

Terence sourit. Au fond, en ce moment, personne ne le voyait ; personne de son ancienne vie, sa vie révolue.

Peu à peu, son attention dériva vers la table située à sa droite. Trois clients y discutaient avec animation et leur conversation s'entrecoupait souvent de grands éclats de rire. Ils devaient appartenir à la même famille : un jeune homme et ses grands-parents, sans doute ; ils mangeaient avec appétit, en partageant leurs portions. Des bols de soupe fumante, d'énormes sandwichs garnis. L'homme pouvait avoir environ soixante-quinze ans : ses cheveux et sa barbe étaient blancs comme neige, son visage large et sanguin ; des rides marquaient le coin de ses yeux. C'était lui qui parlait le plus : il avait l'air de donner des instructions, et les autres tantôt opinaient du chef, tantôt l'interrompaient ou protestaient. Il portait une casquette de marin, une chemise blanche habillée, tendue sur son torse et son ventre rebondis, et un nœud papillon noir, légèrement de travers, aussi brillant que du cuir. La femme se comportait à la fois comme une grand-mère et comme une jeune fille, bien qu'elle approchât les soixante-dix ans. De même corpulence que son voisin, elle arborait une figure lunaire et affable ; son énorme poitrine et ses hanches tressautaient quand elle riait ; ses cheveux bouclés étaient teints en blond cuivré et, au sommet de sa tête, perchée d'une étrange manière, trônait une petite toque noire rappelant ces chapeaux que Jacqueline Kennedy avait rendus si populaires, jadis, en Amérique. Le garçon, quant à lui, grand, pataud et bâti tel un demi de mêlée, était affligé d'un visage de bébé – ce qui créait un contraste comique – et d'un rire idiot qui éclatait à la façon des pétards. Engoncé dans son costume de sport mal taillé, il portait une casquette de base-ball, enfoncée à l'envers sur son crâne.

De quoi pouvaient-ils discuter avec un tel entrain ? D'un procès ? (Terence croyait avoir entendu les mots « procureur », « juge ».) Qu'y avait-il de si pressant ? De si drôle ?

Essayant de passer inaperçu, Terence revint à ses dossiers : il les glissa dans son attaché-case, qu'il posa ensuite sur le sol, juste derrière sa chaise, pour ne pas le perdre de vue ; on lui apporta son sandwich et un second verre de bière mousseuse. Envahi par un soudain bien-être, Terence avala son déjeuner en tendant l'oreille vers ses voisins. Il ne pouvait suivre le fil de leurs réflexions, ni les décoder, mais il était fasciné. De temps à autre, le patriarche se penchait pour parler aux autres ; il tirait sur sa barbe blanche et murmurait quelque chose de grave, d'une voix assourdie. La femme riait bêtement et frémissait. « Oui, oui ! Je suis bien d'accord ! » Le jeune homme roulait ostensiblement ses épaules musclées comme s'il s'apprêtait à en découdre. « Ça c'est sûr ! Ils ont intérêt ! »

À un certain moment, surpris par la véhémence du garçon, Terence lança au petit groupe un coup d'œil involontaire. Ils se turent aussitôt et le considérèrent.

Un ange passa. Terence, gêné, plongea le nez dans son assiette. Il ne voulait surtout pas passer pour un indiscret.

Il avait la vague impression que les deux grands-parents le dévisageaient d'un air sévère, mais plus scrutateur que réprobateur. Quant au jeune homme blond, vu de face, il paraissait assez beau, malgré une peau plutôt terne ; il plissa les yeux puis, d'une manière inattendue, sourit comme un petit enfant.

Des gens amicaux, bien gentils. Peut-être un peu simples.

Terence, qui avait englouti son repas avec bon appétit, s'aperçut qu'il était, hélas, temps de partir. Il termina d'un trait sa bière, se dirigea vers les toilettes des messieurs, regagna ensuite sa table, consulta sa note et régla l'addition en laissant un généreux pourboire. Prenant bien soin de ne pas jeter le moindre regard au groupe assis à la table voisine (il remarqua néanmoins que la femme n'était plus là), il sortit précipitamment. Ce jour de juin ensoleillé s'était radouci mais demeurait venteux. Comme il se sentait bien, et comme la vie était simple !

Il était 12 h 55. Le tribunal du comté de Mercer lui paraissait moins sinistre, à présent.

Dès que Terence eut réintégré la salle de réunion des jurés, il fut envoyé au quatrième étage, en compagnie d'une cinquantaine d'hommes et de femmes. On les conduisit dans une petite salle d'audience où un juge les accueillit. C'était une femme encore jeune, revêtue du costume de sa fonction. L'affaire en instance portait sur une accusation de « coups et blessures volontaires » – *L'État du New Jersey contre*

T. W. Binder. (À la grande surprise de Terence, l'accusé, un jeune homme d'à peine trente ans, renfrogné mais ne manquant pas de charme, était déjà dans la salle, assis près de son avocat ; il avait un cou épais, de larges épaules et des cheveux bien coupés.) L'un après l'autre, on appela les numéros des jurés, comme à la loterie ; et, comme à la loterie, Terence s'attendait à ne pas être choisi, quand, au cinquième tirage, « Terence C. Greene » fut appelé.

Bien conscient de l'aspect plutôt solennel et guindé qu'il offrait dans son costume chic, Terence traversa la salle et s'installa dans le box des jurés. Voyant le jeune homme le dévisager, quelques mètres plus loin, il commença à se poser des questions. Après tout, souhaitait-il réellement juger son prochain ?

Le tirage se poursuivit, d'autres jurés prirent place à côté de lui et, durant tout ce temps, Terence eut l'impression que T. W. Binder le regardait – ou bien était-ce un effet de son imagination ?

Ensuite débuta la seconde sélection ; le juge le questionna, et Terence se garda de fournir des réponses qui auraient risqué de le disqualifier. Était-il associé d'une quelconque manière à des officiers de la force publique, avait-il un lien avec l'avocat de la défense ? Avait-il déjà été victime d'un ou de plusieurs crimes ? (Certains de ses voisins jurés répondirent « oui » à cette question, et furent remerciés et révoqués sur l'heure.)

Terence Greene avait-il été victime d'un ou de plusieurs crimes ? Il réfléchit un instant et déclara : « Non, Votre Honneur. Jamais. »

Il croyait vraiment dire la vérité. En fait, il ne s'en souvenait plus. Dans son enfance… Bon, tout cela était bien loin.

Ensuite, le juge voulut savoir si Terence avait eu connaissance de l'affaire en cours : avait-il lu des articles la concernant, entendu des commentaires à la télévision ou à la radio, parlé avec des personnes impliquées ? (À cette question, plusieurs jurés furent contraints de répondre « oui », et on les révoqua.) Terence qui, à l'instar des autres habitants de Queenston, lisait le *New York Times* et rarement les journaux locaux, dit sans hésiter : « Non, Votre Honneur. Jamais. »

L'ultime question du juge fut troublante : Terence avait-il eu connaissance de l' « affaire Ezra Wineapple » ?

Ezra Wineapple ? Il n'avait jamais entendu ce nom-là.

« Non, Votre Honneur. Absolument pas. »

Satisfait de ses réponses, le juge remercia Terence et passa au juré suivant, puis au suivant encore. La procédure continua ; de temps à autre, l'adjoint du procureur et l'avocat de la défense demandaient la récusation de tel ou tel juré. Ceux-ci quittaient le box et d'autres les remplaçaient ; mais Terence Greene et deux ou trois personnes restèrent sur leurs sièges.

Ainsi, pour la première fois de sa vie, Terence Greene allait juger une affaire importante.

Le procès commencerait le lendemain matin. Les quatorze jurés furent renvoyés de bonne heure. Terence, tiraillé entre l'excitation et l'appréhension, se dirigeait vers le parking quand il réalisa… Quoi ? L'attaché-case, le cadeau de Phyllis, avait disparu !

Il l'avait totalement oublié.

D'abord, il crut l'avoir laissé dans la salle de réunion des jurés, puis il se souvint l'avoir posé par terre, derrière sa chaise, pour déjeuner. Alors, il devait toujours être dans la taverne « Mill Hill » ! À moins que quelqu'un ne l'ait emporté, étant donné sa valeur.

Terence remonta la côte en courant à moitié, pour rejoindre la taverne située dans la rue adjacente. C'était le milieu de l'après-midi et il n'y avait plus foule. Tentant de masquer le désarroi qui faisait trembler sa voix (le splendide cadeau de Phyllis ! pour son anniversaire ! rempli de documents appartenant à la Fondation Feinemann !), il demanda au patron si l'on avait trouvé un attaché-case portant les initiales *TCG*, mais l'homme répondit que non, pas à sa connaissance. Terence chercha par terre, sous la table qui avait été la sienne ; en vain. On avait dû le prendre – le voler.

« Bon Dieu de bon Dieu ! »

Le jeune serveur aimable, qui s'était occupé de Terence et auquel il avait laissé un généreux pourboire, prétendit lui aussi ne rien savoir de la serviette. « Où l'aviez-vous déposée ?

— Là, juste là ! » Terence se sentait ridicule ; il désignait un endroit vide, sur le sol sale. Le souvenir du sandwich au corned-beef qu'il avait avalé si goulûment lui revint, comme un renvoi acide et persillé. Quel idiot !

Amener un objet de luxe tel qu'une serviette Gucci dans une taverne de Trenton. Il n'en ratait pas une. Phyllis lui ferait sûrement la leçon : À quoi Terence s'attendait-il ? *Toujours perdu dans son petit monde*.

Une idée lui vint à l'esprit. On lui avait dérobé la serviette, soit, mais son contenu ne recelait aucun intérêt pour un voleur ; alors il se dirigea vers les toilettes messieurs et, avec un haut-le-cœur, plongea le bras jusqu'à l'épaule dans la poubelle bourrée de serviettes en papier usagées. Il fouilla en grimaçant, et tout à coup se souvint (chose étrange, il avait oublié cet événement durant l'interrogatoire du juge) que son portefeuille lui avait été subtilisé par un pickpocket, quelques années auparavant, dans Penn Station : cartes de crédit, papiers d'assurance, permis de conduire, argent – tout avait disparu.

La poubelle ne contenait rien d'autre que des serviettes en papier.

Le patron du restaurant surveillait son manège d'un œil bienveillant mais circonspect. « Vous voulez voir dans les toilettes des femmes aussi ? »

Mais Terence Greene se savait vaincu. Son estomac lui disait de suspendre ses recherches. « Non merci. Je pense que je n'aurais pas plus de succès qu'ici. »

Une étrange inquiétude naissait en lui. Il dormit d'un sommeil agité, comme s'il était au seuil d'une vie nouvelle – *comme si j'étais moi-même inculpé, sans savoir ce dont on m'accuse.*

L'État du New Jersey contre T. W. Binder était une affaire mineure ; il y avait seulement quatre témoins à charge et un pour la défense (l'accusé lui-même). Tout serait réglé en trois jours. Le procès était présidé par une femme juge récemment nommée ; l'adjoint du procureur était un homme jeune, plutôt maigre ; l'avocat de la défense, apparemment chevronné, portait des rouflaquettes et des lunettes d'écaille à l'ancienne mode, qui glissaient au bout de son nez quand il gesticulait. Les parties au procès étaient des citoyens ordinaires de la ville de Trenton. Cette affaire ne ferait pas jurisprudence et n'occuperait pas plus d'une ou deux colonnes dans le *Trenton Times*.

Et, pourtant, comment peut-on affirmer qu'une affaire est *mineure* ? – toutes les affaires de ce genre n'ont-elles pas des implications *majeures* ?

Le dénommé T. W. Binder (T. W. était son prénom), trente-deux ans, sans emploi, était accusé de coups et blessures volontaires commis sur la personne d'une jeune femme au domicile de cette dernière, en décembre dernier ; ladite jeune femme, Ava-Rose Renfrew, avait été « sauvagement battue » et ces coups lui avaient occasionné des « lésions permanentes ». Elle devait se présenter à la barre des témoins, ainsi que trois autres personnes parmi lesquelles figuraient deux membres de sa famille. Comme l'affirma le jeune procureur de sa voix nasale, l'État voulait prouver que l'accusé avait *agi, ou tenté d'agir, consciemment, intentionnellement et inconsidérément, dans le but d'infliger des blessures corporelles graves*, et ce en violation des lois du New Jersey, qui punissaient un tel crime.

L'avocat de la défense dévisagea les jurés comme si les personnes présentes étaient coutumières de ce genre d'exercice et, d'une voix plus posée, modulée et chargée de sous-entendus, réfuta emphatiquement l'accusation en prétendant que l'accusé, Mr Binder, avait tout au plus « secoué » et « tenté de maîtriser » la jeune femme en question. Selon lui, il n'y avait aucune preuve – « J'insiste, mesdames et messieurs du jury : *absolument aucune preuve* » – que le crime grave dont son client était accusé eût été commis ni même tenté.

Terence Greene, tranquillement assis à côté de ses collègues jurés, écoutait avec attention les interventions des divers orateurs inaugurant cette première matinée de procès. Bien que la procédure fût extrêmement solennelle et laconique, fort répétitive et ennuyeuse pour une personne de son intelligence, il trouvait tout cela fascinant. Le juge trônait sur sa chaire, revêtu de sa robe noire ; le jeune procureur à l'allure guindée jetait de fréquents coups d'œil à ses notes ; l'avocat de la défense rajustait constamment ses lunettes et semblait toujours à deux doigts du sarcasme ; et, pour couronner le tout, il y avait le jeune T. W. Binder et ses larges épaules, vêtu d'un costume marron mal taillé, les cheveux bien rasés sur les tempes et la nuque, les paupières tombantes et l'air maussade – ils paraissaient tous si réels, si sûrs de leur fait. Terence imagina le réseau de liens qui les unissait. *Moi aussi, j'en fais partie. Moi aussi.*

Terence nota que tous les magistrats du tribunal employaient des phrases simples, claires comme des slogans, qu'ils répétaient sans cesse. Ils devaient supposer (et ils n'avaient pas tort) que les hommes et les femmes du jury n'étaient pas des lumières. Le juge, dans son exposé d'ouverture, leur avait plusieurs fois précisé : « Souvenez-vous bien que je statue selon la loi et vous, vous jugez les actes. » Le procureur résuma les faits, puis résuma le résumé, et reprit tout depuis le début ; l'avocat de la défense fit plus ou moins la même chose, mais il y mit plus de conviction. Parmi les jurés, seul Terence habitait Queenston, et personne à part lui – il y avait pourtant sept hommes dans le jury – ne portait de costume. Il devait se surveiller pour ne pas hocher la tête aimablement quand quelqu'un s'adressait à lui. Il tenait cette vieille habitude de ses années d'université ; pendant les conférences de ses professeurs, il ne se contentait pas d'approuver de la tête, mais plissait les yeux et tordait la bouche, sans presque s'en apercevoir, tenaillé par un terrible besoin de savoir – savoir non seulement ce qui était en train de se dire, mais la signification secrète de ces paroles, ce qui se cachait derrière les mots. *Car la vie n'est pas une ride à la surface d'un ruisseau : elle réside sous la surface.*

Il écoutait, mais son esprit vagabondait. Il se trouvait dans deux endroits à la fois – sur le cinquième siège du box des jurés et, en même temps, dans son lit, éclairé par une simple lampe. *Comment as-tu pu me faire ça, sacré bon Dieu ! Cette jolie serviette Gucci !* De nouveau, il s'était répandu en excuses, s'accusant de stupidité, de négligence, de distraction ; il regrettait amèrement, pourrait-elle un jour lui pardonner ? Une fois encore ? Et, presque timidement, il l'avait touchée, avait caressé son épaule lisse et tiède sous la bretelle de satin de sa chemise de nuit. Un moment après, écartant sa main comme si elle chassait une mouche, elle avait poussé un gros soupir et éteint la lampe. *Bien sûr, je te pardonne – jusqu'à la prochaine fois.*

Son petit garçon sauta dans ses bras. L'enfant le serra très fort et lui posa sur la joue un gros baiser humide. *Pa-pa !* Terence se sentit envahi de tendresse. Or, maintenant qu'Aaron était adulte, il était devenu aussi grand et svelte que son père, mais avec des cheveux plus épais, plus sombres, et des yeux plus foncés. Terence revoyait ce regard impatient qu'il lançait en dévalant bruyamment l'escalier pour se précipiter dans le garage où l'attendait sa Pontiac Firebird blanche. Il criait alors, par-dessus son épaule, des mots que vous ne souhaitiez pas entendre.

Terence réprima un frisson. Peut-être se faisait-il des idées, mais il avait l'impression que T. W. Binder le regardait plus fixement que les autres jurés. Cet homme était-il innocent ou coupable ? Il avait un front haut, une peau prématurément ridée, un regard d'acier. Et cette expression d'animal pris au piège que Terence avait parfois notée dans les yeux de Tuffi, quand le chien hésitait à descendre des marches, avant de glisser et de tomber avec un jappement effrayé.

Tout le monde attendait l'audition du principal témoin à charge, Ava-Rose Renfrew, la victime présumée. Mais, comme dans une pièce d'avant-garde, cette attente ne trouvait point de récompense. L'avocat de la défense disait une chose, l'accusation en disait une autre, et finalement tous deux demandèrent l'évacuation du jury. Leur petit groupe sortit donc du prétoire, conduit par un jeune adjoint du shérif au visage impassible, et patienta dans la salle voisine pendant deux heures et demie.

Deux heures et demie ! Terence faisait les cent pas en évitant d'écouter les bavardages des autres jurés. C'était incroyable. Il ignorait presque tout de la procédure judiciaire, mais en savait assez pour redouter que le procès ne s'achève d'un coup. Par exemple, l'accusé pouvait décider de plaider coupable, en fin de compte ; ou bien l'accusation pouvait soulever un vice de procédure. Et alors… quoi ? *Alors rien, rien ne se serait jamais passé. Il ne connaîtrait jamais la vérité.*

Finalement, le procès se poursuivit. La troupe des jurés réintégra son box, et T. W. Binder, toujours présent, les épaules voûtées comme s'il acceptait son destin, les observait.

Et maintenant, Ava-Rose Renfrew ?

Mais l'avocat de la défense s'exclama : « Votre Honneur… ! », et il y eut une nouvelle interruption. Un document manquait, on l'avait égaré.

Le temps passait avec une lenteur exaspérante. Le juge fit venir près de lui les deux avocats, et ils s'entretinrent à l'autre bout de sa chaire, pour ne pas être entendus des jurés. De nouveau, Terence, nerveux, craignit que le procès ne se termine avant d'avoir commencé.

Il nota avec sympathie la manière dont la greffière transcrivait inlassablement chaque phrase, au mot près, sans prendre garde aux répétitions. Vive comme un automate, et sans cesser de taper, le visage éteint, inexpressif, les yeux légèrement levés, elle déplaça son clavier jusqu'à l'endroit où conversaient le juge et les avocats. Solidement bâtie, elle devait avoir l'âge de Phyllis, mais son teint était moins éclatant. *C'est parce que tu es égoïste, enfermé dans ton petit monde. Pas étonnant que les enfants ne te respectent pas.*

Le procès reprit. Terence, assis bien droit, avalait péniblement sa salive sans perdre un seul mot de ce qui se disait.

Et à présent, enfin, Ava-Rose Renfrew.

Le jeune procureur se tenait au fond de la pièce, attendant résolument son témoin, que l'un de ses assistants était allé quérir. Tout le monde avait les yeux braqués sur la porte ouverte au fond de la salle, juste après le box des jurés ; mais personne ne se montra. Il y eut un moment de flottement et de gêne, comme au théâtre, quand les acteurs semblent avoir oublié leur texte. Terence voyait la pomme d'Adam du jeune procureur monter et descendre. Où donc était le témoin ? Qu'est-ce qui n'allait pas ? Quelques minutes plus tard, l'adjoint réapparut, le visage cramoisi, et s'adressa au juge à mi-voix. Ce dernier fit signe au procureur de venir lui parler. De toute évidence, le témoin ne se trouvait pas là où il aurait dû se trouver.

Il y eut des allées et venues dans la salle d'audience. Visiblement nerveux, le procureur s'entretint avec l'un de ses auxiliaires. À la table de la défense, T. W. Binder était assis tout recroquevillé, la tête légèrement baissée, ne sachant où poser ses regards. Embarrassé, mais sans se départir de son calme magistral, le juge présenta ses excuses au jury – « Vous voyez, ce n'est pas vraiment comme à la télévision. Les choses ne se déroulent pas à la perfection. » L'adjoint quitta de nouveau la pièce, par la même porte, et tout le monde tourna des regards avides dans cette direction. À ce moment précis, hors d'haleine et comme poussée par le vent, la jeune femme tant attendue apparut au fond de la salle d'audience, sans être annoncée. « Oh ! Je suis désolée ! C'est bien moi que tout le monde cherche ? »

C'était la gitane, la fille qui courait dans la rue et que Terence avait aperçue la veille.

Encore essoufflée, les joues rosies et les cheveux tout ébouriffés, Ava-Rose Renfrew, principal témoin à charge, se planta devant la chaire du juge, aussi mutine et contrite qu'une petite fille. Il y eut un instant d'agitation ainsi qu'un gloussement nerveux, quand l'huissier lui tendit la Bible pour qu'elle prête serment et qu'elle se trompa de main. Terence vit sa main gauche, tendue avec obéissance, trembler.

« Jurez-vous de dire la vérité, toute la vérité et rien que la vérité ?

— Oh oui ! Bien sûr ! C'est pour cela que je suis ici, non ? »

Quelques sourires étonnés apparurent dans la salle. La jolie jeune femme parlait d'une voix grave, rauque et cassée comme si elle ne s'était pas bien éclairci la gorge. Mais qu'elle était ravissante, avec son visage en cœur d'une blancheur laiteuse, aussi délicat que des pétales de fleur ! – et quel étrange habillement elle arborait !

Ava-Rose Renfrew portait une jupe longue, composée de bandes translucides de différentes couleurs : mauve, or pâle et vert ; et un splendide gilet de soie violette avec des manches évasées, des boutons violets et des motifs brodés ou appliqués – roses pourpres, gardénias blanc crème, colibris, papillons, arcs-en-ciel. Ces motifs étaient cousus de fils de métal, et l'on y devinait un assemblage de pièces de velours, de sequins, de perles colorées. Un petit éventail de plumes était piqué sur l'une de ses poches. Des collants diaphanes gainaient ses longues jambes et sa jupe balayait des ballerines noires, semblables à celles que portaient les lycéennes des années 1950. Ses cheveux s'ornaient d'une rose de satin rouge, à ses oreilles pendaient des boucles en plumes couleur turquoise, à chacun de ses bras cliquetaient plusieurs bracelets et à ses doigts brillaient des tas de bagues. Elle laissa dans son sillage un doux parfum, évoquant une senteur florale.

Terence, ravi, s'emplit de cet arôme.

Terence, ravi, ouvrit de grands yeux.

L'étonnante jeune femme s'installa à la barre des témoins et poussa un soupir incongru. Elle jeta un coup d'œil nerveux et impatient autour d'elle, mais ne discerna que des mines renfrognées. Ses yeux semblaient pleurer – elle les épongeait fréquemment avec un mouchoir en papier. Elle passa sa langue sur ses lèvres, toucha l'une de ses boucles d'oreilles en plume. Pourtant, quand le juge lui demanda de décliner son identité devant la cour, elle parla sans hésiter, presque gaiement, de son étrange voix de gorge, comme si elle s'adressait à des amis. « Je m'appelle Ava-Rose Renfrew, Votre Honneur. J'habite au 33 Holyoak Street, à Trenton – c'est sur la rive gauche, près du fleuve. J'y vis avec ma famille, ma grand-tante, mon grand-oncle, mon jeune cousin, mes nièces jumelles et tous les Renfrew qui viennent nous rendre visite. Je suis du signe des Poissons et j'ai dédié ma vie à L'Art de la Beauté. » Elle fit une pause, regarda le jury et ajouta : « Je m'explique. L'Art de la Beauté est une petite entreprise que j'ai montée. Je suis une femme d'affaires. Je fabrique des objets originaux que je vends au Tamar's Bazaar, dans le centre commercial de Chimney Point. » Elle haussa le ton comme si elle attendait en retour des témoignages d'admiration.

Les jurés, y compris Terence Greene, restèrent de marbre, ne laissant paraître aucune sympathie. N'était-ce pas leur devoir ?

Le jeune procureur, calmé, conduisit la déposition de son témoin en lui posant une série de questions précises. À chacune, la jeune femme répondit scrupuleusement ; parfois, elle fermait à demi les yeux, avec un air de souffrance. Terence écoutait, hypnotisé. Il s'aperçut qu'il serrait les poings. Quelle grossièreté, quelle indécence ! Comment pouvait-on porter la main sur une femme si jolie et si délicate !

Quand l'accusation demanda à Ava-Rose Renfrew de désigner son agresseur, elle s'exécuta avec l'empressement d'une enfant, en pointant son index en direction de T. W. Binder. « C'est lui, monsieur. Lui, là-bas. » Le prévenu, qui avait commencé à se recroqueviller sur lui-même dès qu'Ava-Rose Renfrew était apparue dans la salle d'audience, rentrait à présent complètement la tête dans les épaules, tout en épiant son accusatrice. Ses yeux roulaient dans leurs orbites. Son visage avait viré au rouge brique et se couvrait d'une sueur graisseuse. Ava-Rose Renfrew se mit à crier d'une voix aiguë, comme si Binder avait osé rétorquer – il n'avait pourtant rien dit : « Oui ! Vous ! Vous avez voulu me tuer à Noël ! Ne dites pas le contraire ! Ils vous ont eu ! J'espère que vous avez honte ! »

L'avocat de la défense s'était levé pour protester ; le juge demanda au procureur de calmer son témoin. Les yeux d'Ava-Rose Renfrew s'emplirent de larmes brillantes comme des joyaux qu'elle effaça vite avec un mouchoir.

Elle poursuivit. « Oui, monsieur. Il m'a battue sauvagement avec l'intention de me tuer, parce que je ne voulais plus le voir. Et il m'a menacée. Il racontait partout qu'il me tuerait et se tuerait ensuite – il croyait me faire peur et m'obliger à l'épouser ! L'épouser, lui ? Plutôt mourir ! Et il parlait de mettre le feu à notre maison, une nuit, quand tout le monde dormirait ! Comme si j'étais capable de faire une telle chose, *moi, un Poissons* ! Finalement, il est venu sans qu'on l'ait invité. Il avait passé la journée à boire, nous étions le 27 décembre, monsieur. C'était à la tombée de la nuit, je m'en souviens parce que toutes les lumières de Noël étaient allumées – nous faisons les choses en grand pour Noël, des guirlandes lumineuses dedans et dehors, sur les arbres, sur la barrière, sur le toit et, dans la maison, un grand sapin que cet individu a renversé sans raison. Mon cousin Chick a tenté de l'arrêter, mais il a forcé notre porte, et c'est alors que je suis descendue ; il s'est précipité sur moi pour m'attraper. Darling était perché sur mon épaule – c'est notre gris du Gabon, il a trente ans et perd un peu ses plumes parce qu'il est nerveux, c'est pourquoi nous essayons d'être très gentils avec lui, de lui parler pour qu'il ne se sente pas trop mal dans sa peau de perroquet. Parce qu'ils sont incroyablement intelligents, les gris du Gabon : ils savent qu'ils sont des perroquets, c'est pas comme les autres oiseaux, qui n'ont pas la moindre idée de ce qui se passe autour d'eux… C'est donc par pure méchanceté, par cruauté, qu'il m'a agrippée comme il l'a fait, en causant une telle peur à Darling que le pauvre petit ne quitte presque plus sa cage, à présent ; il ne fait plus confiance à aucun bipède, c'est tout à fait compréhensible, et presque toutes les plumes rouges de sa queue sont tombées ! Bon ! Cet homme assis là-bas m'a attrapée et m'a presque arraché les cheveux ; il m'a frappée au visage, m'a jetée sur les marches, m'a donné des coups de poing et de pied, et m'a laissée là par terre, en miettes, à le supplier d'arrêter. Et, au lieu de m'écouter, il m'a tapé sur la tête avec ses sales bottes de cuir ! Mon cousin Chick a essayé de l'en empêcher en le tirant en arrière et ma tante Holly Loomis est sortie de la cuisine en courant pour me porter secours ; mais T. W. les a violemment écartés. Imaginez : un enfant et une vieille femme de soixante-neuf ans ! Les frapper, eux ! Il criait comme un cinglé : "Je vais tous vous tuer ! Je vais tous vous tuer !" Mon nez saignait, et mes yeux aussi, je n'en revenais pas. Vous vous rendez compte ? Cette brute m'a frappée sur les yeux ! C'est à ce moment-là que j'ai perdu connaissance ; tout ce dont je me souviens ensuite, c'est de la salle des urgences, à l'hôpital. Ils m'ont fait des points de suture partout sur le visage, ils ont dû m'opérer de l'œil gauche car il paraît que le conduit lacrymal était déchiré. Les médecins m'ont dit que j'avais eu de la chance, beaucoup de chance, de ne pas perdre mon œil. Moi, je crois que le Tout-Puissant m'a prise en pitié, quand il a vu que lui, ici-bas, n'en avait aucune envers moi. »

Le juge posa plusieurs questions, tenta de développer le témoignage d'Ava-Rose (il lui demanda par exemple combien elle pesait : 52 kilos). Ensuite, le procureur la pria de bien vouloir s'avancer vers le box des jurés, pour montrer les « lésions permanentes au visage » dont elle souffrait depuis l'agression « vicieuse et préméditée ». La jeune femme s'exécuta avec un grand sérieux, tout en écartant nerveusement les mèches de cheveux qui balayaient son visage. Terence Greene sentit son pouls s'accélérer, son regard se voila. Ses poings étaient tellement serrés que ses ongles s'étaient plantés dans les paumes de ses mains. *Je ne veux pas ressentir des choses comme ça. Je ne veux rien ressentir du tout.* Mais voilà que la jeune femme s'était approchée à quarante centimètres à peine de Terence. Bien qu'une légère rougeur lui colorât le visage, elle tenait la tête haute et ses yeux brillaient. Le procureur lisait un rapport médical d'un ton morne, et, en même temps, Ava-Rose Renfrew tournait la tête d'un côté et de l'autre, pareille à une enfant obéissante (bien qu'un peu gênée), en désignant les légères cicatrices blanches, presque invisibles, qui marquaient son visage – d'un côté de la bouche, sur le menton, près de l'œil et au-dessus du sourcil droit. La chose était vraiment déconcertante : la jeune femme était très jolie ; néanmoins, quand on y regardait de plus près, les fines cicatrices formaient sur sa peau comme des craquelures de porcelaine. Le procureur fit remarquer qu'elle avait également souffert d'une commotion : trois côtes déplacées, une entorse au doigt, de nombreuses coupures et contusions ; le conduit lacrymal de son œil gauche était définitivement endommagé, si bien que, parfois, il coulait de manière incontrôlable et gênait la vision.

Je ne veux rien ressentir. Rien du tout. Terence braqua son regard sur la jeune femme qui se tenait si près de lui, un peu gauche, la tête levée et les yeux (de l'ambre vert miroitant) résolument fixés sur un point du mur, au-dessus de la tête des jurés. Il était troublé. Ses cheveux – plus longs, plus épais et plus beaux que ceux de sa fille Kim – balayaient son dos et ses épaules telle une crinière crêpée, soulevée par l'électricité statique, où plusieurs nuances se mêlaient : des mèches châtain clair, blondes, rousses, que soulignaient de petits fils brillant comme du métal, tombaient en cascade jusqu'à sa taille étroite, déchiquetées en multiples vagues sauvages et ondulations.

Terence était un gentleman, il savait se tenir, et baissa donc les yeux tandis que l'homme de loi poursuivait son discours. Pour Terence Greene, le cinquième juré, l'affaire était entendue : T. W. Binder, la brute qui avait brutalement agressé Ava-Rose Renfrew, cette femme si délicate, était sans conteste coupable des charges qui pesaient sur lui – et peut-être de plus encore.

En fin d'après-midi, la séance fut suspendue et le juge distribua quelques consignes impératives aux jurés. Sous peine de se voir expulsés du jury et d'être – qui sait ? – à l'origine d'une erreur judiciaire, ils ne devaient discuter du procès avec personne – « "Personne" est à prendre au sens strict : les membres de votre famille, les autres jurés, n'importe qui » ; ils ne devaient pas lire les journaux locaux, ni regarder les actualités régionales à la télévision, ni s'approcher des lieux où le supposé crime avait été commis.

Quand Terence quitta le tribunal, il traversa la rue et se rendit à la taverne « Mill Hill », pour poursuivre l'enquête sur son attaché-case. Hélas, on ne l'avait pas retrouvé – « Désolé, m'sieur ! J' crois bien qu'il a disparu. » Terence soupira, mais il n'était guère surpris. *Pas étonnant que les enfants ne te respectent pas.*

Il lança un regard vers le bar où, dans un épais nuage de fumée, quelques consommateurs étaient installés. Parmi eux se tenait le vieil homme de haute taille que Terence avait aperçu l'autre jour, lors du déjeuner, le patriarche à la barbe blanche et à la voix puissante – il parlait au barman et riait en brandissant son index. Il portait la même casquette de marine, perchée de façon désinvolte sur son crâne. Terence eut la tentation de s'adresser à lui ; mais il n'en fit rien. Qu'aurait-il dit ?

Au dîner, il avait dû se montrer rêveur et manger du bout des lèvres, car ses deux filles se mirent à le taquiner – « Papa, où tu es ? » Phyllis, qui venait de raconter l'une de ses longues anecdotes stupéfiantes à propos d'un ami de Queenston, ou de l'un de ses clients, réagit vivement, d'un air blessé. « En ce moment, votre père est à Trenton, au tribunal – il est juré. Il prend toute cette histoire très à cœur. »

Sur-le-champ, bien que Terence leur eût expliqué qu'il devait respecter son serment et ne rien révéler, ses filles tentèrent de le faire parler.

« Papa, dis-nous, de quoi s'agit-il ? Pourquoi tu ne veux pas ?

— Personne n'en saura rien, papa ! Allez ! »

Terence répliqua patiemment : « J'ai donné ma parole. Je ne la violerai pas. »

Cindy, la plus agressive des deux, se pencha vers lui en posant les coudes sur la table. D'une voix haut perchée, elle demanda, blessée : « Est-ce un procès pour meurtre ?

— Chérie, je ne peux vraiment rien dire. Quand tout sera terminé, je...

— Mais pourquoi ? Cela ne nous concerne pas, nous ne répéterons rien ! Ce que tu peux être bête, papa ! »

Phyllis donna une gentille petite tape sur le bras de Cindy. Et elle la gronda tout aussi gentiment : « Cindy, ne parle pas si fort.

— Oh, j'en ai assez ! C'est toujours moi ! Toujours moi qu'on gronde ! », cria Cindy, exaspérée. Elle était d'une humeur massacrante depuis plusieurs jours, parce qu'elle n'avait perdu que quelques kilos malgré des semaines de régime ; son visage était toujours aussi rond et joufflu. « Papa, pourquoi tu ne parles de rien ? Qui le saura ? »

Kim déclara d'un ton acerbe : « Parce que papa ne nous fait pas confiance, voilà pourquoi. Il ne fait confiance à aucune d'entre nous. »

Les repas du soir chez les Greene ! Même lors des fréquentes absences d'Aaron (ce soir, il était sorti avec des amis), Terence ne les supportait plus. Kim était tendue, goguenarde, distraite ; imprévisible. Phyllis avait décrété qu'elle n'avait pas le droit de se lever de table pour se précipiter au téléphone ; elle devait rester assise et l'écouter sonner, et sonner encore, jusqu'à ce que dans le bureau de Terence le répondeur s'enclenche. Et Kim n'était pas autorisée à écouter la bande avant la toute fin du repas. Phyllis, qui avait grandi dans un foyer où l'on inculquait de force les bonnes manières, tenait absolument à ce que cette consigne fût respectée – « Nous sommes une famille, après tout, disait-elle, et nous nous devons un respect mutuel. » (Terence se demandait si ces coups de fil venaient de… comment s'appelait-il, déjà ? ce garçon avec un anneau dans le nez. Phyllis avait banni ce type de leur foyer, en théorie ; mais cela n'empêchait pas Kim de le voir à l'extérieur.)

Terence articula posément : « Moi, je le saurai. »

Les deux filles éclatèrent de rire comme si elles n'avaient jamais rien entendu de plus hilarant.

« Oh, papa ! Ça ne compte pas ! »

— Tu resteras muet – pas vrai ? »

Ses deux enfants, la jolie fille svelte de quinze ans et celle de onze ans, ronde et dodue, continuèrent à pouffer de rire. À les voir ainsi, on aurait presque oublié leurs fréquentes et âpres querelles, leur aversion réciproque. On les aurait prises pour des sœurs aussi inséparables que des jumelles.

Cette nuit-là, en se déshabillant pour se coucher, Phyllis lança tout de go : « Raconte-moi. »

Terence leva les yeux vers elle, sans comprendre tout de suite ce qu'elle voulait dire.

Comme en un rêve éveillé, il venait d'apercevoir un visage – pâle, flottant, finement craquelé, magnifique. Et ces cheveux brillants qui descendaient en cascade telles des lanières déchirées, tout en boucles et en vagues.

Il bafouilla : « Je... je le ferai, Phyllis. Bien sûr. Quand le procès sera clos. »

Phyllis vit une expression de douleur et de culpabilité se peindre sur le visage de son mari. Elle s'avança brusquement vers lui et lui posa un petit baiser sur les lèvres. « Pauvre Terry ! Tu prends les choses trop au sérieux, tu ne trouves pas ? Je savais que tu n'aurais pas dû t'engager là-dedans. »

Le fils de Hettie. Tu resteras muet – pas vrai ?

Au tribunal, le jour suivant fut presque entièrement consacré à la déposition du principal témoin de l'accusation, Ava-Rose Renfrew. La jeune femme portait à présent des couleurs plus sombres : une longue robe indienne, noire et aussi légère que de la mousseline, composée de plusieurs couches de tissu superposées ; un châle tricoté bleu lavande drapait élégamment ses épaules étroites. Une rose de satin rouge vif ornait sa coiffure. Terence sourit en voyant qu'elle avait chaussé les mêmes ballerines noires. Ses cheveux brillants comme du mica étaient bien brossés et lançaient des reflets ; elle avait enlevé quelques bijoux – mais ses boucles d'oreilles, de minuscules queues de paon faites de plumes et de sequins, attiraient l'œil. Tandis qu'elle parlait tout en souriant doucement, son regard balayait la salle jusqu'au box des jurés, comme si elle cherchait à y reconnaître des amis.

C'était au tour de l'avocat de la défense d'interroger le témoin. Il passa un temps infini à lui tendre des pièges ; il répéta ses questions, lentement, insidieusement, pour l'amener à se contredire sur des détails insignifiants, ou à fondre en larmes. À plusieurs reprises, la voix cassée d'Ava-Rose devint presque inaudible, et le juge dut lui demander de parler plus intelligiblement. « Oh, Votre Honneur, c'est ce que j'essaie de faire ! répondit Ava-Rose en pressant un mouchoir en papier contre son œil gauche qui coulait, mais il est si méchant ! » Un murmure de sympathie parcourut l'assistance, et le petit avocat poseur fit un pas en arrière comme si on l'avait giflé.

Néanmoins, il persista et interrogea le témoin sur son âge. Un certain document déclarait vingt-neuf ans ; un autre trente et un. Quelle était, au juste, sa date de naissance ? Ava-Rose hésita. « Pourquoi, je... Oh, comme c'est gênant ! Je n'en suis pas sûre. Ma maman est morte quand j'étais petite. On a dit qu'elle était apparue à Trenton un jour, avec moi, sans alliance ni rien, en 1958. Dans ma famille, tout le monde connaît le jour de mon anniversaire – le 12 mars –, mais personne ne sait l'année. Qu'est-ce que cela peut bien faire ? Cet homme m'a blessée, à Noël, il comptait aller encore plus loin et mon âge n'a rien à voir là-dedans. » Ava-Rose fouilla dans ses affaires pour trouver un mouchoir propre qu'elle appliqua sur son œil.

Aussitôt, l'avocat adopta une autre tactique ; il la questionna sur ses relations avec l'accusé. Depuis combien de temps se connaissaient-ils, quel était leur degré d'intimité à l'époque de l'agression présumée ?

Ava-Rose répondit calmement, d'une voix plus rauque que jamais, qu'elle connaissait « T. W. » depuis plusieurs années, mais que leurs rapports avaient subi une certaine évolution – ils étaient « passés de l'amical au très amical » et s'étaient « ensuite refroidis ».

L'avocat repoussa ses lunettes d'écaille sur son nez et demanda, d'un ton chargé de sous-entendus : « Et comment avez-vous rencontré Mr Binder, miss Renfrew ?

— Eh bien, je… ne peux pas dire que je l'ai rencontré. J'ai levé les yeux, et il était là.

— Ah oui ? Et où cela s'est-il passé ? »

Ava-Rose, toute droite sur son siège, prit une profonde inspiration et expliqua d'une voix heurtée, précipitée, où se lisait l'étonnement : « Eh bien, une nuit, je quittais Tamar's Bazaar où, comme je l'ai dit, je loue un petit local – L'Art de la Beauté – pour vendre mes objets, quand j'ai vu un homme, un type chauve, très bizarre, qui me suivait. Tamar m'avait dit qu'il n'arrêtait pas de traîner dans le coin et de m'épier. Alors, j'ai fait semblant de l'ignorer parce que c'est la tactique la plus raisonnable. C'est un policier qui me l'a conseillée, un jour : il faut faire comme si on ne remarquait rien, comme si on n'était pas terrorisée, et il arrive que cela les décourage. Bon… Ce vieil homme chauve se cachait en attendant que la boutique ferme. Quand je suis sortie toute seule pour rejoindre ma voiture, j'avais une drôle d'impression : je me sentais suivie, mais n'osais pas me retourner pour m'en assurer ! Et ensuite je me souviens d'une seule chose : T. W. est descendu de sa moto, une Harley-Davidson noire, toute rutilante de chromes. Je ne l'avais jamais vu de ma vie, pourtant il est venu à mon secours. Il a lancé à l'homme qui me suivait : « Qu'est-ce que vous voulez à cette dame, m'sieur ? », et je me suis arrêtée, médusée, si surprise que j'en ai oublié ma frayeur ! Naturellement, le vieil homme chauve a répondu à T. W. de se mêler de ses affaires, qu'il ne se passait rien de particulier. Il se promenait, tout simplement, quand T. W. l'avait arrêté. Alors, ils ont eu des mots, et T. W. lui a envoyé un coup de poing dans la figure. Il est entré dans ce genre de fureur qui le prend parfois ; résultat, l'homme chauve a reçu une méchante dégelée. Il est tombé à genoux puis sur le dos, pendant que T. W. continuait de lui décocher des coups de pied. Sur le parking, personne ne s'approchait ni n'appelait la police ! Les gens sont ainsi de nos jours ! » Ava-Rose, oppressée, cacha son visage dans ses mains et parla par saccades à travers ses doigts : « Je savais que T. W. était un homme dangereux, mais je lui étais reconnaissante de m'avoir sauvée de ce type. Alors… »

Il y eut une pause gênée. L'avocat de la défense avait ôté ses lunettes et se frottait les yeux.

Quelle bévue ! Terence Greene, à qui cet avocat déplaisait souverainement, le prit un instant en pitié. Lors d'un interrogatoire contradictoire, il existe bien une règle impérative, n'est-ce pas, selon laquelle un avocat ne doit jamais poser à un témoin une question dont il ne connaisse pas lui-même la réponse ? À la table de la défense, T. W. Binder était affalé sur son siège, le regard las et le visage cramoisi. À présent qualifié d'homme dangereux, il se tenait très calme, parmi les petits rires de l'assistance, comme s'il souhaitait disparaître aux yeux de tous.

Pour Terence Greene, le reste de la session se déroula dans un mélange de frustration et de rage. Il ne pouvait détacher ses yeux du visage d'Ava-Rose Renfrew, strié de larmes ; il n'entendait rien hormis sa voix basse, rauque, mais ne parvenait pas toujours à suivre la logique de ses propos. Les paroles de l'avocat de la défense n'arrivaient pas jusqu'à lui – il les tenait bloquées tout au fond de sa conscience. *Ce qui me ferait plaisir, c'est qu'ils se retrouvent tous les deux dans le box des accusés, l'avocat et son client. Ce que j'aimerais, c'est qu'on les déclare coupables l'un et l'autre, et qu'on les punisse.*

Cet après-midi-là, quand l'audience fut levée, Terence Greene ne rentra pas directement chez lui, à Queenston, mais roula vers l'ouest et traversa Trenton. Il comptait remonter vers le nord en longeant la Delaware, puis prendre à l'est, pour revenir à la maison par le chemin des écoliers. Ce jour de juin était particulièrement radieux : le ciel était clair, sans un nuage, et l'espoir, la sensation du futur renaissaient, malgré la pollution atmosphérique. Son cœur battait si fort ! Il brûlait de... il ne savait quoi. *De lui parler. De s'excuser. De dire sa honte d'être un homme, dans un monde d'hommes.*

Oui, c'était cela : il voulait s'excuser, tout simplement. Terence frissonna à l'idée que sa propre femme, ses propres filles puissent un jour souffrir des exactions d'une brute dans le genre de ce Binder ; ou se voir odieusement traitées, en public, par un grossier personnage, comme ce damné avocat de la défense.

Terence ne connaissait pas les rues de Trenton, mais il voyait à peu près dans quelle direction s'engager. Il roulerait jusqu'au fleuve et ensuite obliquerait vers le nord sur la River Road, pour rejoindre la route de Queenston. Lui, Phyllis et les enfants n'étaient pas retournés dans la vallée de la Delaware depuis des années, mais Terence se rappelait avec plaisir leurs excursions dominicales vers New Hope et le parc de Washington's Crossing – c'était là que, la veille de Noël 1776, le général George Washington avait traversé la Delaware prise par les glaces pour passer de la Pennsylvanie au New Jersey. Enfant, Aaron nourrissait une véritable passion pour les sites historiques ; et Terence lui-même, bien qu'adulte, les trouvait fort poétiques. Phyllis adorait les vieilles auberges au bord de l'eau où, pour célébrer des occasions particulières comme les anniversaires, ils organisaient autrefois des pique-niques romantiques… Aujourd'hui, leurs existences agitées leur interdisaient ce genre d'escapade ; ils n'étaient jamais revenus à Delaware Valley et il y avait des années qu'ils n'en avaient plus reparlé. En outre, les enfants avaient grandi et les excursions familiales ne leur disaient plus grand-chose.

Pa-pa ! Reviens sur Terre !

Tout au fond de lui, Terence voyait la rivière large et placide, au débit pourtant rapide, miroiter comme du phosphore de l'autre côté de la cité crasseuse. Une émotion inexplicable fit chavirer son cœur.

Il remontait une artère nommée Pennington Avenue, quand la chaussée se divisa bizarrement. Plusieurs pâtés de maisons plus loin, une pancarte attira son regard : HOLYOAK.

Holyoak ! *Zone interdite.*

Mais, du moment qu'il restait à bonne distance de la résidence des Renfrew, il ne risquait rien. Or, des kilomètres l'en séparaient, c'était certain – il était au numéro 800.

C'était un quartier ouvrier, avec des maisons alignées et des petites boutiques, presque des taudis. Dans la rue, on voyait des Noirs, des Hispaniques et quelques Blancs. En atteignant le pâté suivant, et celui d'après, il comprit qu'il se trouvait bien dans un ghetto noir ; puis, brusquement, il y eut un passage à niveau et, de l'autre côté, une espèce de terrain vague avec des entrepôts, des chantiers de chemins de fer, de petites usines, des parcelles inoccupées recouvertes de gravier. Sur plusieurs kilomètres. Où donc étaient les numéros ? Terence n'en apercevait aucun. Sur sa droite se dressait une sorte de forteresse – la maison de correction de Chimney Point –, dépourvue de numéro elle aussi. Sur sa gauche, une église méthodiste condamnée, endommagée par un incendie. Puis vint une série de maisons en bois délabrées et, derrière elles, des bungalows construits au milieu des broussailles ; il déboucha sur un carrefour assez animé, avec un glacier Abbott, une taverne où s'organisaient des tournois de billard, un restaurant qui vendait des plats à emporter et un pressing ouvert vingt-quatre heures sur vingt-quatre. Il dépassa un quartier résidentiel semi-rural et, sur la gauche, un vaste cimetière envahi par les mauvaises herbes ; au sommet d'une colline boisée s'élevait un vieil édifice lugubre, apparemment abandonné, bâti en briques sales couleur chamois et surmonté de plusieurs grandes cheminées noires.

Chimney Point. Zone interdite.

Arrivé au 100 Holyoak Street, Terence remarqua que la rue aboutissait à une impasse. Dans le lointain, ce vague scintillement liquide ne pouvait être que la Delaware. Holyoak était donc une voie sans issue ! Il devrait faire demi-tour et reprendre le chemin par lequel il était venu.

Il était surexcité. Sa respiration s'accéléra, et il lui sembla qu'un carcan enserrait sa cage thoracique. Il sentait qu'il courait un danger imminent. *Pourquoi ai-je fait cela ? Pourquoi ai-je pris un tel risque ?*

Par la suite, Terence se rappellerait que son véhicule avait continué sa route, emporté par son élan ; comme si la voiture faisait partie de son corps, comme si lui – Terence Greene ? –, derrière son volant, avait abdiqué toute volonté et tout sens des responsabilités.

Les numéros de la rue défilèrent à vive allure. Terence ne parvenait pas à détacher ses yeux d'une maison, sur la gauche. Bâtie en bois et en stuc, elle avait l'allure d'une grange. On ne pouvait que la remarquer car, même parmi ses voisines en piteux état, elle détonnait : délabrée, mal entretenue, mais néanmoins surprenante, c'était le genre de bâtisse qui vous donne envie de sourire, comme une image dans un livre de contes pour enfants. *Sa maison ?*

Quoique conscient des risques qu'il courait, Terence ne put s'empêcher de freiner pour se garer devant la demeure. (Pouvait-on le voir d'ici – dans sa BMW métallisée dernier modèle que Phyllis avait elle-même choisie ?) La baraque était vétuste, et son plan d'origine datait probablement du siècle précédent ; les ajouts eux-mêmes étaient anciens, en mauvais état : un toit d'ardoises fort endommagé sur lequel de la mousse s'étalait par plaques ; une cheminée en briques rouges, écroulée ; trois fenêtres au rez-de-chaussée et trois autres au premier – du contreplaqué remplaçait plusieurs vitres, les volets du bas étaient peints en bleu vif alors que ceux du premier, d'un gris sale, n'avaient pas été rafraîchis depuis des dizaines d'années. Dans une véranda toute de guingois s'accumulaient les rebuts de la maisonnée : un vieux canapé à ressorts, un petit réfrigérateur trapu, un poste de télévision. Des guirlandes lumineuses, oubliées là depuis le Noël précédent, garnissaient les gouttières de la véranda et s'enroulaient autour de ses poteaux. N'était-ce pas le chiffre 33 qui scintillait comme du phosphore à côté de la porte d'entrée ?

Près de la maison, masquant en partie les fenêtres du rez-de-chaussée, poussaient des arbres trop grands ainsi que des arbustes, des fleurs, des mauvaises herbes – sur le devant s'étendait un jardin à l'abandon derrière une barrière penchée. On y voyait une profusion de liserons, de tournesols, de chardons en fleur, des églantiers, des roses et, çà et là, un ornement de pelouse inattendu, d'un goût discutable – un flamant rose vif perché sur une seule patte, un négrillon farceur mangeant une tranche de pastèque, un élan miniature. Une mauvaise allée pleine d'ornières faisait le tour de la demeure et, sur le bas-côté, on apercevait une vieille Studebaker décapotable, couverte de rouille et envahie par les mauvaises herbes.

Et si quelqu'un me voyait ? Si – par hasard – moi, le juré, j'étais découvert ?

Terence, penché à la portière de sa voiture, plissait les yeux pour les protéger du soleil ; son cœur cognait à tout rompre. C'était donc ici le 33 Holyoak Street, la maison d'Ava-Rose Renfrew, l'endroit où les « coups et blessures volontaires » avaient été perpétrés ! Le jour déclinait, mais il faisait encore clair ; le paysage, la maison, le jardin, tremblaient sous l'effet de la chaleur. Une vie secrète pulsait. Les vitres des fenêtres miroitaient. Les volets bleu vif semblaient avoir été tracés par la main d'un enfant appliqué. Terence, nerveux, se dit que si quelqu'un se montrait, si Ava-Rose en personne apparaissait et le voyait, il appuierait à fond sur l'accélérateur, roulerait jusqu'au rond-point, au bout de la rue, et s'enfuirait.

C'est alors qu'il remarqua un mouvement sur le toit de la maison, vers l'arrière. Une silhouette humaine ? Deux silhouettes ? Deux filles en bikini se rôtissaient au soleil.

Terence n'avait pas l'intention d'observer la scène de manière si ostensible. Peut-être pensait-il – il avait lui-même deux filles et, de toute façon, il était plutôt du genre serviable – qu'il y avait du danger ; que les gamines étaient plus jeunes qu'elles ne le paraissaient. Allongées sur le toit pentu, des chapeaux identiques posés sur leurs visages, elles ne l'avaient pas encore remarqué ; leurs corps étaient minces, leurs ventres plats, leurs poitrines menues, et leurs jambes longues et maigres ; toutes deux portaient des maillots rouges, grands comme des mouchoirs de poche. Terence les regardait en plissant les yeux quand un chien se mit à aboyer non loin de là ; l'animal détourna son attention et éveilla celle des filles – l'une d'elles s'assit et releva son chapeau de paille, l'autre l'imita en reproduisant exactement son geste, et toutes deux, dès qu'elles aperçurent Terence Greene, un inconnu dans une chouette voiture métallisée garée devant leur maison, se mirent à lui faire des signes en riant bêtement.

Étaient-ce les fameuses jumelles ? – elles devaient avoir environ treize ans. De loin, elles semblaient identiques. Leur étincelante chevelure châtain clair flottait sur leurs épaules ; elles ressemblaient étrangement à Ava-Rose Renfrew.

Terence démarra sur les chapeaux de roue. Les gamines l'interpellèrent hardiment de leurs petites voix aiguës – ou bien étaient-ce les aboiements du chien, qui maintenant se précipitait vers la roue avant gauche de la BMW ? Terence perçut un cri : « M'sieur ! » À moins que ce ne fût : « Buster ! »

Le chien était un gros bâtard marron à poils longs, affublé d'une tête de berger allemand et d'un poitrail de husky ; ses pattes étaient trapues comparées à son corps, et sa queue, longue d'une trentaine de centimètres, ressemblait à une baguette battant la mesure. Ses jappements avaient quelque chose de frénétique, mais on ne savait s'ils exprimaient de l'hostilité ou un excès de sympathie ; dans ces cris canins perçait un étrange trémolo qui rappelait la voix humaine. Tout en démarrant, Terence marmonna : « Fiche le camp, sale cabot ! Je t'en supplie ! » La voiture fit un bond en avant, roula jusqu'au bout de la rue (au-delà s'étendait un terrain vague envahi par les mauvaises herbes et jonché de détritus – des carcasses de voitures, des pneus –, que traversait une espèce de sentier descendant vers la rivière), amorça un virage serré, ce qui fit crisser ses pneus de manière alarmante, et repartit. On aurait dit que le chien était coincé à l'avant du véhicule. Quand Terence, ne pensant qu'à disparaître au plus vite, appuya de nouveau sur l'accélérateur, on entendit un choc sourd, écœurant. Les gamines se mirent à crier, sur le toit du 33 Holyoak Street, et le chien hurla. Terence voulait s'enfuir, mais n'y parvenait pas : il ne pouvait se résoudre à abandonner un animal blessé. Alors, pris de panique, incapable de rassembler ses pensées, sachant seulement qu'il s'était mis sciemment dans un sale pétrin, Terence s'arrêta, ouvrit la portière, jeta un œil dehors et vit – à son incommensurable soulagement – que le chien était indemne : il s'était esquivé à temps. L'animal bien vivant se tenait à présent au milieu de la rue et aboyait sans relâche avec, au fond de la voix, cet étrange trémolo humain ; il observait Terence de ses yeux brillants couleur d'ambre.

Terence décampa sans demander son reste. Dans le rétroviseur, l'image du chien furibond rétrécit, encore et encore, jusqu'à disparaître dans le lointain.

Jamais. Plus jamais.
Un comportement si téméraire, si inconséquent – jamais.

Quand Terence rentra chez lui, il était 18 h 20. Des voitures étaient garées dans l'allée : des invités !

Il avait complètement oublié : Phyllis avait convié les Montgomery et les Classen à prendre l'apéritif, et ils devaient ensuite dîner au Queenston Country Club, où se donnait un dîner de bienfaisance, à 500 dollars tête, au bénéfice d'une œuvre locale – les Donnez-pour-notre-école ou les Nourrissez-les-sans-logis…

Terence pénétra sur la terrasse où sa femme et ses amis étaient installés. Échevelé, en nage, il avait l'air d'un homme qui revient d'un grand voyage et n'arrive plus à se repérer. Phyllis et les autres le considérèrent d'un air étonné.

Matt Montgomery dit avec un rire étouffé : « Le voilà ! L'homme qui tombe à pic.

— Terry, mais que… ? Je me suis inquiétée ! s'écria Phyllis, plus vivement que Terence ne l'aurait souhaité. Tu es en retard. »

S'ensuivit une nuée de salutations, de poignées de main, de bises appliquées sur sa joue – l'élégante Hedy Montgomery, une charmante quadragénaire qui semblait réprimer sans cesse un rire nerveux ; Matt Montgomery, un bel homme grand, bronzé, énergique, doté d'un sourire cordial et d'une poignée de main de fer (Matt avait été élu au conseil municipal en avril dernier et projetait, expliquait Phyllis tout excitée, de briguer le mandat de maire de Queenston) ; Lulu Classen, une femme douce et sans éclat, toujours oppressée ; et enfin Mickey Classen qui, apparemment gêné pour son hôte, lui tendit une main molle et furtive. Phyllis, avec un sourire forcé, se haussa sur la pointe des pieds et, frôlant de ses cils la joue de Terence, lui demanda à mi-voix : « Bon Dieu, Terry, où étais-tu ? » Terence répondit : « Je crains de m'être perdu. » Ses amis s'esclaffèrent. Matt Montgomery rit plus franchement que les autres. Phyllis rétorqua, incrédule : « Perdu ? Perdu dans Trenton ? » et Terence lâcha, dans un soupir, tout en passant ses deux mains dans ses cheveux secs et fins : « Oui, je le crains... perdu dans Trenton. »

Parce que je crois en la justice. Parce que je crois être en mesure de représenter la justice, si l'on m'accorde ce pouvoir.

Le fils de Hettie. Il est grand déjà.

Le matin suivant, tiraillé entre l'excitation et la mauvaise conscience, Terence retourna au tribunal de Trenton tout en sentant poindre en lui une farouche détermination.

Le juge avait prévenu l'ensemble des jurés que le procès risquait de se terminer le jour même, ou le lendemain. Et déjà, bizarrement, Terence éprouvait une sorte de regret, ou bien un sentiment de perte imminente. Comme si, dans ce court laps de temps, s'était déroulée une partie importante de sa vie. Alors que, depuis des années, il prenait le train pour gagner son bureau de Manhattan, chaque matin désormais il partait en voiture vers cette ville où il ne connaissait personne et où personne ne le connaissait. Au lieu d'obliquer vers le nord, il roulait vers le sud, sur la Route 1 dont le trafic intense le poussait en avant ; il tournait pour s'engager dans le parking couvert, et montrait au gardien le laissez-passer JURÉ, posé sur le tableau de bord de sa BMW.

« Je viens pour une affaire officielle. Je suis juré. »

Une heure plus tard, au moment où il pénétra dans la salle d'audience et s'installa dans le box des jurés, à la cinquième place, Terence éprouva une singulière appréhension mêlée de terreur – comme si, en agissant ainsi, il violait une enceinte sacrée.

Mais qui l'arrêterait, à présent qu'il était là ?

Terence constata, désappointé, qu'Ava-Rose ne reviendrait pas – sa déposition s'était terminée la veille. Le jeune procureur n'avait plus qu'à présenter à la cour ses trois autres témoins.

Mais une surprise l'attendait : le premier témoin : Holly Mae Loomis, grand-tante d'Ava-Rose Renfrew et corésidente du 33 Holyoak Street, n'était autre que la vieille dame rougeaude et corpulente qu'il avait aperçue dans la taverne « Mill Hill », coiffée de cet étrange petit chapeau à l'élégance tapageuse !

Ce matin-là, Holly Mae Loomis avait enfoncé sur sa tête un chapeau cloche en satin couleur pêche, dissimulant presque toutes ses boucles cuivrées. Sur sa robe de coton froufroutante étaient imprimés des perroquets vert brillant ; elle portait de grosses chaussures orthopédiques, mais ses jambes n'en étaient pas moins glissées dans de fins collants verts. De même que la jolie Ava-Rose, Mrs Loomis s'exprimait avec un air franc et cordial et une grande spontanéité. Elle souriait à l'assistance comme si chacun ici ne demandait qu'à la croire.

Mrs Loomis raconta la même histoire que sa petite-nièce – l' « intrusion » de l'accusé dans la maison ; l'attaque « perfide, démente » dans l'escalier ; et le reste. Durant le contre-interrogatoire, la défense tenta mollement de la confondre, en examinant point par point le déroulement des faits, afin de déterminer si elle se trouvait bien dans la maison au moment des événements. Mrs Loomis leva son menton charnu, dévisagea l'avocat et s'exclama d'un ton dramatique : « Pourquoi cela ? Qu'êtes-vous en train d'insinuer, jeune homme : que je suis atteinte de sénilité précoce ou, ce qui est plus insultant, que *je suis une menteuse* ? » Avec son air offensé et son visage fardé, cette femme ressemblait à une ancienne actrice, Ethel Merman peut-être. Plusieurs membres du jury se mirent à rire et Terence Greene s'esclaffa plus fort que les autres. Le juge lui-même ne put réprimer un sourire.

La figure de l'avocat de la défense, déjà couverte de sueur, vira à l'écarlate. D'un geste brusque et désespéré, il remonta ses lunettes d'écaille sur son nez. Sa voix résonna comme un croassement : « Plus de questions, Votre Honneur. »

Ensuite, le procureur appela Charlton Heston Renfrew – et Terence eut droit à sa seconde surprise de la journée. En effet, le jeune neveu d'Ava-Rose Renfrew, également domicilié au 33 Holyoak Street et témoin oculaire des coups et blessures, n'était autre que l'adolescent blond et musclé de la taverne « Mill Hill ». Pour se présenter devant la cour, il avait revêtu le costume de sport étriqué qu'il portait l'autre jour ; sa casquette de base-ball était enfoncée dans l'une de ses poches.

Il y eut un petit intermède cocasse avant que l'huissier ne fît prêter serment à Charlton Heston Renfrew. En effet, le juge dut lui demander de bien vouloir cracher le chewing-gum qu'il mâchait avec application. Affectant un air dégoûté, un adjoint du shérif saisit la chose dans un mouchoir en papier et l'emporta.

Le procureur prit la parole : « Charlton Heston Renfrew, veuillez, s'il vous plaît, dire à la cour votre âge et les liens qui vous unissent à miss Ava-Rose Renfrew. »

Le garçon secoua la tête d'un air ennuyé. « Mon nom c'est Chick, personne m'appelle comme vous avez dit. J'ai quinze ans, et Ava-Rose, que ce gars là-bas a voulu tuer, c'est ma tante. »

Aussitôt, l'avocat de la défense bondit sur ses pieds. « Objection, Votre Honneur ! »

Avant que le juge ait pu répondre, le jeune Renfrew s'écria : « "Objection" ! Qu'est-ce que vous en savez ? Vous y étiez pas ! Vous avez pas vu ce salaud cogner sur tante Ava-Rose et la traîner jusqu'en bas des marches ! » Il brandit un poing menaçant en direction de l'avocat. Son beau visage un peu blême parut s'enflammer et ses cheveux d'un blond sale aux boucles épaisses semblèrent se dresser sur sa tête, en signe de protestation.

Il fallut quelques minutes pour que le calme revienne dans la salle. À la requête de la défense, les jurés furent renvoyés en toute hâte. On les enferma dans leur pièce puis, dix minutes plus tard, on les ramena. Terence formait des vœux pour que le jeune homme n'eût pas été exclu du procès, mais constata avec soulagement qu'il était toujours assis sur le banc des témoins, bien que radouci et penaud comme un gamin pris en faute. Pendant le reste de sa déposition, « Chick » Renfrew s'exprima posément mais non sans indignation. Il évoqua le harcèlement que T. W. Binder avait fait subir à sa tante durant des mois – il avait forcé sa porte, l'avait frappée dans l'escalier, lui donnant des coups de pied alors qu'elle était à terre – en hurlant : « Je te tuerai, salope ! » Chick raconta comment il avait tenté de l'écarter de sa tante, et se plaignit d'avoir été frappé à la bouche. Il décrivit en détail les bottes de cuir cousues main de Binder, avec lesquelles il avait cogné sa tante sur la tête à plusieurs reprises. Son histoire corroborait au détail près les versions d'Ava-Rose Renfrew et de Holly Mae Loomis et, tout en parlant, il jetait de fréquents coups d'œil aux jurés comme s'il était persuadé d'être cru. Ce garçon n'avait que quinze ans ! Devant cette combinaison d'innocence et de théâtralité, Terence ne put s'empêcher de sourire. À l'entendre, on aurait pu croire que « Chick » Renfrew n'en était pas à sa première déposition devant un tribunal.

L'avocat de la défense entama son contre-interrogatoire, mais il procéda avec prudence, comme s'il craignait de susciter un autre débordement regrettable. Il se contenta de s'enquérir, avec une fausse naïveté, des « souvenirs d'enfance » du témoin – mais cette série de questions s'arrêta bientôt car le procureur éleva une objection. Le témoin lui-même se tourna vers le juge et s'enquit, d'un ton plaintif : « Dois-je répondre à cela ? »

Le juge exposa assez longuement au jury une disposition légale en vigueur dans le New Jersey, destinée à protéger les mineurs ; ces derniers n'étaient pas contraints d'évoquer leurs « souvenirs d'enfance ». Mais, de toute évidence, les souvenirs de « Chick » Renfrew étaient particulièrement mystérieux.

Encouragé par cette légère avancée, l'avocat de la défense, tout en faisant les cent pas, demanda au témoin s'il n'avait pas contribué à l'incident en se battant avec l'accusé ; Chick nia avec conviction. Il avait tenté de « séparer Binder de tante Ava-Rose, afin de l'empêcher de la cogner » – un point c'est tout. Semblant négliger son erreur tactique, l'avocat s'obstina à poser des questions qui permirent au garçon d'insister sur la brutalité de l'agression. Le jeune homme répéta à plusieurs reprises : « Il beuglait sans arrêt : “Je vous tuerai, tous autant que vous êtes !” » ; puis il décrivit les plaies ouvertes de la victime, tant et si bien qu'au bout de quelques minutes l'une des femmes du jury manifesta des signes de malaise. Terence, quant à lui, écoutait attentivement. Il imaginait la scène : cette brute de Binder en train de battre sauvagement une femme tellement plus faible que lui ; une véritable angoisse lui nouait l'estomac.

Normalement, dans un procès, le contre-interrogatoire sert à introduire le doute dans l'esprit des jurés, à leur faire revisiter les dépositions des témoins de l'accusation ; or, celui-là produisait l'effet contraire. Plus l'avocat de la défense s'escrimait à démontrer la mauvaise foi des Renfrew, et plus la culpabilité de l'accusé apparaissait évidente.

« Oui, m'sieur, j' suis tout à fait sûr de ce que j'ai vu, affirma le jeune Renfrew avec véhémence, et j'ai de la chance d'être encore vivant pour le raconter, étant donné que T. W. a voulu me tuer moi aussi ! »

Finalement, l'avocat abandonna la partie et renvoya le témoin.

« Plus de questions, Votre Honneur. »

Comme Charlton Heston Renfrew se levait pour quitter la salle, il sortit de sa poche sa casquette de base-ball, l'agrippa des deux mains d'un geste emprunté et fit un signe de tête au jury : « Bien l'bonjour à tous ! »

Le dernier témoin de l'accusation, Ronnie Reuben, était une voisine des Renfrew ; elle résidait au 31 Holyoak Street. C'était une femme robuste d'environ trente-cinq ans ; à l'en croire, elle n'était pas le genre de personne à se mêler des affaires des autres, mais, ce 27 décembre, elle n'avait pu s'empêcher d'entendre le vacarme qui venait de la maison d'à côté – « Il aurait fallu être sourd pour ne pas le remarquer. » Elle savait qu'Ava-Rose avait des problèmes avec son ex-petit ami, le motard ; les Renfrew lui en avaient parlé sans détour – « Elle ne voulait pas l'épouser, je suppose : il était fou d'elle » –, et voilà que, deux jours après Noël, T. W. Binder rappliquait sur sa Harley-Davidson ; « il l'a garée sur le trottoir et, quelques minutes plus tard, un terrible raffut a éclaté dans la maison voisine, comme si on égorgeait quelqu'un ». Mrs Reuben ajouta qu'elle s'était rendue chez les Renfrew pour leur prêter main-forte, à tout hasard, malgré sa frayeur ; elle aurait bien mieux fait, mais cela elle ne le comprit qu'après, d'appeler immédiatement la police. « Je sais pas ce qui m'a pris ! Je me suis dirigée droit vers la porte d'entrée, qui était ouverte, et Binder – oui, lui, là-bas, monsieur... » Elle désigna l'accusé. « ... il est sorti en courant et m'a bousculée comme s'il m'avait pas vue. Son haleine empestait le whisky, il avait du sang partout sur le visage et les mains. J'ai failli m'évanouir, tellement j'avais peur ! J'étais sûre qu'il avait tué Ava-Rose ! Parce qu'une autre fois il avait été arrêté, et qu'on avait parlé d'un procès, vu que la police avait dit qu'il avait noyé ce pauvre type, comment qu'y s'appelait déjà... *Applewine ? Wineapple ?* »

L'avocat de la défense se leva d'un bond et éleva une objection ; il était si furieux que ses lunettes avaient presque glissé du bout de son nez. Terence remarqua que, bizarrement, le procureur paraissait tout aussi préoccupé que son collègue et adversaire. Le juge s'empressa de retenir l'objection, et ordonna à la sténodactylographe de biffer les dernières remarques du témoin.

Mais l'avocat n'était toujours pas satisfait : il réclama un entretien avec le juge et l'accusation, sa requête fut acceptée, et ils se réunirent autour du bureau du juge, assez loin du box des jurés pour que ceux-ci n'entendent rien de leurs conciliabules.

Naturellement, Terence et les autres se tenaient sur le qui-vive. Ainsi donc, T. W. Binder n'était pas seulement accusé d'avoir quasiment tué une jeune femme, mais en plus on l'avait déjà arrêté pour homicide par noyade ? Terence se souvint que le juge avait demandé aux jurés présomptifs si le nom de « Wineapple » leur évoquait quelque chose : ceux qui avaient répondu « oui » avaient été révoqués sur-le-champ. Il existait donc également une affaire de meurtre, se dit Terence, décontenancé. C'était tellement frustrant de devoir rester assis là, muet comme une carpe, sans avoir le droit de poser des questions ni même de manifester son impatience !

La messe basse dura quelques minutes, puis le procès reprit. Ronnie Reuben, avec sa carrure impressionnante, son menton en galoche, ses cheveux drus et gris, tondus comme ceux d'un homme, paraissait déconcertée par le trouble qu'elle suscitait ; Terence connaissait suffisamment la stratégie judiciaire pour comprendre que le témoin avait, par inadvertance, soulevé une question que l'accusation ne désirait pas qu'on soulève, bien qu'elle aggravât le cas du prévenu. Dès lors, le témoin mesura ses paroles et, quand l'avocat de la défense questionna Mrs Reuben, il se contenta d'évoquer des détails insignifiants sur des « rumeurs infondées » ayant trait à certaines menaces qu'aurait proférées T. W. Binder contre Ava-Rose Renfrew. Il revint sur la série d'événements qui avaient marqué l'après-midi du 27 décembre, et demanda à Mrs Reuben comment elle avait pu identifier le sang maculant le visage et les mains de l'accusé, puisque tous les sangs se ressemblent – « Après tout, ne pouvait-il s'agir de celui de Binder ? »

Mrs Reuben pinça les lèvres, réfléchit, et dut concéder : « Eh bien ! j' suppose que Holly Mae et Chick ont pu s'en prendre à lui, pour se défendre…

— Se défendre ? répéta l'avocat de la défense, sournoisement. Comment pouvez-vous affirmer qu'il ne s'agissait pas d'une attaque pure et simple, commise sur la personne de T. W. Binder ? Selon vos propres dires, vous n'avez pas assisté à la scène qui s'est déroulée à l'intérieur de la maison Renfrew, n'est-ce pas ? »

Avant que le témoin ait pu répondre, l'accusation éleva une objection. Nouveau délai ! Terence sentit son estomac chavirer. Il était si furieux qu'il pouvait à peine supporter la vue de cet avocat, et encore moins celle de son client. Pour se calmer, il forma dans son esprit l'image de la piscine de l'Athletic Club de Queenston, miroitante, carrelée de blanc. Il faisait des longueurs. Il n'y avait rien de tel que la plate monotonie du crawl australien pour se calmer les nerfs ! Dans la piscine, les gens étaient presque nus, anonymes donc ; on ne pouvait y commettre aucun péché ni faire aucun mal, et cette pensée était un véritable soulagement. *Je veux être bon, je veux faire le bien, mais je cherche la justice.* Depuis le début de ce procès, qui semblait canaliser toute son énergie, Terence n'avait pas remis les pieds à la piscine ; le manque d'exercice commençait à se faire sentir, et les muscles de son cou et de ses épaules n'étaient plus aussi fermes.

La veille au soir, lors du somptueux dîner au Queenston Country Club, Phyllis ne lui avait-elle pas décoché un coup de coude au creux des reins, en lui murmurant d'un ton acerbe : « Tu ne peux donc pas te tenir droit ? »

Le seul témoin de la défense était l'accusé lui-même, T. W. Binder. À l'invite de son avocat, il s'avança à la barre du pas hésitant d'un homme égaré. Dans la salle, tout le monde se retourna vers l'huissier qui lui faisait prêter serment. Il tendit une main peu assurée au-dessus de la Bible et marmonna une réponse inaudible. Terence posa sur lui un regard critique : Binder n'avait que trente-deux ans, mais il faisait beaucoup plus vieux. Ses cheveux brun-roux se clairsemaient sur son front bombé, et son corps musclé avait tendance à l'embonpoint ; son visage rougeaud, sans doute beau autrefois, s'empâtait au niveau de la mâchoire. Ses lèvres étaient étrangement blêmes, presque exsangues – *molles comme des limaces, et pourtant ces lèvres-là elle les avait baisées, et lui, il avait posé ces lèvres-là sur sa bouche si charmante*.

L'avocat de la défense interrogea Binder ; ce dernier avait préparé sa déposition, incontestablement, mais s'exprimait néanmoins d'une voix incertaine et méfiante. Il déclara qu'il n'avait pas eu l'intention de blesser Ava-Rose Renfrew – « Je voulais juste lui parler. » Non, il ne l'avait jamais « harcelée » ni « menacée ». Il ne l'avait pas vue durant des semaines, peut-être des mois. Si quelqu'un l'ennuyait, comme elle l'avait prétendu, c'était « un autre type… pas moi ». En fin de compte, Binder affirma, tout en fixant l'avocat de la défense d'un air furibond, comme si cet homme était son ennemi et non pas son seul allié au sein du tribunal, qu'Ava-Rose Renfrew et sa famille lui devaient de l'argent. Il s'était rendu au 33 Holyoak

Street dans l'après-midi du 27 décembre pour parler de cette dette. À combien se montait-elle ? « 2 000, peut-être plus. » Mais, dès le moment où il franchit le seuil de la maison, poursuivit Binder, « les choses se sont passées si vite que je n'y ai rien compris ».

L'avocat de la défense paraissait à la fois belliqueux et fébrile ; il lançait des coups d'œil aux jurés pour voir l'effet produit par la déposition de Binder. Durant une fraction de seconde, son regard croisa celui de Terence et l'homme de loi sembla se figer. Puis il dit : « Continuez, Mr Binder. Essayez de coller aux événements. »

Binder prit son temps pour répondre. Il se tordait les doigts et tortillait des épaules dans son costume marron mal coupé. Ses lèvres pâles bougeaient de manière insolite, comme si les paroles qu'il prononçait lui faisaient mal. « C'est comme la première fois où je l'ai vue, il y a trois ans de cela. Et comme chaque fois que je me trouvais avec elle, ou que je me rendais dans cette maison : ils ont voulu me mettre à la porte, après tout ce que j'ai fait pour eux, mais j'étais dans mon droit ! Alors, je suis entré de force, peut-être que j'avais un peu bu, mais ça n'est pas à cause de ça… ce qui est arrivé. J'ai levé les yeux : Ava-Rose était dans l'escalier, alors je me suis retrouvé près d'elle, j' sais pas comment. Ensuite, on est tombés. Et Chick, la vieille Holly Mae, et le vieil homme qu'ils appellent le Capitaine – il était là, lui aussi –, m'ont sauté dessus. » Il y eut un silence. L'avocat attendit. Binder secoua la tête, comme un chien qui s'ébroue. « Après, j' me rappelle pas. Tout est trouble. Je sais pas ce qui s'est passé. J'ai eu un passage à vide et, quand je suis revenu à moi, j'étais sur ma bécane et j' traversais le pont qui enjambe le fleuve ; mon visage séchait dans le vent glacial ; je roulais vers la Pennsylvanie sur ma Harley-Davidson. » Binder fit une moue malicieuse. « J' suis allé chez des potes à Philadelphie. Je me disais qu'en restant ici je risquais ma peau. »

Cette dernière remarque faisait froid dans le dos. Terence et les autres n'en perdaient pas une miette.

L'avocat de la défense rajusta ses lunettes et scruta attentivement son client. On aurait pu croire qu'il entendait son témoignage pour la première fois – allait-il pousser plus loin ? « Mr Binder, euh… dites-nous comment vous étiez chaussé, cet après-midi-là. »

Binder le fixa, cligna des yeux puis hocha lentement la tête, comme s'il revenait sur Terre. « J'avais des baskets, monsieur. Je portais des baskets.

— Des baskets ! Pas des "bottes de cuir noir" ?

— C'étaient des baskets noires, monsieur. Je portais des baskets noires. Pas des bottes.

— Pas de bottes ! Très bien ! » L'avocat soupira et se frotta les mains. « Maintenant, dites-nous, du mieux que vous pourrez, Mr Binder, ce qui s'est passé l'après-midi du 27 décembre, au 33 Holyoak Street. Revenez au point de départ, lors de votre arrivée. »

T. W. Binder parla, avec application, mais sans se départir de ce ton saccadé et hésitant. Il raconta son histoire puis, de nouveau, atteignit le point où il ne se souvenait plus de rien – « j'ai eu un passage à vide ». Un *passage à vide* ! Terence Greene, outré par le grotesque subterfuge qu'employait l'accusé – mais aussi par son aspect vulgaire, si bien qu'il devait se forcer pour l'écouter –, se tenait très droit et affectait un air dégagé. Quand, plus tard, le jeune procureur reprit l'interrogatoire et réduisit Binder à un silence coupable et maussade, Terence ne parvenait toujours pas à se concentrer. Il se souvenait. Il y avait longtemps, au fin fond de ce pays, au fin fond de son existence passée, il avait lui aussi été témoin, sinon acteur, d'un événement oublié et très mystérieux.

De même que Binder, Terence avait totalement perdu la mémoire de cet instant.

Dans un endroit où la douleur dévore tout sur son passage, comme du feu. Où les mots refusent de se former.

Le procès se termina le cinquième jour, en fin de matinée, après les traditionnels réquisitoire et plaidoirie de l'accusation et de la défense ; et l'examen des éléments de preuve par les jurés – le rapport médical détaillé sur l'état de santé d'Ava-Rose Renfrew, admise aux urgences de l'hôpital général de Trenton à 16 h 40, le 27 décembre de l'année précédente ; six photos en noir et blanc, prises dans la maison de la victime, et tout particulièrement l'escalier raide dans lequel Ava-Rose disait être tombée. (Terence Greene examina ces pièces avec plus de minutie que les autres jurés. Il aurait volontiers établi une copie du rapport médical de miss Renfrew pour son propre usage… L'intérieur de la maison Renfrew le fascinait, du moins ce qu'il pouvait en voir à l'arrière-plan – une tapisserie représentant un mandala pendait au mur ; on apercevait un arbre en pot aux feuilles dressées, grotesquement fleuri et presque aussi grand qu'un oranger, ainsi que des décorations de Noël criardes. Sur l'un des clichés, on remarquait, couché tout en haut des marches et plongé dans un profond sommeil, le bâtard au pelage dru et au museau de berger allemand qui avait tant effrayé Terence, la veille.)

Avant de les envoyer délibérer dans leur salle, le juge donna aux jurés des instructions détaillées sur les dispositions légales régissant cette affaire. Il leur revenait de déterminer si l'accusé était « coupable » ou « non coupable » de l'accusation de « coups et blessures volontaires » portée contre lui ; si jamais ils optaient pour la non-culpabilité, ils devraient voter de nouveau pour établir une charge moindre. Tous, Terence compris, se retirèrent après avoir mémorisé la définition pénale des « coups et blessures volontaires » : *l'accusé doit avoir eu l'intention d'infliger ou avoir réellement infligé à autrui, en toute conscience, volontairement et inconsidérément, de graves blessures physiques*.

À la surprise de Terence, les jurés le désignèrent à l'unanimité comme leur porte-parole.

« Eh bien ! Merci. » Il en fut très touché.

(Et il se sentit fautif : ces hommes et ces femmes avaient dû l'observer avec une certaine admiration pendant que lui, toujours aussi réservé, ne leur prêtait pas la moindre attention.)

Malgré le pouvoir dont on l'avait investi, Terence éprouva, au premier abord, quelque difficulté à orienter le débat. Il invita les jurés à prendre la parole, les engageant à oublier leur timidité ; mais il fut choqué par la véhémence d'un homme, parmi les plus jeunes, qui déclara tout net : « Pour ma part, je ne sais qui croire. Lui, bon d'accord, il a l'air complètement défoncé. Mais elle, cette "Ava-Rose"... y a quelqu' chose en elle, on dirait qu'elle va vous dévorer tout cru, j' sais pas. » Il frissonna et se mit à rire. Les autres se joignirent à lui. Le manque de cohérence même du jeune homme semblait rendre son raisonnement, si l'on pouvait parler de raisonnement, plus convaincant qu'une argumentation en bonne et due forme. Terence se contenta de le regarder fixement.

Un autre homme prit la parole. Âgé d'une quarantaine d'années, c'était une réplique grossière de Matt Montgomery ; avec un grognement de dérision, il avança : « Moi, je ne trouve pas que le visage de cette femme soit si abîmé que cela. Il n'y a rien d'assez définitif, ni même de "sérieux", comme ils disent, pour que nous le déclarions coupable. Si le type l'avait réellement cognée à la tête avec des bottes, comme elle et le gosse le prétendent, elle devrait être morte à l'heure qu'il est, ou infirme. Alors qu'elle se déplace aussi bien que vous et moi ! »

Une femme intervint timidement : « Oui, mais il n'en demeure pas moins qu'elle a vraiment souffert d'un traumatisme. C'est dit dans le rapport médical...

— Hé, vous pouvez avoir un traumatisme en tombant dans les escaliers. Pas besoin de recevoir des coups de pied sur la tête pour cela.

— Mais il l'a poussée...

— Qu'elle dit ! Lui, il prétend qu'ils lui sont tous tombés dessus.

— Et lui, vous le croyez ? Malgré la façon dont il se comporte ?

— Comment parvenez-vous à croire un seul mot de ce qu'ils racontent, tous autant qu'ils sont ? Ce genre de personnes... »

Terence restait calme et écoutait, stupéfait. Il sentait son visage s'empourprer. Était-ce possible ! Ses collègues jurés, après avoir entendu les mêmes témoignages que lui, avaient donc formé des opinions différentes !

Une jolie femme effacée, âgée d'une cinquantaine d'années, qui s'était présentée comme une infirmière agréée, prit la parole d'une voix hésitante : « Ces blessures consignées dans le rapport médical, elles sont mineures. A-t-il même eu l'intention de les lui infliger ? "Volontairement, inconsidérément" et tout ça ? S'agit-il de coups et blessures "volontaires" ?

— Un traumatisme, vous trouvez que c'est mineur ? Une blessure à l'œil ?

— Oui, comparé à…

— Moi, je crois que ce qui s'est passé, c'est…

— Écoutez, il disait qu'il allait les tuer.

— Ce sont eux qui l'affirment !

— C'est à quatre contre un !

— Oui, mais il y en a trois de la même famille.

— Il a dit qu'ils lui devaient de l'argent…

— Et qu'est-ce que c'était que ce truc à propos de ce type, "Wineapple" ?

— Ouais, ce que racontait la voisine, comment qu'elle s'appelle, déjà ? Elle disait qu'il allait passer en jugement pour une autre affaire, une "noyade".

— Il y a pas mal de choses que nous ignorons, là-dedans, hein ! »

Ils parlaient tous à la fois, soudain. Terence, bien que mécontent du tour que prenait la discussion, fit état de sa position de premier juré et tapa doucement sur la table pour rétablir le calme. Aussitôt, les autres se turent. Il commença : « Je ne suis pas juriste, mais je sens qu'il est de mon devoir de vous rappeler les paroles de Mme le juge. Elle nous a ordonné, vous le savez, de ne tenir aucun compte de cette partie du témoignage… cette mystérieuse allusion à l'homme qui se serait apparemment noyé, le nommé Wineapple.

— Ouais, mais c'est dur d'oublier quelque chose qu'on a entendu !

— Soit, concéda Terence, néanmoins, dans l'intérêt de la justice, nous devons essayer. »

Avec un tremblement intérieur, il se dit *que T. W. Binder était certainement coupable et que là se trouvait la justice !*

Une heure s'écoula. Le débat se poursuivit. Plusieurs hommes parmi les plus virulents, pressés de rentrer chez eux, suggérèrent qu'on passe au vote ; mais Terence, craignant qu'une majorité ne se dégage en faveur de l'acquittement, repoussa le scrutin. « Il ne faut pas agir dans la précipitation, déclara-t-il. C'est une grave responsabilité qui nous a été confiée. »

Lors des réunions à la Fondation Feinemann, Terence Greene tenait un peu le même rôle que ce jour-là. Quand il présidait les discussions houleuses opposant les différents juges, chacun expert en son domaine, il savait user de son autorité ; il restait apparemment neutre et conciliant, et, de la sorte, orientait les décisions dans le sens qu'il désirait.

Terence invita ses collègues à entrer dans un débat qui prit l'allure d'un séminaire d'université ; ils analysèrent les témoignages l'un après l'autre : celui d'Ava-Rose Renfrew, celui de Holly Mae Loomis, celui de Charlton Heston Loomis, celui de Mrs Reuben, celui de T. W. Binder, durant près de deux heures. Comme l'adroit professeur qu'il avait été une bonne partie de sa vie, Terence prit soin de donner la parole aux jurés les plus réservés, parmi lesquels se trouvait un vieil homme noir, retraité des Postes, et une très jeune femme asiatique aux traits délicats ; et il eut le plaisir de découvrir que tous deux semblaient se placer du côté de l'accusation. La jeune femme remarqua d'un ton hésitant : « Je pense, eh bien, qu'elle est une victime. Ce Binder, il la menaçait…

— Qu'elle dit ! » Le jeune homme agressif, qui avait nettement pris position contre Ava-Rose Renfrew, frappa du poing sur la table.

Terence, prenant au sérieux sa position de premier juré, ordonna sèchement : « Ne l'interrompez pas, s'il vous plaît. »

La jeune femme continua, le souffle court : « Ce genre de choses se passe sans arrêt. C'est arrivé à ma belle-sœur. Il y a des types qui croient posséder une femme, ils la battent et parfois la tuent. Et après, c'est elle que les gens blâment. Moi, je crois qu'il s'agit bien de coups et blessures volontaires. Je pense qu'il avait l'intention de la tuer. »

Terence renchérit d'un ton posé : « Oui, je le pense aussi. »

C'était la première fois qu'il affirmait son opinion sans ambiguïté ; il ressentit intuitivement l'effet produit par sa déclaration et fut heureux de constater que le jeune homme impétueux se rangeait sur-le-champ à son autorité. *Je suis l'expert, je suis le juge. Écoutez-moi.*

Une autre demi-heure s'écoula, et Terence appela au vote. À en juger la teneur du débat, il ne pouvait espérer qu'une nette majorité se dégage en faveur de la culpabilité ; mais il n'était pas en mesure de différer davantage le scrutin. Il inscrivit COUPABLE en grosses lettres sur son bulletin et regarda, avec quelque appréhension, les autres voter. C'était là un curieux paradoxe : les plus véhéments, les plus virils, déclaraient se méfier de l'argumentation de l'accusation et prenaient parti pour T. W. Binder contre les Renfrew ; les jurés les plus dociles, les plus raisonnables, croyaient à la logique de l'accusation et se rangeaient aux côtés des Renfrew contre Binder. Où se trouvait la justice ? Y avait-il seulement une justice dans une affaire aussi sordide, aussi brutale ?

Terence compta les bulletins devant tout le monde. Quoi ! Sept jurés s'étaient prononcés pour la non-culpabilité et seulement cinq pour la culpabilité !

Un accès de rage meurtrière enflamma son cerveau. Pourtant, il garda une voix ferme. Dans l'exercice quotidien de sa profession, la diplomatie était devenue un instinct. Il parvint même à se composer une attitude affable, devant ses compagnons préoccupés, contrariés. « Eh bien ! On dirait que nous allons passer un bon bout de temps ensemble dans cette pièce. »

C'était une simple constatation, mais on pouvait y percevoir comme une menace. Ses ennemis n'avaient qu'à bien se tenir.

Quand on risquait un œil à travers la fenêtre sinistre de la salle des jurés, on devinait que cette douce journée de juin commençait à décliner. L'après-midi arriva, puis la fin d'après-midi. Un adjoint du shérif leur apporta du café et des boissons gazeuses. Terence restait apparemment calme, en gentleman qu'il était, mais, au fond de lui, il ruminait comme une bête en cage. *Ton sale caractère. Ton impatience. Avec ces gens qui ne te ressemblent pas.*

Les délibérations tournaient en rond et se répétaient, monotones. En interrogeant ceux des jurés qu'il savait être ses adversaires, Terence évita d'afficher son incrédulité. Comment pouvez-vous justifier… ? Pensez-vous réellement… ? Pourquoi l'accusation… Quant aux quatre témoins… Et la déclaration de l'accusé concernant son « passage à vide » … ? C'était comme si Ava-Rose Renfrew subissait une seconde agression, ici même, dans la salle des jurés ; on avait là un exemple étonnant de la réponse stéréotypée qu'on retrouve systématiquement face à ce genre de crime – les gens « blâment la victime ». Pourtant, Terence n'osait accuser ouvertement ses adversaires de nourrir des pensées aussi primaires, de peur de se les mettre à dos une fois pour toutes.

L'un des jurés indécis, qui à l'évidence se fichait du verdict et ne pensait qu'à regagner ses pénates, suggéra, à 17 h 45, de tenter un vote d'essai sur la charge d'agression simple – « Je suppose que sur ce point nous aurons l'unanimité. » Mais Terence se montra réticent. L'issue de ce vote était prévisible : les jurés qui croyaient à la culpabilité aggravée de Binder ne pouvaient se prononcer contre cette nouvelle qualification ; quant aux autres, ceux qui ne croyaient pas ou affirmaient ne pas croire aux arguments de l'accusation, ils admettaient néanmoins l'existence d'une agression d'une moindre gravité, et voteraient pour se débarrasser de cette corvée. Terence lança : « Je crains que nous ne devions d'abord étudier jusqu'au bout l'accusation de “coups et blessures volontaires”, ainsi que le juge nous l'a ordonné, et ensuite…

— Mais nous sommes au point mort !

— … et ensuite, s'il apparaît que nous aboutissons vraiment à une impasse, nous pourrons procéder à la requalification de la charge. »

L'homme qui ressemblait à Matt Montgomery émit un ronflement et clama : « Une “impasse”. Que diable cela veut-il… ?

— Le point mort. Un jury divisé.

— Mais nous sommes déjà au point mort, non ? »

Terence sourit. « Pas encore. »

Il avait l'impression que ses adversaires n'étaient pas intimement convaincus, mais qu'ils avaient une certaine tendance à s'identifier à T. W. Binder ; si tel était le cas, ils ne résisteraient plus très longtemps. (Ni ses alliés, d'ailleurs. Mais lui, il tiendrait bon – jusqu'au bout.) À la Fondation Feinemann, Terence Greene incitait ceux qu'il espérait vaincre à parler sans retenue ; ici, en tant que premier juré, il fit de même, et invita gracieusement ses adversaires à s'exprimer autant qu'ils le souhaitaient, afin d'expliquer pourquoi ils « rejetaient » le réquisitoire. Terence avait la ferme conviction que, pour beaucoup de gens – et particulièrement ceux qui manquaient d'assurance et d'intelligence –, le simple fait de parler constituait une action ; parfois, c'était même une sorte de plaisir. Il avait face à lui le jeune homme tonitruant, le type qui ressemblait à Matt Montgomery, et un autre, un individu bedonnant, d'âge moyen, dont le crâne chauve luisait comme s'il était poli : ces jurés, tour à tour, exposèrent leurs griefs, dans des monologues qui révélèrent une intense aversion et une grande méfiance envers la gent féminine. Tous trois prétendaient avoir connu des femmes comme Ava-Rose Renfrew – « Des fois, elle racontait n'importe quel truc et, comme c'était elle qui le disait, lança l'homme chauve, énervé, vous y croyiez. Par exemple, elle disait : “Il pleut des cordes”, et même s'il faisait aussi beau qu'aujourd'hui, vous y croyiez, hé ! Il pleut des cordes ! Ouais ! » Tout le monde se mit à rire, y compris les femmes.

Terence suggéra : « Mais elle n'a jamais essayé de vous entortiller. »

Les rires redoublèrent. Les grosses dents de l'homme chauve brillèrent. « Ma foi, je paie encore une pension alimentaire neuf ans après. »

Et ainsi de suite. L'adjoint du shérif leur apporta un souper venant de la taverne « Mill Hill », et l'humeur des jurés se fit plus conviviale. Enfin, Terence exposa sa position. Il déclara avoir la « conviction intime et inébranlable » que l'accusé Binder était coupable des charges retenues contre lui ; et que si le jury statuait pour une qualification moindre, ce serait en violation de la justice. Terence choisit soigneusement ses mots ; mais il se sentait inspiré, plein d'allant. *Le fils de Hettie. Pauvre enfant. Et pourtant, écoutez...*

Après son intervention, il y eut un silence. Ses collègues jurés le contemplaient, ébahis. Puis le jeune homme véhément, qui jusque-là n'avait cessé de s'agiter et de bouder, haussa les épaules, se mit à rire et s'empara d'un bulletin. « OK, mon vieux, vous m'avez convaincu ! Sortons d'ici, maintenant. »

Cette fois, quand Terence compta les bulletins, il fut heureux de constater que le vote était unanime : *Coupable*.

Et comme il était fier quand, assis bien droit dans le box des jurés, il entendit le juge lui demander de se lever et de prononcer le verdict.

« Coupable, Votre Honneur », annonça-t-il d'une voix neutre.

L'avocat général réprima un sourire ; l'avocat de la défense, écœuré, lança son stylo sur sa table. L'accusé, quant à lui, resta assis, impassible, sans même lever les yeux.

Terence n'avait qu'un seul regret : qu'elle ne fût pas présente pour entendre le verdict.

« Papa m'a regardée sans me voir »

Cindy Greene s'en souvenait : papa commença à changer quelques jours après la mort du pauvre Tuffi.

C'était au début du mois de septembre. Avant la fête du Travail. Le temps était encore lourd, ainsi qu'en plein été. Tout au fond d'elle-même, Cindy savait bien qu'elle était la préférée de son papa, *oui, entre eux deux régnait une entente tacite dont maman était exclue, de même que les autres*, et pourtant elle n'arrivait pas à exprimer ce curieux sentiment ; ce n'était qu'une impression, comme une blessure intérieure, une sorte de malaise, de ressentiment – « Papa, tu écoutes ? Tu ne m'écoutes jamais ! »

Le regard de papa sortait alors de la brume qui le voilait, s'éclaircissait, retrouvait son assurance et se posait sur Cindy. Papa disait très vite : « Mais bien sûr que je t'écoute, ma chérie. Tu me parlais de… » et, comme une machine ou un perroquet, il répétait les paroles de sa fille – seulement les paroles, pas leur signification.

« Oh, papa ! Vraiment ! Tu n'es pas obligé de me taquiner. »

Tantôt Cindy riait sans gaieté, pour lui montrer que son attitude ne la contrariait pas plus que cela, tantôt elle se ruait hors de la pièce en martelant le sol de ses talons ; elle savait parfaitement que son papa la regardait s'éloigner, désolé de l'avoir froissée.

(Cindy avait encore pris du poids. Gagnée par le découragement, elle avait arrêté son régime durant les deux semaines qu'elle avait passées avec toute sa famille, en août, dans la maison de campagne de grand-mère Winston, à Nantucket. Cela lui procurait une sorte de plaisir pervers, car elle ne pouvait ignorer ses rondeurs ; elle savait qu'elle se développait – elle prenait de la poitrine et des hanches, en particulier – et que cela continuerait, *sans qu'elle ou qui que ce soit y puisse rien.)*

Le premier événement étrange – ce fut aussi *le plus* étrange – survint peu après la mort de Tuffi. Quand Cindy y repenserait, par la suite, au cours des terribles mois à venir, elle se féliciterait de son embonpoint, de sa solidité, et elle frissonnerait. *Qu'est-ce que cela voulait dire ?*

En fait, ce jour-là fut le premier d'une longue série de samedis où papa s'absenta pour raisons professionnelles – il devait assister à une conférence à New Haven, dans le Connecticut. Il était parti avant le petit-déjeuner en renonçant aux traditionnels travaux de bricolage qu'il aimait tant. Pauvre papa ! Comme la maison était calme, vide et quelconque sans ses bruits de marteau, de scie, ses sifflements, ses coups qui résonnaient partout et les discours qu'il se tenait à lui-même !

Phyllis fit observer, avec un petit rire nerveux : « Depuis qu'ils sont partis tous les deux, c'est trop tranquille, c'est trop triste.

— Maman ! » s'écrièrent à l'unisson Cindy et Kim, choquées que leur mère mette sur le même plan Tuffi et papa.

Papa avait dit qu'il serait de retour à la maison le dimanche après-midi mais, à la grande surprise de Cindy, il revint plus tôt, le samedi soir. Cindy se trouvait seule : Aaron était parti pour Dartmouth, Kim participait à une fête et Phyllis dînait chez les Bawden, dans Cherrylane Road. Cindy, qui dédaignait la compagnie des quelques filles de sa classe susceptibles de la choisir comme amie, regardait une cassette vidéo en mangeant une pizza tiède quand elle entendit un véhicule s'engager dans l'allée. Elle jugea, au bruit du moteur, qu'il s'agissait de la voiture de papa, et non de celle de maman.

Papa ? Déjà ? Et Cindy était toute seule pour l'accueillir !

Elle se précipita dans la buanderie, tandis que son père faisait entrer l'auto dans le garage, et entendit le moteur tourner, et tourner encore. Où était le problème ? Pourquoi ne coupait-il pas le contact ? Cindy ouvrit la porte du garage, passa la tête – et vit une chose qu'elle n'oublierait pas de sitôt : papa assis au volant, raide et immobile. Il ne l'avait pas remarquée ; *il cachait son visage dans ses mains.*

Elle ne cria pas, mais dit dans un murmure : « Oh, papa ! »

Papa resta longtemps dans cette position puis baissa les mains. Pleurait-il ? Une ampoule brillait au plafond du garage, mais d'un faible éclat. Papa ne prêtait aucune attention à la présence de Cindy, il semblait hypnotisé. Était-il malade ? Ivre ? Cindy le regarda d'un air préoccupé. Il avait l'air si bizarre ! Des ombres profondes soulignaient ses yeux telles des entailles, ses narines étaient dilatées et aussi noires que des cavités. Ce n'était plus le bel homme que Cindy connaissait, il paraissait défiguré – enlaidi. Même sa cravate était de travers, comme si quelqu'un s'était amusé à la lui jeter par-dessus l'épaule.

Et pourquoi restait-il là, immobile comme la mort, pareil à un robot ou un zombie tout droit sorti d'un film d'horreur ? Pourquoi ne coupait-il pas le contact ? Le garage s'emplissait d'une fumée délétère.

Cindy, malgré son inquiétude, décida de prendre la chose avec humour. Elle hurla : « Papa, hé ! Le monoxyde de carbone ! », en faisant de grands signes et des grimaces, tant et si bien que papa finit par la voir et sortit de sa torpeur. Aussitôt, il arrêta le moteur.

Cindy courut vers la voiture pour ouvrir la portière et recevoir un baiser. « Ben dis donc ! Comment ça se fait que tu rentres déjà ? Tu essaies de t'asphyxier ou… » Mais, chose insolite, papa avait à peine bougé ; il demeurait en retrait comme s'il ne voulait pas qu'on le touche, ou qu'on le voie sous la lumière. Cindy lança : « Papa, qu'est-ce qui ne va pas ? Comment se fait-il que… » Puis elle aperçut des caillots de sang encore humides dans ses narines, la marque bleue qui soulignait son œil gauche, sa lèvre supérieure fendue. Elle s'écria : « Papa, qu'est-ce qui t'est arrivé ? »

Papa tenait un mouchoir en papier, un mouchoir taché de sang, dont il s'épongea le nez précipitamment. Dans un souffle, s'efforçant d'adopter un ton normal, voire joyeux, il articula : « Mon petit sucre, j'ai eu un léger accident en revenant à la maison, et j'ai cogné mon vilain nez.

— Oh, papa ! Un accident !

— En fait, ce n'est rien. Rien du tout. » La voix de papa s'éleva, mal assurée. « Ta mère n'est pas à la maison ? », s'enquit-il en n'apercevant pas la voiture de Phyllis.

« Ma... maman est chez les Bawden, mais elle va bientôt rentrer.

— Bon ! Bon. J'aurais été navré de l'affoler, elle aussi. »

Cindy remarqua que le pare-chocs avant droit de la superbe BMW de son père était enfoncé et une partie de la calandre bosselée. Le phare avant droit était fendillé.

« Un chauffard sur l'autoroute a déboîté juste devant moi, et je n'ai pas eu le temps de freiner. » Sous le coup de l'énervement, du regret, la voix de papa faiblit. On aurait dit qu'il allait se mettre à pleurer. « Je crois que c'était un peu de ma faute, je rêvassais. »

Cindy redevint soudain une toute petite fille, elle porta son pouce à sa bouche en regardant son père bien-aimé descendre de sa voiture. Il étira ses longues jambes et se mit debout en hésitant, comme s'il craignait que ses genoux ne soient luxés. Hormis son œil poché et ses narines en sang, le visage de papa était d'un gris maladif. Une vraie mine de papier mâché. Sa cravate était non seulement de guingois mais aspergée de sang, tout comme le devant de sa chemise ; l'une des manches de son veston était déchirée au poignet et les deux revers en étaient presque arrachés. (Il s'agissait d'un veston de sport beige à l'élégance raffinée, en coton et lin. La cravate était en pure soie marron.) Cindy ne douta pas une seconde que de telles déchirures soient le résultat d'un accident de la route sans gravité.

Papa alluma une autre ampoule et examina l'avant de sa voiture, là où le pare-chocs et la calandre étaient enfoncés. Il y avait, sur le chrome, une tache d'huile, ou quelque chose comme cela, que papa s'empressa d'essuyer avec un chiffon imbibé d'essence. Cindy n'entendait que son souffle bruyant, oppressé. Pauvre papa !

Elle demanda, d'un ton outré : « Tu as relevé son numéro d'immatriculation ? Il y a eu un témoin ? »

Papa frissonna. « Non. Personne. L'autre conducteur... s'est enfui, et m'a laissé là. » Il passa une main tremblante sur ses yeux. Cindy n'avait jamais vu son père dans un tel désarroi, si méconnaissable. Il murmura encore une fois : « Je suppose que c'était un peu de ma faute.

— Mais, papa, tu aurais pu mourir ! Ne dis pas cela ! » Cindy, indignée, écarquillait les yeux. Mais, d'un autre côté, elle savourait l'étrangeté même de ce moment et ne souhaitait pas renoncer à cette peur délicieuse qui la liait intimement à son père. Elle se précipita pour l'embrasser et des larmes jaillirent de ses yeux ; lui, en se penchant pour la prendre dans ses bras, émit un petit grognement, comme si ses genoux lui faisaient mal. L'odeur sinistre des gaz d'échappement restait en suspension dans l'air, car il n'y avait pas le moindre souffle de vent, en cette soirée de septembre chaude et humide. Malgré son trouble et ses larmes, Cindy ne put s'empêcher de formuler une observation de bonne élève : « Le monoxyde de carbone, le poison, ne sent rien. Seuls les gaz d'échappement, la fumée, ont une odeur. Tu savais cela, papa ? »

Papa étouffa un petit sanglot en enfouissant son visage dans la chevelure de sa fille.

Phyllis, elle aussi, remarqua que Terence n'était plus le même. Mais, plus observatrice que sa fille et sans doute plus critique envers Terence, elle fit remonter cet état de fait à la période précédant la mort de Tuffi : tout avait commencé avec ce fichu procès, en juin dernier.

Les manières distraites, maladroites de Terence, son air vague, rêveur – certains pouvaient les juger attachants, mais Phyllis, elle, les trouvait toujours plus ennuyeux. Certes, durant les cinq jours du procès, cela pouvait encore se comprendre ; mais, après le jugement, tout avait continué, et cela pendant des semaines ; même durant leur séjour sur l'île de Nantucket, chez la mère de Phyllis qui les avait accueillis dans la magnifique villa familiale, au bord de l'océan – comment pouvait-on, dans un tel lieu, passer autant de temps à ruminer, *perdu dans son petit monde à soi* ?

Sur l'île, lors d'un matin radieux, tandis qu'ils s'habillaient, Phyllis lança : « J'espérais que, chez mère, tu ne te montrerais pas aussi distrait. Après tout, c'est sa maison. Nous sommes ses hôtes, et les enfants aussi. Et c'est si beau ici. »

Terence se retourna vers Phyllis, avec son petit sourire interrogateur.

« Ta mère s'est-elle plainte de mon attitude ? Je suis désolé.

— Son arthrite la fait tant souffrir, elle sera sans doute clouée à vie sur cette affreuse chaise roulante, s'emporta Phyllis. Elle est en droit d'attendre de la gratitude et de la sympathie de notre part ; et toi, son gendre, tu devrais te montrer, disons, galant. Tu te rappelles comme père la dorlotait ? Elle ne s'est jamais vraiment remise de sa mort. »

Terence, inquiet, répondit : « Mais, Phyllis, j'étais persuadé d'avoir été galant. L'autre soir, au Yacht Club…

— Certes, mais mère n'avait pas besoin qu'on l'aide à manger son homard, du moins pas de la manière dont tu t'y es pris, répliqua Phyllis. Et cette histoire avec sa chaise, au bord du tapis, a dû la mettre fort mal à l'aise, j'imagine. C'est une femme si gentille, si courageuse – nous devons faire plus attention à elle. Je sais bien, il lui arrive de jacasser, mais…

— Phyllis, j'aime beaucoup ta mère, affirma Terence, et j'aimais aussi beaucoup ton père. Ils ont tellement fait pour nous ! Je leur suis infiniment reconnaissant, cela va sans dire. »

Phyllis crut déceler une pointe de moquerie, ou d'ironie, dans ses paroles : son mari était un lettré, un homme qui choisissait ses mots avec soin, quand il le désirait. « Tu n'as pas besoin d'être "infiniment" reconnaissant, Terry, juste "ce qu'il faut". Les enfants prennent exemple sur toi, surtout Aaron. Garde bien cela à l'esprit. »

Terence se pinça le nez, comme s'il réfléchissait profondément. Il se tenait à quelques mètres de Phyllis, vêtu d'un short kaki et d'un T-shirt blanc trop large pour son torse étroit. Il était pieds nus, et ses orteils blancs et osseux pétrissaient le tapis.

En cette période estivale, Phyllis, magnifiquement bronzée, faisait beaucoup plus jeune que son âge (elle venait de fêter son quarante-sixième anniversaire). Elle regarda avec une certaine exaspération les orteils de Terence et ses jambes vigoureuses mais tellement pâles. Pourquoi Terence ne bronzait-il pas, même en été ? Comment cela se faisait-il ?

Terence sourit de ce doux sourire enfantin qui, des années auparavant, avait conquis le cœur de Phyllis, et déclara : « Si j'ai négligé ta mère, ce n'était pas mon intention. Désormais, je m'efforcerai d'être gentil. Dès aujourd'hui. Ce matin ! » Il glissa ses pieds dans des sandales et se mit à aplatir ses cheveux rebelles des deux mains, tout en lorgnant son reflet dans un miroir accroché au mur. « Et je suis terriblement désolé d'avoir perdu cet attaché-case qu'elle m'avait offert. »

Phyllis répliqua d'un ton cinglant : « Ce n'est pas ma mère qui te l'avait offert, Terry. C'est moi.

— Oh, vraiment ? Je… dois confondre avec une autre serviette, ou un… portefeuille, ou autre chose. » Le visage de Terence s'empourpra légèrement.

Phyllis demanda : « Pourquoi penses-tu à l'attaché-case justement maintenant ? Je voudrais bien que tu me le dises.

— Pourquoi ? Je n'en sais rien du tout, Phyllis, répondit Terence avec un soupir. Je songeais à ta mère, je suppose. Au fait que je l'aie déçue. Et toi aussi.

— Tu penses toujours à ce procès ? À Trenton ? Après tout ce temps ?

— Certainement pas.

— Imagine un peu, nous sommes à Nantucket, avec une vue directe sur l'Atlantique – et toi, au lieu d'en profiter, tu n'arrêtes pas de penser à Trenton, dans le New Jersey. » Phyllis se mit à rire tendrement, mais avec une certaine exaspération, puis toucha le bras de Terence. Sous ses doigts, ses muscles étaient durs et contractés : les muscles d'un nageur. « Rassure-toi, Terry, tu ne nous "déçois" pas, ni ma mère ni moi. Ne dis pas des choses pareilles.

— Je l'admets, j'avais la tête ailleurs. Je ne sais vraiment pas pourquoi. » Il s'arrêta de parler, sembla un instant sur le point de poursuivre mais n'en fit rien.

« Eh bien, moi, je t'avais conseillé de ne pas te rendre à ce procès. Je disais…

— Phyllis, tu fais beaucoup d'histoires pour peu de chose. Ce procès n'avait rien d'exceptionnel, il n'a duré que cinq jours, c'est fini à présent. » Terence s'exprimait avec une inhabituelle sévérité. « Je n'ai fait que mon devoir de citoyen. »

Phyllis le regarda attentivement, en gardant la main sur son bras.

Son mari était si ouvert, si franc, si innocent ! – il ne pouvait rien lui cacher, elle le savait. Au début, ses parents avaient été légèrement déçus par Terence Greene – par ses origines modestes plus que par lui-même –, mais la gentillesse de leur gendre, son honnêteté, son intégrité les avaient quelque peu radoucis. Par moments, Phyllis se sentait la gardienne de cette innocence. Elle avait l'impression de lui tenir lieu à la fois d'épouse et de mère : la mère qu'il avait perdue quand il était petit garçon.

Très vite, Phyllis se dressa sur la pointe des pieds pour embrasser son mari et posa ses lèvres sur son menton tiède tremblant d'indignation. « Désolée, chéri ! Je ne reviendrai pas là-dessus. »

Parce que je sais une chose à ton sujet, une chose que toi tu ne connais pas et qui concerne ta vie d'autrefois. Une chose que tu as fort heureusement oubliée.

Jusqu'à la fin de leur séjour à Nantucket, Terence sembla faire un réel effort pour redescendre sur Terre ; et surtout pour s'occuper de la mère de Phyllis. Il compatit à ses douleurs rhumatismales, apprit à se montrer habile, adroit et galant, l'aida à manœuvrer son fauteuil roulant quand ils sortaient ensemble, tout en se gardant de la contredire quand elle répétait que ce fauteuil n'était que temporaire, comme une simple anomalie dans sa vie de femme saine, vigoureuse et indépendante ; il prêta une oreille complaisante au récit de ses souvenirs, à ses plaintes, et l'appela « Fanny » au lieu de « Mrs Winston », ainsi qu'il le faisait depuis des années.

La mère de Phyllis était une femme corpulente, avec un gros visage de bouledogue, un regard direct semblable à celui de Phyllis, et un esprit tranchant comme un couperet lorsqu'il était question d'argent ; pourtant, de même que la plupart des riches veuves, elle s'imaginait plus féminine, et donc plus fragile, plus enfantine, depuis la mort de son mari. Certes, dans son horrible chaise roulante, elle était à son désavantage. Par conséquent, il lui semblait parfaitement naturel de s'appuyer de tout son poids au bras de son gendre ; quand elle avait trop arrosé son dîner, elle s'accordait le droit de vaciller, de l'appeler « Terry, mon cher », de l'abreuver de bavardages, et même de ressasser devant lui des histoires anciennes remontant à l'enfance de Phyllis.

Ce fut à Terence que Fanny Winston déclara en reniflant, comme si elle était sur le point de fondre en larmes : « Je me sens tellement en sécurité près de vous et de votre famille. C'est comme si je découvrais enfin qui je suis. » Et, vers la fin du mois d'août : « Ce furent de délicieuses vacances, n'est-ce pas ? J'ai peur que vous ne me manquiez terriblement ! » Puis, en pressant les doigts de Terence : « Phyllis m'a invitée à vous rendre visite à Queenston, cet automne. J'espère que cela vous fait plaisir ? »

Terence sourit aimablement et répliqua : « Mais comment donc, Fanny ! »

Voilà pourquoi Phyllis se trouva encore plus désorientée, et plus bouleversée, lorsque, durant la visite de sa mère, Terence retomba dans sa rêvasserie ; pis encore qu'avant.

Les problèmes commencèrent dès le premier jour. La mère de Phyllis devait arriver à l'aéroport de Newark à 13 heures, le premier samedi du mois d'octobre ; il était convenu que Terence irait la chercher à l'avion ; or, il commit l'erreur impardonnable de la faire attendre cinq minutes. Et, quand enfin il apparut, tout échevelé et se conduisant de façon fort distraite, la pauvre femme dut se contenter d'une piètre excuse : son retard était causé « par la circulation sur l'autoroute ».

Le soir même, Mrs Winston se plaignit à Phyllis : « Il m'a à peine regardée. Il n'était même pas rasé. On ne m'a jamais traitée de manière aussi cavalière ! »

Phyllis, qui n'était pas moins fâchée contre Terence et s'était querellée avec lui peu de temps auparavant, tenta malgré tout de justifier le comportement de son mari. « Mère, depuis quelque temps, Terry doit faire face à une foule de problèmes, à la fondation. L'un de ses associés lui cause du souci et il doit assister à tant de réunions extraordinaires, de conférences…

— Est-ce une excuse ? C'est tout ce que tu trouves à dire pour le défendre ?

— Oh non, mère. Mais…

— Ton pauvre père avait beaucoup de problèmes, lui aussi, et plus encore ; il se trouvait toujours un paroissien pour mourir au mauvais moment et, à trois ou quatre reprises, cela s'est passé durant les vacances, comme par hasard, juste quand il voulait se rendre à Coral Gables. Et lorsqu'il avait ces terribles attaques…

— Oh, je sais, mère. Je comprends.

— De plus, Willard était à la tête de nombreux placements qui lui rapportaient pas mal d'argent et dont il portait seul la responsabilité. J'ai cru comprendre que ce n'était pas le cas de Terence ! »

À cette remarque, Phyllis se crispa. Elle aimait sa mère, mais elle devait faire un effort pour ne pas la détester en de pareils moments. Bien sûr, elle ressentait de la tendresse pour la vieille dame infirme – elle qui, jadis si séduisante, était maintenant affligée d'un visage bouffi, surmonté d'une permanente gris-bleu, de paupières tombantes et d'une expression perpétuellement affligée. Phyllis s'exclama, en pressant les mains couvertes de bagues de sa mère : « Enfin, mère ! Tu n'ignores pas que Terry possède d'autres qualités, n'est-ce pas ? En plus, il s'est excusé pour son retard à l'aéroport.

— Et où est-il, à présent ?

— Où… à présent ? Eh bien, dans son bureau, je pense. Il travaille. »

Assise dans sa rutilante chaise à moteur qu'elle manœuvrait avec une autorité toute nouvelle, Mrs Winston tamponna ses yeux gris acier que baignaient des larmes de rage. Il existait entre Phyllis et sa mère – comme autrefois entre Phyllis et son père, car les Winston ne parlaient pas facilement de ces choses-là – un sujet qu'elles n'évoquaient jamais : la succession de la vieille dame. À présent, sa fortune devait s'élever à plusieurs millions de dollars en espèces, biens immobiliers et investissements divers. À qui Mrs Winston aurait-elle pu léguer sa fortune, sinon à sa fille et à la famille de sa fille ? Ce sujet, sans être abordé, sous-tendait invariablement ce genre de conversations, tel un murmure ininterrompu.

Sans lâcher les mains de sa mère, Phyllis affirma avec chaleur : « Terry est un perfectionniste dans son travail. J'essaie de l'amener à se détendre, mais…

— Je croyais qu'il se faisait une joie de me voir, l'interrompit Mrs Winston d'un ton vexé. En fait, je ne me sens pas la bienvenue, ici.

— Mère, Terry est content que tu sois là, je peux te l'assurer. Il t'attendait avec impatience, c'est vrai. C'est simplement que… tu le connais.

— Après ce que Willard et moi avons fait pour que vous viviez dans cette maison – et c'est une jolie maison, n'est-ce pas ? »

Le sourire de Phyllis se figea. « Oui, mère : une jolie maison. Et Terry et moi vous en serons éternellement reconnaissants. Je pense que nous vous l'avons dit.

— Je ne suis pas sûre d'aimer la nouvelle moquette du salon, elle est trop… terne. Par contre, les rideaux de ma chambre – la chambre d'amis – sont tout à fait charmants. J'ai toujours adoré l'organdi.

— Je les ai choisis moi-même, en pensant à toi. De l'organdi rose.

— C'est vrai ? » s'écria Mrs Winston en esquissant un sourire prudent. Avec un certain effort, elle se souleva de sa chaise roulante et se pencha vers Phyllis. Elle n'était pas grande et avait beaucoup grossi ; ses pauvres jambes gonflées, gainées de collants de maintien en coton démodés, ajoutaient à son volume. Phyllis souffrait de voir sa mère autrefois si digne dans un état si pitoyable – et elle souffrait plus encore de constater à quel point elles se ressemblaient toutes les deux. Mrs Winston s'enquit à mi-voix : « Ton mari ne verrait pas une autre femme, par hasard ? »

Phyllis se mit à rire, choquée. « Mère, voyons ! »

C'était la question la plus absurde que Fanny Winston eût jamais posée à sa fille.

Mrs Winston passa douze jours, en octobre, chez les Greene. Sa visite fut égayée par de plaisants interludes, mais Phyllis en sortit épuisée et tendue. Chaque jour, elle devait distraire sa mère, qui s'ennuyait facilement et dont le handicap compliquait tout ; il fallait qu'elle continue à s'occuper, quoique épisodiquement, de son travail de relations publiques (Queenston Opportunities et ses rares clients ne lui prenaient pas tout son temps, mais Phyllis voulait donner à ses connaissances l'impression du contraire). Dans l'ensemble, Cindy se comporta étonnamment bien durant cette courte période ; Kim fit un effort évident pour être gentille avec sa grand-mère ; en revanche, Terence resta imprévisible. Les soirs où il s'asseyait à la table familiale, il pouvait se montrer courtois, attentif, chaleureux, affable… ou bien sombre, éteint, distrait et sans appétit. Parfois, il buvait trop. Ou bien encore il s'excusait, se levait au beau milieu du repas et disparaissait dans son bureau pour donner un coup de téléphone en disant : « Ne m'attendez pas, je ne sais pas combien de temps cela va prendre. »

Phyllis se demandait s'il fallait se fâcher ou s'inquiéter : elle n'avait jamais vu Terence se comporter ainsi, et les vagues explications qu'il lui fournissait – la Fondation Feinemann était en pleine réorganisation et, dans certains départements, son autorité se trouvait soumise à rude compétition – ne réussissaient pas à la convaincre. Pourtant, Phyllis décida de le croire et de le défendre face à sa mère. Avec une sollicitude toute conjugale, elle déclara : « J'espère seulement que la santé de Terry ne sera pas affectée par tout cela, comme celle de père l'a été ! » Mrs Winston lâcha dans un sourire proche de la grimace : « Je pense que c'est déjà fait. »

Quand Mrs Winston apprit que Terence devait se rendre à une conférence à Boston le jour même de son départ (elle s'envolait pour Hilton Head, en Caroline du Sud, où elle devait passer une semaine dans une station thermale), elle lâcha de but en blanc : « Ils vous font drôlement courir, dans cette fondation ! Je pense que Willard en aurait été surpris. Il connaissait bien, vous ne l'ignorez pas, plusieurs de ses administrateurs et il croyait que ce travail se déroulerait dans une atmosphère plus… courtoise. En acceptant ce poste, vous étiez censé utiliser votre intelligence.

— Vraiment ! » murmura Terence. Cette scène se passait au petit-déjeuner, mais Terence n'avalait qu'un jus de fruits, avant de filer prendre son train pour Manhattan. Il esquissa un sourire en biais tout en accrochant le regard de Phyllis. « C'est très aimable à vous de penser que, dans le cercle du révérend Winston, l'intelligence et la courtoisie n'étaient pas incompatibles. »

Mrs Winston dévisagea son gendre sans se laisser impressionner. « Je crois me rappeler, Terry, que vous aviez des horaires plus confortables quand vous étiez professeur.

— Mais, Fanny, je ne gagnais pas beaucoup d'argent en tant que professeur, l'avez-vous oublié ? », questionna Terence. Il sourit ; cependant, Phyllis décela de la tension sur son visage. Elle ressentit un réel soulagement quand il partit pour la gare.

Puis il y eut ce dîner, dans l'un des restaurants les plus élégants de Queenston, où Terence but trop de vin et s'endormit sur sa chaise – « comme un enfant fiévreux », selon les paroles bienveillantes mais étonnées de Mrs Winston.

Un autre soir, chez les Hendrie (la mère d'Alice Hendrie, âgée de quatre-vingt-neuf ans, vivait avec eux et tout le monde espérait que les deux vieilles dames seraient enchantées de faire connaissance), Terence se laissa entraîner par Burt Hendrie dans une discussion fort épineuse portant sur la question du contrôle des armes et de l'Association nationale des armes à feu. Burt, qui se prétendait le descendant des « chasseurs américains des origines », avança que si le port d'armes était refusé aux honnêtes citoyens, seuls les criminels seraient armés ; et Terence répliqua que ce genre de considération stéréotypée était un crime en soi – « Cette maudite association devrait être poursuivie pour chaque mort, pour chaque blessure par balle infligée dans ce pays ! »

Phyllis dévisagea Terence. Par la suite, elle se souviendrait de l'impression qu'elle avait éprouvée en cet instant : *C'était comme si un étranger avait pris sa place – un étranger qui aurait eu ses yeux, sa bouche*.

Le lendemain matin, la mère de Phyllis murmura d'un ton équivoque : « Terence peut se montrer passionné, parfois… Tu ne trouves pas ? »

Le dernier soir du séjour de Mrs Winston, Terence eut une heure de retard pour le dîner ; mais il se confondit en excuses, distribua des baisers à tout le monde ainsi que, chose inattendue, des cadeaux. « Je marchais sur Madison Avenue quand je suis tombé sur une petite boutique exotique ; soudain, j'ai regardé dans la vitrine et je me suis dit : Pourquoi pas ! » Avec un sourire heureux qui pouvait faire penser qu'il avait bu un ou deux verres de trop dans le train, Terence partagea les paquets entre sa femme, sa belle-mère et ses filles, et resta là à les regarder les ouvrir, tout en se frottant les mains. Pour Kim, un sac à bandoulière en soie avec des entrelacs de fleurs brodées richement colorées – « Wouah, papa ! Cool ! » Pour Cindy, un foulard d'un pourpre éclatant qu'elle leva devant elle tout en remuant étrangement la bouche – « Papa, c'est trop joli pour moi. » Un collier de grosses perles de verre criardes pour Phyllis – « Oh, Terry, c'est tellement gentil ! Merci, chéri. » Et, pour Fanny Winston, des boucles d'oreilles ressemblant à de gros soleils en plumes turquoise et violettes – « Mais qu'est-ce que c'est ? Comme c'est... joli !

— Seules les femmes peuvent porter ce genre de choses ! », déclara Terence, avec un regard empreint d'un vague regret. Il leur adressa un sourire.

Les filles se levèrent de table. Phyllis et sa mère se concentrèrent sur leur tasse de café tandis que Terence, encore un peu essoufflé, avalait quelques bouchées du repas que Phyllis avait gardé au chaud pour lui. Il bavarda avec sa belle-mère, la taquina un brin. Était-il gris ? ou simplement excité ? (Il s'était tout de suite versé un verre de vin rouge ; de la sorte, si Phyllis s'était penchée sur lui pour l'embrasser et sentir son haleine, elle n'en aurait rien su.) Phyllis le regarda attentivement, d'un air songeur. Il était absurde d'imaginer Terence Greene fréquentant une autre femme : son comportement était changeant et il devenait chaque jour plus excentrique, mais, malgré sa maladresse, il avait un bon fond.

Alors Phyllis lui pardonna, une fois encore.

Elle pensa : « En fait, je dois l'aimer. »

Mais pourquoi ces cadeaux stupides – ce collier de pacotille, de style indien, pareil à ceux que Phyllis ne daignait plus porter depuis le lycée ; et ces boucles d'oreilles parfaitement déplacées, des bijoux qui auraient fait le bonheur d'une hippie dans les années 1960, mais ne convenaient pas à une vieille dame comme Fanny Winston ? Phyllis offrirait le collier à Kim, cela lui ferait plaisir – Kim était si jolie que n'importe quel bijou lui allait. Mais cette pauvre Fanny ! La voilà qui prenait un petit air satisfait en essayant les énormes clips dont les plumes exotiques se balançaient contre ses joues rouges et flasques. « Mais, Terry, disait-elle en battant des cils, je n'ai jamais rien porté de ce genre. »

Pourtant, il y eut plus grave. Kim Greene rencontra son père dans un lieu inattendu et en fut bouleversée. Seulement, comme Kim Greene était une fille qui gardait ses secrets pour elle, et Dieu sait qu'elle en avait, elle n'en parla pas à sa sœur Cindy et encore moins à sa mère. Pas folle !

Car Kim aurait d'abord dû avouer qu'elle traînait du côté du centre commercial de Mercer, un endroit minable situé à des kilomètres de la Route 1. Or, primo, ce secteur lui était interdit ; et, secundo, elle ne pouvait l'atteindre qu'en compagnie d'un garçon, dans sa voiture, ce qui était également interdit.

Et le garçon – n'était-ce pas ce Studs Schrieber que Kim avait promis de ne plus revoir, après ce malheureux épisode, l'été précédent, chez Brooke Casey, le week-end où les parents de Brooke étaient partis ? (Dieu merci, on avait caché cette histoire à papa – maman était persuadée qu'il se serait alarmé inutilement.)

Alors, Kim n'en parla à personne de sa famille et tenta désespérément d'oublier : cette nuit-là, juste avant Halloween, elle avait vu papa en train de transporter une grande cage à oiseaux en cuivre jusqu'à sa voiture. Il grimaçait sous l'effort et, quand il tourna les yeux vers elle, il la regarda sans la voir – *elle, sa préférée parmi ses trois enfants*.

Le centre commercial de Mercer, face à la pizzeria « Beno », était un lieu de rencontre pour tous les adolescents du coin – il y avait là des jeunes des lycées publics, d'autres venant des faubourgs de Trenton, ainsi que des types plus âgés qui avaient abandonné l'école et menaient des vies mystérieuses et passionnantes. Les jeunes de Queenston ne fréquentaient guère ce genre d'endroit – hormis Studs Schrieber, au volant d'une Camaro brun chocolat dernier modèle, ses meilleurs potes et ses petites amies. (Kim, qui était folle de Studs et savait, malgré la cruauté qu'il manifestait à son égard, que de sa vie elle n'aimerait jamais aucun homme autant que lui, avait dû accepter de le partager avec d'autres filles. Elle ressentait cela comme une flétrissure.) Tandis que ses parents la croyaient à Queenston, chez l'une ou l'autre de ses amies, peut-être en train de faire ses devoirs, Kim passait presque toutes ses nuits au centre commercial, de 20 heures à 22 h 30 environ (son couvre-feu était à 23 heures). Elle retrouvait là un groupe d'adolescents chahuteurs, jamais les mêmes. La plupart possédaient une voiture ; ils mangeaient des pizzas, buvaient de la bière, se passaient des joints, dans une délicieuse clandestinité. Cette partie du centre commercial recevait la visite régulière de la police, mais cela faisait partie du plaisir – quel pied de rouler ces « salauds de motards », comme les mecs les appelaient !

La jeune Kimberly Greene, élève du lycée de Queenston et fille de Mr et Mrs Greene, résidant au 7 Juniper Way, Queenston, n'avait encore jamais été ramassée par une ronde de police et transportée en fourgon cellulaire jusqu'au centre de détention du comté de Mercer, à Trenton. Studs Schrieber n'en était pas peu fier : « J'ai un radar interne qui renifle ces salauds de flics à un kilomètre. »

Or, un soir, à la fin du mois d'octobre, à 20 h 30 environ, Kim, Studs et plusieurs de ses potes se tenaient à côté de la Camaro, échangeant des bons mots avec une bande de péquenauds se prenant pour des skinheads, de l'autre côté de la Route 1, quand Kim vit avec horreur son propre père passer en voiture. Terence Greene, bien reconnaissable dans sa magnifique BMW gris métallisé ! Dieu merci, papa ne la remarqua pas.

Kim était tellement abasourdie qu'elle tira sans un mot sur la manche de la veste en cuir de Studs.

Qu'est-ce que papa fabriquait ici, dans cet endroit minable, à pareille heure ? Il avait dû faire un détour de plusieurs kilomètres, si l'on supposait qu'il venait de la gare de Queenston ! (Il n'avait pas dîné à la maison, ce soir-là. Il avait appelé à 18 heures pour s'excuser et prévenir qu'il travaillerait tard à la fondation – c'est Kim elle-même qui lui avait répondu.) Kim, incrédule, regarda son père garer sa BMW non loin de là et pénétrer dans un magasin de fournitures pour animaux : Plumes et Poils ; et, dix minutes plus tard environ, il en ressortit d'un pas allègre, le sourire aux lèvres – portant une cage à oiseaux en cuivre rectangulaire assez grande pour abriter un vautour !

« Merde ! C'est vraiment ton vieux ! » lança Studs impressionné.

Kim, renfrognée et nonchalante – les cheveux au vent, deux canettes de bière avalées cul sec, assorties de plusieurs bouffées d'un joint qui avait un goût de poils de chat brûlés –, s'appuyait, dans une attitude provocante, les bras croisés, contre l'avant de la Camaro. Son père aurait facilement pu la voir, s'il l'avait voulu ; mais il n'en fut rien, et pourtant Kim eut l'impression qu'il lui souriait. *Papa m'a regardée sans me voir.*

Elle tenait bien en évidence le superbe petit sac en soie qu'il lui avait offert. Ce sac aux couleurs chatoyantes – écarlate, vert, violet, doré, brodé de roses, de lis, de soleils de velours et de sequins – était si étonnant que Studs lui-même l'avait remarqué, et apprécié.

Après le départ du père de Kim, Studs proposa de faire un saut jusqu'à l'animalerie afin de savoir exactement ce qu'il avait acheté. Ce magasin, comme la plupart de ceux du centre commercial, était ouvert jusqu'à 21 heures.

Ils entrèrent donc, Studs en tête. D'un air inquisiteur, il posa au vendeur des questions que Kim n'aurait jamais osé formuler. « Ce vieux type qui était là tout à l'heure, quel genre de cage il a acheté ? Combien elle coûte ? » Studs se tenait toujours comme s'il était au garde-à-vous, en se dressant de toute sa hauteur ; il dépassait Kim d'à peine trois centimètres mais, à ses yeux d'adoratrice, paraissait plus grand. Et comme il était beau, malgré sa peau grêlée et ses petits yeux humides, étroits et loucheurs qui viraient au rose, tels ceux d'un lapin, à cause de la fumée du cannabis ! Ses cheveux noirs gominés étaient ramenés en arrière et attachés en une petite queue-de-cheval, « style latino » comme il disait ; une étroite moustache garnissait à présent sa courte lèvre supérieure, les clous dorés qui perçaient son oreille et l'anneau doré de son nez luisaient avec malice. Les fois où il lui avait fait *la chose* – il la prenait de force sans mettre de préservatif –, Kim lui avait pardonné avant même qu'il n'ait terminé sa petite affaire.

Mais, bon Dieu, si maman et papa savaient !

Studs Schrieber apprit donc que Terence Greene, qui – de même que de nombreux autres papas de Queenston – le regardait toujours comme s'il eût préféré le voir mort, avait choisi d'acheter, parmi tous ces objets insolites, une cage à perroquet en cuivre valant 300 dollars. Il s'esclaffa. « Alors comme ça, vous avez un connard de perroquet ? Première nouvelle ! »

Kim demeurait nerveuse, mais se sentait à présent soulagée. Au sortir de la boutique, sur le point d'allumer un autre joint, elle dit : « Peut-être que papa va nous en offrir un pour Noël. C'est sûrement une surprise ! »

Mais ensuite elle repensa à son père : ce sourire qu'il avait eu, cette expression d'homme heureux.

Une idée alors lui traversa l'esprit et elle crut comprendre, avec ce fatalisme propre aux adolescents : *Ça n'a rien à voir avec nous.*

Est-ce bien moi qui fais ce genre de choses ?

Tout était parti de la mort de Tuffi, un après-midi de septembre, peu après leur retour de Nantucket.

Terence, juché sur un escabeau, réparait tant bien que mal une gouttière endommagée à l'arrière de la maison, en essayant de ne pas trop songer à la séance désagréable à laquelle il avait assisté la veille à la fondation, en compagnie de ses confrères, quand soudain Phyllis tira impatiemment sur sa jambe de pantalon. Elle prétendit l'avoir déjà appelé plusieurs fois – « Terry, pour l'amour de Dieu ! Il faut emmener Tuffi chez le vétérinaire. Tu peux te presser ? »

Terence se précipita et, à sa grande horreur, découvrit le pauvre chien en train de se tordre et de gémir sur le sol de la buanderie, baignant dans une odeur infecte d'excréments et de vomi. La bête souffrait depuis des mois – le vétérinaire avait diagnostiqué une maladie de foie incurable à évolution lente – et, par conséquent, le pire pouvait arriver à tout moment ; mais quel choc, quelle tristesse de le voir ainsi ! Cindy se tenait sur le pas de la porte, les mains sur le visage, les yeux écarquillés – « Papa ! Fais quelque chose ! Tuffi a mal ! » Aaron, quant à lui, arpentait la cuisine d'un air abattu (Tuffi lui appartenait, du moins officiellement), une raquette de tennis à la main – « Doux Jésus, c'est bien le moment ! Il faut que je parte ! Bon Dieu ! »

Terence s'accroupit devant l'animal secoué de convulsions. Les yeux de Tuffi avaient pris une teinte jaunâtre, signe indubitable de l'ictère ; son museau se couvrait d'écume. Avec précaution, Terence toucha le chien, en espérant ne pas se faire mordre ou griffer. « Tuffi, mon pauvre gars ! On va s'occuper de toi. »

Phyllis, Cindy et Aaron compatissaient sincèrement à la souffrance du chien ; mais nul ne proposa d'accompagner Terence chez le vétérinaire. Si Terence ne l'avait pas sévèrement tancé, Aaron ne l'aurait même pas aidé à porter le chien dans la voiture. « Voyons, papa, dit Aaron, de sa voix nasillarde, je suis déjà en retard et je viens de changer de vêtements. »

Terence installa Tuffi sur la banquette arrière de la BMW et le coucha sur des journaux éparpillés. Le pauvre chien était si faible qu'il semblait inutile de le placer dans son panier de voyage.

Très vite, Terence s'assit au volant et mit le contact. Quand il vit son fils debout dans l'allée, la colère le submergea. Le jeune homme, grand, bien bâti, si élégant dans sa tenue de tennis immaculée, était visiblement impatient de le voir partir, et pourtant il affectait un air de souffrance hypocrite. « Pourquoi diable ne poses-tu pas cette raquette pour m'accompagner ? demanda Terence. Tu pourrais te rendre utile, pour une fois.

— Oh, merde, papa… »

Terence serra les dents en entendant cette grossièreté familière. Si familière ! « Alors, tu te contrefiches de ce pauvre Tuffi ? De ton chien ?

— Bien sûr que non, mais… je suis en retard à mon rendez-vous.

— C'est peut-être la dernière fois que tu le vois en vie. Cela ne te fait rien ?

— Mais enfin, papa ! »

Alors Phyllis intervint, ainsi qu'elle le faisait si souvent dans de telles circonstances. Elle était restée près de Tuffi et émettait de petits roucoulements, comme si de tels sons pouvaient apaiser l'angoisse de l'animal ; elle se tourna vers Terence, d'un air sévère. « Laisse donc Aaron tranquille, Terry ! Il n'est pas indispensable que deux personnes se rendent chez le vétérinaire, et tu le sais. »

Le visage de Terence était en feu. « En effet, ce n'est pas indispensable. Désolé ! »

Terence, choqué et dégoûté, conduisit donc seul le chien mourant à la clinique vétérinaire. Il lui parla dans l'espoir de le calmer, tout en repensant à l'époque lointaine où la pauvre créature n'était qu'un chiot – il revoyait ses enfants, autrefois. Quand Aaron était petit garçon. Quand Aaron était bébé.

Une question restait en suspens entre Terence et Aaron et, sur ce point également, Phyllis faisait barrage. À Noël, Aaron avait demandé et reçu en cadeau un équipement de ski très onéreux (Phyllis s'était chargée de l'achat, mais Terence estimait le coût de l'opération à plus de 500 dollars) ; le jeune homme l'avait emmené à Dartmouth, où on le lui avait paraît-il volé. Or, ayant entendu dire que des amis de son fils s'étaient livrés à ce genre de manœuvre avec une marchandise similaire, Terence soupçonnait Aaron d'avoir tout simplement revendu l'équipement de ski et empoché l'argent. Bien sûr, il n'en avait aucune preuve. Phyllis lui avait reproché de ne pas aimer leur fils et Aaron s'était mis en colère – « Ce type est malade, m'man ! »

À la clinique, on découvrit que le foie de Tuffi était si gravement endommagé, ses reins et son cœur si affaiblis, qu'il n'y avait pas à tergiverser. Il fallait le piquer.

« Le piquer ! gémit Terence. Bon, je vois. C'est évident. »

Le vétérinaire, la jeune femme qui l'assistait et Terence transportèrent jusqu'à la table d'examen le chien qui se débattait faiblement. Le vétérinaire prit une seringue, et injecta le sérum létal dans le cou de l'animal. En mourant, Tuffi leva ses yeux décolorés vers Terence et lui jeta un regard inquiet, comme s'il attendait que son maître lui donne un ordre. Il poussa un petit cri plaintif, mais cessa de s'agiter. « Tuffi, pauvre cher Tuffi, nous t'aimons, Tuffi ! », lança Terence en prenant conscience à son tour de l'horreur de la situation.

« Cela ne durera qu'une minute », murmura le vétérinaire.

Terence caressa la fourrure rêche de Tuffi et le serra fort contre lui, guettant le dernier spasme de l'agonie. Il n'y en eut pas.

Au contraire, les muscles du chien se détendirent ; il se fit de plus en plus mou, comme s'il s'endormait ; l'expression de terreur disparut de son regard, mais ses yeux restèrent ouverts, glacés par la mort. Terence chuchota : « Attendez ! Non… docteur. J'ai changé d'avis… »

Ce vétérinaire connaissait bien Terence puisqu'il avait vacciné Tuffi et l'avait suivi presque toute sa vie durant. Il posa une main consolatrice sur son bras. « Je sais, c'est dur. Mais vous avez pris la bonne décision, docteur Greene. »

Docteur Greene ! Pourquoi les gens l'appelaient-ils ainsi, alors qu'il se sentait si confus, si inutile, si perdu ? Alors qu'en ce moment même le chagrin l'anéantissait ?

Terence essaya d'affermir sa voix. « Vraiment ? Merci. C'est au moins ça. »

Il se dit que la plupart des gens devaient laisser à la clinique le soin d'incinérer leurs animaux morts, mais décida de ramener Tuffi à la maison pour l'enterrer. La jeune assistante l'aida à envelopper le corps dans un journal. Terence remarqua ses gestes tendres et, affaibli par le chagrin, il fut touché jusqu'aux larmes par la gentillesse de cette femme. Il déclara en s'essuyant le visage d'un geste rude : « Il avait si bon caractère, c'était un chien si affectueux. Les enfants… » Mais il ne souhaitait pas se montrer trop acerbe et ne voulait pas passer à ses yeux pour un père aigri et geignard. « Les enfants l'aimaient, bien sûr. Quand ils étaient plus jeunes. »

Terence se tut ; il avait perdu le fil de ses pensées. À présent, le journal qui enveloppait Tuffi cachait ses yeux vitreux. Il pesait plus lourd que de son vivant. Terence ajouta d'une voix cassée : « Bon Dieu, Tuffi n'avait que douze ans ! Ce n'est pas une vie bien longue. »

La jeune femme, vêtue d'une blouse sale et d'un jean, leva les yeux vers Terence et sourit de manière surprenante. « Allons, docteur Greene, je crois que j'aurais beaucoup de chance si, à ma mort, quelqu'un m'aimait comme vous aimez ce chien. »

Terence la regarda pour la première fois : elle avait un visage ovale à l'ossature bien marquée, une belle peau saine, sans maquillage, des yeux noisette au regard franc, et ses cheveux bruns et raides scintillaient comme des éclats de mica.

« Allons ! répéta la jeune femme en découvrant l'expression passionnée qui venait de se peindre sur la figure blême de Terence. Ce pauvre gars de Tuffi a bien de la chance ! Enfin, avait. »

Il enterra seul le cadavre du chien. Tout au fond de leur terrain d'un hectare planté d'arbres, au pied d'une pente douce fleurant bon les aiguilles de pin.

Je me lèverai et je marcherai. Je me lèverai.

Ce quartier lui semblait étrangement familier, les maisons en étaient délabrées, abandonnées, et pourtant si attirantes ! Et au 33 Holyoak se dressait, inchangée, la bâtisse branlante où vivaient les Renfrew. Pourtant, aujourd'hui, dans l'éclat mordoré du soleil automnal, le jardin et son enchevêtrement d'herbes et de fleurs s'ornaient de couleurs bien plus vives qu'au début de l'été. Quelqu'un – une femme trapue et fortement charpentée, vêtue d'une salopette et coiffée d'un chapeau de paille… Holly Mae Loomis, peut-être ? – était en train de tondre et d'ensemencer. Les jeunes filles taquines qui prenaient un bain de soleil sur le toit avaient disparu – du moins Terence n'en vit aucune, alors qu'il garait sa voiture au bord du trottoir. Il jeta un œil vers la maison, et un sourire vague se dessina sur son visage.

Le molosse hirsute à la tête de berger allemand somnolait, lui, dans la véranda.

Le cœur de Terence cognait à se rompre. Cette fébrilité lui rappela son enfance, quand sous les invectives de son oncle il devait s'enfoncer dans l'eau froide et profonde, à l'odeur métallique, de la carrière où il avait fait ses premières brasses. Il retrouvait cette même appréhension, cette terreur soudaine, exacerbée par les courants glacials qui lui meurtrissaient la chair telles des lames de couteau. *Je vais me noyer. Je suis perdu*.

Mais il avançait tout de même. Il ne se noyait pas.

C'était un jour de semaine. Peu de temps après l'injection qui avait endormi Tuffi à jamais. Pour la première fois de sa carrière, Terence Greene s'était permis une initiative audacieuse : il avait téléphoné à son bureau en prétextant une maladie, afin de ne pas aller travailler ce jour-là.

Pauvre gars ! Ces mots résonnaient dans la tête de Terence, comme une ritournelle moqueuse.

Terence n'était pas revenu à Trenton depuis la fin du procès, mais n'avait cessé d'y penser – la ville, le palais de justice, le jugement, Chimney Point – durant toutes ces semaines. Souvent, une présence féminine semblait flotter près de lui, tel un fantôme invisible mais bien reconnaissable. Terence tournait la tête, comme si quelqu'un avait prononcé son nom ou touché son bras. *Oui ? Qui est-ce ?* Ce matin-là, il s'était levé, mû par le désir impérieux de se rendre à Chimney Point ; il ne savait absolument pas ce qu'il allait y faire ni ce qui risquait de s'y passer. Mais il avait assisté la veille à une réunion particulièrement éprouvante à la Fondation Feinemann et ne pouvait supporter l'idée d'y retourner déjà.

Dès le lendemain du procès de T. W. Binder, qui s'était achevé sur le seul verdict que Terence estimât juste, il avait fait un effort pour oublier. Finalement, cet intermède avait eu peu de répercussions sur sa vie professionnelle ; en revanche, Phyllis ne supportait pas qu'il y fît allusion. Terence ne comprenait pas pourquoi. (Ce n'était quand même pas à cause de la serviette Gucci qu'on lui avait volée ?) Dès que Binder eut été déclaré coupable, il ne se soucia plus de son sort. Il ne lisait que le *New York Times* et, malgré sa curiosité, ne prit pas la peine de chercher dans les journaux locaux de Trenton des comptes rendus de l'instance ; il ne tenta même pas de connaître la teneur de la sentence prononcée par le juge.

Il avait eu l'intention de se renseigner sur le mystérieux « Ezra Wineapple », en épluchant la rubrique des faits divers du *Trenton Times*, mais n'en avait jamais trouvé le temps.

Après tout, la question était réglée.

Pourtant, à ses moments perdus, il pensait à l'expérience si intense et, dans un sens, si mystérieuse qu'il avait vécue durant cette courte semaine de juin ; oui, bien sûr, il devait l'admettre : il pensait à elle.

Et maintenant, sur un coup de tête, voilà qu'il se retrouvait ici. Assis au volant de sa voiture, à observer cette maison délabrée – *vers laquelle je me sens si puissamment attiré*.

Chimney Point

La maison d'Ava-Rose Renfrew. (S'y trouvait-elle en ce moment ? Peut-être le regardait-elle à travers une vitre du premier étage – l'une des vraies vitres en verre, et non pas celles en contreplaqué ou en plastique translucide ?) La bâtisse avait un air penché comme si elle luttait contre les vagues d'une mer invisible. Une sorte de déchirure dans le toit accentuait cette impression : elle séparait la partie centrale de la maison, recouverte de stuc fendillé, des ailes en bois revêtues de bardeaux gris et délabrées dont on devinait qu'elles avaient été peu à peu rajoutées au cours des années. L'endroit avait peut-être été une auberge, autrefois ; ou, qui sait, il y a très longtemps, un relais de diligence. Cette vétusté et le bric-à-brac entassé dans la véranda (auquel s'était ajouté, depuis la visite de Terence en juin, une sorte de grand tapis roulé) lui conféraient une allure surannée : « historique ». Terence se souvint du passé colonial de la ville de Trenton, où s'étaient trouvées cantonnées à la fois les troupes anglaises et les armées révolutionnaires.

Phyllis aurait détonné dans un pareil endroit ! La barrière en bois vermoulu, les grotesques ornements de pelouse, la véranda encombrée, la couleur irrégulière des volets (bleu vif au rez-de chaussée et gris sale en haut), les lumières de Noël qu'on n'enlevait jamais. Ce jardin mal entretenu, où les roses devaient lutter contre les mauvaises herbes, les chardons hauts de deux mètres et les roses trémières malades. Pis encore, le vieux toit d'ardoises et les gouttières rouillées où poussaient, comme une gale, de grosses mottes de mousse vert brillant.

Derrière la maison s'étendait un terrain vague – un champ traversé par une allée ou un chemin d'accès, parsemé d'arbustes rabougris et de dépendances en ruine. Puis une voie de chemin de fer, sur une éminence ; tout près de là, à cinq cents mètres environ, coulait la Delaware, large et miroitante. Le ciel bleu se nimbait d'une brume jaunâtre presque imperceptible, due à la pollution industrielle, et ce ciel, contrastant avec le toit d'ardoises tachetées de la maison Renfrew, paraissait étrangement proche, aplati, comme dans ces toiles de Cézanne où toutes les surfaces semblent juxtaposées – plus que de surfaces, il s'agissait en fait d'un arrière-plan composé de structures mystérieusement emboîtées.

« 'jour, m'sieur !'cherchez quelqu'un ? »

Arraché brutalement à sa torpeur, Terence vit que la vieille femme avait traversé les herbes et se tenait à présent là, devant lui, de l'autre côté de la clôture ; malgré ses vêtements masculins couverts de taches et son chapeau de paille trop large pour sa tête, il reconnut sur l'instant la tante d'Ava-Rose Renfrew, Holly Mae Loomis. Elle souriait d'un air aimable, mais sa voix était un rien soupçonneuse.

Terence descendit de voiture, fort gêné, et s'empressa de déclarer : « Euh, merci, non, pas vraiment. Je… »

D'un ton inquiet, elle s'enquit : « Vous seriez pas... » Puis, en le regardant sous le nez : « ... ce Dr Machin-Chose, du ministère de la Santé ? Hein ?

— Mais non...

— Oh, Seigneur ! Je sais : vous êtes l'avocat de la Compagnie de transports, c'est ça ?

— Non, répondit Terence en souriant, vous attendez leur visite ?

— Je n'attends ni l'un ni l'autre, s'écria la femme avec un mouvement de tête indigné, très féminin. Je ne veux pas qu'ils mettent les pieds ici. »

Sous la véranda, le gros chien remua et se dressa sur ses pattes. On le sentait de fort méchante humeur ; apparemment mal intentionné, il s'avança en trottinant vers Terence et commença à gronder. En agitant le sécateur qu'elle tenait en main, la femme lança : « Couché, Buster ! Ne recommence pas ! »

Le visage de Terence était brûlant. Tentant de couvrir les aboiements furieux du chien, il cria : « Quel joli jardin vous avez là ! »

La femme réprimanda l'animal : « Buster, couché ! Buster Keaton ! » Puis elle se tourna vers Terence. « Il ne vous fera pas de mal, c'est juste qu'il se méfie des étrangers. » Elle rabattit le bord de son chapeau de paille, et l'on vit apparaître sur son front ses boucles teintes en roux. Ses yeux, presque dépourvus de cils à cause de l'âge, étaient d'un vert clair doré et luisaient comme du verre. Terence se demanda si elle se souvenait de lui, depuis le procès – ou depuis l'épisode de la taverne « Mill Hill ». « Vous êtes sûr de ne pas être avocat, m'sieur ? Vous en avez pourtant bien l'air.

— Non, je vous assure », déclara Terence en riant, je ne suis pas avocat.

— Alors, qu'est-ce que vous êtes ? »

Terence, se sentant un peu idiot, esquissa un sourire. « Un ami.

— Hein ? Vous dites ?

— Je crois avoir le plaisir de vous connaître, Mrs Loomis. Holly Mae Loomis. Je veux dire… je sais comment vous vous appelez. Et votre nièce également, Ava-Rose Renfrew.

— Ava-Rose ? interrompit la femme. C'est elle que vous venez voir ?

— Mais non, je…

— Vous ne seriez pas, par hasard, le patron de ce magasin de chaussures près de Tamar's Bazaar ? Celui qui n'arrête pas d'embêter ma nièce pour qu'elle lui accorde un rendez-vous ?

— Non.

— Ou bien, qui ça encore ? Le “révérend” de son église ?

— Non. J'étais membre du jury, lors du procès de juin dernier. Quand cet homme, T. W. Binder, a été déclaré coupable d'agression sur Ava-Rose Renfrew. »

À ces mots, le visage de Holly Mae Loomis se transforma. Elle sourit, d'un air incrédule. « Ça par exemple ! M'sieur, euh… le *premier* juré ? »

Chose étrange, le manteau de l'autorité, bien qu'illusoire, l'avait tout de suite placé dans une position favorable aux yeux de la vieille dame.

« Je me nomme Terence Greene. Je passais dans le coin et j'ai eu envie de m'arrêter pour vous dire… »

Une expression doucereuse, rusée – ou bien était-ce l'expression d'une vieille dame intimidée –, passa furtivement sur le visage rougeaud de Holly Mae Loomis. Elle s'esclaffa. « Ça alors ! Quel honneur ! J'aurais jamais… ! » D'un geste gauche, tandis que le chien glapissait et agitait sa queue trapue, elle retira ses gants de jardinage maculés de terre et serra la main de Terence. Sa poignée de main fut sèche et vigoureuse, ses paumes étaient calleuses. Presque coquettement, elle dit : « Je sais : vous êtes le *Dr* Greene, hein ? Si vous n'êtes pas avocat…

— Eh bien…

— C'est un grand privilège, et un honneur, de vous rencontrer enfin, *docteur* Greene. Ce procès ! Une période horrible ! La pauvre Ava-Rose en avait perdu le sommeil. Elle pleurait toutes les larmes de son corps parce qu'elle avait honte de s'exposer ainsi, devant tout le monde, et qu'elle devait supporter les insultes de cet avocat à l'esprit tordu – vous avez vu comme il a été cruel avec mon pauvre petit-neveu, Chick, qui a été attrapé par erreur, pour des sales histoires où d'autres gamins l'avaient entraîné, quand il n'avait que douze ans ? Pendant tout ce temps, Ava-Rose nous répétait : "Il y a un homme dans le jury, je l'ai regardé, et j'ai vu un véritable gentleman. Lui, il sait."

— Vraiment ! », murmura Terence. Son cœur fit un bond dans sa poitrine. « Elle vous a dit cela ?

— Pour sûr, docteur Greene, confirma Holly Mae Loomis, les yeux mouillés de larmes et la voix soudain chancelante. C'est ce qui nous a soutenus, durant cette affreuse épreuve. »

Comme si Buster reniflait le changement d'humeur, il cessa d'aboyer, entreprit de flairer les jambes de Terence et lui lécha les mains. Ses yeux à l'expression étonnamment humaine et qui ressemblaient à ceux du pauvre Tuffi, plus par leur dessin que par leur couleur, se plantèrent dans ceux de Terence.

Ce dernier, lui aussi, ressentit soudain une forte émotion. Il tapota la tête osseuse de l'animal et murmura : « Buster. Brave chien. »

Holly Mae Loomis, voyant que Terence admirait tant le jardin, lui proposa de le visiter. Tandis qu'ils marchaient autour de la maison, il lui posa quelques questions flatteuses – à l'entendre, on n'aurait jamais cru qu'il était, tout comme elle, bien qu'à une moindre échelle, un jardinier de banlieue. Holly Mae Loomis était fière de son jardin, quoiqu'elle déplorât de le voir envahi par les mauvaises herbes. « Eh bien, tout cela ce sont des liserons, docteur Greene, dit-elle en désignant une profusion de plantes grimpantes parsemées de fleurs orange rigides, en forme de trompette, poussant sur l'un des murs de la maison. Et ça, vous reconnaissez, hein ? Des belles-de-jour qui attirent les oiseaux-mouches, de sacrées jolies petites choses ! Tout cela, là-bas, c'est du bambou – oui, du bambou. Mon grand-oncle qui vit ici avec nous, captaine uncle Riff qu'y s'appelle, c'est lui qui les a plantés, juste quelques tiges qu'il a ramenées de Bornéo ou d'un aut' coin dans la jungle, et maintenant, mon Dieu, vous voyez comme ça pousse. Et toutes ces roses trémières, que ces damnés coléoptères japonais ont dévorées ; et là-bas, regardez, ce sont des tournesols qui vont bientôt monter en graine. Et là, des dahlias, bien sûr. Ici, des lis. Oh, ce charmant petit objet, ajouta-t-elle en désignant un ornement de pelouse, un flamant laid à faire peur, perché sur une patte et peint en rose fané, ce sont mes p'tites nièces Dara et Dana qui l'ont fabriqué avec une scie à bois ; et c'est pareil pour ce cerf, là-bas. Les filles les ont vendus pour la plupart. On se les arrache. Vous en voudriez peut-être un, docteur Greene, pour vot' jardin ? Hein ? » Terence murmura quelque chose d'incompréhensible. « Tout cela, ce sont des rosiers sauvages qui poussent comme du chiendent, alors faites attention aux épines. C'est vraiment joli quand ils sont en fleur, au mois de juin, mais c'est tout. Moi, je préfère les roses thé – elles sont belles, non ? » Terence approuva d'un vigoureux hochement de tête. Oui, ces roses étaient magnifiques et cela, au moins, il pouvait le reconnaître sans retenue ; car les roses étaient ses fleurs préférées, bien qu'il eût beaucoup de mal à en faire pousser sur sa propriété trop ombragée. « Les plantes grimpantes jaunes ont été rudement touchées par les taches noires, mais les rouges ont fleuri tout l'été. Ces blanches-là n'ont jamais de problème, c'est un buisson qui se porte comme un charme. Celle-ci est un hybride, “La Veuve” », précisa-t-elle en montrant une rose bleu lavande, et celle-là, c'est ma préférée, elle s'appelle “Double Délice”. »

Terence, quelque peu ébloui par la beauté de ces roses, resta à contempler l'hybride « Double Délice ». Avait-il jamais vu pareille fleur ? Il n'arrivait pas à se le rappeler, et pourtant c'était le genre de rose qu'on ne peut oublier. Leurs larges corolles se composaient de nombreux pétales délicieusement nuancés de blanc, de rose crème et de pourpre clair ; chaque fleur se différenciait des autres par son dégradé de pourpre, si bien que vous passiez d'une rose à l'autre en recherchant presque inconsciemment *la* fleur. « Elles sont splendides, déclara Terence en approchant son index de l'une d'elles, sans la toucher. On dirait des aquarelles. Si subtiles ! Comment disiez-vous qu'elles se nomment, Mrs Loomis ?

— “Double Délice”, docteur Greene. Mais, bonté divine, vous pouvez m'appeler Holly Mae. » Elle se mit à rire, en enlevant son chapeau de paille et en éventant son visage rouge et ridé. « Ça fait un bout de temps qu'on ne m'a pas donné du madame ! »

Terence rit lui aussi, mais timidement. « Dans ce cas, Holly Mae, vous devez m'appeler Terence ou, mieux encore, Terry, et non Dr Greene.

— Vous êtes bien docteur, pas vrai ? C'est ce qui fait toute la différence entre nous.

— Je ne suis pas docteur en médecine, je…

— Mais vous avez un doctorat, hein ? "Docteur" en quelque chose ? »

Terence rit plus franchement. « Oui, "en quelque chose". »

Docteur en philosophie et histoire de l'Université Harvard. Il en avait fait du chemin, le petit garçon maigrichon de Hettie. Et pourtant, la veille, lors d'une réunion à la Fondation Feinemann, l'ex-poète officiel Quincy Ryder l'avait désigné en l'appelant « Dr Greene » d'un ton nettement sarcastique – et Terence avait ressenti cela comme une insulte cuisante.

« Vous avez vraiment de la chance. Les gens voient à votre regard que vous êtes quelqu'un de spécial, et personne ne vous cherche de crosses », déclara Holly Mae Loomis en soupirant. Holly Mae avait dû être une femme très attirante dans sa jeunesse, mais elle vieillissait et, vue de près, ne semblait pas si vaillante. Des myriades de petits vaisseaux constellaient ses joues et son nez, et lui donnaient ce teint rougeaud, comme si elle avait toujours chaud ; parmi les rides et les plis de son visage, on voyait même une profonde cicatrice courbe qui partait de son oreille gauche et rejoignait presque la commissure de ses lèvres. Terence se souvint du visage légèrement abîmé d'Ava-Rose et se demanda soudain s'il le reverrait un jour. Holly Mae se mit à rire, comme si elle pensait soudain à quelque chose. « Mince alors ! J'espère que vous êtes un homme de loi, docteur Greene, car j'aurais bien besoin de vous. Je me suis méchamment blessée au dos en glissant sur une marche mouillée, l'hiver dernier, alors que je descendais d'un bus de la ville. Et vous savez pas ? Le chauffeur a redémarré aussi sec sans se préoccuper de mon sort, vous vous rendez compte ? » Holly Mae se frotta le haut de la colonne vertébrale d'un air douloureux. « Et quand on a essayé de se faire indemniser par la Compagnie de transports, ou au moins d'obtenir le remboursement des notes du médecin... » Elle secoua vigoureusement la tête.

« Vous voulez dire, demanda Terence outré, que la Compagnie de transports a ignoré votre requête ? Après une négligence aussi caractérisée ?

— "Négli-gence", c'est bien cela, hein ?

— Cela m'en a tout l'air, Holly Mae. Y avait-il des témoins ? »

Holly Mae eut un sourire ironique. « C'est sûr ! Mais... qui ? Je suis tombée sur le trottoir, au coin de la 11e Rue et de Broad Street, un jour infect avec du verglas, alors que je m'en allais à mon travail au WDC – le centre de détention pour femmes, je servais à la cafétéria : une bonne place, pour sûr – et le chauffeur du bus a simplement redémarré. Seigneur, je croyais m'être cassé le dos, couchée par terre comme je l'étais et trop assommée pour crier, jusqu'à ce qu'une charmante femme de couleur vienne à mon secours. Ava-Rose a eu très peur et m'a emmenée chez le docteur. Mais ils vous font attendre des heures, vous savez, à la clinique publique, alors on a fini par y renoncer et on est allées voir un autre médecin. Lui, il a dit que j'avais de la chance de ne pas être estropiée à vie. Il avait l'air gentil, mais oh, bonté divine, qu'est-ce qu'ils vous prennent ! » Terence écouta, avec une indignation grandissante, le long récit de Holly Mae. Bien entendu, elle avait perdu son travail à la cafétéria, et s'était retrouvée dans l'incapacité de payer l'ordonnance, les séances de rééducation et les notes du médecin. À cela s'ajoutaient les innombrables appels téléphoniques d'Ava-Rose à la Compagnie de transports, une visite à leurs bureaux et l'indifférence de la municipalité, ou, pire, leurs rebuffades. « Leur "service juridique" vous explique par *a* plus *b* que personne ne vous écoutera ; alors, pourquoi vous casser la tête ? »

Pris de pitié, Terence demanda : « Et donc, rien n'a été fait, au jour d'aujourd'hui ? »

Holly Mae Loomis haussa les épaules. « Que faut-il faire, docteur Greene ? Ava-Rose pense que nous ne devons pas abandonner, elle essaie de trouver un avocat, mais…

— Mais absolument, il faut que vous preniez un avocat, et un bon, affirma Terence. Je serais heureux de pouvoir vous aider, si vous le permettiez. »

Comme si elle n'avait pas entendu, Holly Mae Loomis fermait les yeux et continuait de masser ses vertèbres cervicales. « Des fois, j'ai l'impression que mon existence touche à sa fin ! Et pourtant je ne suis pas si vieille : j'ai soixante-quatorze ans. Seigneur, Seigneur ! La vie vous joue parfois de ces tours, hein ? »

Terence déclara. « Mais pas du tout, Holly Mae. Je suis sûr qu'on peut faire quelque chose.

— Oui, mais les avocats coûtent cher…

— Laissez-moi m'en charger, Holly Mae, voulez-vous ? Pour vous et votre nièce. » Terence, embarrassé par sa soudaine générosité, préféra changer de sujet, et s'extasia devant un parterre de zinnias sauvages couvert de mauvaises herbes ; il se devait de réparer la terrible injustice faite à cette femme sans défense. Il les aiderait. Elles n'accepteraient sûrement pas d'argent, mais peut-être… un prêt ?

Entre-temps, Holly Mae Loomis avait conduit Terence derrière la maison, là où les parterres cultivés devenaient rares. Les mauvaises herbes envahissaient tout ; ce pré touffu servait de décharge – les vieux meubles côtoyaient des appareils ménagers inutilisables et même la carcasse rouillée d'une voiture. L'allée accidentée contournait la maison et rejoignait une route d'accès menant à un terrain vague, au-delà d'une étendue plantée d'arbustes rabougris ; plus loin encore, on apercevait un ruban miroitant, comme une guirlande – c'était tout ce qu'on pouvait entrevoir de la Delaware. Cet après-midi de septembre était aussi chaud qu'en plein été, et dans l'air se mêlaient toutes sortes de parfums : l'humus, les fleurs odorantes, les hautes herbes chauffées par le soleil, et même le fleuve. Terence dit presque timidement : « Comme c'est beau ici ! On s'y sent chez soi ! Pourquoi a-t-on donné le nom de Chimney Point à ce quartier de Trenton ? Y a-t-il une pointe de terre qui s'enfonce dans la rivière, dans le coin ? »

Holly Mae secoua la tête, les yeux dans le vague. « C'est possible, docteur Greene. Je suppose que c'est pour cela.

— Et vous et votre famille vivez là depuis très longtemps ?

— "Très longtemps"… cela dépend. Pour ma part, il me semble que j'y vis depuis toujours. Mais captaine uncle Riff, qui a quatre-vingt-deux ans, n'habite ici que depuis quelques années, depuis qu'il s'est retiré de la marine. Ava-Rose et sa sœur sont arrivées quand elles étaient toutes petites – leur maman ne pouvait pas les garder avec elle. Ava-Rose a donc passé presque toute sa vie dans cette maison, même si elle a pu séjourner ailleurs de temps en temps ; quant à sa sœur, eh bien… » Le visage de Holly Mae s'assombrit. « … ce n'était pas une gentille fille, ça fait un bout de temps qu'elle est partie. Et leur maman aussi. » Holly Mae haussa les épaules. Terence aurait aimé en savoir davantage sur Ava-Rose, mais il n'osa pas la questionner plus avant ; il ne voulait pas paraître trop curieux.

Buster trottinait dans les hautes herbes en reniflant et faisant semblant d'uriner ; il essaya maladroitement d'attraper un papillon aux ailes dorées, puis se retourna comme si Terence l'avait appelé, se précipita vers lui et poussa sa main de son museau humide. Le contact du chien lui donnait des frissons, mais c'était tellement bon de retrouver cette sensation, après la mort de Tuffi ! *Il semble me faire confiance et les autres feront comme lui.*

Pour que la conversation reste sur Ava-Rose Renfrew (qui n'était sûrement pas à la maison, et ne regardait donc pas par la fenêtre le grand et beau « premier juré » en train de se promener au côté de sa tante), Terence demanda très vite à Holly Mae si elle avait des nouvelles de T. W. Binder. « Je suppose qu'il a été condamné à une peine de prison. De quelle durée ? »

Holly Mae, qui observait en souriant le manège de Terence et du chien, se rembrunit et lâcha d'un air sévère : « Oh ! Le juge a déclaré que T. W. était "dangereux" et qu'il constituait "une menace pour la société", comme d'autres juges par le passé l'avaient déjà dit à son propos ; alors, elle lui a donné de trois à sept.

— Années ?

— Oui, m'sieur ! Mais cela ne veut rien dire, de toute façon. Cette brute sera libérée sur parole dans un an.

— Quoi ? Un an ? »

Terence était abasourdi. Il s'était imaginé que le jeune homme resterait derrière les barreaux pendant vingt ans. N'avait-il pas tenté de tuer Ava-Rose Renfrew ? N'avait-il pas été reconnu coupable de « coups et blessures volontaires » ?

« Eh bien ! murmura-t-il, découragé. Je croyais que nous les jurés étions arrivés à un meilleur résultat, pour vous et miss Renfrew. »

Holly Mae secoua la tête, dégoûtée. « Il existe des gens qu'on dit "incorrigibles", dont on ne peut pas se protéger à moins de… disons, de faire justice soi-même. Ils volent, pillent, assassinent, détruisent des vies et rien ni personne ne les arrêtent. En ce moment même, dans le couloir de la mort du New Jersey, il y a des meurtriers irrécupérables qui ont plusieurs fois échappé à l'exécution, ajouta-t-elle passionnément. Il n'y a plus de justice, docteur Greene !

— Bien sûr, approuva Terence d'un ton embarrassé, la peine capitale en elle-même est une chose barbare. Nous ne pouvons vraiment pardonner…

— Et alors, quand T. W. sera libéré sur parole, qu'il tuera ma nièce et peut-être nous avec, et brûlera la maison comme il a menacé de le faire… Qui sont les barbares ?

— Mon Dieu, vous croyez ? Y a-t-il un risque pour que… ?

— Pauvre Ava-Rose ! Elle n'a jamais eu de chance avec les hommes ! Cette fille est si douce, si innocente ! Ce qui nous rend malades, docteur Greene, dit Holly Mae en baissant la voix et en tirant Terence par la manche pour qu'il se rapproche d'elle, c'est de penser que l'un des amis de T. W. pourrait faire du mal à ma nièce. Aujourd'hui, T. W. est à la prison de Rahway, il n'est pas à craindre ; mais il a un ami – il s'appelle Eldrick Gill – qui a parlé de le venger. Captaine uncle Riff et moi pensons qu'il a déjà menacé Ava-Rose, mais elle ne veut surtout pas nous effrayer. L'autre nuit, elle est rentrée à la maison après l'office du soir dans cette église qu'elle fréquente – l'église de la Sainte-Apocalypse : moi, je n'y suis pas –, avec la figure toute pâle. Elle était trop calme, pas comme d'habitude, et quand Darling lui a sauté sur la tête – Darling, c'est notre perroquet, docteur Greene : un gris du Gabon superbe – pour lui dire "Salut" comme il le fait toujours, Ava-Rose a paniqué ; elle s'est mise à hurler en se protégeant avec les bras, comme si elle ne savait plus où elle était. » Holly Mae fit une pause et prit une profonde inspiration. Son visage rubicond s'étoilait de sueur. « Plus tard, je suis montée dans sa chambre ; elle était assise dans le noir, alors je lui ai demandé : "Ma chérie, quelque chose t'est arrivé ?" et elle a répondu : "Non, tantine, je t'en prie, ne te tracasse pas" – si rapidement que j'ai compris que ça ne tournait pas rond.

— Et la police ? Ne sont-ils pas censés…

— La police ! Allons donc ! » Holly Mae fit semblant de cracher. « Vous ne pouvez pas compter sur eux. Tout le monde savait que T. W. avait un caractère épouvantable. Il avait déjà blessé beaucoup de gens, des hommes aussi bien que des femmes, avant que la police ait pu l'attraper une bonne fois et l'envoyer devant le juge ; de toute manière, il ne restera pas longtemps en prison. À Rahway, il y a mille et une façons de se mettre en rapport avec des criminels à l'extérieur – ils se connaissent tous, ce sont des potes, comme ils disent. Cet Eldrick Gill, il conduit une de ces grosses motos noires, exactement comme T. W. Ils sont de la même engeance. Oh, oui !

— Et vous pensez que votre nièce court un danger ?

— Je ne le pense pas, docteur Greene, je le sais. »

Terence se demandait s'il pourrait parler à Ava-Rose en personne. Ou si la jeune femme risquait de mal interpréter ses intentions.

Une question lui vint à l'esprit : « Qui est ce "Wineapple" ? L'une des victimes de Binder ? »

Holly Mae Loomis se pencha vers lui, en plaçant sa main en cornet autour de son oreille. « Qui ça ?

— Au procès, on a parlé d'un certain Wineapple, ou bien Applewine… Mais quand un témoin a évoqué ce nom on l'a fait taire. »

Les sourcils de Holly Mae Loomis se froncèrent comme si elle faisait un effort de mémoire. Elle s'éventa vigoureusement avec son chapeau de paille, puis déclara : « Moi j'ai jamais vraiment connu ce type, docteur Greene. Ni Ava-Rose. Ce n'était rien de plus qu'une vague relation. Il faisait office de diacre dans son église, je crois. À ce qu'on prétend, T. W. avait l'intention de s'en prendre à Applewine, ou Wineapple, parce qu'il croyait que ce type courtisait ma nièce ; en fait, ce bruit n'était pas du tout fondé, pour autant que je sache. » Holly Mae sourit en feignant la perplexité. « Quand vous arrivez à mon âge, docteur Greene, les gens vous cachent des tas de choses, si bien que vous ne savez pas vraiment où se trouve la vérité.

— Mais l'homme est mort ? Noyé, si je ne m'abuse ? »

Holly Mae cligna des yeux, d'un air effaré. « Oh, mon Dieu ! Vous me l'apprenez. »

Terence comprit qu'il valait mieux changer de sujet ; il ne voulait pas trop attrister la vieille dame.

En même temps, Terence se dit qu'il était probablement temps de partir. *Elle n'est pas ici, elle ne rentrera pas avant des heures*.

Ils avaient fait le tour de la maison et traversé une zone marécageuse couverte d'herbes folles qui sentaient l'humidité. Buster trottinait gaiement derrière eux en bondissant et happant des papillons pour s'amuser. Holly Mae reconduisit Terence jusqu'à la rue où sa voiture était garée ; pour cela, ils empruntèrent de nouveau l'allée creusée d'ornières ; la vieille dame semblait essoufflée et marchait difficilement, en prenant appui sur sa jambe droite, mais sans se départir de son ton cordial. « Je vous inviterais bien à entrer pour prendre une tasse de café, ou une infusion, docteur Greene – du cynorhodon : c'est la spécialité d'Ava-Rose – ou peut-être de la bière du captaine uncle Riff, mais, j'ai honte de le dire, la maison est sens dessus dessous, il n'y a même pas un endroit pour s'asseoir. Vous reviendrez une autre fois, hein ? »

Terence répondit timidement : « Cela me plairait beaucoup, Mrs Loomis. Je veux dire Holly Mae. » Puis il reprit : « J'espère que vous me permettrez de vous prêter les fonds nécessaires pour trouver un bon avocat. Il faut intenter un procès à la municipalité pour le comportement de ce chauffeur de bus. Ce que vous m'avez raconté est parfaitement ignoble. »

Holly Mae dit humblement : « Tant qu'il s'agit d'un prêt, docteur Greene, et pas, vous savez... de charité.

— Mais bien entendu.

— Captaine uncle Riff ne le supporterait pas, ni Ava-Rose. Ni moi non plus. »

Ils discutèrent la chose pendant quelques minutes : les Renfrew s'occuperaient de rechercher un bon avocat à Trenton, un homme de confiance (Terence dut l'avouer, il ne connaissait personne dans cette ville) ; cet avocat n'aurait plus qu'à contacter Terence, et ils régleraient entre eux les questions financières. « Parce que dans ma famille, oh ça non ! nous n'avons pas vraiment le sens des affaires ! », déclara Holly Mae. Elle désigna la maison délabrée, le jardin mal entretenu, avec un rire mélancolique. « Ça saute aux yeux. »

Terence s'esclaffa. La tête lui tournait comme s'il avait goûté la bière de captaine uncle Riff. « Il existe d'autres vertus, Holly Mae, plus importantes que d'avoir le sens de affaires. »

Avant de partir, Terence admira encore une fois le jardin de la vieille dame. À Queenston (mais il n'avait pas pensé à Queenston pendant une heure), le moindre carré de pelouse était parfaitement dessiné, les massifs plantés dans un esprit de symétrie, les fleurs choisies en fonction de leurs couleurs. Il n'y avait pas d'arbustes décharnés, pas d'arbres mal taillés et, bien sûr, pas l'ombre d'une mauvaise herbe. Si un seul résidant de Queenston avait laissé sa propriété à l'abandon, comme ici, ses voisins se seraient regroupés pour intenter une action contre lui.

« Oui, ajouta Terence, un peu sentencieux, il existe d'autres vertus. »

Holly Mae ne voulut pas laisser partir son visiteur sans lui offrir quelques roses de son jardin, mais Terence refusa en alléguant qu'il ne retournait pas directement chez lui ; il ne rentrerait sûrement pas avant plusieurs heures. Néanmoins, son œil s'alluma en rencontrant l'un des piteux ornements de pelouse en bois, et il se souvint qu'ils étaient à vendre. Qui en était l'auteur, déjà ? Ces petites filles taquines qui prenaient le soleil sur le toit ? Il demanda à Holly Mae s'il pouvait en acheter un ou deux pour les exposer dans son jardin, et la vieille dame, rose de plaisir, acquiesça. « Dara et Dana en ont fait tout un tas cet été. »

Elle conduisit Terence dans la véranda où s'entassaient plusieurs exemplaires de ces étranges objets, recouverts d'une bâche. (Terence fit la grimace : la véranda craquait et s'affaissait sous leur poids. Quand Holly Mae rabattit la bâche, il y eut une débandade, comme une nuée de scarabées noirs effrayés par la lumière.) « Vous ne croiriez jamais que des filles aussi jeunes puissent faire de pareilles choses, n'est-ce pas ? Ne sont-ils pas ravissants ! », s'exclama Holly Mae. Terence s'empara d'un flamant rose fluorescent au bec fêlé et d'un cerf dont une pointe d'andouiller manquait, en se disant que personne d'autre n'en voudrait. Ils étaient si vulgaires, et néanmoins si charmants ! Quand Terence sortit son portefeuille et demanda à Holly Mae combien il lui devait, elle eut l'air embarrassée. « Mais, docteur Greene, je ne sais pas... Je crois que les filles les vendaient à 5 dollars pièce !

— Cinq dollars ! Vous devez faire erreur ! » Terence était navré à l'idée que les gamines travaillent si dur pour une si piètre récompense. *Ses* filles n'auraient jamais rien fait de tel.

Sans écouter les protestations de Holly Mae, Terence lui tendit 40 dollars. Il porta les figurines jusqu'à sa voiture, les installa sur la banquette arrière et s'en alla – tout en faisant de grands signes d'adieu, comme un gosse, à sa nouvelle amie, laquelle le regarda partir en lui retournant ses au revoir, avec sa salopette qui cachait mal son embonpoint et son chapeau de paille crânement posé sur ses boucles teintes en roux.

Terence Greene s'était fait un autre ami : le chien Buster. L'animal jappa, gémit, aboya en trottinant à côté de sa voiture, pour lui faire escorte jusqu'à ce qu'il accélère et le sème. Cette fois-ci, Buster ne glissa pas sous les roues de l'auto.

Terence ne parvenait pas à comprendre pourquoi il avait agi de la sorte.

Suis-je fou ? Suis-je malade ?

Depuis le début de sa carrière, en fait depuis ses premières années passées à Harvard en tant qu'adjoint d'enseignement, Terence Greene ne s'était pas une seule fois soustrait à ses obligations professionnelles ; l'idée ne lui en était jamais venue. Mais, aujourd'hui, il l'avait fait – pourquoi ?

Toujours sa quête de la justice ?

Le fils de Hettie. Plût au ciel qu'il ne suive pas l'exemple de son père.

Terence prit la décision de ne plus retourner au 33 Holyoak Street ; mais il tiendrait malgré tout la promesse faite à Holly Mae Loomis : il lui paierait un avocat. Le fait qu'une bureaucratie municipale puisse maltraiter de la sorte une vieille femme sans instruction et sa famille le rendait furieux, lui, un citoyen aux convictions libérales.

Si besoin était, il expliquerait la situation à Phyllis. « C'était bien le moins que je puisse faire, étant donné les circonstances… C'est un prêt. Je suis certain qu'on me remboursera. »

Avant de rentrer à Queenston, Terence s'arrêta au centre commercial de Mercer, sur la Route 1, pour se débarrasser des ornements de pelouse dans une décharge située derrière une pizzeria – ces choses-là, il aurait été bien en peine de les expliquer à Phyllis.

Ce soir-là, dans son garage, il s'essuya nerveusement les mains avec un chiffon imbibé d'essence. En effet, toute la famille n'aurait pas manqué de s'étonner en voyant ses doigts tachés de peinture rose fluorescente. Il ne pouvait décemment leur raconter qu'il s'était sali de la sorte dans son bureau de Manhattan.

Mon pauvre gars !

Le week-end suivant, il y eut une conférence à New Haven – « La Crise des humanités » – à laquelle Terence Greene, directeur de la Fondation Feinemann, devait participer en qualité d'intervenant ; au lieu d'y aller, Terence passa presque tout son samedi à Trenton.

Comment cela arriva, il ne le sut jamais tout à fait. Même avant que les événements ne se précipitent et n'échappent à son contrôle, il n'aurait pu l'expliquer.

Il avait vraiment eu l'intention de se rendre à New Haven. Il voulait aller à New Haven. Mais, au lieu de cela, il bifurqua et prit la Route 1, laissa derrière lui le péage de Queenston et découvrit soudain qu'il roulait plein sud, vers Trenton ; alors que l'autoroute menant à New Haven était au nord. *Convoqué par la présente.*

C'était comme en juin. La circulation infernale le fit refluer vers le sud. Il dépassa les fast-foods, les concessionnaires de voitures, le centre commercial de Mercer, ceux de Quaker Bridge, de Lawrenceville. Comme l'autre fois, ce jour de septembre était parfumé et légèrement couvert. Aux abords de Trenton, l'air commença à se charger de poussière ; les yeux le piquaient, mais pas beaucoup. Il aperçut la façade familière, grise, sinistre et menaçante – comme une image de prison illustrant un livre pour enfants – de la maison d'arrêt de Trenton, et réalisa que cette bâtisse était devenue un repère pour lui : un kilomètre plus loin, il déboucherait sur Mott Street et passerait de Mott Street à Holyoak.

Cette fois-ci, Terence n'avait pas l'intention de rouler jusqu'au bout de la rue ; il s'arrêterait au centre commercial de Chimney Point.

Il s'agissait d'un petit complexe regroupant quelques boutiques sans originalité, conçues pour une clientèle ouvrière. Un Kmart, un magasin de vidéo, un pressing, un restaurant chinois, un soldeur de chaussures – Howard –, Tamar's Bazaar & Emporium, une pharmacie et un caviste : West Trenton Beer & Wine. Deux magasins étaient vides et, dans leurs vitrines, on apercevait des pancartes À LOUER. C'était samedi et le centre commercial connaissait une forte affluence ; l'autre jour, quand, sur un coup de tête, Terence était passé par là, le parking n'était qu'au quart plein.

La devanture passablement crasseuse de Tamar's Bazaar & Emporium était en verre et faux bambou. Derrière la vitrine, des perles de verre pendaient comme une gigantesque toile d'araignée et l'on voyait des tas de petites affiches manuscrites : CADEAUX EXOTIQUES À GOGO, SOLDES D'ÉTÉ, L'ART DE LA BEAUTÉ, VOTRE AVENIR DÉVOILÉ. L'autre jour, Terence s'était approché plusieurs fois de la boutique sans y entrer ; il avait jeté un œil dans la vitrine sombre et, n'apercevant que son propre reflet, était parti. Ce jour-là, il ignora la vitrine et pénétra dans le magasin *comme un client ordinaire ; mais n'était-il pas un client ordinaire ?* Une sonnette placée au-dessus de sa tête égrena quelques notes, et une forte odeur d'encens et de moisissure reflua vers lui.

La boutique était étroite comme un tunnel. Des vêtements, des bijoux, des objets artisanaux et des bibelots s'amassaient dans tous les coins ; l'ensemble baignait dans la pénombre. On se serait cru dans un de ces rêves où l'on ne parvient pas à voir nettement ce que l'on regarde. Toutefois, au moment même où il entra, Terence sut qu'elle était là – derrière un comptoir, sur la gauche, sous un baldaquin prolongé par des rideaux de tulle, qui ressemblait à un théâtre de marionnettes. Au sommet du baldaquin, brodées de sequins rutilants, se profilaient les lettres L'ART DE LA BEAUTÉ.

Aussitôt, l'estomac de Terence se serra ; un voile noir passa devant ses yeux.

Il pouvait encore fuir.

Malheureusement – ou peut-être heureusement ! –, Ava-Rose Renfrew était occupée avec des clients. Des adolescentes en jean qui essayaient des boucles d'oreilles, des colliers. L'une des filles, celle qui avait la peau sombre, tendit le bras vers Ava-Rose, et celle-ci se mit à lui lire les lignes de la main. Terence constata avec surprise qu'elles bavardaient aimablement et gloussaient de temps à autre. Lui qui croyait que prédire l'avenir était une affaire sérieuse !

Tamar's Bazaar & Emporium était bourré de marchandises « exotiques » clinquantes et de piètre qualité. Terence, un peu nerveux, fit un petit tour afin de passer pour un client. (Il espérait entendre leur conversation, mais les voix des femmes étaient presque inaudibles. Parmi elles, il crut percevoir la sienne.) Des meubles d'appoint, des objets en cuivre et en bambou ; des tissus importés d'Inde, parfois très étonnants, cousus de fils d'or ; des bougies – à profusion ; des bougeoirs ; des coussins de satin lourdement décorés ; des perles, des châles, des saris, des figurines d'argile (certaines tout à fait grotesques, pourvues de plusieurs têtes et de plusieurs bras : des divinités hindoues ?) ;

des miroirs. Terence se retrouva à contempler, d'abord sans se reconnaître, sa propre image dans un long miroir étroit en mauvais cuivre martelé. La lumière tamisée lui faisait un visage cabossé, tout en ombres et en creux. Un nez crochu, une bouche pincée. Un visage tendu par l'espoir, par l'attente ! L'autre jour, Kim et Cindy l'avaient taquiné sans merci sur sa façon de se coiffer ; sans le faire exprès, il avait tendance à disposer ses cheveux de manière à cacher sa tonsure. Or, à présent, son crâne semblait presque chauve, à peine recouvert de quelques mèches folles, pâles et sèches comme des cheveux d'ange. *Mon pauvre gars.*

« Salut ! Je suis Tamar ! Puis-je vous être d'une quelconque utilité ? »

Une petite femme d'une trentaine d'années, à la poitrine rebondie, vêtue d'un sari cramoisi laissant voir les gros bourrelets qui épaississaient sa taille, s'était matérialisée devant Terence. Elle se forçait à sourire. Ses cheveux noirs étaient courts et frisés comme ceux d'un jeune garçon ; mais il n'y avait rien d'enfantin dans ses mâchoires carrées et ses yeux noirs à l'expression impudique. Son regard tomba sur les chaussures de Terence ; c'étaient des chaussures de prix admirablement cirées, mais sans aucune originalité. Rien dans son aspect ne sembla impressionner Tamar, ni son pantalon impeccablement repassé, ni son manteau de gabardine à carreaux gris venant de la Boutique pour Hommes de Queenston. Terence dit poliment : « Je ne fais que regarder, merci.

— Oui, mais quoi ? »

Elle glissa un regard en direction d'Ava-Rose, *comme si elle savait.*

Terence précisa, en évitant les yeux de la femme : « Eh bien… Un cadeau, peut-être.

— Oui ? Pour qui ?

— Une… femme.

— Oui ? Quel genre de femme ? »

Tamar avait un fort accent du New Jersey. *Est-elle au courant ? Mais c'est impossible, ne sois pas absurde.*

« Que voulez-vous dire par “quel genre de femme” ? demanda Terence, ennuyé.

— Jeune, vieille… Épouse, mère, petite amie… Est-ce pour une surprise ? » Tamar avait l'air de le trouver empoté.

Terence sentit son cœur s'accélérer et une soudaine colère monter en lui. Il manipula une robe longue – coupée dans un tissu bordeaux de qualité médiocre – qui valait 35 dollars, en tentant d'imaginer Phyllis dans un pareil accoutrement ; puis la vision s'effaça.

« Ou alors, vous voulez peut-être qu'on vous lise les lignes de la main ? », ajouta Tamar tout en réprimant visiblement une forte envie de rire.

Terence rougit. Il examinait les gilets de brocart, les chemisiers transparents, les manteaux dont l'étoffe ressemblait à du chanvre, tout en feignant de ne pas avoir entendu Tamar, ou de ne pas avoir compris. *Beaucoup d'hommes doivent venir ici… C'est cela qu'elle est en train de dire ?* Comme s'il était fasciné par une divinité en céramique – dotée d'un visage de grenouille, de grosses lèvres lubriques et d'un chapeau conique –, Terence souleva l'objet, surpris par son poids.

« Vajradhara – c'est l'un de Ses avatars, dit Tamar, à présent solennelle.

— Vraiment ! » Terence observa les yeux aveugles, béatement entrouverts, de la figurine. Il ne se souvenait pas d'avoir jamais vu de près chose aussi hideuse.

« Vous vous intéressez au yoga tantrique, m'sieur ?

— Tantrique ? Ah, oui, le yoga… » Terence avait eu un moment d'absence et, au lieu de « yoga », avait cru entendre « yoghourt ». Il répondit : « Non, pas vraiment », puis, s'apercevant que cette fichue remarque rappelait les tics de langage de son fils, ajouta : « Enfin, si… Je m'intéresse à tout.

— Le bouddhisme tantrique est la voie de l'illumination par la béatitude », dit Tamar. Elle se tenait près de Terence ; d'elle émanaient des effluves musqués, comme l'odeur des olives légèrement fermentées. Ses ongles vernis, qui tambourinaient sur la tête de la divinité en céramique, étaient rouges et pointus. « Il s'agit de Vajradhara en union bienheureuse avec un Karma-mudrā. Ils se trouvent dans l'état sacré de Dharmamudrâ. Vous voyez ? » Elle inclina l'objet. Stupéfait et fort embarrassé, Terence découvrit que la figurine représentait deux personnages, deux faces de grenouilles extatiques, en train de copuler. La femelle était tordue sous le mâle, la tête en bas. « Nous soldons en ce moment, je vous fais trente pour cent sur le prix. Ça ne vous coûtera que 29,98 dollars. »

Terence dit en reculant : « Eh bien, c'est très joli… mais pas pour moi, je le crains. »

D'un air guindé, Tamar remit la statuette à sa place tout en lançant à Terence un regard chargé de reproches.

Terence se détourna, irrité. Hélas, les deux filles étaient encore là. Ava-Rose Renfrew riait avec elles, comme si elle avait leur âge. La fille à la peau sombre et aux cheveux tressés comme des rangées de maïs entremêlées avait saisi une fine mèche de la jolie chevelure bouclée d'Ava-Rose et lui montrait comment faire une natte.

« Cette femme à qui vous voulez acheter un cadeau, m'sieur… Quelle taille fait-elle ? » Tamar ne lâchait pas son client d'une semelle, ne s'avouant pas vaincue.

« Quelle taille ? Je…

— Ma taille ou sa taille ? »

Tamar voulait dire la taille d'Ava-Rose Renfrew : grande, svelte, avec de longues jambes.

« Je… ne sais vraiment pas, bredouilla Terence, soudain confus. Il faut que je… mette une pièce dans le parcmètre. Je repasserai. »

Il sortit du magasin tête baissée. Derrière lui, il entendit résonner un rire de femme. La voix puissante de Tamar criait dans son dos : « Merci, m'sieur ! Revenez vite ! »

En se précipitant vers sa voiture, Terence réalisa qu'il n'y avait pas le moindre parcmètre dans cet endroit. *Quel idiot. Mon pauvre gars.*

Il s'installa au volant, démarra, mais se contenta de tourner sans but autour du centre commercial de Chimney Point. Puis il bifurqua vers Holyoak, dépassa un ou deux pâtés de maisons, et s'arrêta chez le glacier Abbott où il prit une tasse de café et une boule de glace à la vanille, coincée dans un étui en papier placé à l'intérieur d'un bol de plastique. La glace semblait fondre sous la chaleur de son souffle. La sensation de froid, le soudain afflux de sucre lui blessèrent la langue, *et pourtant comme c'était délicieux, on ne pouvait prétendre le contraire.*

À la suite de quoi… Terence Greene retourna non pas à Queenston, mais au centre commercial de Chimney Point. Il en fut le premier étonné.

Était-il stupide ? Son visage lui cuisait, comme brûlé par le vent. De nouveau, il poussa la porte de Tamar's Bazaar & Emporium, et grimaça en entendant le petit tintement de la clochette, au-dessus de lui.

Dieu du ciel ! Une autre cliente se tenait sous le baldaquin de L'Art de la Beauté.

Franchement déçu, Terence ne put s'empêcher de regarder la scène avec fixité. Elle ne faisait aucunement attention à lui et traçait des signes avec l'index dans la paume de la femme, tout en parlant d'une voix basse et pénétrée. (Cette voix ! Il l'avait presque oubliée.) La cliente, qui devait avoir l'âge de Phyllis et dont les hanches épaisses étaient moulées dans un pantalon de polyester, se penchait vers la main que tenait la diseuse de bonne aventure.

Où donc était passée Tamar, la femme au regard acéré ? Dieu merci, elle se trouvait au fond du magasin. Elle téléphonait en fumant une cigarette et n'avait pas remarqué que son client empoté était revenu.

Terence feignit de s'intéresser à un paravent bas en ébène, orné d'éléphants dorés. En fait, l'objet était tout à fait charmant – il coûtait 69,98 dollars. Tout en l'examinant, il fit en sorte de se rapprocher d'Ava-Rose Renfrew ; il touchait presque la femme au pantalon de polyester. Leurs voix si différentes alternaient ainsi que dans un duo – celle de la cliente était haut perchée et légèrement geignarde ; celle d'Ava-Rose descendait vers le contralto, profonde et rauque comme une caresse qui vous saisit.

« Ce que je veux savoir, c'est si je serai heureuse un jour.

— Vous le serez… Regardez cette ligne ondulée, ici. Vous l'êtes.

— Je suis quoi ?

— Vous *êtes* heureuse. Maintenant.

— Je suis heureuse… maintenant ? Moi ?

— “Vivre dans la félicité revient à s'aveugler.”

— Vous lisez ça dans ma main ?

— “Pour flotter, un petit vaisseau se contente d'une petite félicité.” Regardez la manière dont ces lignes convergent, puis s'éloignent. Elles s'effacent avant d'arriver au bord, ici ! Vous voyez bien que vous êtes heureuse. Vous ne pourriez l'être davantage.

— Je suis heureuse ? Merde alors ! »

La voix rauque d'Ava-Rose Renfrew se fit réprobatrice, presque pincée. « “L'âme exulte dans sa gloire secrète.” Franchement, je trouve que vous devriez avoir honte. »

La femme retira vivement sa main, et éclata d'un rire guttural et saccadé. « Eh bien, quoi d'autre ? Je veux dire, flûte, à quoi d'autre puis-je m'attendre ? » Puis, soudain, elle fondit en larmes.

Terence, fort embarrassé d'avoir surpris cet entretien, s'esquiva. Il alla cogner contre un étalage de bibelots posés en équilibre précaire, et faillit les envoyer tous par terre. *Le serai-je, le serai-je un jour ?* La femme sanglotait, et Ava-Rose la réconfortait de sa voix roucoulante. Elle était passée devant le comptoir pour la prendre dans ses bras. Terence recula jusqu'au fond du magasin où, tirant une dernière fois sur sa cigarette, Tamar terminait sa conversation téléphonique. « Hé, m'sieur ! Vous vous êtes enfin décidé ? »

Terence dit : « Oui, je le pense. Ce paravent, ici… avec les éléphants dorés. »

L'achat prit quelques minutes, durant lesquelles Terence s'efforça d'ignorer la scène qui se déroulait à l'avant du magasin. Tamar étala la monnaie de

Terence sur le comptoir – il avait payé en espèces – et proposa avec un clin d'œil : « Je vous laisse l'idole Vajradhara pour la moitié de son prix… Ça vous intéresse ? »

Terence lança : « Merci, mais non. Je ne pense pas qu'elle plairait à ma femme. »

Tamar se mit à rire. Il n'avait pas remarqué qu'une petite perle rouge ornait son épaisse narine gauche.

Tandis que Terence sortait de la boutique en portant, tant bien que mal, le paravent replié, il vit que la cliente d'Ava-Rose Renfrew s'apprêtait à partir. Il respirait difficilement et la fureur commençait à l'envahir. Arrivé à sa voiture, il fouilla pour trouver ses clés et laissa tomber le paravent. À la lumière du jour, il semblait bien moins exotique que dans la boutique. Importé de Calcutta, vraiment ? Mais Terence refusa de croire qu'on l'avait roulé.

Mon pauvre gars.

Il poussa le paravent au fond de la voiture et retourna en courant chez Tamar – pour constater, à sa grande horreur, qu'Ava-Rose ne s'y trouvait plus. L'Art de la Beauté était vide, le comptoir rempli de bijoux et de tissus brillants ; la femme éplorée avait disparu, elle aussi.

En voyant l'expression peinte sur la face de Terence, la petite Tamar eut un sourire ; elle ne se moquait pas, mais semblait plutôt compatir. « Si vous voulez qu'on vous lise les lignes de la main, m'sieur, Ava-Rose sera de retour cet après-midi. »

Terence resta là, à regarder la femme, sans rien entendre. Elle ajouta : « Ou bien, je pourrais m'en charger… »

Terence nota que le bazar ne fermerait qu'à 18 heures.

Il remonta dans sa voiture et roula vers le nord, comme pour rejoindre la Route 1, et donc Queenston ; mais ensuite il tourna et s'arrêta dans une taverne au bord de la route, déjeuna sur le pouce et avala deux ou trois bières en réfléchissant à l'attitude à adopter, *comme s'il avait le choix*. Au sortir de la taverne, il fut vaguement surpris de constater qu'il faisait encore jour.

Malgré les bières qu'il avait absorbées, Terence se sentait parfaitement lucide. Il examina le paravent replié et, comme pour les ornements de pelouse, en arriva à la conclusion qu'il ne pouvait décidément pas le rapporter au 7 Juniper Way – l'une ou l'autre de ses filles aurait été ravie d'en décorer sa chambre, mais quelle n'aurait pas été la consternation de Phyllis ! Elle aurait critiqué le mauvais goût de Terence : pourquoi avait-il acheté une chose pareille, avec ces affreux éléphants brillants, incrustés d'une imitation d'ébène ? Elle pourrait avoir des soupçons.

(Soudain, une pensée traversa l'esprit de Terence : sa tante Megan aurait adoré ce genre de paravent. Elle l'aurait placé dans cette pièce qu'elle appelait le salon. Pour diviser l'entrée, balayée de courants d'air en hiver. Tante Megan n'avait-elle pas réellement acheté un paravent pliant, de style « oriental », et l'oncle de Terence ne l'avait-il pas obligée à rapporter l'objet ?)

Après avoir vérifié que personne ne regardait, Terence extirpa le paravent de la banquette arrière de sa voiture et le porta jusqu'à une décharge, derrière la taverne.

C'était la décision la plus raisonnable, étant donné les circonstances.

Puis il rebroussa chemin pour regagner le centre commercial de Chimney Point.

Terence ne voyait pas que son comportement révélait un état de fait qui le dépassait ; il agissait comme un homme qui, aux premiers symptômes d'une affection maligne, préfère se boucher les yeux et mettre sa fièvre sur le compte d'un malaise passager. Il aurait pu réfléchir et s'apercevoir qu'en effet il désirait connaître son avenir. S'il revenait, c'était sans doute pour cela (et d'ailleurs Tamar ne le lui avait-elle pas proposé ?). Pourtant, en garant sa voiture à bonne distance de la petite boutique, il savait qu'il n'y entrerait plus ce jour-là. Il en était incapable, voilà tout.

Il attendrait et parlerait à Ava-Rose Renfrew après la fermeture, à 18 heures.

L'après-midi de septembre, embaumé et poussiéreux, commençait à décliner. Il fut 17 heures, puis 17 h 30, et le parking se vida lentement. En contemplant d'un œil fixe la devanture de verre, couverte d'affiches voyantes, du caviste West Trenton Beer & Wine, Terence eut envie de s'acheter un pack de six bières, ou une bouteille de vin.

Mais non, il n'était pas du genre à rester dans son véhicule, sur le parking d'un centre commercial, à boire au goulot d'une bouteille cachée dans un sac en papier, les yeux rivés sur la porte d'une boutique, sans rien faire d'autre qu'attendre.

Il aurait aimé oublier le coup de fil qu'il avait passé, le matin même, à l'organisateur de la conférence de New Haven. Il lui avait expliqué, un peu nerveusement mais certes de manière convaincante, qu'un « problème personnel de moindre importance » l'empêchait d'assister à la conférence et de présider l'une des sessions. *Comme il s'était senti soulagé en raccrochant le téléphone : si libre !*

Il aurait aimé oublier qu'il avait menti à Phyllis et à ses enfants. C'était la première fois, *il était certain que c'était la toute première fois* qu'il leur mentait.

Il ne voulait pas davantage penser au problème qu'il connaissait à la Fondation Feinemann, problème qui risquait d'empirer et qu'il avait lui-même suscité : Terence avait invité le célèbre poète Quincy Ryder à intégrer l'une des commissions annuelles, sans réaliser que Ryder était devenu en vieillissant – il avait à présent dépassé les cinquante ans – un monstre de cynisme. L'homme avait connu le succès et la gloire (sacré poète lauréat de la Bibliothèque du Congrès plusieurs années auparavant, il avait également remporté le National Book Award, le Pulitzer et le prix Bollingen pour la poésie), mais nourrissait le plus grand mépris pour ses pairs. Il distribuait ses faveurs à un petit nombre de Blancs pure souche, mâles de préférence, appartenant à son cercle d'amis ou liés à lui d'une manière ou d'une autre, mais détestait cordialement les gays, les Afro-Américains, les féministes, les « ethniques », ceux qui faisaient rimer leurs vers de manière inepte et ceux qui ne les faisaient pas rimer du tout. Terence, dont les sucs gastriques viraient à l'aigre dès que Ryder montrait son nez, éprouvait quelque difficulté à maintenir la bienséance, lors des réunions et des repas où les remarques du poète désespéraient certains tout en provoquant l'hilarité d'autres. Ryder avait le visage lisse, rouge et luisant d'un gnome, et un doux accent virginien plein de grâce ; il portait de coquets costumes anglais, dont les vestons attiraient l'œil, et dissimulait sa cruauté sous des mots d'esprit ; Terence trouvait cela encore plus inexcusable. L'autre fois, quand la demande de la poétesse Myra Tannenbaum était arrivée à l'ordre du jour, Ryder avait murmuré d'un air étonné et narquois : « Cette pauvre vieille conne… Qui l'a déterrée ? » Lorsque Terence protesta : « Vraiment, Quincy, j'ai lu les textes de Myra Tannenbaum et j'ai été impressionné par… », Ryder rétorqua du tac au tac : « Oui, je n'en doute pas, docteur Greene, *vous* avez été impressionné. » Il avait prononcé le mot « docteur » avec une légère emphase qui eut sur Terence l'effet d'un ongle grinçant sur de l'ardoise.

Mais, pour l'instant, *je n'ai pas envie de penser* à Quincy Ryder.

Comme tous les centres commerciaux de Trenton, celui de Chimney Point semblait durement touché par la récession. Le parking se vida rapidement, aux approches du crépuscule ; les seuls magasins achalandés étaient la pharmacie, le caviste West Trenton Wine & Beer et Kmart. Un unique client entra dans le bazar de Tamar, et Terence eut l'impression que les affaires ne marchaient pas très fort pour elle. Il éprouvait une certaine pitié envers les deux jeunes femmes – combien de temps survivraient-elles ?

Holly Mae Loomis avait dit quelque chose qui pouvait faire penser qu'elle, et probablement d'autres membres de la famille, étaient au chômage.

Pourtant, comme le jardin de la vieille femme était beau ! Le manque d'argent n'allait pas forcément de pair avec la laideur.

Tandis que les clients adultes quittaient le parking, arrivèrent les adolescents qui traînaient jusque-là dans les fast-foods des environs. Au volant de leurs voitures ou de leurs motos pétaradantes, ils l'utilisèrent bientôt comme un raccourci ou une sorte de piste de rallye. L'épicerie 7-11, de l'autre côté de la rue, semblait être leur point de ralliement. Des cris, des piaillements, des rires aigus ponctuaient les bruits de moteur. Il y avait surtout des garçons, mais Terence aperçut aussi quelques filles parmi eux. Comment pouvaient-elles fréquenter de tels voyous ! Dieu merci, Kim ne se comportait pas ainsi. *Je ne pourrais le supporter.*

Le fils des Schrieber, celui qui avait un nom ridicule et un anneau dans le nez, était sorti de la vie de Kim : c'était du moins ce que Kim avait dit à Phyllis, et Phyllis la croyait. Terence aussi la croyait. *Je ne pourrais le supporter.*

Terence faisait le guet tant bien que mal tout en sentant monter son impatience ; il n'avait pas vraiment remarqué l'homme au T-shirt foncé qui chevauchait une moto, non loin de là. Terence s'était vaguement rendu compte de la présence de motos et de voitures dépourvues de silencieux, qui passaient et repassaient sur le parking, mais n'avait pas réalisé que ce motard-là était seul, qu'il ne faisait pas partie d'un groupe de gosses tapageurs. C'était un adulte, doté d'une présence et d'une détermination d'adulte. Ce ne fut que lorsque Ava-Rose quitta le bazar, que l'homme s'approcha d'elle à grands pas et commença à lui parler, que Terence comprit soudain la situation.

Ava-Rose et Tamar sortirent de la boutique ensemble, l'une grande, élancée, avec une chevelure splendide qui lui arrivait à la taille ; l'autre petite, replète, les cheveux coupés court comme ceux d'un garçon. L'une portait une jupe qui lui tombait à mi-mollet et plusieurs couches de vêtements légers ; l'autre, ce sari écarlate bien confortable qui laissait apparaître son nombril. Quand l'homme au T-shirt s'avança à grandes enjambées vers Ava-Rose, Tamar prit rapidement congé et s'en fut. Terence eut l'impression que Tamar, tout comme Ava-Rose, connaissait cet individu.

D'abord, ils firent quelques pas ensemble – l'homme au T-shirt ouvrait la marche et Ava-Rose traînait derrière. Puis la jeune femme changea de direction ; l'homme lui prit le bras et l'attira à lui d'un geste brusque ; elle se dégagea vivement et accéléra l'allure ; de nouveau, l'homme lui saisit le bras et la tira pour qu'elle lui fît face. Aussitôt, Terence bondit hors de sa voiture et se précipita vers eux. « Une minute ! Vous... Ne seriez-vous pas en train d'importuner cette jeune femme ? »

L'homme, surpris, furieux, se tourna vers Terence. Âgé de trente ans à peine, il possédait une tête ronde, des cheveux clairsemés et hirsutes, et un nez large qui semblait cassé. Ses manières, son allure générale rappelaient celles de T. W. Binder. « Va te faire foutre ! », lança-t-il.

Ava-Rose prit peur et se mit à courir ; l'homme l'agrippa par une de ses écharpes, ils luttèrent corps à corps, et la jeune femme hurla. Sans réfléchir, Terence se jeta sur l'homme – il ne savait que faire, mais il fallait bien agir. Terence sentit qu'on le frappait à la poitrine, et recula en chancelant. Il vit l'expression incrédule de son assaillant et ses misérables petits yeux, ses lèvres étirées par un grognement. « J'ai dit : *Va te faire foutre !*

— Laissez-la tranquille ! Vous ne pouvez... »

Terence allait peut-être dire quelque chose comme « Vous ne pouvez agir ainsi » – il parlait de manière incohérente, et ne se souviendrait ensuite d'aucune de ses paroles –, mais son agresseur ne lui en laissa pas le temps. Il se rua sur lui en lui balançant des coups de poing. Terence les sentit pleuvoir sur son visage, sa poitrine, son ventre ; on entendit une femme crier d'effroi et les hurlements enragés d'un homme ; il riposta en lançant son propre poing en avant – du moins tenta-t-il de le faire –, et percuta le corps de l'autre, mais pas assez fort pour éviter le fougueux uppercut qui s'écrasa sur son œil gauche. Comme si un gourdin lui avait défoncé le crâne, Terence chancela et tomba. Soudain, la voix railleuse de son oncle resurgit d'un passé enfoui : *Si tu tombes, relève-toi – et vite.* Mais il avait beau essayer, Terence ne parvenait pas à se redresser.

Grognant, jurant, son agresseur lui décocha des coups de pied à la tête, à la poitrine, au ventre et à l'aine. Terence, qui luttait pour ne pas s'évanouir, eut l'impression qu'Ava-Rose Renfrew, les cheveux dans la figure, s'accrochait à l'homme en le suppliant : « Arrête ! Eldrick, *arrête* ! » Terence tenta d'attraper une botte de l'homme, qui, hélas, s'enfonça dans ses côtes. Puis, subitement, les coups cessèrent ; il y eut un bruit de pas précipités et le rugissement assourdissant d'une moto. Ava-Rose Renfrew se penchait sur Terence en écarquillant les yeux, ondulante comme une silhouette entrevue dans un rêve.

« Oh ! Vous ! Mais je vous connais… n'est-ce pas ? »

Malgré l'état pitoyable où il se trouvait – la douleur, la peur qui se mêlaient en lui, la montée d'adrénaline qui avait failli faire exploser son cœur et la cuisante humiliation dont il venait d'être la victime –, Terence Greene entendit clairement : *Oh ! Vous ! Mais je vous connais… n'est-ce pas ?*

Comme si son âme avait parlé par sa bouche !

Terence ne garda pas le souvenir précis des événements qui suivirent l'attaque d'Eldrick Gill.

Tandis qu'Ava-Rose lui parlait, il s'était soudain assis. Sa tête et son corps tout entier vibraient de douleur ; il avait l'impression d'avoir été réduit en miettes, mais ne voulait pas passer pour une mauviette aux yeux de la jeune femme. Du sang coulait de son nez et se répandait dans sa gorge ; il l'avala en s'étranglant et en crachotant. Ava-Rose Renfrew s'agenouilla près de lui et murmura des mots de consolation tout en lui essuyant le visage et en tamponnant son nez douloureux avec quelque chose de gazeux, de parfumé. Une écharpe ? Un châle ? Une senteur rappelant les clous de girofle, la cannelle, la vanille, monta d'elle, comme si elle accompagnait le mouvement de ses bras, de ses épais cheveux châtain clair qui se balançaient. L'œil gauche de Terence était gonflé et baigné de larmes. Il avait peut-être perdu la vue de ce côté-là, *et pourtant il était si heureux, si transcendantalement, inexprimablement heureux*.

Les lèvres engourdies de Terence remuèrent. « Vous allez bien ? Vous a-t-il blessée ?... »

La jeune femme répondit sur un ton passionné – « Eldrick Gill n'a pas le pouvoir de me blesser ! Et il le sait ! »

Comme elle aidait Terence à se remettre sur ses jambes, une douzaine de bracelets d'argent glissèrent en cliquetant sur son bras fluet. Malgré tous ses efforts, Terence vacillait, ses genoux se dérobaient sous lui. On aurait dit qu'il vivait un rêve où tout était possible, où rien n'était interdit, et c'est dans cette disposition d'esprit qu'il sentit Ava-Rose glisser un bras autour de sa taille et le serrer de toutes ses forces pour lui servir d'appui. « Vous allez vous remettre. Je vais prendre soin de vous, il est parti. Vous avez été si courageux, vous m'avez sauvé la vie ! C'est vrai ! » Ava-Rose se parlait à elle-même ; elle était furieuse et pourtant pleine de sollicitude envers lui, comme une mère soignant son enfant maltraité. Pour une femme à l'ossature si fine – elle était bien plus petite que Terence –, Ava-Rose paraissait étonnamment forte.

Plusieurs badauds, massés devant le caviste West Trenton Beer & Wine, observaient la scène. La boutique était fortement éclairée ; ces gens avaient sans aucun doute assisté à l'échauffourée. Un homme cria : « Hé, vous voulez que j'appelle la police ? une ambulance ? », et Ava-Rose Renfrew lui répondit sur le même ton, avec une véhémence surprenante : « Non, surtout pas ! C'est une affaire privée. »

À l'attention de Terence, elle précisa : « Il ne faut jamais, jamais appeler la police à moins que vous ne teniez à ce qu'ils bouleversent votre vie, eux aussi ! »

Bien sûr, Terence ne souhaitait pas qu'on appelle la police, ni une ambulance. Il déclara dans un souffle : « Je vais très bien… enfin, presque.

— Il faut peut-être appliquer de la glace sur votre visage pour qu'il dégonfle, remarqua Ava-Rose, j'ai des pilules analgésiques pour les fortes douleurs. Je serai votre infirmière. »

Terence constata que, malgré sa faiblesse, il parvenait à marcher ; cette remarquable jeune femme qu'il connaissait à peine le soutenait et semblait le conduire jusqu'à sa voiture. Il saisit le mouchoir taché de sang qu'elle tenait à la main et le pressa contre son visage, en aspirant son doux parfum. C'était un mouchoir sombre en coton soyeux, brodé de fils dorés.

« Je vais conduire ! dit Ava-Rose. Et vous, pendant ce temps, relaxez-vous. »

Terence chercha ses clés de voiture dans la poche de son pantalon, mais Ava-Rose les avait déjà prises.

Elle l'aida à s'asseoir sur le siège du passager et, preste, efficace, se dépêcha de contourner la voiture pour s'installer au volant, en faisant cliqueter tous ses bijoux. Terence retint un grognement de douleur – le fou l'avait cogné à l'aine, à l'estomac et sur la tête. Il craignait que son corps ne fût couvert d'affreuses contusions, comme autant de traces infamantes.

Si tu tombes, relève-toi – et vite.

Si un salaud te blesse, il voudra recommencer. À moins que tu ne l'arrêtes.

Comme si c'était la chose la plus naturelle du monde, Ava-Rose Renfrew emmena Terence Greene jusque chez elle. Elle se tenait très droite, derrière le volant de la grosse BMW, comme une jeune fille prenant les commandes d'une puissante machine qui serait en même temps une sorte de joujou. Elle hésitait légèrement à l'approche des carrefours et, une ou deux fois, dut freiner un peu sèchement, mais en dehors de cela elle conduisit avec confiance et une curieuse vivacité. Son sang à elle aussi était mêlé d'adrénaline : Terence la sentait toute proche de lui, il percevait la chaleur de sa peau et s'imaginait voir, de son œil valide, ses magnifiques cheveux crépiter sous l'effet de l'électricité statique.

Elle ne cessait de marmonner, comme si elle pensait tout haut : « Eldrick ne nous suivra pas, il n'osera pas ! Il préfère – oh… ce lâche ! cette bête ! – frapper un homme sans défense ! le menacer de le tuer ! La "mauvaise pente" ! Ils y sont, lui et T. W. ! Pareils tous les deux… mais pas moi ! Oh, non ! »

Terence demanda : « Votre agresseur… vous le connaissez ? »

Ava-Rose répondit : « Je le connais. Mais une chose est sûre : lui, il ne me connaît pas ! »

À un certain moment, Ava-Rose dut freiner à fond et tendit le bras, comme pour empêcher que Terence ne soit propulsé contre le tableau de bord. Ce geste était si peu prémédité, si intime, que Terence sourit malgré la douleur lancinante qui lui meurtrissait la bouche.

Il n'avait jamais occupé le siège du passager dans sa propre voiture ; en fait, il était rare qu'il reste assis passivement dans un véhicule, sauf quand il empruntait un taxi ou, de temps à autre, une limousine fournie par la Fondation Feinemann. Pourtant, tandis qu'ils longeaient à toute allure une rue minable de Trenton, Terence, à demi couché près de cette femme presque inconnue, découvrait dans cette passivité même, dans sa faiblesse physique, un étrange contentement.

Ils approchaient de la maison d'Ava-Rose, quand Terence dit maladroitement : « Je… je suis déjà venu ici, vous savez. J'ai rendu visite à votre tante, l'autre jour. »

Ava-Rose lui lança un coup d'œil entendu. « Oh, je sais ! Je veux dire, je le devine. Vous aviez vraiment l'air à votre aise, ajouta-t-elle doucement, et cela ne pouvait être que l'un d'entre vous.

— Terence Greene, l'un des jurés…

— Dr Greene, a dit tantine. Oh, vous avez été si gentil avec elle ! » Ava-Rose tendit la main et serra celle de Terence. Chacun de ses doigts s'ornait d'une bague, parfois de deux ; ses ongles coupés court semblaient rongés, mais ils étaient recouverts d'une couche de vernis violet. Sa poignée de main fut sèche, tiède et rapide. « Je suis Ava-Rose Renfrew, mais je suppose que vous le savez déjà ? » Elle rit timidement.

Terence lui aussi se mit à rire, mais aussitôt sa tête lui fit mal.

« Oui, je suppose ! »

Le soleil, noyé sous une couche de nuages épais, veinés de rouge, disparaissait à l'horizon ; on devait cette magnificence à la pollution atmosphérique, mais elle n'en était pas moins réelle. À l'extrémité de Chimney Point, quand le vent soufflait du fleuve, l'air devenait plus limpide. La lumière semblait chargée de froidure automnale.

Enfin, la vieille maison de stuc et de bois apparut, avec son toit maculé de mousse, et la jungle en miniature qui poussait sur le devant. Terence n'y voyait que d'un œil, et donc toutes ces formes colorées lui parurent étrangement aplaties, comme dans une aquarelle.

« Je… j'aime cette maison, dit-il. Dès que je l'ai aperçue…

— Moi aussi, je l'aime ! J'espère seulement que nous ne la perdrons pas. »

Terence était sur le point de demander pourquoi quand Ava-Rose, apercevant un camion garé à l'entrée de l'allée, près de la rue, s'écria : « Zut ! Ils sont là ! » C'était un véhicule ancien, à la peinture délavée ; sur ses flancs, des lettres à moitié effacées : sur le pare-chocs orange fluorescent, on lisait : KLAXONNEZ SI VOUS AIMEZ JÉSUS ! Pour rapprocher Terence de la porte arrière de la maison, afin qu'il n'ait pas à parcourir une trop grande distance à pied, Ava-Rose contourna le camion. La BMW rebondit sur des racines et une motte de gazon, avant de reprendre l'allée. Elle freina d'un coup sec ; le moteur toussa et se tut.

« Vous saignez toujours, docteur Greene ? Comment va votre pauvre œil ? »

Il avait surtout mal à l'aine et au bas-ventre, mais répugnait à l'avouer. Tandis qu'il se glissait lentement – très lentement – hors de la voiture, Ava-Rose fit le tour du véhicule pour venir l'aider. Elle passa les bras autour de ses épaules, puis enserra sa taille. Ses cheveux chatouillèrent la joue de Terence, et le souffle lui manqua ; la chaleur de son corps, le miroitement de ses vêtements bigarrés et de ses trop nombreux bijoux le firent se pâmer. Il ressentit un bref moment de panique – il n'avait jamais désiré une femme à ce point. *Mais ce désir n'était pas physique puisque son corps était perclus de douleur.*

Pendant qu'Ava-Rose aidait Terence à monter l'allée de graviers, le jeune Chick se précipita pour leur prêter main-forte. Il était peut-être étonné de voir Ava-Rose ramener à la maison un étranger sanguinolent, mais, en tout cas, il n'en laissa rien paraître ; en fait, il semblait presque s'y attendre et se tenir prêt. Il siffla et déclara d'un ton plein de sympathie : « Wouah, mon vieux ! On dirait que quelqu'un vous en veut ! »

Terence commençait à dire : « Je crois que ça semble pire que… » quand une douleur lancinante dans le bas-ventre lui coupa le souffle. Il faillit tomber. Chick, le vigoureux mâcheur de chewing-gum, lança un bras autour de son épaule et le hissa quasiment jusqu'à la maison.

« Seigneur, Seigneur ! Qu'est-ce qu'ils vous ont fait ? » Holly Mae Loomis, debout dans la cuisine, fixait sur Terence des yeux horrifiés et tordait ses mains dans son tablier.

« Pas “ils”, tantine… “lui”. Tu sais qui. » Ava-Rose paraissait sur le point de fondre en larmes, maintenant qu'elle se trouvait en sécurité chez elle.

« Eldrick Gill ?

— Il est devenu fou et il a attaqué cet homme innocent. »

Chick siffla de nouveau et émit un petit rire de gorge, comme des graviers qui crissent. « Ça sera bientôt son tour. Attendez, vous verrez. »

Les deux femmes lui reprochèrent de parler à tort et à travers. Ava-Rose ajouta sur un ton sentencieux, comme si elle récitait une leçon : « “Ne tente pas les ténèbres car elles pourraient s'abattre bientôt.” »

On entendit une sorte de caquetage d'oiseau exotique, l'aboiement frénétique d'un chien et, quelque part dans la maison, retentirent des cris d'enfants ainsi qu'une voix profonde de baryton. Ava-Rose et Chick aidèrent Terence à s'installer sur un divan, dans une grande pièce qui ressemblait à une grange ; ils lui étendirent les jambes – elles étaient comme mortes – et les tournèrent adroitement de telle manière qu'il se retrouva couché, tel un patient dans un lit d'hôpital. Aussitôt, la douleur qui vrombissait dans son aine et son ventre devint plus supportable. Quelque chose de chaud, d'humide et de doux comme une peau de chamois imbibée d'eau tiède effleura son visage, et Ava-Rose s'écria : « Buster Keaton, va-t'en ! » Elle poursuivit à l'intention de Holly Mae : « S'il te plaît, tantine, apporte-nous de la glace enveloppée dans une serviette. » De ses doigts vifs et adroits, elle dégrafa les vêtements de Terence, dénoua sa ceinture, desserra sa cravate et ouvrit son col de chemise. Elle délaça même ses chaussures et les lui ôta. Elle passa tendrement ses doigts sur son front comme pour vérifier s'il avait de la fièvre. « Si courageux ! Si gentil ! Risquer votre vie pour moi, une étrangère ! Mr Terence Greene, vous êtes la "sainte légion" venue pour nous sauver dont parle *Le Livre du millénaire.* » Puis il y eut un choc, un choc terriblement réconfortant, celui de la glace appliquée sur l'œil gauche de Terence.

Il faillit s'évanouir. Il était accroché à ce qui lui restait de conscience comme à la ficelle d'un cerf-volant s'élevant toujours plus haut dans le ciel.

Il ferma les yeux et demeura immobile, tandis qu'Ava-Rose nettoyait doucement son visage et épongeait les taches de sang qui maculaient ses vêtements. C'est alors qu'il sentit une présence masculine. Ce devait être le fameux patriarche à barbe blanche, captaine uncle Riff, qu'il avait vu à la taverne « Mill Hill », ce fameux jour. La voix de l'homme résonna au-dessus de sa tête – « Donne-lui un peu de cela, ma chère. Ça va le remettre d'aplomb. » Une forte odeur d'alcool se répandit, un verre effleura ses lèvres, puis Terence reconnut le goût du whisky. Il en avala une petite gorgée. Un feu liquide se répandit dans sa gorge et remonta dans ses fosses nasales. Il voulut murmurer « Merci », mais ne réussit qu'à suffoquer.

Ava-Rose chuchota : « Oh, nous devrions peut-être lui donner aussi des analgésiques ? J'ai du Percodan ici…

— Des pilules ? demanda le garçon. Où les as-tu dénichées, Ava-Rose ?

— J'en ai, c'est tout, gros malin. »

La voix grave du vieil homme s'éleva sur un ton solennel : « Peut-être juste une, non ? »

On apporta à Terence un verre d'eau fraîche et on glissa un comprimé entre ses lèvres. Il devait reprendre sa voiture pour rentrer chez lui et cette drogue risquait de l'étourdir, mais il se laissa faire.

Holly Mae Loomis murmura : « C'est un malade facile, tu ne trouves pas ? »

Ava-Rose rétorqua sur un ton passionné : « C'est un homme gentil et courageux. Je n'oublierai jamais la façon dont il a risqué sa vie pour moi. »

Terence protesta : « Mais, n'importe qui, à ma place... »

Ils s'étaient écartés pour le laisser reposer. Un courant d'air frais venant d'une fenêtre ouverte lui caressa le visage ; bien qu'il n'eût pas ouvert son œil valide, il avait l'impression de contempler la nuit.

Quelque part dans la maison, un oiseau caqueta, siffla et poussa un cri perçant ; comme s'il se plaignait qu'on accordât tant d'attention à Terence – ce devait être Darling, le gris du Gabon. Plus près, mais à quelque distance quand même, on percevait encore les voix surexcitées de petites filles : « Hé, pourquoi on peut pas venir ? Qui donc est couché là ? » (C'étaient sûrement les jolies fillettes qui se rôtissaient au soleil sur le toit de la maison, celles qui l'avaient tant taquiné.) Buster le chien, reconnaissant Terence, avait cessé d'aboyer et s'était couché près du divan, en posant sa grosse tête chaude sur ses genoux. Terence le caressa à tâtons, et Buster lui lécha les doigts affectueusement. « Bon chien ! », murmura Terence. L'intérieur de sa bouche était tapissé d'une sorte de coton qui l'empêchait de parler et presque de chuchoter.

Les Renfrew s'étaient éloignés de lui, mais Terence les entendait quand même. Ils discutaient avec vivacité. Terence craignit d'être indiscret, mais avait-il le choix ?

Les deux aïeuls – et Chick se joignit à eux – reprochaient à Ava-Rose de ne pas s'être méfiée d'Eldrick

Gill ; Ava-Rose, d'une voix rauque et tremblotante, reconnut qu'en effet elle avait commis une bévue – « Mais, entre la foi et le doute envers notre prochain, l'Église nous commande de choisir la foi. Et il fallait bien que je m'occupe de mon affaire. »

Captaine uncle Riff rétorqua : « Ne me parle pas de l'"Église". L'église de la Sainte-Apocalypse n'est pas mon église, mon enfant.

— Ni la mienne, renchérit Holly Mae Loomis en reniflant. Et cet Eldrick Gill qui passe son temps à Rahway… Quelle est la fille saine d'esprit qui lui ferait confiance ? En plus, il est encore plus laid que T. W. ! On aurait pu croire, Ava-Rose, qu'après tout ce que T. W. t'avait fait subir tu aurais eu plus de jugeote avec les hommes. »

Ava-Rose tenta faiblement de protester, mais Chick l'interrompit. Il parlait de sa voix traînante d'adolescent, cependant Terence fut surpris par son intelligence. « Ava-Rose est si étrangère au mal qu'elle est incapable de le voir chez les autres. Elle prend en pitié tous les hommes qui tombent amoureux d'elle – ou prétendent l'aimer. »

Ava-Rose, embarrassée, eut un rire désolé. « Oh, je regrette tellement d'avoir causé tout ce mal. C'est de ma faute. »

Les autres ricanèrent. Captaine uncle Riff chuchota, en se déplaçant de manière à tourner le dos à leur visiteur allongé sur le divan : « Écoutez ! Maintenant qu'Ava-Rose a compris, que pouvons-nous faire ? Eldrick Gill possède sûrement une arme, et nous pas. Il est déjà venu ici, et rien ne l'empêche de revenir. À moins que nous ne prenions les devants et… »

Holly Mae l'interrompit furieusement : « Ah non, ah non, il n'en est pas question. Je ne partirai pas d'ici.

Je n'abandonnerai pas ma maison à une bête nuisible qui risque de l'incendier – pas moi.

— Ni moi ! », s'écria Chick, révolté.

Ava-Rose dit : « Si seulement la police… »

De nouveau, les autres se moquèrent. Leurs voix faiblirent, comme si elles s'éloignaient ; ou bien Terence, incapable de rester éveillé, sombrait-il dans la torpeur. Il voulait demeurer conscient et pourtant le sommeil l'appelait, tel un réconfort à sa souffrance. Le brave chien, dont le nom sur le moment ne lui revint pas, mais dont la fourrure rêche au toucher différait quelque peu de celle de Tuffi, se blottit contre lui avec un ronflement presque humain, semblable à un soupir de bien-être absolu.

La voix méfiante de Chick s'éleva, mais Terence l'entendit à peine : « Nous n'allons pas le laisser nous tuer. Que diable, il aura son tour, attendez de voir. » Ava-Rose cria : « Oh, Chick, mon ange, non. Ce n'est pas bien. » Holly Mae répliqua : « Moi, je prétends que c'est la seule chose convenable », et captaine uncle Riff déclara – mais ses paroles résolues s'évanouirent tandis que Terence tendait l'oreille pour les entendre : « Moi, j'affirme que nous devons nous défendre, de n'importe quelle façon. Ou… »

Un puits s'ouvrit à la base de son crâne, et Terence bascula au fond.

« Docteur Greene ? Te-rence ? Excusez-moi… »

Des doigts charmants effleuraient sa joue et ôtaient la compresse froide posée sur son œil gauche. Terence s'éveilla en sursaut. Il passa des ténèbres profondes à la pleine conscience, en un instant, telle une allumette qui s'enflamme.

Son œil gauche n'était pas aussi contusionné qu'il l'avait craint, mais il voyait mal, comme si un voile le recouvrait ; son œil droit, en revanche, semblait normal. Il s'ouvrit sur une vision enchanteresse – le beau visage d'une jeune femme aux yeux vert doré, à la peau rosie, marquée d'une petite cicatrice blanche semblable à une fossette verticale. Sa voix de contralto éraillée était tellement agréable, de même que sa façon singulière de prononcer son nom, « Terence », en étirant les deux syllabes !

Alors je n'ai pas rêvé, vous existez bien.

Ava-Rose Renfrew se pencha au-dessus de lui, en souriant timidement. « Votre œil n'a pas du tout l'air mal en point, seulement un peu tuméfié. Je pense que la glace vous a fait du bien. »

Terence sourit lui aussi, ou du moins tenta de le faire. Il se sentait si bizarre, si heureux ! Il dit : « Merci à vous. » Puis, comme s'il désirait impressionner la jeune femme qui l'observait attentivement, les yeux brillants, il se mit sur ses pieds ; il déclara qu'en effet il se sentait bien mieux – « Comme Lazare ressuscité d'entre les morts. » Sa remarque était censée être drôle : il voulait faire allusion à sa mine épouvantable (chose dont il se rendait compte et qui froissait sa vanité masculine), mais elle tomba à plat ; de toute évidence, Ava-Rose Renfrew n'était pas d'humeur à plaisanter. Elle prit les mains de Terence et les serra dans un geste de singulière intimité. Cette réponse spontanée, qui coupa court à toute forfanterie, le toucha au plus profond de lui-même ; sa propre femme n'aurait pas agi autrement. Ensuite, Ava-Rose s'écria, le souffle court : « Oh ! docteur Greene ! Ne dites pas cela ! Il aurait pu vous tuer, si vous aviez été seul avec lui, sans témoins. »

Le sourire de Terence tourna à la grimace, puis s'effaça. Bien sûr, Ava-Rose avait raison. Pourquoi jouait-il à l'idiot, en un pareil moment ?

Il se dressait de toute sa taille quand une vague de faiblesse sembla monter en lui. Une veine battit dans son œil gauche. Il dut ouvrir la bouche pour respirer et toucha son nez avec précaution. Était-il cassé ? Ses vêtements étaient maculés de sang – comment diable expliquerait-il tout cela à sa famille ?

Phyllis, ses filles, la maison du 7 Juniper Way – tout reflua dans sa mémoire. Et la conférence à New Haven qu'il avait manquée. *Quelle explication trouverait-il ?*

Comme si elle lisait dans les pensées de Terence, Ava-Rose dit sur le ton d'une enfant conspiratrice : « Vous n'aurez qu'à raconter que vous avez eu un accident, Te-rence – un léger accident de voiture ! Vous ne voulez pas mêler la police à cela, hein ? Ils ne sont pas dignes de confiance. Ils prétendent qu'ils vont vous protéger, si vous êtes témoin ou victime d'un acte criminel, et ils n'en font rien. Vous savez ce que la police de Trenton nous a dit ? "Nous ne pouvons pas vous offrir une surveillance vingt-quatre heures sur vingt-quatre, sept jours sur sept et trois cent soixante-cinq jours par an sous le simple prétexte que quelqu'un a menacé de vous tuer." »

Terence affirma dans un souffle : « Je comprends.

— Eh bien moi, j'espère que vous ne comprenez pas – pas tout à fait. »

C'était une réponse assez touchante mais effrayante en même temps. Terence regarda la ravissante jeune femme, ses cheveux soyeux et ondulés, ses bijoux exotiques – les longues boucles d'argent et de turquoise qui dansaient à ses oreilles, ses multiples colliers, bracelets et bagues –, ses grands yeux fixés sur lui, et il se prit à penser : *Comment puis-je vous quitter à présent que je vous ai trouvée ?* Ava-Rose Renfrew, qui malgré son air romantique était une femme éminemment pratique, le saisit presque à bras-le-corps et le conduisit à l'arrière de la maison. « Vous feriez mieux de rentrer chez vous, votre famille va s'inquiéter ! Votre femme… » Ava-Rose tapota l'anneau d'or que Terence portait à la main gauche. Il murmura, comme à regret : « Oui, ma femme. »

Les autres membres de la famille Renfrew semblaient s'être retirés, par délicatesse. Du fin fond de la maison parvenait une série de bruits : des voix, de la musique, le son d'un téléviseur, des jurons lancés par la voix stridente d'un perroquet. De délicieuses odeurs de cuisine flottaient dans l'air. On préparait quelque chose de chaud, d'épicé, d'appétissant. Terence aperçut par une porte ouverte une cuisine meublée à l'ancienne, avec des placards qui montaient jusqu'au plafond, un antique fourneau, un évier et des rideaux bonne femme tendus aux fenêtres. Il ne put s'empêcher de saliver en voyant un gros pain de campagne tout juste sorti du four, bien croustillant, posé sur une table. *Oh ! Donnez-moi à manger ! Je vous en prie !* Il constata d'un ton lugubre : « J'ai dérangé votre dîner, n'est-ce pas ? Votre succulent dîner familial. »

Ava-Rose rit et serra le bras de Terence, comme pour lui adresser un reproche affectueux. « Docteur Greene, si nous devons devenir amis, il ne faudra plus employer "des mots qui n'expriment pas ce que vous pensez tout au fond de vous-même". Tantine était en train de préparer le dîner quand je suis arrivée, soit, mais un repas n'est rien, non, quand une personne a sauvé la vie d'une autre ? »

Ava-Rose parlait d'une manière si appliquée, avec cette curieuse habitude de détacher certaines voyelles, que Terence se dit qu'elle souffrait d'un très léger défaut de prononciation ; l'anglais n'était peut-être pas sa langue maternelle. Il la regarda en clignant des yeux. « Je… je ne suis pas sûr de vous avoir sauvé la vie, Ava-Rose. Je…

— Mais bien sûr que si, docteur Greene ! En tout cas, vous en avez eu l'intention. » Ava-Rose prit une profonde inspiration. « Pour moi, qui suis fille de la Foi du millénaire, les intentions sont égales aux actions. Je considère tout ce qui se passe aussi sérieusement que si le monde allait finir à minuit. Je n'oublierai jamais votre sacrifice. »

Terence eut un rire gêné. La tête lui tournait un peu. *Elle me regarde avec les yeux de l'amour, n'est-ce pas ?* « Fille de… ? répéta-t-il.

— Je vous parlerai de ma religion lors de notre prochaine rencontre. C'est une foi qu'on a découverte récemment, ici à Trenton, mais qui possède des lieux de culte partout à travers le monde, expliqua gentiment Ava-Rose. À présent, je m'inquiète un peu pour vous : votre famille doit vous attendre, docteur Greene ! »

Terence aurait tant voulu protester : *Non, personne ne m'attend ce soir !* Mais il savait que ces paroles paraîtraient creuses et peu convaincantes. Il répondit à cette douce réprimande : « Oh oui. Bien sûr. »

Avant de quitter la maison des Renfrew, Terence utilisa la salle de bains, ou plutôt le cabinet de toilette, qui prolongeait la cuisine. Depuis son enfance campagnarde à Shaheen, dans l'État de New York, il n'avait plus revu des sanitaires aussi primitifs, et il ressentit un dégoût passager envers ces gens qui acceptaient de vivre dans une telle précarité. Non seulement les installations étaient vétustes – la cuvette des toilettes et le lavabo portaient des taches indélébiles –, mais des lézardes recouvraient les murs, le linoléum était déchiré, et une bande de plastique bouchait la fenêtre minuscule dont la vitre était en partie brisée. Ne pouvaient-ils pas changer le carreau ? Y avaient-ils même songé ?

Ou bien alors cette famille négligeait-elle les choses matérielles ?

Quand il ressortit, Ava-Rose le conduisit jusqu'à sa voiture. Elle frissonnait. Une froidure automnale s'élevait de la terre et un petit vent frais soufflait du fleuve, à l'ouest. Le soleil était couché depuis longtemps ; il faisait nuit ; de légers nuages couraient au-dessus du jardin embroussaillé des Renfrew. Les nerfs de Terence étaient tendus, et désormais il ne pensait plus qu'à partir *avant que quelque chose d'autre n'arrive.*

En réprimant une grimace de douleur, Terence grimpa prudemment dans son véhicule, et tourna la clé de contact. Quel soulagement ! Le puissant moteur de la BMW démarra au quart de tour, comme s'il s'éveillait à la vie. Terence avait craint que… disons, que quelque chose ne soit arrivé à sa chère voiture, dans ce quartier minable de Trenton.

Ava-Rose, elle aussi, semblait soulagée. Elle sourit et lui tendit la main pour lui dire au revoir. Le vent fit voler ses cheveux, et ses longues boucles d'oreilles caressèrent ses joues en scintillant.

Elle parlait par saccades, en jetant des coups d'œil nerveux derrière elle, comme si elle craignait d'être vue. (Quelqu'un regardait-il ? Le vent dans les arbres, le vent dans les hautes herbes.) « Docteur Greene, j'ai l'intuition que nos destinées sont liées ! Je ne vous oublierai jamais. Tantine m'a dit que vous lui aviez proposé de l'aider à trouver un avocat… Quelle gentillesse ! Tante Holly n'a pas eu une vie très drôle. En plus de cela, elle a énormément souffert de cette blessure au dos, et personne parmi les “pouvoirs séculaires” de Trenton ne s'en est soucié le moins du monde. Vous nous avez apporté tant d'espoir ! »

Était-ce vrai ? Terence avait descendu sa vitre et se penchait vers Ava-Rose Renfrew. Il la regardait avec un air si passionné qu'il aurait dû en concevoir de la honte. Son œil tuméfié ruisselait de larmes, ce qui était plus gênant encore. Mais que pouvait-il y faire ? *Ne me renvoyez pas, Ava-Rose. Je vous aime.*

Il dit : « Vous m'avez appelé “Terence” tout à l'heure, Ava-Rose. J'espère que vous recommencerez. »

Timide comme une jeune fille, Ava-Rose rougit et mordit sa lèvre inférieure. Car, à présent, l'intérêt que lui portait cet étranger était indubitable.

« Te-rence.

— Oui, c'est cela. »

Ils se tenaient toujours les mains. Soudain, comme submergée par l'émotion, mais dans un élan spontané et parfaitement innocent, Ava-Rose porta la main de Terence à ses lèvres… et l'embrassa.

Ce geste bouleversa à tout jamais la vie de Terence Greene.

Terence comprit par la suite que de cet instant précis découlait la série d'événements qui marqueraient les semaines et les mois à venir.

Et le restant de ses jours.

Eldrick Gill, après avoir assommé Terence sur le parking, partit se saouler ; puis, une fois ivre, il remâcha son amertume. Obsédé par Ava-Rose, il ne put s'empêcher de venir rôder près de la maison des Renfrew où – combien de fois déjà ? – il avait été reçu. Au lieu de longer Holyoak Street, où un voisin aurait pu remarquer sa moto, il eut la présence d'esprit d'emprunter un autre itinéraire – la Route 29 qui partait de River Road –, et s'engagea sur une voie d'accès mal bitumée qui conduisait à la décharge, quatre cents mètres après le cul-de-sac de Holyoak. Enfin, il aboutit derrière la propriété des Renfrew.

C'est là qu'il gara sa Harley-Davidson modèle 1988, en partie cachée dans le sous-bois. Et c'est là que plus tard, la même nuit, captaine uncle Riff Renfrew et le jeune Chick Renfrew la découvriraient, après quelques minutes de recherche ; puis ils la pousseraient jusqu'à la Delaware, où elle s'enfoncerait sans laisser de traces.

Plus tard, la même nuit, le corps inerte et ensanglanté d'Eldrick Gill s'enfoncerait lui aussi sous l'eau noire, lesté par des gravats provenant de la décharge voisine.

Eldrick Gill, âgé de trente-quatre ans, habitait au numéro 2822 de la 16e Rue, à Trenton ; il travaillait de façon intermittente comme manœuvre sur les chantiers de construction, chauffeur de poids lourds, gardien de station-service. Il traînait un lourd passé derrière lui : plusieurs arrestations pour cambriolage, trafic de drogue, coups et blessures, et une seule condamnation qui avait débouché sur un emprisonnement de trois ans (pour agression) à la centrale de Rahway. De son vivant, personne ne s'était vraiment préoccupé de son sort ; de même, après sa mort, personne ne chercherait à retrouver son corps. Il resterait pour l'éternité au fond de l'eau.

Or, aux alentours de 19 h 30, Eldrick Gill était loin de se douter de ce qui l'attendait. Il ne pensait qu'à son futur forfait : des coups, un meurtre peut-être ? Il s'approchait à pas de loup de l'arrière de la maison quand il s'aperçut que les Renfrew avaient de la visite. Il reconnut certainement la BMW garée dans l'allée : c'était celle de l'homme élégant, entre deux âges, qu'il avait attaqué au centre commercial de Chimney Point – et donc il attendit la suite des événements, tapi dans les buissons. Il avait ingurgité six bières dans une taverne de State Street, mais se croyait sans doute en pleine possession de ses moyens. Il voulait se venger d'Ava-Rose Renfrew, sans savoir cependant comment. Il comptait punir la femme qui l'avait trahi, ou n'importe lequel des membres de sa famille ; en fait, il n'avait pas la moindre idée de ce qu'il allait faire.

Après quelques minutes d'attente, il vit Ava-Rose et l'homme de haute taille quitter la maison par l'arrière. L'homme, qui marchait difficilement, monta dans sa chouette voiture métallisée ; Ava-Rose prit la main de l'étranger dans les siennes, puis soudain la porta à ses lèvres et l'embrassa – et c'est à cet instant qu'Eldrick Gill perdit le contrôle de ses actes.

Il se rua sur la femme en l'injuriant : « Salope ! Menteuse ! Meurtrière ! »

La scène épouvantable qui suivit se déroula très rapidement et d'une manière fort chaotique : Eldrick Gill voulut frapper Ava-Rose Renfrew par-derrière, pour lui briser la nuque ; mais son violent coup de poing s'écrasa sur l'épaule de la jeune femme, qui poussa un petit cri avant de tomber comme une masse. On entendit une clameur venant de la maison. Le vieil homme à barbe blanche, captaine uncle Riff, et son petit-neveu Chick se tenaient sur le pas de la porte et regardaient la scène ; un chien aboya sauvagement. Abasourdi, l'homme assis au volant de la BMW se mit lui aussi à hurler :

« Arrêtez ! Attendez ! Qu'allez-vous… »

Eldrick Gill eut un réflexe de panique et fit demi-tour pour s'enfuir. Il prit ses jambes à son cou et longea la barrière en trébuchant tandis que, derrière lui, retentissaient les cris véhéments du vieil homme et du garçon. Ces cris s'adressaient à Terence. « Attrapez-le ! Poursuivez-le ! Ne le laissez pas partir ! »

Terence, bien que bouleversé, s'empressa d'obéir et appuya à fond sur l'accélérateur. La voiture fit un bond en avant.

Le sentier était creusé d'ornières et envahi par les mauvaises herbes. La BMW fit une embardée, rebondit, avança en cahotant, si bien que Terence dut agripper le volant des deux mains pour ne pas être projeté en avant. Pris dans la lumière aveuglante des phares, le fuyard se retourna et lança un regard furieux, incrédule, terrifié – ses yeux opaques brillaient comme ceux d'un chat, de même que les poils de son menton, qui dessinaient une traînée sombre sur son visage terreux. Au même moment, la BMW s'emballa, comme mue par une folie meurtrière. Elle percuta l'homme et lui passa sur le corps.

Il y eut un cri d'angoisse – mais qui l'avait poussé ? Eldrick Gill ou Terence Greene ? Terence aurait été incapable de le dire.

Il freina à fond. Le corps de l'homme avait l'air d'être coincé dans le pare-chocs ou sous les roues ; Terence paniqua et, sans prendre le temps de réfléchir, fit marche arrière. Il sentit la roue avant droite repasser sur le corps de l'homme et, de nouveau, il enfonça la pédale de frein. « Oh non ! Oh non ! Oh, mon Dieu, non ! *Aidez-moi, mon Dieu…* »

Tout était calme à présent. Plus de cris, plus de hurlements. Même le chien avait cessé d'aboyer.

Les phares de Terence éclairaient le sentier recouvert de graviers, creusé d'ornières et envahi d'herbes hautes. Rien ne bougeait hormis la végétation agitée par le vent. Aucune forme humaine n'était visible, aucun visage.

Terence ne parvenait pas à comprendre. *Mais si, il savait : il savait* ce qui était arrivé. Pourtant, il était conscient qu'un événement terrible venait d'avoir lieu. Une chose était encore coincée sous les roues de sa voiture – une chose parfaitement immobile et silencieuse, désormais.

Terence était assis, paralysé, au volant, et, bien que son nez se fût remis à saigner – il avait heurté le volant –, la torpeur de ces deux dernières heures avait fait place à une épouvantable lucidité.

Ce qui est fait est fait. Impossible de revenir en arrière.

Captaine uncle Riff, le noble vieillard à barbe blanche, se rapprocha en claudiquant de la voiture et se mit à en examiner les roues ; Chick, en T-shirt et jean, sa casquette Phillies posée à l'envers sur sa tête, mâchonnant furieusement son chewing-gum, trottinait derrière lui, tout comme Buster le chien, dont les yeux brillaient d'un éclat jaune et les babines humides et noires découvraient des crocs étincelants. Terence, malade de terreur, cachait son visage dans ses mains tout en épiant à travers ses doigts le vieil homme dont la barbe hérissée, blanche comme neige, prolongeait son menton comme si elle était taillée dans un même bloc. Ses sourcils en broussaille formaient un arc au-dessus de ses yeux graves, enfoncés dans leurs orbites, et ses joues semblaient étrangement lisses et rouges. Il portait une casquette lui aussi – une casquette de marin assez élégante, avec une visière luisante ; sa chemise de travail bleue, usée par les lessives, était boutonnée jusqu'à son cou où pendait une peau molle. Le jeune Chick était aussi grand que le vieillard, bien qu'il eût tendance à se voûter comme si ses solides épaules et ses bras musclés étaient trop lourds pour lui. À l'instar de son grand-oncle, Chick observa avec attention la chose qui gisait sur le sol à ses pieds, et parut tout aussi stupéfait. Ensuite, il ôta sa casquette de base-ball pour s'éventer le visage et siffla – un long sifflement, commençant dans les aigus puis allant decrescendo.

Captaine uncle Riff remarqua la présence de Terence derrière le pare-brise de la voiture et s'avança pour le réconforter. De sa voix profonde et solennelle de baryton, il dit tout en plantant son regard dans celui de Terence : « Te fais pas de bile, fils. Ton secret sera bien gardé avec nous. »

L'amant

On peut dire qu'une femme enceinte habite sa grossesse, tout comme sa grossesse l'habite, et que son âme, non moins que son corps, est investie d'une vie nouvelle, une vie inconnue, mystérieuse. De même, la conscience de l'amant s'imprègne à jamais de l'objet de sa flamme : il vit dans l'amour de l'autre, et l'amour de l'autre vit en lui.

De jour comme de nuit ; face à l'être aimé ou en présence d'autres personnes ; qu'il soit sur le point de la rejoindre ou loin d'elle, retenu par les contingences de l'existence – cela compte peu, car l'amant se définit par son amour. De cet amour jaillit son bonheur, de cet amour s'écoule sa tristesse. Sa crainte, son anxiété, son angoisse ; sa colère, sa frustration ; son espoir, sa joie, son extase. L'expression même de son visage…

« Pa-pa, pourquoi tu restes planté là, pourquoi tu ne portes pas l'arbre à l'intérieur ? Pourquoi tu souris si… bêtement ? »

Cindy se tenait sur le pas de la porte, sa voix était anxieuse et taquine, mais papa demeurait immobile, sous la neige qui tombait légèrement, agrippé à l'immense arbre de Noël. Il pensait à elle, et sa peau rougissait, ses yeux se voilaient. Il la revoyait devant lui, et ce souvenir soudain le remplissait d'aise. *Ava-Rose Renfrew prenait son visage entre ses mains et déposait sur ses lèvres un chaste baiser, tout en murmurant : « Comment puis-je vous remercier ? Merci, merci mille fois pour ce merveilleux Noël ! »*

À Trenton, au 33 Holyoak Street, se dressait un arbre qui ressemblait en tout point à celui du 7 Juniper Way.

La chose était claire désormais. La vie de Terence Greene, au début de sa quarante-cinquième année, avait basculé dans une nouvelle réalité : quand il était chez lui (à Queenston), ses pensées s'envolaient vers l'autre maison (celle de Trenton) ; en revanche, lorsqu'il se trouvait à Trenton, quel que fût le moment de la journée, dans l'après-midi, dans la nuit, ou rien que pour une heure volée sur son emploi du temps, il oubliait sa première maison (celle de Queenston).

Vivre dans la félicité revient à s'aveugler.

Elle lui avait saisi les mains, en avait effleuré le dos, caressé les articulations osseuses, les longs doigts minces, puis les avait retournées pour en examiner les paumes, en s'attardant sur celle de la main droite – si tendrement ! Elle pencha la tête, une colombe de cristal étincelait dans ses cheveux ; elle mordit sa lèvre inférieure charnue tout en promenant lentement son index sensible au creux de sa paume, d'un air aussi concentré que si elle déchiffrait les hiéroglyphes d'un texte sacré – « Oh ! Terence ! De bonnes nouvelles ! “Un vaisseau qui flotte mais n'a pas de fond" : votre vie sera longue, riche et heureuse, et elle apportera du bonheur aux autres. »

Il aurait voulu enfouir sa tête dans son giron, presser son visage brûlant de désir sur les plis de sa pauvre jupe de satin brillant, et sentir en dessous ses cuisses laiteuses aux muscles fermes (il supposait qu'elles étaient laiteuses, comme l'intérieur de ses avant-bras : en fait, il n'avait encore jamais vu les cuisses d'Ava-Rose Renfrew). Il aurait passé ses bras autour de ses hanches. *Oh, aimez-moi ! Ne me renvoyez jamais !* Mais il n'osa pas.

Bien qu'il eût tué – par accident – un homme pour la sauver, leurs relations restaient étonnamment cérémonieuses.

Tendres mais cérémonieuses.

C'était bien un accident, n'est-ce pas ?

Les Renfrew, eux, n'en doutaient pas. Oui, il s'agissait d'un accident et personne n'était en faute. Avez-vous vu la façon dont il a frappé la pauvre Ava-Rose ? – « Comme ce foutu Karaté Kid », observa Chick – il avait vraiment l'intention de la tuer !

Ce n'était peut-être pas tout à fait un accident, mais ce que la loi appelle un homicide involontaire – un homicide involontaire dû à un accident de la circulation ? Ce sale type avait pourtant mérité son sort.

Sur une étendue d'eau, des rides prenaient naissance puis se gonflaient en vagues qui bientôt s'apaisaient, redevenaient rides, avant de s'enfler de nouveau pour venir battre et cogner contre son cerveau. Voilà à quoi ressemblait son cauchemar.

Le corps mutilé, coincé sous la calandre polie de la BMW. Le pare-chocs enfoncé, maculé de sang. Le phare avant fendillé tel un œil halluciné. En sentant que la voiture échappait à son contrôle, Terence avait écrasé la pédale de frein et fait marche arrière. À ce moment précis, il était redevenu maître de son véhicule, qui était néanmoins repassé sur le corps inerte. Terence n'avait pas vu… *mais si, il avait vu le sang gicler du nez de l'homme mort, de sa bouche, de ses oreilles*, tandis que, paralysé, il se cramponnait à son volant tout en murmurant : « Oh non ! Oh non ! Oh, mon Dieu, aidez-moi, non ! »

Papa a eu un accident sur l'autoroute, un léger accident. Le nez en sang et l'œil tuméfié, pauvre papa. Cindy l'avait regardé fixement *comme si elle savait que quelque chose de terrible, d'irrévocable leur était arrivé à eux tous*, mais, évidemment, elle n'en savait rien, comment l'aurait-elle pu ?

Il n'y avait pas eu meurtre, c'était un accident. Terence n'avait pas réalisé… *mais si : bien sûr qu'il avait réalisé* ce qu'il faisait, en pressant de la sorte sur la pédale de l'accélérateur.

La voiture avait bondi en avant.

Et le cri de surprise et d'angoisse s'était achevé au fond d'un gouffre, sous les roues avant.

Le bruit sourd du corps qui s'écrasait contre la calandre et le pare-chocs ! Le son étouffé, écœurant du pneu roulant sur de la chair vivante !

Pourquoi le nier ? Il avait agi en toute conscience. Il avait bien eu l'intention de tuer cette brute, ce salaud qui avait osé porter la main sur Ava-Rose.

Terence avait ouvert sa portière et s'était penché pour vomir dans les mauvaises herbes. Il sanglotait, hoquetait. Il ne voulait pas faire cela, il ne savait pas. La terreur le tétanisait comme si son corps était la proie de décharges électriques. Il claquait des dents, il avait un goût de bile dans la bouche.

Puis il se retrouva debout, dans l'air glacé de la nuit, à les supplier qu'on appelle la police, une ambulance – peut-être n'était-il pas trop tard ? Peut-être qu'Eldrick Gill respirait encore ? Captaine uncle Riff le saisit par les épaules et le secoua en disant sur un ton sévère : « Fils, la police ne mettra jamais les pieds sur cette propriété, pas tant que je vivrai. » Chick siffla pour exprimer sa stupeur. « La cervelle lui sort par les oreilles. C'est une pelle qu'il lui faudrait, pas une civière. »

Holly Mae Loomis s'était lancée au secours d'Ava-Rose qui gisait, pantelante et gémissante, dans les rosiers sauvages, près de l'allée. Elle avait aidé la pauvre fille recroquevillée à se relever. En entendant le son de la soie lacérée, la vieille femme avait pensé, l'espace d'un terrible instant, que c'était la peau de sa nièce qui se déchirait.

Au même moment, elle avait réprimandé Dara et Dana – « Vous deux ! Rentrez à la maison ! Ne vous avisez pas de venir par ici ! Partez vous cacher ! Vous avez compris ? »

Les petites filles, debout dans la véranda en ciment, se serraient fort l'une contre l'autre, en criant : « Tante Ava-Rose ? Où es-tu ? »

Toutes ces choses, Terence Greene ne les avait pas vécues. Et pourtant si, il y avait bel et bien assisté.

Buster, le bâtard mi-husky, mi-berger allemand, geignait et poussait les mains de Terence de son museau humide et avide.

Terence dit : « Mais il faudra que je le signale à la police… Je le dois », et Ava-Rose répondit : « Non,

non ! Je vous en prie ! Il est mort, la police ne peut le ramener à la vie. » Elle semblait lucide malgré son visage tuméfié, ses yeux dilatés. Terence insista : « Je ne parle pas de le ramener à la vie, je parle de la loi. » Ava-Rose répliqua : « *Le Livre du millénaire* nous dit : “Quand l'extase est proche, que vaut la loi des hommes ?” » Ce à quoi Terence répondit, essayant de conserver cet étrange sang-froid qu'il savait n'être qu'une forme d'hystérie : « Mais la loi de l'État du New Jersey, la loi des États-Unis d'Amérique ! Il faut que j'avoue avoir renversé et tué un homme avec ma voiture. » Cependant, Ava-Rose répétait obstinément : « Te-rence, pourquoi, alors qu'il a voulu nous tuer ? » Terence commença à se laisser fléchir. Il reniflait le parfum de ses cheveux, regardait ses yeux étincelants, aux pupilles noires dilatées. Il lança : « Là n'est pas la question, la question est qu'il est mort. » Ava-Rose rétorqua, comme une enfant fatiguée, indolente : « Captaine uncle Riff et Chick vont s'occuper de lui, et nous n'aurons pas besoin de savoir. » Alors, Terence s'écria : « Mais, Ava-Rose... », et Ava-Rose répondit, en lui saisissant les mains et en se rapprochant de lui : « Bon, je vais vous dire pourquoi, Te-rence : si la police revient dans cette maison, s'ils apprennent qu'Eldrick Gill est mort sur notre propriété, la ville obtiendra la garde de Dara et Dana, mes petites sœurs qu'elle a abandonnées avec moi, il y a onze ans. On les placera dans un foyer d'accueil et je n'aurai plus le droit de les revoir. Ni Holly Mae, ni captaine uncle. Notre famille sera détruite, docteur Greene, vous comprenez ? »

Terence, désespéré, contempla Ava-Rose d'un air énamouré.

« Oui. Je comprends. »

Avant que Terence ne regagne Queenston, cette nuit-là, captaine uncle Riff s'entretint personnellement avec lui. « Je sais ce que c'est, fils, et je sais aussi ce que vous allez endurer dans les jours, les semaines et les mois à venir. Moi aussi j'ai tué un homme par accident – un accident de chasse –, à Bornéo, il y a quarante ans. » Le vieil homme fit une pause et riva ses yeux sur ceux de Terence qui, hypnotisé, ne parvint pas à détourner le regard. « Vous apprendrez à vivre avec, fils. Comme une plaie qui se referme. Laissez le temps faire son œuvre. »

Le terrible soir du 14 septembre. *Ce qui est fait est fait. On ne peut pas revenir en arrière.*

« Tiens ! C'est toi ! »

C'était un crépuscule de janvier. Le vent soufflait. Terence était-il rentré à la maison plus tôt que prévu ? Il ne se souvenait pas de l'heure à laquelle il était censé revenir, ni même d'avoir dit quoi que ce soit à Phyllis à ce sujet.

Phyllis leva des yeux étonnés vers Terence qui s'avançait maladroitement à travers la chambre plongée dans une légère pénombre. Allongée sans grâce sur un jeté de lit chiffonné, elle portait son déshabillé de dentelle champagne ; ses jambes et ses pieds nus étaient très blancs. Ayant entendu les pas de Terence dans le couloir, elle écrasait sa cigarette dans un cendrier (la pièce était bleue de fumée), et Terence crut la voir reposer, presque dans le même geste, le combiné du téléphone sur son support de plastique blanc. Comme pour plaisanter, elle ajouta en reniflant : « Je souhaiterais que tu ne surgisses pas ainsi, sans prévenir ! Tu n'es jamais à la maison et, quand tu arrives, tu… surgis. » Aussitôt Terence s'excusa, voyant, à sa grande consternation, que le visage de Phyllis était gonflé et ses yeux rouges d'avoir pleuré.

« Enfin, Phyllis… qu'est-ce qui ne va pas ?

— Qu'est-ce qui ne va pas ? Moi, je vais très bien. » Elle s'essuya brusquement le nez du revers de la main. « Mais toi ? Qu'est-ce qui ne va pas chez toi ? »

Terence regarda fixement sa femme, incapable de répondre à sa question.

C'est ma faute, bien sûr. Ces semaines, ces mois. Elle est au courant.

(Mais que pouvait-elle savoir ? Elle ne connaissait pas Eldrick Gill, évidemment – personne hormis les Renfrew, et Terence Greene, ne le connaissait. Quant aux milliers de dollars que Terence avait dépensés pour les Renfrew, ou leur avait donnés, il avait pris la précaution de les prélever sur des comptes professionnels, les avait convertis en chèques payables à Terence Greene, directeur de la Fondation Feinemann, et transformés en mandats postaux – à ses yeux, c'était une procédure parfaitement sûre.)

Terence venait d'arriver de New York (en fait, il rentrait de Trenton : il avait quitté son bureau de bonne heure, et s'était entretenu pendant deux heures et demie avec Holly Mae Loomis et l'avocat que les Renfrew avaient engagé, pour la représenter lors du procès qu'elle intentait contre la Compagnie de transports de Trenton, avec 12 millions de dollars à la clé). Il était blême de fatigue (mais, au fond de lui-même, il resplendissait de bonheur – car Ava-Rose l'appellerait sans doute le matin suivant pour le remercier de sa gentillesse et l'inviter à passer la voir). Or, voilà qu'à présent il se sentait coupable en découvrant Phyllis dans cet état. Il tenta d'ignorer la fumée désagréable qui flottait dans l'air (Ava-Rose était résolument contre le tabac : l'autre jour, elle s'était mise en colère après avoir trouvé un paquet de cigarettes dans la poche de Chick). Il ne joua même pas le rôle du bon mari surpris et navré de constater que Phyllis avait recommencé à fumer (n'avait-elle pas arrêté ? C'était pourtant ce qu'il croyait). Il s'assit au bord du lit et toucha l'épaule de sa femme en disant : « Je… j'espère que ce n'est pas à cause de moi… si tu es triste. »

Phyllis se mit à rire et se redressa très vite, si bien que la main de Terence glissa. Sous son négligé de dentelle, elle ne portait pas de soutien-gorge, et ses seins qui bougeaient librement semblaient enfermés, contenus, comme des fruits mûrs dans un filet ; son ventre se balançait, lui aussi, ainsi que ses hanches. L'espace d'une seconde vertigineuse, Terence s'imagina en train de l'embrasser. Il aurait voulu enlacer ce corps tiède, enfouir son visage entre ses seins ou au creux de son ventre. Cela faisait si longtemps.

« Est-ce que cela changerait quoi que ce soit à ce qui existe – ou n'existe pas ? demanda Phyllis, d'un ton sec.

— Quoi donc ? » Terence ne voyait pas du tout à quoi elle faisait allusion.

« Quoi *quoi* ? As-tu déjà oublié ce dont nous parlions il y a une minute ? »

Terence prit une inspiration pour parler, mais hésita. On aurait dit qu'il avait oublié, en effet.

Puis il se rappela. « Je voulais juste te demander, ma chérie, si cela a quelque chose à voir avec moi, le fait que tu sois déprimée, que tu pleures…

— Et moi, je te demandais ce que cela y changerait – à supposer que je sois déprimée, que je pleure, ce qui en fait n'est pas le cas –, ce que cela y changerait si cela avait un rapport avec toi. » Phyllis glissa ses jambes sur le côté et s'assit, le visage empourpré. Elle sourit. « Pure vanité masculine ! Vraiment ! »

Terence avança d'une voix humble : « Je voulais seulement dire que, si j'étais en quoi que ce soit responsable, je pourrais peut-être t'aider. »

Phyllis vit qu'il était réellement désolé ; si elle l'avait observé de plus près, elle aurait pu constater sa fatigue immense. Radoucie, elle posa la main sur lui, comme elle le faisait souvent avec Cindy, après l'avoir grondée. « J'irai bientôt mieux, Terry. Je suis sûre que ce n'est qu'un... passage. Un passage que nous sommes en train de traverser.

— Ton père avait coutume de dire : "L'histoire humaine n'est qu'une succession de passages ; mais l'histoire de Dieu est une seule et même substance." »

Phyllis parut abasourdie. « Il disait cela ? Père ? »

Terence s'était rarement senti à son aise avec son beau-père, qui le regardait toujours en fronçant les sourcils par-dessus ses lunettes de lecture en demi-lune, comme s'il ne parvenait pas à le remettre. Maintenant que le révérend Willard Winston était mort, Terence s'était réconcilié avec le vieil homme.

Il répondit : « Certainement. Je pense qu'il était influencé par Hegel. »

Phyllis resserra son négligé autour d'elle, en croisant les bras sur ses seins. Elle restait dubitative quand Terence parlait de son père, peut-être parce qu'elle savait que le révérend Winston n'avait pas totalement approuvé le choix de sa fille. (Mais Terence l'avait-il su, l'avait-il senti ? Phyllis n'en était pas certaine.) Sous la lumière de la lampe, les yeux légèrement gonflés de Phyllis et sa bouche amère lui donnaient un aspect enfantin, vulnérable ; il y avait quelque chose de mélancolique dans son attitude. Ses cheveux blond platine, la plupart du temps rigides comme un casque, étaient aplatis sur un côté de sa tête. Terence la regarda mais, à sa place, vit *sa Vénus de Botticelli : les yeux vert doré, bordés de jolis cils, le nez légèrement retroussé, la bouche parfaite. Même les cicatrices presque invisibles, délicates comme des traces de moineaux dans la neige, semblaient exquises aux yeux de l'amant.*

Phyllis souffla dans un mouchoir rose. « Bien. Tu es à la maison, c'est toujours ça. »

Terence desserra sa cravate. Ses bottines italiennes ajustées lui blessaient les pieds. Il les ôta. Quelle félicité, tout soudain ! C'était un jour de semaine, il faisait froid, et pourtant il avait l'impression que Phyllis et lui étaient attendus quelque part pour dîner ; mais il n'osa pas s'en assurer auprès d'elle. Le week-end précédent, Terence avait participé à une conférence de trois jours à Atlanta (en réalité, après avoir fait acte de présence pendant une journée, il avait repris l'avion et passé le reste du week-end à Chimney Point – ce dimanche-là, le 12 janvier, était le jour du douzième anniversaire de Dara et Dana) ; le week-end suivant, Terence était invité à visiter le domaine grandiose de la veuve du fils de Nelson Feinemann, à Rhinebeck, dans l'État de New York (en fait, la réception devait avoir lieu le samedi : le jour suivant, Terence le passerait à Trenton, avec les Renfrew). Coupable, tendu, Terence lança : « Phyllis, je suis désolé de la part que je prends dans ce "passage", comme tu dis. Je pense que tu as raison. Je... » *Mais il n'était pas le moins du monde désolé. L'âme exulte dans sa gloire secrète.* « ... j'essaierai d'être davantage à la maison, pour vous voir plus, toi, Kim et Cindy. Et pour me rapprocher d'Aaron. Cette période de l'année est particulièrement difficile, à la fondation – après l'accalmie des vacances, tout commence à s'accélérer. Et… »

Phyllis lâcha : « Et c'est pareil pour Queenston Opportunities. Depuis mon éclatante victoire avec Matt – bien sûr, c'est grâce à lui : cet homme est si charismatique –, j'ai presque plus de clients que je ne puis en accueillir.

— Et la pression que je subis, c'est renversant. Il faudrait accorder des subventions aux amis des amis, et tous ces réseaux…

— Et Trudy, mon assistant, qui me quitte du jour au lendemain…

— Et, par-dessus le marché, la vie mondaine ici, à Queenston, est vraiment parfois…

— La collecte de fonds pour le Centre médical de Queenston, en mars. Si je peux franchir cette… »

Le téléphone sonna. Phyllis se rua sur le combiné, qu'elle souleva avant de couper la communication. « Ne soyons pas interrompus maintenant. »

Terence acquiesça. Il n'y avait personne au monde dont il attendît, ou désirât, l'appel : Ava-Rose Renfrew n'oserait jamais lui téléphoner chez lui.

Et pourtant, si la soirée n'était pas trop avancée (les Renfrew, Ava-Rose inclus, se couchaient en général à 22 h 30), il arrivait que Terence l'appelât, après s'être tranquillement retiré dans son bureau.

Bonjour ? Comment allez-vous ? Je voulais juste entendre votre voix.

Dites-moi : comment va votre famille ? Holly Mae ? Captaine uncle Riff… J'aimerais que vous me permettiez de faire davantage pour vous, pour vous tous.

Debout devant Terence, Phyllis se pencha soudainement pour lui saisir les mains. Avec un sourire rapide et éclatant, elle dit : « Nous devons faire un effort, Terry ! Nous avons évolué chacun de notre côté. Depuis l'automne dernier, je pense. La visite de ma mère a été pénible et il semble que les enfants soient toujours en train de nous solliciter, et je... Je n'étais pas moi-même ces derniers temps. Je suppose que tu t'en es rendu compte ? »

Terence, indécis, leva les yeux vers Phyllis. Rendu compte de quoi ?

« Mais, Phyllis, je...

— Je veux que nous essayions encore, Terry. Je t'en prie !

— Phyllis, bien sûr. Mais... »

Des larmes brillèrent dans les yeux de Phyllis. Toutefois, son sourire ne faillit point : c'était une version domestique du Sourire Radieux, que Terence n'avait pas revu depuis des mois. Mais il pouvait lire de la crainte dans la déclaration de sa femme.

« Tu m'aimes, Terry ? Comme... autrefois ? »

Terence affirma, d'abord d'une voix hésitante, puis avec conviction : « Je t'aime. Mais bien sûr.

— Comme autrefois ? Comme avant ?

— Avant... ? »

Phyllis fit un geste désabusé, paraissant indiquer la pièce autour d'eux, la maison : l'endroit où ils vivaient. « Avant tout ceci ! »

Elle se pencha pour embrasser Terence sur les lèvres ; il se leva à demi, maladroitement, pour lui rendre son baiser ; son cœur chavirait d'émotion – amour, tendresse, désir. Il éprouvait le besoin de la protéger, de la préserver, un besoin aussi puissant que le désir sexuel. *Tout ceci : notre vie ensemble. Oui.*

Terence dit dans un souffle : « Pourquoi ne restons-nous pas à la maison, Phyllis ? Je pourrais faire du feu, et... » Il pensa aux enfants, autrefois ; cette image vacilla devant lui, comme s'il la percevait par le petit bout d'un télescope.

Mais Phyllis lui donna sur l'épaule une gentille bourrade de reproche. Elle se dirigeait déjà vers la salle de bains. « J'aimerais bien, chéri, mais Glenda Ryan serait terriblement vexée – et furieuse – si nous nous décommandions à la dernière minute. Tu sais comment sont certains de nos amis. » L'humeur de Phyllis avait changé si rapidement ! Terence la suivit du regard et cligna des yeux comme un homme qui, tendant la joue pour recevoir un baiser, aurait à la place écopé d'une gifle.

Avec des gestes engourdis, il entreprit de se changer tandis que, dans la pièce adjacente, Phyllis élevait la voix pour couvrir le bruit de l'eau qui coulait. Sans transition apparente, elle se mit à parler d'Aaron ; elle évoquait une affaire délicate dont Terence n'avait jamais entendu parler. Pourtant, Phyllis s'exprimait comme si son mari était au courant de tout. « … semble si injuste, tu ne trouves pas ?… une "mise à l'épreuve" sociale… lui et ses camarades, par loyauté, et leur ami qui a effectivement agressé la fille… ou quoi que ce soit : les rapports varient… a menti au conseil de discipline à leur sujet, et donc… »

Terence demanda d'une voix inquiète : « Quoi ? Que dis-tu ?

— … un avocat, si le pire doit arriver et si les parents de la fille le poursuivent – je veux dire, s'ils poursuivent Aaron et les deux ou trois autres garçons qui, d'après elle, ont menti… et apparemment, ça traîne dans tous les journaux ici, pas Aaron, mais…

— Phyllis… ? »

Phyllis avait fermé la porte de la salle de bains. Terence, paralysé de stupeur, resta planté là, durant quelques secondes, à mordiller sa lèvre inférieure.

Peu de temps après, il recommençait à s'habiller. C'était donc un dîner chez les Ryan ; et, le matin suivant, elle l'appellerait, en donnant un faux nom comme il lui avait conseillé de le faire.

Je crois que ce n'est pas bien, de « multiplier les mensonges ».

Moi non plus, je ne trouve pas cela bien. Mais que puis-je faire d'autre ?

En passant près du lit, Terence vit le couvre-lit de satin froissé encore marqué par l'empreinte du corps de Phyllis, puis il aperçut le combiné, toujours décroché. Le petit bip plaintif avait cessé depuis longtemps. Terence le remit sur son socle en se demandant vaguement pourquoi Phyllis, qui en général répondait au téléphone avec un enthousiasme enfantin, y avait renoncé quelques minutes plus tôt, alors qu'il était là devant elle.

Chaque matin, avant l'aube, il se rendait à la piscine de l'Athletic Club de Queenston. Il parcourait huit cents mètres dans cette eau turquoise et miroitante qui empestait le chlore – et, dans ces moments-là, il ne voyait pas *le corps mutilé, le visage blafard couvert de sang, les cheveux noirs aux mèches graisseuses* flottant sous lui, au fond du bassin. Il était mince, plus tout à fait jeune, mais faisait encore illusion ; il nageait le crawl australien dans les règles de l'art, veillant à ne pas quitter son couloir et ne regardant ni à droite ni à gauche. Quand il nageait, il ne voyait plus *la forme qui, l'autre nuit, s'était enfoncée sous les vagues clapotantes où flottaient des ordures baignées par le clair de lune ;* il éprouvait sa force. Il savait bien que, pour un homme de son âge, il n'était pas dans une parfaite condition physique, mais il s'entêtait, et ne s'arrêtait pas avant d'avoir parcouru ses huit cents mètres ; il sentait l'énergie – et la peur que cette énergie engendrait en lui – parcourir ses épaules, ses bras. Il tapait des pieds et avançait sans rien voir au-dessous de lui, *sauf peut-être une ombre au fond de la piscine. Mais ce ne pouvait être son ombre, figée dans l'immobilité de la mort.*

Il nageait.

Ava-Rose était assise à la longue table branlante trônant dans la pièce que les Renfrew nommaient le salon. Avec patience et amour, elle confectionnait les vêtements et les sacs brodés main qu'elle comptait vendre ensuite.

Ava-Rose était aussi splendide qu'une rose, l'une de ces roses aux épaisses corolles dont les teintes dégradées passaient du blanc crème au pourpre.

Comment Holly Mae Loomis appelait-elle cette rose, déjà ? – « Double Délice ».

Ava-Rose était là, un léger sourire aux lèvres, ses fines cicatrices blanches invisibles à la lumière de la lampe, ses jolis cheveux frisés divisés en deux tresses qui entouraient sa tête comme un diadème.

Elle portait une longue jupe de laine couleur pêche, qui traînait sur le parquet, un chemisier de taffetas violet avec des manchettes de dentelle, un gilet de satin noir dont le dos s'agrémentait de broderies appliquées de couleurs vives – un arc-en-ciel formé de petits papillons, de libellules, de bourdons et d'oiseaux-mouches.

Ava-Rose mordait sa lèvre inférieure tout en cousant de ses mains agiles, ornées de bagues scintillantes et de bracelets cliquetants, des petits bouts de tissu richement colorés : du velours, de la soie, du satin, du taffetas, du tissu-éponge dont elle garnissait des gilets, des saris, des robes longues, des châles, des jupes portefeuilles aussi larges que des rideaux – des vêtements achetés chez des fripiers, et qui redevenaient comme neufs sous ses doigts de fée.

Ava-Rose parlait à mi-voix. Une rougeur à peine perceptible ourlait ses narines – elle venait de se moucher, mais refusait d'avouer qu'elle était enrhumée.

« Ce qu'on appelle "maladie" n'est qu'une "mal-a-die" – une confusion dans l'esprit humain. »

Terence entra dans la pièce, et Ava-Rose se mit à rire tandis que Darling, le gris du Gabon, secouait ses ailes et sortait de sa nouvelle cage en cuivre pour en escalader les barreaux. L'oiseau au plumage magnifique, aux yeux jaunes exorbités, au bec en forme de cimeterre, aux plumes caudales rouge sang, se percha au sommet de cette cage (dont la porte restait ouverte, sauf en présence de captaine uncle Riff – le vieillard pointilleux détestait que l'oiseau répande ses déjections à travers la maison, mais les autres Renfrew, eux, semblaient à peine le remarquer) et salua Terence en hurlant : « Mooornin', m'ssssieur ! G'tt'ntag, m'ssssieur ! Sooyyezzen PAAAIX ! »

Ava-Rose leva son joli visage pour que Terence l'embrasse – mais délicatement, d'un chaste baiser sur les lèvres.

Elle n'oubliait pas que son dévoué bienfaiteur et ami, le Dr Greene de Queenston, était un homme marié, père de trois enfants.

Délicieuse Ava-Rose. Ava-Rose, m'aimerez-vous un jour ? Ava-Rose, pour vous un homme est mort.

D'un geste du bras (le bout de ses manches évasées effleura une soucoupe remplie de sequins bleus, ses bracelets cliquetèrent), Ava-Rose indiqua un siège à son visiteur, parmi le désordre typique des Renfrew. À l'extrémité d'une longue table, derrière les chandeliers d'argent terni et les fruits en cire couverts de poussière, il prit place dans un grand fauteuil d'osier, confortable malgré son dossier cassé.

« Merci ! Mais j'espère que je ne vous dérange pas. »

Les lèvres d'Ava-Rose se tordirent mystérieusement – « Te-rence ! Personne ne me dérange. »

Darling, dans son coin, continuait de s'égosiller en étirant son long cou de serpent – « Moornin', m'ssssieur ! *Sooyyezzen PAAAIX !* »

(Borborygme dans lequel Terence déchiffra « Soyez en Paix » – le salut solennel des membres de la première église de la Sainte-Apocalypse de Trenton.)

Et qui ronflait derrière le fauteuil ? Le molosse s'éveilla en grondant et en montrant les crocs, puis, ayant identifié l'intrus, se mit à japper joyeusement et à lécher le visage de Terence – « Voyons, Buster Keaton, mon vieil ami ! »

Ava-Rose gourmanda Buster qui faisait bouger la table. La soucoupe remplie de sequins se renversa et quelques boutons en forme de perles roulèrent, ce qui mit Darling dans tous ses états – le gros oiseau, les prenant pour des insectes, les croyait-il comestibles ? Terence partit d'un rire joyeux. Il venait à peine de s'asseoir que déjà il sautait sur ses pieds pour ramasser les boutons et les rendre à Ava-Rose ; et embrasser encore, à en perdre haleine, soit, mais chastement, ses lèvres qui souriaient d'un air mystérieux.

Ava-Rose, ma bien-aimée.

« Docteur Greene, Te-rence ! *Embrassez-nous aussi !* »

Dara et Dana, qui rentraient juste de l'école, avaient fait irruption dans le salon. Leurs jolis visages clairs, couverts de taches de rousseur, étaient rougis par le froid hivernal et leurs appareils dentaires scintillaient. Pour de si jeunes filles, elles faisaient un vacarme considérable. Leur tante les réprimanda : « Dara et Dana, surveillez vos manières ! », mais, comme d'habitude, elles n'en tinrent aucun compte.

Terence ne pouvait s'empêcher d'être flatté que ces gamines de douze ans, qui avaient tendance à critiquer leurs aînés, lui manifestent autant d'admiration et de respect. Tout ce qui concernait le Dr Greene les impressionnait – l'Oldsmobile blanche dernier modèle qu'il conduisait (il avait revendu sa BMW en décembre) ; sa façon de parler, de s'habiller ; le fait qu'il vive à Queenston, New Jersey, cette ville prestigieuse. (Terence s'étonnait que des enfants connaissent de tels sujets, mais, ainsi que le disait Holly Mae en soupirant : « De nos jours, il n'y a plus d'enfants ! ») Elles lui tournaient autour, comme pour flirter innocemment, et rivalisaient afin de capter son attention, tendant hardiment leurs joues pour qu'il les embrasse. Terence embrassa la première – était-ce Dara ? – tandis que l'autre, jalouse de sa sœur, gloussait. « C'est à moi, docteur Greene ! À *moi* !... » Et, quand il embrassa la seconde – était-ce Dana ? –, la première gloussa à son tour. « À moi maintenant, docteur Greene. Vous ne m'avez pas embrassée. » Alors, dans un éclat de rire, il embrassa de nouveau la première ; et, naturellement, il fallut encore embrasser la seconde. Des jumelles identiques ! Leurs appareils en métal cognaient contre ses lèvres.

Est-ce que Dara et Dana étaient au courant pour Eldrick Gill ? Pour l'accident ?

Non, impossible – si elles savaient, elles n'accepteraient pas que je les embrasse.

Les filles sautaient dans tous les sens ; elles étaient si excitées qu'elles renversèrent une soucoupe remplie de perles de verre multicolores dont Ava-Rose avait cousu quelques pièces sur une veste en feutrine noire. Leur tante se leva d'un bond, exaspérée mais rieuse, et leur distribua de petites claques – « Dara, Dana ! Vous n'avez pas honte ! Ramassez immédiatement ces perles et remettez-les dans la soucoupe. Ensuite, vous monterez faire vos devoirs, vous entendez ? »

La violence d'Ava-Rose était feinte, mais les gamines se firent toutes petites. « Oui, tante Ava-Rose », marmonna l'une ; et l'autre : « Oui, tante Ava-Rose, on est désolées. »

Terence aida les fillettes à regrouper les perles, et inventa un jeu pour les encourager – c'était à qui trouverait le plus de perles, le plus rapidement. Jadis, il s'amusait de la sorte avec ses propres enfants ; il se souvenait en particulier d'un jeu très ancien, qui datait de l'époque où Aaron avait deux ou trois ans : le petit garçon y jouait en rassemblant les jouets disséminés à travers la nursery.

Dara et Dana fascinaient Terence. Le mystère qui unit des jumeaux le troublait au plus haut point : deux êtres humains partageant les mêmes gènes. Elles étaient si différentes de lui qui, dans son enfance – mais aujourd'hui encore –, se croyait seul au monde, isolé dans sa « singularité » !

Dara et Dana étaient de charmantes enfants, même s'il leur arrivait de se montrer exubérantes. Malgré ses efforts, Terence ne pouvait les différencier. Il les regardait l'une après l'autre, embarrassé, stupéfait. Loin d'être aussi jolies que Kim, elles avaient pourtant certaines de ses manières – des intonations, des mimiques. La culture commune de la jeunesse américaine. Terence y était totalement hermétique.

Il y avait aussi leur étrange ressemblance avec Ava-Rose : hormis les fines taches de rousseur disséminées sur leurs visages, leurs cheveux blond foncé moins bouclés que ceux d'Ava-Rose et leurs dents de devant délicieusement recourbées, elles étaient des répliques enfantines de leur tante, et donc plutôt séduisantes. Leurs voix mêmes étaient plus graves que celles des filles de leur âge.

On retrouva toutes les perles de verre, qui furent replacées dans la vieille soucoupe ébréchée, et les filles partirent en pouffant de rire. Mais l'une d'elles s'écria : « Bye-bye, docteur Wineapple ! », et sa sœur lui décocha une bourrade en rectifiant : « Docteur Greene ! Bye ! »

Dans leur sillage s'égrenèrent quelques secondes d'un silence gêné.

Bien déterminé à ne pas la questionner sur le dénommé « Wineapple », par peur de passer pour un amoureux jaloux (ce qu'il n'était assurément pas), Terence observa : « C'est fou ce que les jumelles vous ressemblent, Ava-Rose ! Je suppose qu'il en va de même pour votre sœur ! »

Ava-Rose, qui avait repris son fil et son aiguille, dit en se raidissant un peu : « Non. Non, pas vraiment. Nous avons la même mère, évidemment – c'est l'héritage génétique. Grace a trois ans de plus que moi, elle est Cancer, avec la Lune en Capricorne, et elle a un ascendant Verseau. C'est une femme très froide, calculatrice. Détachée. Elle a divorcé, il y a bien longtemps, de l'homme qui était – qui est toujours – le père des jumelles ; il semble qu'il ait disparu. » Ava-Rose fit une pause sans abandonner son ouvrage, et leva vers Terence des yeux brillant de larmes. « Grace avait quelque chose de dur en elle, même quand elle était enfant. Elle disait souvent : “Notre mère nous a abandonnées comme des petits chats de gouttière – le monde a une dette envers nous.” Je l'aime, Te-rence, mais je l'ai chassée de mes pensées, parce que je sais qu'elle le veut. Je ne l'ai pas revue depuis onze ans.

— Je suis navré ! », murmura Terence.

Abandonnée. Comme moi.

Cet après-midi-là – on était en janvier, le soir commençait à tomber et la neige tourbillonnait –, Terence Greene confia à Ava-Rose certains secrets qu'il n'avait jamais confessés à personne. Pas même à Phyllis.

Surtout pas à Phyllis ! Elle en aurait été profondément choquée.

Ses parents l'avaient abandonné lorsqu'il avait deux ans. Il se les rappelait à peine. Il se souvenait d'une femme, sa mère, dont il ne distinguait plus les traits – et de son père, un homme grand, barbu, ou peut-être seulement mal rasé, avec des yeux exorbités, injectés de sang, et une toux sèche et pénible. (Le père de Terence crachait-il du sang ? Terence en avait la vague impression.) « Quelque chose de terrible s'est passé, parce que je me revois assis dans une auto qui roule à toute allure. Ma mère crie… Une sirène ? Une ambulance, une voiture de police ?… et un accident…

Je suis sûr qu'il y a eu un accident, mais ce souvenir est flou comme une lumière qui brille tout au fond de l'eau. » Il s'arrêta en constatant qu'Ava-Rose l'écoutait avec sympathie. Devait-il se laisser aller à la sincérité et prendre le risque d'éveiller la pitié de la jolie jeune femme ? Il inspira profondément. « Aujourd'hui encore, il m'arrive d'entendre une voix de femme. Je regarde autour de moi, et il n'y a personne. Parfois, ajouta-t-il en tendant devant lui ses mains qui tremblaient un peu, je vois des taches de sang sur mes mains. Je sais bien que ce n'est qu'un rêve.

— Pauvre Te-rence ! s'exclama Ava-Rose dans un frisson.

— Et, après cela, il y a la scène du palais de justice – un tribunal –, mais je ne peux pas dire si je m'y trouvais en chair et en os, ou si j'en ai seulement entendu parler. On ne m'a rien expliqué, on n'a jamais rien voulu me dire durant toute mon enfance ; j'ai pourtant vécu tour à tour chez l'un ou l'autre des parents de ma mère. Ils répétaient : "Le fils de Hettie, le pauvre petit", comme si je n'étais pas là. Ma mère s'appelait Hettie Greene. Je ne sais même pas si mon père et elle étaient mariés, mais… je porte son nom. C'est comme cela depuis toujours. »

Terence, qui parlait avec une étrange animation, se sentit tout à coup gêné.

C'est comme cela depuis toujours.

Ce qui est fait est fait.

Ava-Rose s'exclama avec émotion : « Comme vous avez souffert ! »

Alors, Terence soulagea son âme. Il ne s'attarda pas sur son mariage, ses enfants ; il ne voulait pas se servir d'eux pour gagner la sympathie d'Ava-Rose.

Il parla de sa vie « indécise » – de sa première carrière, quand il était un brillant professeur d'université amoureux de son métier ; puis de son poste de directeur à la Fondation Feinemann, un travail qui semblait l'écraser, le réduire en poussière. « La fondation est une institution dynamique, aussi sommes-nous assiégés de demandes. Ma tante Megan disait toujours : "Méfie-toi du miel étalé au soleil, ça attire les mouches." Nous accordons des subventions aux musées, aux théâtres, aux compagnies de danse, aux artistes et, la plupart du temps, ces aides sont méritées ; mais il n'y a aucune place pour… eh bien, disons, pour l'art que vous pratiquez, Ava-Rose. » Terence avait parlé sans réfléchir, sur un ton passionné qu'il n'avait pas choisi d'adopter. « Ces jolis dessins brodés ! Les objets que vous créez avec des plumes, des sequins, des perles ! C'est tout à fait remarquable, vraiment. L'*Art* de la Beauté. Ma fille Kim adore le sac que je lui ai offert – elle l'emmène partout ; ma belle-mère a beaucoup apprécié son cadeau, elle aussi, et c'est pourtant une femme très difficile… » Mais, à bien y réfléchir, Terence n'avait jamais vu Mrs Winston porter les boucles d'oreilles exotiques sur lesquelles elle s'était extasiée ce soir-là. « C'est vrai, vous êtes une artiste authentiquement douée, Ava-Rose. Mais, hélas, le monde culturel fonctionne selon sa propre définition de l'"art", et la plupart des choses qui nous émeuvent au plus profond n'atteignent pas ces gens snobs.

— Il est dit : "Ne convoite pas les biens de ton voisin, ce que tu convoites est autant de tristesse" », remarqua Ava-Rose négligemment.

Terence se frotta le menton. « C'est très juste. Mais… qui a dit cela ?

— C'est écrit dans *Le Livre du millénaire*, qui a traversé les générations pour parvenir jusqu'à nous. »

Terence avait souvent questionné Ava-Rose sur l'histoire de l'église de la Sainte-Apocalypse, mais n'avait obtenu que des réponses évasives ; il en avait conclu qu'elle n'en connaissait pas grand-chose et, ne voulant pas l'embarrasser, avait renoncé à l'interroger. N'appartenant lui-même à aucune religion, Terence enviait aux autres l'apparente consolation de leurs croyances. Comme beaucoup d'humanistes agnostiques, il était enclin à prendre les hommes et les femmes pieux au pied de la lettre.

« Je vois, répondit-il. Néanmoins, là se trouve le principe même de la justice humaine.

— La "justice" ! s'exclama Ava-Rose avec une ironie désabusée, avant de s'esclaffer. Cette justice nous exclut. »

Pendant ce temps, le jour était tombé. Le soir douillet pointait son nez.

Le soir douillet... Terence resterait-il dîner ?

Il murmura : « Merci, mais je... », et Holly Mae Loomis protesta : « Allons, docteur Greene, je vous en prie ! Après tout ce que vous avez fait pour nous... » Ava-Rose se mit à rire et le tira par le bras, comme une petite fille. « Oh, Te-rence, s'il vous plaît, restez ! Tantine a préparé des biscuits à la farine de maïs, et moi... j'ai fait un fondant au chocolat, rien que pour vous. »

Dans ces conditions, comment Terence aurait-il pu refuser ?

(Comptant un peu sur cette invitation, il avait préparé le terrain, et annoncé à Phyllis qu'il dînerait à New York. Il rentrerait sans doute très tard.)

On se serra autour de la longue table bancale pour faire une place à Terence, qui s'assit entre Ava-Rose et Holly Mae. Captaine uncle Riff, vêtu comme un loup de mer, avec une veste bleu marine ornée de boutons de cuivre, une élégante casquette de marin posée sur ses cheveux blancs et raides, la barbe fraîchement taillée et peignée, trônait en bout de table et se chargea du découpage. Avec un couteau d'argent étincelant aussi grand qu'un poignard. (Dara et Dana, voyant captaine uncle Riff s'escrimer sur le rôti, pouffèrent sottement comme le font les petites filles : « Captaine uncle, où t'as déniché ce truc ? » Captaine uncle et Chick répondirent d'une seule et même voix : « On nous l'a apporté au magasin, aujourd'hui. » Captaine uncle Riff possédait une brocante – peut-être n'en était-il que le gérant – au bas de State Street. Terence ne l'avait pas encore vue.) Le brave Chick, qui semblait avoir allongé de quatre ou cinq centimètres de partout, durant les dernières semaines, s'assit en face de Terence et entre Dara et Dana – on avait coutume de séparer les jumelles pendant les repas. Pour un garçon de seize ans (l'anniversaire de Chick tombait le 24 décembre), il faisait preuve d'une remarquable maturité ; il se tenait comme un adulte, et se montrait à la fois respectueux et cordial envers ses aînés : il appelait Terence Greene « Dr Greene ».

Des mois auparavant, Terence avait gentiment repris le garçon : « Je serais plus à l'aise si tu m'appelais Terence, et pas docteur Greene. Je ne suis pas médecin, après tout. »

Chick avait plissé le front, rajusté sa casquette de base-ball sur sa tête et dit, avec une moue timide : « Z'avez jamais essayé ?

— Essayé ?

— Ben, par exemple, de rédiger un “papier” ? » Et, voyant l’expression abasourdie de Terence, il avait ajouté : « Des ordonnances, quoi – Valium, oxycodone, Percodan ? Ce qu’on donne aux pharmaciens. »

Terence avait ri d’un air gêné. Le garçon voulait sans doute plaisanter ; il avait également du mal à comprendre l’humour d’Aaron, preuve indéniable du fossé séparant les générations.

Mais, la plupart du temps, Terence était impressionné par la sagesse de Chick. Au dîner, le jeune homme prit part à la conversation tout en mangeant avec l’appétit d’un adolescent. Il posa des questions pertinentes à Terence, à Holly Mae et Ava-Rose à propos de la procédure judiciaire qu’intentait Holly Mae (cette affaire était devenue très complexe, et nécessitait à présent l’intervention d’un second avocat qui réclamait des honoraires exorbitants). Chick s’adressa fort respectueusement, mais avec humour, à captaine uncle Riff (pour lequel ou avec lequel il travaillait : apparemment, il n’allait plus à l’école !), et résista avec le stoïcisme d’un grand frère aux fous rires et aux coups de coude de Dara et Dana. Holly Mae Loomis faisait partie de ces femmes nerveuses et constamment essoufflées qui ne cessent de se lever de table pour courir à la cuisine, et font circuler le plat de service sans guère profiter du repas qu’elles ont préparé. Chick tourna en dérision cette mauvaise habitude ; il taquina son aïeule et alla même jusqu’à la gronder gentiment : « Tante Holly, ta tension ! Assieds-toi et ne bouge plus, ou alors on va t’attacher sur ta chaise ! », en se levant lui-même d’un bond avec une alacrité surprenante.

Il y avait aussi Buster le chien, qui s’était amouraché de Terence et sommeillait sous la table en laissant reposer sur ses pieds sa grosse tête chaude – une sensation bien agréable, au demeurant. Sans oublier Darling, le perroquet dont on avait poussé la cage de cuivre rutilante jusque dans la pièce et qui passait son temps à glousser, se lisser les plumes, faire le clown, « escalader » les barreaux en hurlant pour attirer l'attention – « S'lut ! S'lut ! S'lut ! Mooornin' ! Sooyeezzen PAAAIX ! PAAAIX ! » (Pauvre Darling : comme captaine uncle était là, on l'avait enfermé dans sa cage. Mais chacun, y compris le patriarche barbu, s'adressait à lui sur un ton jovial ; et ceux qui étaient assis près de lui glissaient des petits morceaux – de la viande, du cartilage, de la peau, des os tendres – à travers les barreaux. Quel appétit ! Terence n'en revenait pas.) Enfin, il y avait le chat, Marcellus l'Énigme – un siamois coupé, dépourvu de griffes, au magnifique pelage crème, aux yeux d'azur, qui portait un collier bleu marqué MARCELLUS et miaulait en poussant des cris rauques –, que Chick avait trouvé errant le long de River Road, une route à forte circulation. Le chat avait pris l'habitude de rôder à travers la maison, comme s'il en avait fait son territoire, et exigeait d'être nourri à table. De toute évidence, cet animal de race, qui devait coûter fort cher, avait une très haute idée de lui-même.

Se portant au secours de Marcellus, Chick claironna : « Je dois avoir une bonne tête, vraiment. Tous les chats et les chiens perdus vont vers moi comme s'ils avaient un radar. »

Dara, ou bien Dana, dit à Terence : « La dernière fois, Chickie a trouvé un caniche près de la rivière – à côté de ces jolies maisons, vous savez ? Il s'appelait Tiffny…

— Tiffany, l'interrompit sa sœur.

— Absolument pas : Tiffny. Il était plus grand que les autres caniches, avec un pelage tout blanc, tout frisé et tout duveteux qu'on aurait dit des cheveux d'ange, ou un truc comme ça. Vous savez, les machins qu'on met sur les arbres de Noël ? Et... »

L'autre jumelle, hors d'haleine, lui coupa la parole et regarda Terence en écarquillant les yeux. « C'était Tiffany ! Tiffany valait 500 dollars, docteur Greene ! On a vu l'annonce dans le journal, ça disait : “Récompense...

— ... et on ne vous posera pas de questions.” »

D'une voix joyeuse mais résignée, Holly Mae déclara en se tournant vers Chick, de manière à distraire l'attention de Terence : « Seigneur, je crains pour mon asthme, avec tous ces chiens et ces chats. On dirait que leur pelage est empoisonné ! Tu as trouvé quelque chose dans les offres d'emploi ? »

Chick rétorqua : « Tantine, ce n'étaient pas les offres d'emploi, mais la rubrique des objets perdus – tu devrais le savoir, depuis le temps.

— Ne te paie pas ma tête, mon garçon. Tu sais bien ce que je veux dire. »

Le beau visage rond de Chick, au front parsemé de taches de rousseur, vira au rouge. « Je cherche, bien sûr ; mais je n'ai encore rien vu.

— Marcellus est une bête si majestueuse, ses maîtres sont sûrement très tristes de l'avoir perdu », observa Ava-Rose. Elle avait offert au chat quelques miettes de viande entrelardée et maintenant il sautait sur ses genoux, en causant quelque désordre sur la table. Puis, avec l'aide de Terence, il consentit à redescendre. « J'offrirais une bonne récompense pour un animal aussi splendide. »

Terence était sur le point de demander à Chick s'il avait enquêté dans les maisons qui bordaient River

Road, mais il garda le silence. Il avait déjà absorbé plusieurs verres de Chimney Point, comme l'appelait captaine uncle Riff, une bière brassée maison par le vieil homme lui-même – une boisson aigrelette, salée, délicieusement sombre et fermentée, ne ressemblant à rien de ce que Terence avait pu goûter auparavant.

Depuis qu'il connaissait les Renfrew – cette famille merveilleuse, si excentrique, si imprévisible –, Terence prenait rarement la parole. Il se contentait d'écouter. Leurs relations étaient si étranges que, lorsqu'il pensait en avoir compris une ou deux, il devait aussitôt changer d'avis. Chez eux, il riait beaucoup, sans toujours savoir pourquoi. Il avait du mal à réfléchir même quand, contrairement à ce soir-là, il n'avait pas forcé sur la Chimney Point.

La jumelle assise à la gauche de Chick – Dara ? – se pencha en avant et lança, tout excitée : « Une fois, Chick a trouvé un poney perdu…

— … de l'autre côté de la rivière, à Yardley ! Près du canal, l'interrompit sa sœur.

— Ils l'ont ramené dans le fourgon. Et… »

De sa voix profonde de baryton, captaine uncle Riff leur coupa la parole, avec une légère impatience. « Et depuis il y a du fumier de poney dans la cave.

— La cave ? répéta Terence en fronçant les sourcils. Mais pourquoi dans la cave ? » En voyant la façon dont les Renfrew le regardèrent, il éprouva dans tout le corps une sorte de tressaillement. « Pourquoi pas dehors ?

— Parce que, docteur Greene, c'est là qu'a vécu ce damné poney, durant le temps qu'il a passé chez nous. » Captaine uncle sourit de sa façon hautaine mais subtilement ironique, comme s'il ne se prenait pas au sérieux ; puis il demanda à Terence s'il désirait encore de la bière.

Terence allait répondre : « Non, merci, monsieur », mais, au lieu de quoi, il s'entendit prononcer : « Oui, merci, monsieur. » Il rit, étonné. Que lui arrivait-il ? Ava-Rose versa le breuvage sombre et mousseux dans le verre de Terence, et y mouilla ses lèvres ; par principe, Ava-Rose n'absorbait pas de boissons alcoolisées, mais elle buvait parfois de petites gorgées dans le verre de Terence, ce qui plaisait énormément à ce dernier. Terence prit une bonne rasade de bière. Il se sentit soudain si heureux que le bout de son nez devint glacial. « Captaine uncle, d'où vient le nom de Chimney Point ? Personne n'a pu me le dire. »

Comme il le faisait souvent avant de lâcher une blague, captaine uncle se caressa la barbe. « Peut-être, docteur Greene, que ce quartier de Trenton a été baptisé ainsi en l'honneur de ma bière ! » L'intonation impassible du vieil homme les fit tous éclater de rire, même Terence. Chick, qui paraissait mélancolique depuis quelques minutes, s'éveilla et gloussa bruyamment.

Captaine uncle reprit la parole et se mit à évoquer, devant son auditoire fasciné, les années qu'il avait passées à naviguer le long des côtes de Malaisie, sur l'océan Indien et en mer de Chine méridionale, en particulier ; sa voix se nuança de regret quand il parla à Terence du « bon vieux temps » de la marine marchande. Il s'était enfui à l'âge de dix-sept ans pour s'embarquer, et avait été obligé de se retirer à soixante-seize ans parce que le bateau qu'il commandait était en cale sèche à Taïwan. En 1939, il avait épousé une belle princesse des Célèbes selon un rituel sacré où il dut boire du sang humain. Il aimait sa princesse à la folie ; elle lui donna un fils qu'il ne vit qu'une seule fois – « Le tragique destin de l'Occident est venu tout gâcher ! » C'est au nord de Bornéo qu'il goûta pour la première fois la bière très alcoolisée qu'il brassait aujourd'hui. Un Anglais en exil, déserteur de la British Navy, la lui avait offerte. Cet homme avait pris en amitié Riff Renfrew (qui avait à peine trente ans à l'époque) et, à sa mort, lui avait révélé sa petite cachette de joyaux, d'or, d'icônes volées et de billets de banque anglais dévalués. Avec cette modeste fortune, représentant environ 25 000 dollars américains, Riff Renfrew avait pu acheter un cargo grec ; c'est ainsi que, ayant débuté simple matelot, il entama sa carrière d'officier. Désormais, il n'eut plus à obéir aux ordres. « Chaque fois que je bois de cette bière, je repense à mon vieil ami disparu…, dit simplement captaine uncle tout en levant son verre,… un ami dont j'ai oublié le nom, à mon grand regret. »

Terence, profondément ému, demanda : « La mer vous manque-t-elle à ce point, captaine uncle ?

— Non, car je la porte au fond de mon cœur », répondit le vieil homme, avec une candeur inattendue. Il riva son regard d'acier sur celui de Terence. « De la même manière, quand nous prenons de l'âge, nous portons notre jeunesse enfouie tout au fond de nous ; on peut dire aussi qu'un amant, s'il aime vraiment, porte son aimée au-dedans de lui, partout où il va. »

Il y eut un silence gêné. L'une des jumelles se mit à rire bêtement, en aplatissant sa main sur sa bouche ; l'autre l'imita en reniflant.

« Oh ! s'écria Ava-Rose, vous êtes deux petites sottes ! »

Marcellus l'Énigme choisit ce moment pour bondir hardiment sur la table. S'approchant de l'assiette de Terence, il saisit dans ses griffes les morceaux de gras qu'il y avait laissés, puis sauta sur le sol et détala. Il accomplit cette série d'actions avec la souplesse d'un serpent, comme si toute sa manœuvre faisait partie d'un seul et même élan, telle une baguette magique balayant l'air.

Soudain, Ava-Rose se leva de table en souriant. « Tante Holly, reste à ta place. Je vais chercher le dessert. »

Et Terence, enhardi par la bière, se dressa lui aussi pour suivre Ava-Rose dans la cuisine. « Je vais vous aider, ma chère. Dites-moi ce que je dois faire. »

D'abord, Ava-Rose montra quelque réticence à ce que Terence l'accompagnât dans la cuisine. Elle déclara, presque fâchée : « Vous avez tant fait pour nous, Te-rence. Je suis très embarrassée. »

Terence lança gaiement : « Mais ce n'est qu'un début. »

C'était vrai : durant les derniers mois et bien qu'il n'en eût pas gardé de trace, Terence avait prêté, ou donné, aux Renfrew des sommes considérables ; il leur avait spontanément offert de nombreux cadeaux, comme par exemple une cage à perroquet valant 300 dollars. (L'ancienne cage de Darling était trop étroite, et bien misérable pour un oiseau doté d'une telle majesté et d'un tel caractère. Terence ne supportait pas de le voir si mal logé.) À l'insu de captaine uncle (car le vieil homme était fier et n'aurait jamais accepté qu'on lui fasse la charité), Terence avait contribué à rembourser l'emprunt pour la maison et payé l'assurance ; quand en décembre, lors des premiers frimas, le vieux poêle à huile des Renfrew avait rendu l'âme, Terence avait aidé Ava-Rose à en acquérir un neuf. (Terence avait adoré s'occuper de cet achat avec elle, comme s'ils étaient mari et femme. Ce plaisir l'avait bien dédommagé de sa dépense !) Il y eut ensuite les notes du médecin pour Holly Mae, et les sommes rondelettes qu'il versa, à titre d'avance, à ses avocats ; sans oublier les réparations pour la maison, mineures mais urgentes – des vitres depuis longtemps brisées qu'il fallait remplacer, la salle de bains à rénover. Depuis longtemps, Ava-Rose rêvait d'offrir à ses nièces des appareils dentaires – « La beauté du visage est une chose bien superficielle, mais c'est à cela qu'on "juge" les femmes, dans notre société » ; or, jusqu'à l'arrivée de Terence, elle n'aurait pu se permettre d'emmener les filles consulter un orthodontiste.

Une dinde de 11 kg pour Thanksgiving, un sapin haut de deux mètres, des poinsettias, une splendide corbeille remplie de fruits, de noix et de sucreries pour Noël. Remarquant l'état déplorable du coupe-vent du jeune Chick, Terence avait glissé 200 dollars à Ava-Rose afin qu'elle lui en trouve un neuf – sans lui dire d'où venait l'argent. (Terence sentait que Chick lui aussi avait sa fierté et ne voulait pas l'offenser.) Pour l'anniversaire de Dara et Dana, Terence s'était arrangé pour qu'Ava-Rose achète aux fillettes de nouveaux manteaux d'hiver, dont elles avaient grandement besoin ; et puis, sans bien mesurer l'imprudence de son geste, il avait emmené toute la famille Renfrew, y compris captaine uncle, festoyer un dimanche à l'auberge « Washington Crossing », de l'autre côté de la rivière, en Pennsylvanie. Il savait qu'aucun de ses voisins de Queenston ne pourrait le voir là, à la tête de cette famille haute en couleur, et au côté d'une ravissante jeune femme aux allures de gitane.

Après Eldrick Gill, rien ni personne ne pourraient l'atteindre.

Presque délibérément, Terence n'avait pas comptabilisé cette série de dépenses imprévues et souvent impulsives. En règle générale, il donnait de l'argent à Ava-Rose ; et la jeune femme si sensible n'acceptait que si Terence la convainquait qu'il agissait pour le bien de sa famille, et seulement s'il acceptait d'être remboursé un jour. (L'Église d'Ava-Rose, que Terence n'osait pas encore critiquer, semblait interdire tout type de « transaction financière ».) Terence, qui avait peu le sens de l'argent, avait néanmoins imaginé une méthode fort pratique qui consistait à transférer des fonds d'un compte sur un autre, puis sur un autre encore ; il virait une certaine somme de son compte personnel à Queenston vers un compte spécial – sur lequel la Fondation Feinemann lui versait ses indemnités professionnelles –, et parfois effectuait la même opération en sens inverse. Ces déplacements de fonds étaient un peu complexes mais nullement illégaux. Si quelqu'un faisait une enquête – que ce soit Phyllis ou les comptables et audits de la fondation –, il pourrait aisément s'en expliquer (mais pourquoi aurait-il dû s'expliquer ?). *J'ai dépassé mon affectation mensuelle de dépenses à la fondation et j'ai utilisé mes fonds personnels ; quand je me suis retrouvé à court, j'ai vendu* x, y, z *valeurs, et j'ai transféré la somme obtenue sur un autre compte de la fondation. Et alors...*

Mais Terence renonça bientôt à tous ces calculs alambiqués. Qui aurait l'idée de le questionner, lui, avec sa réputation d'honnêteté, de probité ? Fort heureusement, Phyllis ne dépendait pas de lui du point de vue financier ; et sa mère, qui ne vivrait pas éternellement, lui léguerait un jour – à elle et sans doute à Terence aussi – ses millions de dollars.

Terence, perdu dans ses pensées, réalisa soudain qu'il n'était pas d'un grand secours pour la pauvre Ava-Rose, en la voyant prendre des assiettes sur la dernière étagère d'un haut buffet. Cependant, ce geste eut pour résultat de relever son drôle de petit gilet de satin noir fleuri et le chemisier de taffetas violet, faisant apparaître la ceinture de sa jupe et un croissant de peau crémeuse. Une vague de désir submergea alors Terence.

Mon amour, mon seul amour.
Comment puis-je être digne de vous ?

Terence se précipita, et s'empara des assiettes que tenait Ava-Rose. Ensemble, joyeux et empruntés, ils disposèrent des quantités prodigieuses de pêches et de crème glacée par-dessus des portions de gâteau au chocolat. Bien que Terence eût déjà fait honneur à la délicieuse cuisine de Holly Mae, et que son estomac fût gonflé par la bière de captaine uncle, il se mit à saliver comme un enfant à la perspective de ce bon dessert préparé par Ava-Rose.

Terence réintégra sa place à la table encombrée des Renfrew, entre la belle Ava-Rose et tante Holly Mae, et se remit à manger, aussi goulûment que Chick.

Il demanda à Ava-Rose si son gâteau au chocolat portait un nom. Ava-Rose et tante Holly Mae répondirent en chœur : « Double fondant au chocolat, le plat préféré du diable. Une vieille recette familiale.

— Vraiment ! s'exclama Terence, en saisissant avec ses doigts le dernier morceau qui restait dans son assiette. C'est le dessert le plus délicieux que j'aie jamais goûté.

S'il avait été raisonnable, Terence aurait pris congé à ce moment-là, mais il espérait quelque chose, il n'aurait pu dire quoi – *il voulait une seule chose : consommer son amour pour Ava-Rose, cette nuit même dans cette maison même.* Alors, il s'attarda après le café ; il se sentait si bien dans cet endroit baigné d'une douce lumière alternant avec des ombres délicieuses, qu'il ne pouvait se résoudre à partir. Le vent ! Les flocons de neige qui tourbillonnaient ! Et, dans la maison du 7 Juniper Way, à Queenston, le visage figé d'une femme à la voix pleine de reproches et de sarcasmes – *Je croyais que nous avions pris ensemble une résolution pour le nouvel an, mais à l'évidence j'ai été seule à la prendre.*

Puis, tout d'un coup, l'atmosphère de la soirée changea.

Dara et Dana demandèrent à quitter la table, et embrassèrent tout le monde (y compris le « Dr Greene », qui était fort ému) en s'agitant beaucoup ; il réalisa, à sa grande surprise, que ces gamines de douze ans passaient la nuit chez une camarade d'école – une « soirée pyjama », comme elles disaient.

Terence avait encore en tête certains événements malheureux qui avaient secoué son foyer – Kim avait menti quand on lui avait demandé qui participait à l'une de ces fêtes et où la soirée en question devait se dérouler. Il éprouva une légère appréhension. Pourtant, que pouvait-il dire ? Il n'avait aucun droit de s'en mêler ! Dara et Dana n'étaient pas ses filles, après tout.

Terence observa d'un ton hésitant : « Demain, il y a école ! Il ne semble pas… »

Personne n'entendit. Chick eut un rire de gorge.

Ava-Rose accompagna les fillettes à l'étage et, quand la sonnerie à la porte retentit, redescendit avec elles. Elles bavardaient et se chamaillaient gaiement. Terence se leva pour les voir partir. Ava-Rose les aidait à enfiler leurs élégants manteaux d'hiver (bordeaux pour Dara, vert pour Dana), et Terence, en la regardant faire, sentit son malaise s'accroître.

Ava-Rose, un peu nerveuse, faisait des tas d'embarras tandis que les filles se préparaient à sortir. *Elle devrait avoir des enfants à elle. Cette « vie de famille » pour laquelle elle se sacrifie n'est pas naturelle.*

Le père de la camarade des jumelles était un inconnu, bien sûr. Vêtu avec recherche, il portait un manteau en poil de chameau et un feutre assorti, incliné sur l'oreille. Il avait à peu près l'âge de Terence, une peau olivâtre et une petite bouche ronde comme un bouton de rose. À la vue de Terence, il fronça les sourcils, murmura quelque chose d'inaudible à l'attention d'Ava-Rose et s'éclipsa aussitôt, comme pour éviter que Terence ne l'observe. Sans un regard en arrière, Dara et Dana coururent jusqu'à sa voiture dont le moteur tournait au ralenti, au bord du trottoir.

Ava-Rose referma vite la porte en frissonnant. Lorsque Terence lui toucha le bras, elle le fixa d'un air suppliant, et dit : « C'est seulement pour la nuit, mais je me fais du souci. »

Terence commença timidement : « À mon avis, un jour d'école, ce genre de sortie n'est pas une bonne idée. Ma fille Kim… »

Ava-Rose murmura : « Oui ! » et reconduisit Terence jusqu'à la salle à manger où, à sa grande surprise, l'atmosphère lui parut soudain tendue. Holly Mae se mouchait bruyamment, et Chick, en voyant Terence apparaître, se renfrogna ; captaine uncle, le visage rougi par l'alcool qu'il venait d'ingurgiter, laissa tomber son poing sur la table, comme s'il concluait un discours, et clama : « Ainsi que le disait Abraham Lincoln, "à chaque minute naît un imbécile". »

Terence voulut le reprendre, au risque de se montrer pédant. « Abraham Lincoln ? Mais non, je pense que c'était… »

Mais captaine uncle le coupa sèchement. « Ça revient au même, docteur. "À chaque minute naît un imbécile", et que pouvez-vous y faire ? »

Holly Mae se mit à rire, comme si elle était scandalisée. Malgré ses multiples maladies (en dehors de sa blessure au dos, de son asthme, elle souffrait d'arthrite et de « vertiges » occasionnels), cette femme semblait robuste, avec ses bonnes joues vermeilles, ses boucles cuivrées auréolant sa tête telle une couronne dorée. « Captaine uncle, tu n'as pas honte ? » Elle le menaça de son index comme s'il était un méchant garçon.

Chick, un cure-dent dans la bouche, recula brutalement sa chaise, et sortit de la pièce en martelant le sol de ses talons. Le grand garçon blond semblait contrarié, choqué – Terence, le comparant à Aaron, s'émerveilla de sa sensibilité. D'une voix exaspérée, Ava-Rose déclara : « Oh, mais que se passe-t-il ? Les jumelles sortent pour la nuit ? Je pensais que nous étions tous d'accord – elles ont douze ans, bonté divine ! Quand j'avais leur âge…

— Quand moi j'avais leur âge ! », répliqua Holly Mae en riant si fort qu'elle dut s'essuyer les yeux avec le coin de son tablier.

Le regard de Terence passa d'une Renfrew à l'autre. À la voir si embarrassée, ou fâchée, évitant soigneusement son regard, il pensa pour la première fois que c'était peut-être de sa propre famille – aimante et néanmoins étouffante – qu'Ava-Rose devait être sauvée.

Par qui ? Par un amant qui sacrifierait tout pour elle.

Mais Terence n'eut pas le loisir d'approfondir cette idée car, réapparaissant dans la salle à manger aussi bruyamment qu'il en était sorti, Chick, un éclair de vengeance triomphale dans les yeux, balança sur la table une chose que Terence craignit de reconnaître : son attaché-case Gucci.

Il y eut un silence douloureux.

Quand il tenterait de se remémorer cet instant – l'attaché-case perdu atterrit entre les assiettes sales, les initiales TCG luisant d'un éclat moqueur –, Terence pourrait à peine se souvenir de sa réaction. Peut-être, comme dans une crise de paralysie métaphysique, n'en eut-il aucune ?

Il resta planté là, décontenancé, sans voix. Il sentait bien que le garçon boudeur, mâchonnant son cure-dent, avait agi moins pour lui faire plaisir que pour adresser un reproche à ses aînés.

Chick dit courageusement : « Ça vous rappelle quelque chose, docteur ? Nous vous l'avons gardé.

— Gardé en sécurité », s'empressa d'ajouter captaine uncle.

Et Holly Mae, qui semblait avoir cessé de respirer, récupéra assez de forces pour murmurer : « Mais oui, en toute sécurité. » Puis elle se tourna vers Ava-Rose, dont le visage exprimait une totale perplexité, en claironnant : « Ava-Rose, hé, on ne t'en avait pas parlé, mais quelque temps avant de faire la connaissance du Dr Greene, avant même de savoir son nom, on a découvert cette serviette qu'il avait perdue, dans un restaurant près du palais de justice. Oh, c'était à l'époque du procès ! On n'y a pas pensé tout de suite, mais peu importe ! On l'a trouvée, et… » Holly Mae fit une pause, fronça les sourcils et pressa sa main contre sa volumineuse poitrine. « … et rapportée à la maison, et aussitôt après elle nous est sortie de l'esprit. Jusqu'à ce soir. »

Chick protesta. « Jusqu'à ce que je m'en souvienne, tantine ! Pas vous. »

Terence fit ce que tout le monde attendait qu'il fasse : il saisit l'attaché-case. Le cuir lisse et brillant était glacé – comme si la serviette avait séjourné dans un cagibi non chauffé ou dans un des nombreux placards de la vieille bâtisse délabrée. Il ne contenait rien – les demandes de subventions, les documents, les lettres, tout avait disparu. *Mais qu'est-ce que cela pouvait bien faire ? Ils n'avaient aucune valeur.* Terence parvint à articuler : « Eh bien, merci. Je… c'est… c'est bien à moi. Un cadeau d'anniversaire venant… d'un membre de ma famille. »

Ava-Rose était si désorientée, et si exaspérée de se voir ainsi désorientée, qu'elle tenta une plaisanterie. Elle dit en faisant la moue : « Bon ! Je constate que c'est moi qui suis dans le noir, ici. » Elle foudroya du regard son cousin Chick, et pivota ensuite sur ses talons pour affronter captaine uncle, assis au bout de la table. « Je sens qu'il va me falloir une explication valable – et je suis sûre que notre cher ami Terence pense comme moi. »

Malgré la tension qui montait, captaine uncle gardait toute sa dignité de patriarche ; il réussit même à finir son verre de bière puis se leva – grand, solide, étonnamment majestueux pour un octogénaire – et s'avança pour poser une main chaleureuse et paternelle sur l'épaule de Terence. Il avait l'expression alerte et animée d'un homme qui pense vite et bien. « Ava-Rose, le jour où tu étais dans le bureau du procureur, en train de préparer le procès, tu te rappelles ? Nous avons déjeuné tous les trois à la taverne "Mill Hill", en face du palais de justice ; et là, eh bien, nous avons trouvé cette serviette, celle du Dr Greene, qu'il avait oubliée en partant. Nous ne savions pas vraiment quoi en faire – nous n'avions pas confiance dans les gens qui étaient là, ils auraient pu la garder pour eux ; une serviette de cuir comme celle-là, une Gucci, combien cela doit coûter ? 100 dollars ? 200 cents dollars ? Alors, nous avons passé une annonce dans le *Trenton Times* pendant une semaine, ou dix jours, n'est-ce pas tantine ? N'ayant obtenu aucune réponse, nous l'avons rangée quelque part ici. Pour la garder en sécurité. Et puis nous l'avons oubliée. »

Holly Mae hochait la tête avec conviction. « Purement et simplement oubliée. »

Ava-Rose, les mains sur les hanches, dévisagea les membres de sa famille un par un. Elle était mécontente, cela se voyait ; mais pourquoi une telle colère ? Terence avait du mal à s'expliquer son attitude. Chick semblait particulièrement mal à l'aise. Il tortillait ses épaules sous sa chemise. « Ouais, Ava-Rose, fit-il, avec un petit sourire penaud, tu étais avec le procureur, et ça fait si longtemps. »

Holly Mae s'adressa à Terence : « Vous savez, dans un procès, il faut qu'on vous aide à préparer votre témoignage ! Le fait de dire la vérité ne suffit pas, car un meurtrier peut partir libre si le jury n'est pas convaincu. Un jury…

— … est composé, la plupart du temps, d'un tas d'imbéciles », observa captaine uncle d'un air dédaigneux.

D'une main, Terence tenait l'attaché-case et le tournait comme s'il venait de récupérer une partie de son corps. « Eh bien, merci ! Je vous suis très… » Un curieux fourmillement se répandit sur sa peau, telle une myriade de petites langues de flamme. « … reconnaissant. » Il rit, et les autres rirent avec lui, même Ava-Rose.

Darling, suspendu à l'envers dans sa belle cage de cuivre, caqueta.

Te fais pas de bile, fils. Ton secret sera bien gardé avec nous.

Elle n'aurait pas le cœur de le renvoyer !

Elle savait combien il l'adorait ; elle était pleine de gratitude envers lui : il avait tant fait pour elle !

Le voulait-elle ? Le pourrait-elle ?

Il serait bientôt 22 h 30, et Terence aurait dû quitter Chimney Point pour retourner au 7 Juniper Way, à Queenston. Les autres Renfrew s'étaient retirés. Il restait seul dans le salon, avec Ava-Rose, comme auparavant. Le vent n'en finissait pas de tourmenter les bardeaux, les volets, la haute cheminée et les vitres de l'antique demeure. Terence perçut l'espace immense, plein de neige tourbillonnante, qui le séparait de cette autre maison, la sienne, à laquelle il supportait à peine de penser.

Peut-être qu'elle n'existait pas. Il l'avait rêvée, inventée.

Le fils de Hettie. Pourvu qu'il ne ressemble pas à son père.

Il n'avait pas envie d'évoquer l'attaché-case et ne voulait même pas réfléchir à cette question. Ava-Rose, elle aussi, préféra éviter ce sujet épineux ; la jeune femme avait la faculté d'évacuer de son esprit, ou du moins de son discours, les questions fondamentales qui risquaient de l'embarrasser. Terence était à la fois charmé et ennuyé de rencontrer un tel trait de caractère chez une femme adulte.

Il tenait, en fait il caressait, l'une de ses mains à la fine ossature. Une main chaude et sèche. Elle venait de lui parler – il le lui avait demandé – de certaines croyances professées par l'Église de la Sainte-Apocalypse ; mais en réalité, à ce moment-là, il n'avait cure de… *Je vous aime, je vous adore, je veux vous faire l'amour : vous ne devez pas me renvoyer, pas encore…* ces doctrines étranges, primitives, fatalistes et typiquement New Age, même exposées par la voix rauque et envoûtante d'Ava-Rose. (« Il est dit dans *Le Livre du millénaire*, "Tout est possible, car tout est écrit". »)

Terence frissonna, mais ne put s'empêcher de rire. À l'instar de beaucoup de « croyants » d'aujourd'hui, cette belle jeune femme avait le don d'énoncer calmement des paradoxes éhontés. Elle réfutait la logique, l'éthique, balayait d'un revers de main jusqu'au simple bon sens, comme si non seulement elle acceptait de tels paradoxes, mais les embrassait avec enthousiasme. Elle prit le rire de Terence pour une manifestation de joie.

L'Église de la Sainte-Apocalypse… Et si l'Amérique des années 1990 n'était autre qu'une immense Église de la Sainte-Apocalypse, se réjouissant à la perspective de son futur anéantissement ?

Ava-Rose, rayonnante de bonheur, serra la main de Terence entre les siennes. « Vous commencez à comprendre, Terence, n'est-ce pas ? Vous n'êtes pas vraiment un "agnostique", comme vous le disiez.

— Peut-être. » Terence ne voulait pas davantage argumenter avec Ava-Rose sur ce sujet qu'avec Aaron sur la manière de se coiffer, qu'avec Kim sur sa façon de regarder ailleurs quand elle mentait, qu'avec la pauvre Cindy lorsqu'elle se pesait de manière obsessionnelle trois fois par jour, qu'avec Phyllis quand elle lui reprochait de ne pas l'aimer tout en l'éloignant d'elle presque inconsciemment.

Terence demanda à brûle-pourpoint : « Ava-Rose, y a-t-il un autre homme, ou d'autres hommes, dans votre vie ? » Il savait que c'était impossible, car il surveillait son emploi du temps ; mais il voulait qu'on le rassure.

Et, en effet, Ava-Rose protesta : « Bien sûr que non, Terence ! Comment pouvez-vous dire pareille chose ?

— Vous n'avez jamais été mariée, avez-vous dit ? »

Avec humeur, mais de façon provocante, Ava-Rose retira ses mains de celle de Terence. « Si jamais j'étais mariée, même laïquement, je ne quitterais pas mon mari d'une semelle. Même s'il m'abandonnait. »

C'était une remarque cruelle. Mais sa piqûre aiguillonna le désir de Terence.

« Et T. W. Binder..., commença Terence.

— Oh, lui ! Il est mort », lâcha Ava-Rose d'un ton badin.

Terence la dévisagea. « Il est... quoi ? »

Ava-Rose détacha l'énorme barrette d'argent qui maintenait sa chevelure, et l'une de ses lourdes tresses glissa. Elle paraissait tranquille ; et pourtant ses cils frémissaient. Depuis qu'il les connaissait, Terence avait remarqué chez les Renfrew certaines attitudes révélatrices : captaine uncle tirait sur sa barbe quand il voulait être drôle, ou s'exprimait par hyperboles ; Ava-Rose, elle, se tripotait les cheveux quand elle pensait avoir fait une gaffe. En de tels moments, Terence la trouvait délicieusement belle et vulnérable.

Il dut se contraindre à ne pas relâcher son attention et demanda : « T. W. Binder est mort ?

— Je ne sais pas. Je crois l'avoir entendu dire.

— Mais je pensais qu'il était en prison ? Là-bas à Rahway ? »

Ava-Rose mordit le bout de sa tresse, à la manière d'une gamine ; elle leva les yeux vers Terence et le regarda comme si elle avait du mal à croire qu'il fût si obtus. « Il arrive que des hommes meurent en prison, Te-rence, vous ne le saviez pas ?

— Enfin… Comment ?

— Mais je l'ignore, je ne suis même pas sûre que… que ce soit vrai. » Ava-Rose fronça les sourcils, pensivement. « Beaucoup de rumeurs circulent, à Chimney Point.

— Si T. W. Binder est mort, il n'est pas mort de mort naturelle, n'est-ce pas ?

— "Tout ce qui arrive vient de la Nature, car il n'existe rien d'autre que la Nature."

— Ava-Rose, qui a dit cela ?

— C'est écrit dans…

— Non, non. Quelqu'un l'a écrit, quelqu'un d'humain. Les livres ne s'écrivent pas tout seuls. »

Ava-Rose défit ses autres tresses, ses bracelets cliquetants. Son visage, échauffé par le long dîner de fête et par cette discussion, était devenu vermeil et somnolent ; Terence se rapprocha d'elle et, sans le vouloir vraiment, elle recula d'un pas.

Puis d'un autre.

Comme dans un rêve, la neige tournoyait et venait frapper les vitres. Sur la table de travail d'Ava-Rose s'étalaient des vêtements pliés et des morceaux de tissu, tels des corps saisis par le sommeil. La soucoupe remplie de sequins bleus clignotait impudiquement sous la lumière de la lampe.

« Ava-Rose, ma chérie, quand T. W. Binder est-il mort ?

— Je vous l'ai déjà dit, Te-rence : je ne suis vraiment pas certaine que…

— Mais s'il était effectivement mort, quand cela aurait-il pu se passer ? »

Ava-Rose eut un rire exaspéré. « Docteur Greene, enfin ! Est-ce un interrogatoire ? » Elle fit une pause, s'esquiva gracieusement, recula encore et vint se coller contre un vieux buffet en bois massif. Terence eut la vague impression que les étagères, derrière la vitrine, étaient remplies de bourses, de sacs à main, de vieilles serviettes en cuir et d'attachés-cases – une collection d'objets en cuir. En fait, la maison était tout entière remplie d'objets perdus, anonymes, apparemment hors d'usage.

« Ava-Rose, ne croyez-vous pas que j'aie le droit de savoir ? Je me suis inquiété, j'ai craint que cet homme ne vous fasse du mal. Il aurait pu être libéré sur parole, ou s'adresser à l'un de ses amis, un autre Eldrick Gill, pour… »

Ava-Rose l'interrompit : « Tante Holly a dit qu'elle avait entendu dire que T. W. était mort aux environs du nouvel an. L'un de nos voisins a dû lui en parler. Je ne sais pas ! Ne m'en veuillez pas ! » Ses yeux se remplirent de larmes de colère. « Je n'aimais pas T. W. et T. W. n'était pas mon amant, comme vous semblez le penser. Vous n'avez pas honte ? Vous entrez de force dans ma vie, vous vous mêlez de ce qui ne vous regarde pas ! »

Au grand étonnement de Terence, la douce main d'Ava-Rose jaillit : elle le gifla.

« Mais… ! » L'une de ses bagues pointues avait dû l'atteindre à la joue, et il sentit du sang couler vers son menton.

Alors, il agrippa Ava-Rose et la serra contre lui. Dans leur lutte, ils basculèrent contre le buffet et heurtèrent le mur. Il y eut un bruit de verre brisé. Terence enfouit son visage enfiévré dans le cou d'Ava-Rose ; sa bouche effleura l'une de ses tresses épaisses, rugueuses et parfumées. Ava-Rose tenta de libérer ses bras, de le repousser ; elle le griffa, mais Terence la tenait fermement. De sa vie, il n'avait éprouvé un tel désir ! une telle exultation féroce ! Il embrassait la femme qui se tortillait, en la maintenant serrée contre lui sans prendre garde à ses gémissements de douleur, ses halètements : « Non ! Non ! Te-rence, non ! »

Il s'agenouilla devant elle, l'attira à lui en la saisissant par les hanches, tira sur ses vêtements, lui fit passer par la tête son gilet de satin noir et déchira son chemisier de taffetas – quel plaisir d'entendre l'étoffe craquer, de sentir Ava-Rose épouvantée se raidir contre lui. Il perçut, comme dans un rêve, sa voix rauque, oppressée, qui suppliait : « Te-rence ! Non ! Vous êtes un homme marié, vous n'êtes pas libre de m'aimer ! *Te-rence…* »

Ensuite vint le vide, un vide exquis, explosif : Terence Greene avait cessé d'entendre.

« Tout est possible... »

« Terry ? Qu'est-ce que c'est ? »

Terence émergea de sa torpeur. *Il était plongé dans un rêve interdit et, dans ce rêve, il faisait l'amour à celle qu'il adorait. Ce songe l'étourdissait. Il vacillait comme un homme qui, n'ayant pas l'habitude de boire, vient d'ingurgiter plusieurs grands verres de champagne.* Terence frissonna de peur, mais resta vigilant. Phyllis avait poussé la porte de son bureau, et fait irruption dans la pièce sans y avoir été invitée.

En entendant le ton de sa voix – ce soprano grimpant dans les aigus et ce ton interrogateur pourtant dénué de reproches, du moins au début –, Terence se redressa sur sa chaise ; un sourire forcé s'étala sur ses lèvres. On était en mars, un jour de semaine ; il était presque 11 heures du soir ; Terence était revenu de New York (non pas de Trenton, où il s'était rendu la veille) à temps pour dîner, à 19 h 30, avec Phyllis, Kim, Cindy, et Mrs Winston qui passait la semaine chez eux. Le repas lui avait paru agréable bien qu'un peu morne, et il avait eu la nette impression que Phyllis et lui s'entendaient mieux. Au sortir de table, Terence s'était retranché dans son bureau, où il avait courageusement entrepris de déchiffrer l'écriture brouillonne de

Quincy Ryder – il s'agissait d'un rapport sur un candidat à un prix décerné par la fondation –, en tout cas, c'est ainsi que Phyllis percevrait la chose ; en surgissant si soudainement, elle ne pouvait deviner que Terence contemplait le même paragraphe *depuis un temps infini, de langoureuses minutes hypnotiques, en se remémorant non seulement son propre plaisir brutal, mais aussi celui d'Ava-Rose, si doux, comme un simple souffle, un soupir.* En fait, elle ne prêta attention à presque rien.

Terence lança aussitôt : « Oui, Phyllis ? », comme s'il était parfaitement naturel qu'elle l'interrompe dans son travail, sans même avoir daigné frapper. « Que se passe-t-il ? »

Phyllis s'avança vers lui en brandissant un petit bout de papier et dit : « J'étais en train de faire les comptes, d'examiner les reçus, en cherchant quelque chose qui m'appartenait, et… » Terence continuait de sourire, s'armant de courage, certain qu'il ne pouvait être démasqué, qu'il n'existait aucune facture, aucun chèque au nom d'Ava-Rose Renfrew ou d'un autre membre de sa famille. N'y avait-il pas veillé ? Phyllis le dominait, menaçante. « … j'ai trouvé un reçu de carte Visa, je suis tombée dessus par hasard – une somme énorme – pour un dîner à l'auberge "Washington Crossing". Ça remonte à janvier. Que diable pouvais-tu faire là-bas ? »

Terence prit le reçu, fronça les sourcils pour déchiffrer les chiffres flous de la copie carbone, et constata la présence de sa signature accusatrice : *Terence C. Greene*. Aucun doute possible. La note s'élevait à 155,56 dollars, service compris. Elle datait du 12 janvier.

« C'est bien ta signature, Terry, n'est-ce pas ? demanda Phyllis.

— Cela m'en a tout l'air, en effet », répondit Terence, songeur.

Il se rappelait parfaitement ce jour : c'était le douzième anniversaire des jumelles Renfrew, un beau dimanche ensoleillé. Terence avait invité toute la famille à partager un brunch copieux dans la vieille auberge historique. Terence, ravi de faire plaisir aux Renfrew, rayonnait d'une sorte de bonheur timide. Tout au long du repas tumultueux, Dara et Dana, trônant de chaque côté du sémillant Dr Greene, avaient essayé de capter son attention ; Ava-Rose, assise en face de lui, lui souriait et le couvait de ses jolis yeux – quelle extase ! Ensuite, dans le vestiaire, Ava-Rose avait déposé sur sa joue un petit baiser furtif – « Merci, merci mille fois, Te-rence ! C'était la plus belle des fêtes d'anniversaire ! »

Comment avait-il pu être assez imprudent pour utiliser une carte de crédit ? Ce jour-là, il n'avait pas dû glisser assez d'espèces dans son portefeuille. Oui, c'était sûrement cela.

Avec un petit rire blessé, Phyllis dit : « Le nom de ce restaurant m'a sauté aux yeux, alors que je feuilletais les comptes. L'auberge “Washington Crossing”. Cela fait combien de temps que nous n'y avons pas mis les pieds ? » La question plana dans l'air, menaçante, tandis que Terence continuait d'examiner le reçu. « Avec qui étais-tu, et pourquoi justement là ? »

Depuis le temps qu'il fréquentait les Renfrew, Terence avait appris d'eux – et de captaine uncle Riff en particulier – certains trucs propres à détourner les soupçons et les accusations. Il avait assisté plus d'une fois à des discussions contradictoires lors desquelles on avait enjoint au vieil homme de se justifier – par Holly Mae, par exemple. Et il y avait eu l'épisode de l'attaché-case mystérieusement perdu, ou volé, que captaine uncle avait explicité avec un tel tact que Terence s'en était senti flatté. Il respecte mon intelligence, avait pensé Terence.

À présent, face à ce reçu, Terence se pinçait le menton comme s'il s'ornait d'une barbe imaginaire. D'un air surpris, sans la moindre once d'embarras, il déclara : « Phyllis, je suis sûr de t'en avoir parlé. Ce n'était pas un dîner, mais un banquet. Un banquet d'affaires. Pour la fondation.

— En Pennsylvanie ? », s'écria Phyllis avec une voix que l'incrédulité rendait encore plus stridente.

Terence leva doucement les yeux vers elle. « Tu dois t'en souvenir, ma chérie, je n'étais pas très content d'y aller, mais Gordon Laird – le conservateur du musée d'Art contemporain de Philadelphie – pensait que, pour une fois, nous pouvions nous rencontrer sur ses terres. Ils sollicitaient une subvention de 600 000 dollars pour leur musée, et… »

D'habitude, le regard de Phyllis se voilait quand Terence se mettait à parler de la fondation ; dans les débuts, Phyllis avait éprouvé une certaine passion pour le travail de Terence et, par-dessus tout, pour les intrigues et les querelles qui par moments l'entouraient, mais cette époque était révolue. Or, ce jour-là, elle continua de l'observer attentivement. « Tu étais à Atlanta le 12 janvier, Terry. Et c'était un dimanche. »

Terence répondit très vite, mais en balbutiant : « Alors, c'est que la date est fausse, je suis sûr que je… Je sais que je… C'était un lundi, j'en suis certain. Ce devait être le 13 janvier, et la personne qui a établi cette facture… » Il se tut, rassembla ses esprits et poursuivit plus calmement, en montrant bien qu'il ne comprenait pas l'intérêt accordé par Phyllis à cette affaire totalement anodine : « Ce n'est qu'une innocente erreur de la part du garçon, je suppose. Pourquoi lui donner une telle importance ? »

Phyllis avisa le reçu d'un air soupçonneux, comme si elle lui adressait un reproche. Elle avait bu du vin blanc au dîner, ce qu'elle faisait rarement, sauf lorsqu'ils sortaient ; ses joues colorées lui donnaient l'air d'une gamine. C'était vrai, elle et Terence s'entendaient mieux ces derniers temps : Terence s'absentait toujours autant, mais son amour pour Ava-Rose et les sentiments évidents que lui portait la jeune femme avaient rétabli sa tranquillité d'esprit ; de son côté, Phyllis avait trouvé un ou deux nouveaux gros clients. Son travail lui prenait pas mal de temps et lui plaisait énormément.

Alors, Phyllis haussa les épaules, et esquissa un sourire qui ressemblait beaucoup à ceux de Cindy, quand elle sortait de sa bouderie pour passer à l'indifférence, ou même à la gaieté. Elle lança : « Je ne pense pas que ce soit important, Terry ! », lui prit le reçu des mains et se dirigea vers la porte. « Je croyais que ça l'était, mais je me suis trompée. Désolée de t'avoir dérangé ! »

Terence la regarda partir. Un sentiment de culpabilité pas si désagréable que cela lui tenaillait l'estomac. « Je suis navré de t'avoir troublée », répondit-il, mais trop tard : Phyllis avait doucement refermé la porte derrière elle.

Terence plaça le rapport bien en évidence devant lui. C'était une demande provenant d'un poète américain, candidat à l'une des bourses « American Master » – les plus convoitées de la fondation. Il était déterminé à poursuivre sa lecture. L'écriture enchevêtrée, capricieuse de Quincy Ryder penchait vers le bas, et ses pensées elles-mêmes se mirent à glisser comme du sable, dans une chute vertigineuse – *Ô amour, mon amour, ma Vénus de Botticelli, comment puis-je être digne de vous ?* Le désir brouillait sa vision.

Il aurait pu oublier l'incident du reçu. Il se serait contenté de le chasser de son esprit. C'est ainsi qu'il avait procédé tous ces derniers temps : il oubliait volontairement des tas de choses avec un étrange et joyeux fatalisme ; les instants qu'il passait dans sa maison du 7 Juniper Way, à Queenston, prenaient un tour de plus en plus irréel, ainsi que la belle demeure en elle-même (à laquelle il ne pouvait plus se consacrer autant qu'avant : il n'avait pas touché à ses outils depuis le mois de septembre précédent). Mais, un ou deux jours plus tard, il surprit sa femme et sa belle-mère en train de se quereller à voix basse.

L'une murmurait d'un ton plaintif : « … ne comprends pas, je te jure que je… », et l'autre : « Tu n'es pas obligée de comprendre ! » La première (c'était Mrs Winston), fâchée : « … les choses qui se passent ! » et Phyllis, comme pour plaisanter : « Oui, mère, alors… pourquoi ? » Mrs Winston : « Ton père et moi… », et Phyllis : « Oui, mère, mais c'était il y a cinquante ans… » Mrs Winston, un peu hargneuse : « Mais pas du tout ! Et quoi qu'il en soit, le principe du mariage… », et Phyllis, comme suppliante : « Bon, mère… » Mrs Winston : « Mais toi et ton mari, vous… », et Phyllis, rapidement : « Mère, je t'en prie, pas si fort ! » Mrs Winston, avec humeur : « Je ne permettrai pas… », et Phyllis : « Oh, pour l'amour du ciel, mère ! » La réponse de Mrs Winston fut inaudible ainsi que la réplique de Phyllis, comme si les deux femmes s'étaient soudain éloignées en tournant le dos à leur auditeur involontaire.

Terence était dans l'escalier – il s'apprêtait à descendre – et les deux femmes traversaient le hall en direction de la cuisine. Aussitôt il frémit. *Ne fais pas cela : n'écoute pas aux portes ; tourne les talons et remonte les marches. Un tel comportement n'est pas digne de toi.* Le fait d'avoir surpris une conversation qu'il n'aurait pas dû entendre, dans sa propre maison, lui donna une légère nausée.

De quoi pouvait bien parler Mrs Winston ? Et pourquoi avait-elle employé ce ton outré, désapprobateur ?

Elle ne savait rien, ne soupçonnait rien. C'était impossible…

« Bien sûr que non. Personne n'est au courant de rien. »

Ces derniers temps, les visites de Fanny Winston étaient devenues plus fréquentes, et plus longues. Elle prétendait – évidemment, il fallait s'en réjouir – que, dans la villa de sa fille, son arthrite la faisait moins souffrir. Elle en ignorait la raison mais, à Queenston, elle utilisait peu son fauteuil roulant et se déplaçait souvent avec une relative aisance, en se contentant d'un déambulateur ou d'une canne. Depuis qu'elle était arrivée chez eux, une semaine auparavant, elle ne s'était servie que de sa canne. Le son de ses pas pesants, qu'accompagnait le martèlement sec de la canne, faisait maintenant partie des bruits familiers de la maisonnée.

Terence aimait beaucoup sa belle-mère – du moins le croyait-il ; après tout, c'était une femme seule, généreuse et bien intentionnée, une veuve – *oui, et une milliardaire par-dessus le marché : elle avait l'intention de laisser presque toute sa fortune à sa fille et à la famille de sa fille* –, mais il ressentait une certaine tension en sa présence. Il avait l'impression, même sans écouter aux portes, que Mrs Winston le critiquait devant Phyllis dès qu'il tournait le dos, tandis que, en face de lui, elle se montrait amicale, voire un peu enjôleuse.

Ava-Rose comprenait les sentiments ambivalents de Terence envers Fanny Winston – d'ailleurs, elle comprenait tout ce qui le concernait, ou presque. La jeune femme était si attentionnée, si compatissante ! Lorsque Terence lui confiait d'un ton lugubre qu'il ne se sentait plus chez lui dans sa propre maison quand la mère de Phyllis était là, elle répondait : « Voyons, docteur Greene, essayez d'être plus gentil. *La vieille dame ne vivra pas éternellement.* »

Maintenant qu'ils étaient amants – ou plutôt amants occasionnels car Ava-Rose, chose mystérieuse, ne répondait pas toujours au désir de Terence –, Ava-Rose, pour jouer, l'appelait parfois, avec une solennité désuète, « docteur Greene ».

« Docteur Greene » – en appuyant légèrement sur le mot « docteur ».

Son « Te-rence » était différent – les deux syllabes s'étiraient de manière équilibrée, de telle sorte que ce nom, que Terence lui-même n'avait jamais aimé, avait acquis une sonorité exotique, étrangère.

Docteur Greene, Te-rence, vous êtes l'homme le plus gentil et le plus courageux que je connaisse. Si seulement vous étiez vraiment libre de m'aimer...

Terence, debout dans l'escalier, les nerfs à vif, ne savait que faire. Il décida de remonter et de redescendre ensuite, en faisant du bruit, en sifflant, pour avertir les deux femmes de son arrivée ; il abhorrait la duplicité, surtout dans son propre foyer. Pourtant, il céda à la tentation – le cœur battant comme s'il jouait un jeu dangereux – et se retrouva dans le hall. Il se glissa furtivement vers la cuisine ; non seulement son pas était silencieux, mais son corps semblait tout léger. En franchissant le seuil de la pièce, il entendit Mrs Winston s'exclamer, au bord des larmes : « Oh ! Je ne suis qu'une vieille femme indigne, je ne connais rien à rien ! » Phyllis répliqua : « Mère, je t'en prie, tu te fais du mal... », et Mrs Winston, à son tour : « Oui, c'est ce que je veux. Vous feriez mieux de laisser agir la loi. On dirait que les enfants ne sont plus ce qu'ils étaient ! » Et elle frappa le sol de sa canne pour donner à ses paroles un accent dramatique.

Alors, Terence poussa un soupir de soulagement. Les deux femmes parlaient de Kim, à présent.

Et cela, Terence préférait ne pas l'entendre.

(Bien sûr, il pensait à ses enfants, lui qui s'était transformé en amant passionné, aveuglé par sa flamme ; oui, certainement il pensait à eux, et il se sentait coupable envers eux. Il s'inquiétait pour Aaron, il s'inquiétait pour Kim et il s'inquiétait pour Cindy, oui, bien entendu ; il n'en avait pas le temps, mais il voulait penser sérieusement à eux. Les médiocres résultats d'Aaron et ses vagues projets d'avenir. La pauvre Cindy qui s'était mis en tête de devenir une artiste et de faire des performances, on n'a pas besoin d'être belle, il suffit d'être soi-même, c'est ça l'art de la performance : *vous pouvez être vous-même...* Mais, par-dessus tout, Terence avait l'intention de penser sérieusement à Kim : quand elle était petite, elle se précipitait dans les bras de son papa pour se faire embrasser, c'était si mignon ! Et maintenant elle était aussi grande que sa mère et était devenue maigre, comme par bravade. Kim et son visage d'ange, son sourire rusé et son regard qui fuyait lorsqu'elle mentait à papa et maman : impossible de savoir vraiment où elle allait, qui serait présent et à quelle heure elle rentrerait. Et même quand ils se mettaient en colère et lui demandaient pourquoi elle mentait, elle continuait de jouer la comédie – ces choses-là, Terence avait l'intention d'y penser sérieusement, mais voilà : il n'en avait pas le temps.)

Ton secret sera bien gardé avec nous. Cela, Terence y croyait dur comme fer. Mais, partout ailleurs, n'était-il pas vulnérable ? En danger permanent ?

Par exemple, le soir même du jour où il avait surpris Phyllis et sa mère en train de discuter en secret, Terence découvrit en entrant dans son bureau Mrs Winston, sa canne à la main, devant sa table de travail encombrée de papiers. Impudente, solide comme un tabouret à trois pieds, elle ne prit même pas la peine de s'excuser. En le voyant apparaître, la vieille dame se contenta de lui jeter un coup d'œil et sourit d'un air suffisant. « Ce bureau me rappelle d'heureux souvenirs », dit-elle et, devant l'air sidéré de Terence, elle ajouta, un peu maussade : « Il appartenait à Willard, vous le savez… Vous ne l'avez quand même pas oublié ? »

Ce bureau d'acajou, lourd, massif et merveilleusement large, muni de trois grands tiroirs de chaque côté et d'un autre au centre, faisait partie des vieux meubles que les parents de Phyllis leur avaient donnés pour s'en débarrasser. Cela datait de si longtemps que Terence avait plus ou moins oublié leur origine.

« Bien sûr que non, Fanny. Je…

— Je l'espère bien. » Mrs Winston se redressa comme pour démontrer qu'elle n'avait quasiment plus besoin de sa canne. Elle posa sur Terence un regard inquisiteur, tout en le gourmandant d'une voix affectueuse, presque aguichante : « Je me demande ce que le pauvre Willard dirait s'il voyait dans quel désordre se trouve aujourd'hui ce bureau ! Quel *capharnaüm* ! »

Terence, horrifié, resta sans voix. Au milieu des lettres, des documents, des enveloppes kraft disséminés sur toute la surface du meuble, il venait de remarquer la feuille jaune sur laquelle, en travaillant la nuit précédente, il avait écrit : AVA-ROSE, AVA-ROSE, AVA-ROSE, et HOLYOAK, et CHIMNEY POINT, et RENFREW ; et même, chose effroyable : ELDRICK GILL. Sa belle-mère s'en était-elle aperçue ?

« Terence, quelque chose ne va pas ? » La voix de Mrs Winston grimpa dans les aigus. Elle ressemblait beaucoup à celle de Phyllis.

Terence bégaya : « Comment ? Quoi ?

— Vous me regardez d'une façon si… bizarre. »

Terence sentit ses lèvres se retrousser sur ses dents. Il tentait de sourire, mais le résultat de ses efforts devait être affreux à voir. Fanny Winston et lui se contemplèrent longtemps, très longtemps. Puis, avec un léger frisson, la vieille dame se ravisa. « Eh bien ! Je constate que je ne suis pas vraiment la bienvenue ici, n'est-ce pas ! » lança-t-elle, froissée.

En s'appuyant sur sa canne d'un geste emphatique, afin d'épargner sa jambe droite et sa cheville pitoyablement enflée, Mrs Winston s'approcha de son gendre à le frôler, le dépassa et quitta la pièce. Terence, cloué au sol, ne put que la regarder partir. Il serrait si fort les poings que ses ongles s'enfoncèrent dans sa chair.

La vieille dame ne vivra pas éternellement.

« Comme je suis heureux ! Comme cette vie est riche et merveilleuse ! *Si seulement cela pouvait continuer.* »

Où qu'il fût, Terence pensait à sa bien-aimée, même dans des endroits peu propices à ce genre de rêverie. Durant ces mois enfiévrés, il y eut rarement une heure, une minute, un bref instant, où il ne songeât point à elle.

Cela le prenait surtout dans les ascenseurs vitrés de l'immeuble de Park Avenue (était-ce à cause de cette sensation violente au creux de son ventre, dans son aine ?), qui filaient sans bruit jusqu'au neuvième étage, là où se trouvait son bureau. L'architecture intérieure du vieil immeuble avait été rénovée de manière somptueuse. À présent, un atrium s'ouvrait directement sur le toit formé par une verrière où le verre teinté se mêlait à l'aluminium ; le hall d'entrée, en marbre mauve, accueillait en son centre une fontaine circulaire au dessin classique, qui crachait des torrents d'eau bouillonnante. Les visiteurs de la Fondation Feinemann ne manquaient jamais de s'extasier devant la beauté de cet atrium ; Terence, lui, n'y avait plus prêté attention… jusqu'à ces derniers temps, où il avait recommencé à s'y intéresser.

Quand il avait pris ses fonctions de directeur à la fondation, lui aussi avait apprécié la majesté de ces lieux. Puis, petit à petit, il n'avait plus rien remarqué, alors que maintenant il observait tout : non seulement il voyait la lumière jouer sur le verre, le marbre poli, les surfaces métalliques miroitantes et les jets d'eau bouillonnants, mais parfois il sentait cette eau tambouriner dans ses veines ; jaillir en faisceaux du creux de son ventre, de son sexe. Comme un homme qui délire tout éveillé, il pensait à la femme qu'il aimait, et son corps la réclamait. *Ô mon amour, que puis-je faire pour vous garder près de moi ? Pour ne pas vous quitter ?*

Lorsqu'il sortait seul de l'ascenseur, au neuvième étage, et que personne ne risquait de le voir, il lui arrivait souvent de s'accouder à la rambarde et de regarder en bas. Il appuyait ses avant-bras contre la rampe, se balançait presque à en perdre l'équilibre, et plongeait ses regards vers la fontaine d'albâtre qui, neuf étages plus bas, lançait les flèches scintillantes de ses jets d'eau. La rambarde, formée d'un solide treillis, arrivait à la taille d'un homme moyen ; on ne risquait guère de tomber, à moins de le faire exprès. Et, pourtant, Terence éprouvait une sensation de vertige, de terreur, assez plaisante.

« Et si je tombe ? Si je tombais ? Que se passerait-il ? »

C'était le matin. La veille, il avait surpris la mère de Phyllis dans son bureau ; cette semaine-là, il pensa pour la première fois que sa double vie pouvait être découverte, ou du moins qu'elle était plus facile à découvrir qu'il ne l'avait estimé au début. Il avait déposé son attaché-case sur le sol, s'était penché par-dessus la rambarde et avait regardé le hall d'entrée, tout en bas, jusqu'à ce que la tête lui tourne et qu'un grondement résonne à ses oreilles ; il eut alors l'impression que son corps s'abandonnait, comme lorsqu'on est sur le point d'éprouver cette sensation vertigineuse qui précède l'orgasme. *Mon amour. Mon amour. Ô mon amour !*

Puis, brusquement, Terence se redressa. Il n'oserait pas sauter – « Ils inspecteraient mes comptes et découvriraient la raison de mon geste. »

En pleine réunion, quand la discussion promettait d'être longue et houleuse, et que Terence Greene, affable et courtois, devait jouer le rôle du médiateur, même dans ces moments-là, *il pensait en cachette à celle qu'il aimait.*

Les membres des commissions se rassemblaient autour d'une longue table directoriale dans le bureau de Terence, où quinze personnes pouvaient tenir à l'aise. Le bureau lui-même était spacieux et meublé avec goût ; c'était une pièce en coin bénéficiant d'une vue étonnante, du moins quand il faisait clair, sur Manhattan et l'East River au loin. Prévoyant, Terence s'installait de manière à pouvoir, durant les interventions des experts, des monologues la plupart du temps, laisser errer ses regards au-dessus de leurs têtes et *rêver à celle qu'il aimait*, tout en fronçant les sourcils et hochant la tête pour encourager les orateurs.

Sa secrétaire, Mrs Riddle, avait coutume de dire, à l'époque où Terence avait pris ses fonctions au sein de la fondation : « Vous vous entendez avec tout le monde, docteur Greene – ce n'est pas comme le pauvre Dr Swain, qui avait toujours de terribles migraines au sortir de ces réunions. » Terence se gardait bien d'avouer qu'il s'entendait avec les égoïstes pour la simple raison qu'il n'avait pas beaucoup d'amour-propre. Ce caractère modeste, effacé qui exaspérait tant Phyllis – elle le trouvait peu viril – lui attirait la sympathie d'autrui. Quincy Ryder lui-même semblait approuver Terence de temps à autre. Dans les toilettes messieurs de la fondation, Terence, enfermé dans l'une des cabines, avait surpris une conversation entre Ryder et un individu non identifié. Ryder déclarait, avec son drôle d'accent virginien : « Au moins, Greene sait se taire et laisser les autres s'exprimer. C'est peut-être un idiot, mais ça il sait le faire. »

Ce jour-là, Terence devait présider la réunion des « juges experts » ; ils s'interrompraient pour déjeuner – un repas bien arrosé – et la séance reprendrait dans l'après-midi. Puis Terence l'ajournerait. Au beau milieu de ce programme, vers la fin du repas, il s'esquiverait pour appeler Ava-Rose au Tamar's Bazaar & Emporium, dont il savait le numéro par cœur depuis longtemps. Et cela seul lui importait.

« Bonjour, chérie ! », murmurerait-il comme s'il risquait d'être entendu – chose parfaitement improbable –, et à l'autre bout de la ligne Ava-Rose aurait un petit cri de surprise et dirait de sa voix rauque : « Mais... c'est Te-rence ! Bon*jour* ! » Terence lui poserait en rafale une série de petites questions : comment allait-elle, qu'avait-elle fait... ? Et Ava-Rose serait ravie de lui raconter sa matinée, en décrivant les clients qui étaient passés à la boutique, ou bien une conversation amusante avec un homme qui lui avait vendu de l'essence pour la voiture (une Corvette jaune canari dernier modèle) que Terence lui avait achetée le jour de la Saint-Valentin, ou encore ce qui s'était passé chez les Renfrew, la veille au soir. Terence écouterait, les yeux mi-clos, en évoquant l'image de celle qu'il aimait. Il n'aurait qu'une envie : parler et l'écouter parler, très vite, abondamment, comme s'ils étaient pressés, essoufflés, lançant des mots pareils aux jets d'eau bouillonnants qui fusaient de la fontaine, en bas, dans le hall d'entrée. Et, pour finir, il lui demanderait s'il pouvait la voir ce soir, le soir prochain... Quand ? En attendant sa réponse, il sentirait son cœur s'arrêter entre chaque battement ; car, bien qu'ils fussent amants – ils avaient même passé plusieurs nuits ensemble –, Ava-Rose tenait à son indépendance. « Rien ni personne ne me posséderont jamais, pas même l'amour. »

Quand Terence, tout excité, composait le numéro de la boutique, il lui arrivait de tomber sur Tamar : « Oh, c'est vous, disait-elle de son ton nonchalant, typique des natifs du New Jersey. Désolée, Ava-Rose est pas là, et je sais pas quand elle reviendra. »

S'il essayait alors son numéro personnel, c'était invariablement Holly Mae qui décrochait, et s'exclamait de sa voix forte et enjouée : « Hé ! B'jour, docteur ! Nooon, Ava-Rose est pas ici – à cette heure-ci, elle doit être chez Tamar. »

Il n'était pas jaloux et formait le souhait de ne l'être jamais.

La jalousie était le lot des autres : des T. W. Binder, des Eldrick Gill. *Oui, et ces deux-là sont morts à présent.*

Parfois, il n'était même pas sûr d'aimer Ava-Rose, peut-être l'adorait-il tout simplement ? Ou bien alors aimait-il (la chose était subtile) la personne qu'il devenait en sa présence ?

Il se rappelait les mots qu'elle avait murmurés, après que Terence l'eut prise de force, cette fameuse nuit où il avait trop bu, la nuit de l'attaché-case – « Eh bien, docteur Greene ! Je n'aurais jamais cru que *vous* pourriez vous comporter ainsi ! »

Terence en avait lui-même été le premier surpris.

Envahi par la honte, il avait tenté de s'excuser, mais Ava-Rose l'avait fait taire en lui posant un doigt sur les lèvres. « Il est écrit : “L'amour reste l'amour, même dans la violence”. »

Au grand étonnement de Terence, Ava-Rose avait poursuivi, de sa voix douce, ensommeillée, méditative et morose : « Oh ! J'admets que je vous ai provoqué,

Te-rence ! Je suis comme cela – on me l'a dit. » En embrassant la petite blessure qui saignait sur la joue de Terence, là où sa bague pointue avait éraflé sa peau, elle avait ajouté : « Et quand une femme provoque un homme de la sorte, elle doit en accepter les conséquences – "Tout est écrit". »

Terence avait senti son cœur battre comme s'il allait exploser.

Elle lui pardonnait de s'être comporté en soudard ! Elle le comprenait, elle l'aimait !

En douter eût été pure folie, *c'était bien de l'amour.*

Ces derniers mois, Terence s'était transformé en un amant viril et inspiré. Comme s'il était redevenu adolescent. L'adolescent qu'il n'avait jamais été, en réalité.

À vrai dire, Ava-Rose Renfrew semblait apprécier qu'il… la prenne de force. Et même qu'il la blesse, parfois. Juste un petit peu.

Quelquefois, après l'amour, Terence découvrait Ava-Rose en pleurs. Son visage était strié de larmes, ses jolis yeux voilés, rougis. Elle enfouissait son visage dans son cou, et il l'embrassait en murmurant : « Ma chérie, je vous ai fait mal ? C'était sans le vouloir. »

Après tout, le fait qu'un homme force une femme était peut-être une chose normale, en amour…

Et que la femme résiste, rien qu'un peu.

De même le rituel amoureux impliquait-il sans doute qu'après l'étreinte la femme chuchote à l'oreille de son amant, comme Ava-Rose l'avait fait : « Oh, Terence, *oh* ! Vous êtes si fort. »

Cela flattait sa vanité de mâle. C'était à la fois irrésistible et sage.

« Alors, voilà l'homme que je suis vraiment. Et l'autre... »

Avec Phyllis, Terence se sentait simplement toléré ; « aimé », bien sûr, mais telle une sorte d'accessoire utile au foyer, une présence sympathique bien qu'exaspérante, un cavalier pour les sorties dans le monde. Sur le plan physique, l'amour avec Phyllis était devenu depuis longtemps quelque chose d'automatique, de vain : Phyllis poussait des boutons, et Terence répondait.

Ou ne parvenait pas à répondre.

« ... l'autre est *différent.* »

Il ne pouvait oublier la terrible humiliation qu'il avait ressentie le jour où Phyllis, déçue, en larmes, lui avait fait cette remarque cinglante : *C'est égoïste de commencer une chose qu'on ne peut pas terminer.*

Et pourtant Terence aimait Phyllis. Il aimait Kim, Cindy et Aaron.

Même dans le délire de la passion, il ne pouvait se résoudre à proposer le mariage à Ava-Rose ; et pas davantage à quitter sa famille pour vivre avec elle. « Je sais que je devrais commencer à penser à l'avenir, dit-il un jour à Ava-Rose, d'un ton soucieux, mais je n'y arrive pas. Pas encore. »

Ava-Rose rit et lui déposa un baiser sur le front. « "Tout se résout, au moment voulu." »

Terence savait qu'il aurait dû se pencher sérieusement sur les « dépenses » (cette série d'opérations financières, de retraits et de dépôts effectués dans un sens et dans l'autre) qu'il négligeait, dans son désir de plaire aux Renfrew, mais il n'y parvenait pas – « Pas encore. »

De temps en temps, dans la presse, on apprend que telle ou telle personne relativement connue a détourné des fonds, ou volé de l'argent à des clients.

Parfois, de manière inexplicable, Untel se voit poursuivi par la justice pour n'avoir pas payé ses impôts sur le revenu. La première idée qui vous vient alors à l'esprit est : *Comment pouvait-il imaginer qu'il échapperait éternellement aux conséquences de ses actes ?*

Mais d'une façon bien simple, Terence le savait à présent : *Il suffit de ne pas y réfléchir. Voilà tout.*

Les « dépenses » – c'est sous ce vocable laconique et apparemment neutre que Terence désignait son problème.

« Que les "dépenses" aillent au diable ! Je suis un amant, pas un comptable. »

Les Renfrew, par leur nature même, l'encourageaient à négliger l'aspect pratique des choses. Ils étaient inconséquents – « le sel de la terre ». Peut-être désapprouvaient-ils Terence – un homme marié qui vivait une histoire d'amour avec Ava-Rose –, mais, en tout cas, ils ne le montraient pas ; en fait, Terence avait l'impression qu'ils s'attachaient à lui un peu plus chaque jour, comme Ava-Rose. Preuve en était (c'est du moins ce que Terence estimait) qu'ils acceptaient ses cadeaux et même, de temps à autre, ses dons en argent. Ava-Rose était ravie de voir sa famille si bien disposée à son égard, car (avait-il cru comprendre) cela venait démentir une histoire qui courait, selon laquelle « les choses ne marchaient pas très bien » entre les petits amis d'Ava-Rose et les Renfrew. La jeune femme l'avait prévenu : cette famille n'avait pas beaucoup de principes, mais elle tenait à sa fierté.

« Cet aveuglement qu'ils nomment "fierté" est un véritable défaut – et un péché à la face du Divin, affirmait Ava-Rose en fronçant les sourcils. Mais je les aime ! Je le jure, je donnerais ma vie pour eux !

La famille est la seule chose que nous possédions, sur cette terre. »

Terence aurait aimé répliquer que, pour lui, les Renfrew étaient des gens sincères, authentiques, de vrais Américains – si différents des familles matérialistes, hypocrites et sans cœur, qui vivaient dans des banlieues riches comme Queenston. Mais quand la belle jeune femme parlait ainsi, sur ce ton navré, en le suppliant de lui accorder un pardon que tout amant aurait été impatient de donner, il était si fasciné qu'il ne parvenait pas à la contredire. Il se contentait de répondre, avec chaleur : « Je ne vois rien de mal à être fier, Ava-Rose, si cela ne va pas à l'encontre… des affaires de cœur. »

Ils durent tous se liguer pour que captaine uncle Riff n'apprenne pas la vérité sur le soutien matériel apporté par Terence, et cela donna lieu à quelques conspirations comiques. Par exemple, quand Ava-Rose et Terence revinrent à la maison dans la splendide Corvette flambant neuve, avec Ava-Rose au volant, excitée comme une jeune fille, ils lui racontèrent qu'ils avaient gagné la voiture à la loterie !

« De quelle loterie s'agissait-il exactement, ma chérie ? », demanda captaine uncle tandis que la famille se rassemblait dans l'allée pour admirer la voiture. Une loterie de l'Église de la Sainte-Apocalypse ? » Le vieil homme se caressait la barbe d'un air pensif, attendant la réponse de sa nièce.

« Non, captaine uncle ! s'exclama Ava-Rose, légèrement froissée. Tu sais bien que l'Église de la Sainte-Apocalypse désapprouve les jeux de hasard. C'était l'église catholique qui se trouve sur Pennington Avenue, j'ai oublié son nom.

— Je vois », dit captaine uncle. Il fit courir sa main sur la carrosserie polie de la Corvette et la laissa retomber, avec un soupir de vieillard fatigué. « Eh bien, catholique ou protestante, elle est sacrément belle. »

C'était tout à fait vrai, pensa Terence, plein d'orgueil.

En avril, au premier beau jour, le bonheur de Terence Greene faillit être détruit.

La matinée avait plutôt mal commencé : en entrant dans son bureau de la Fondation Feinemann, Terence avait eu la désagréable surprise de voir la corpulente Mrs Riddle debout devant sa table de travail, triant en toute hâte une pile de formulaires. Elle leva les yeux, l'aperçut et sourit, mais avec une imperceptible (ou alors était-ce un effet de son imagination ?) grimace. « Ah, docteur Greene ! Dieu soit loué ! Marcia… » Marcia, l'assistante de Mrs Riddle, l'aidait surtout à taper les courriers. « … Marcia est affolée, car elle croit avoir perdu ce gros dossier contenant la demande de subvention de la galerie Corcoran, et je venais voir si, par hasard, il ne se trouverait pas sur votre bureau. »

Terence lança : « Mais il y est sûrement. Laissez-moi chercher. »

Ayant remarqué l'embarras de Mrs Riddle, il voulut la mettre à son aise. Il espérait de tout son cœur qu'elle n'ait pas noté l'expression de panique qui s'était peinte sur son visage.

Bien sûr, il n'y avait aucune raison de paniquer, pas ici. De toute façon, il n'y avait rien de compromettant sur le bureau du Dr Greene.

C'est comme avec ma belle-mère et son air de ne pas y toucher, quand elle fouillait dans mes affaires personnelles.

On retrouva le dossier de la galerie Corcoran, on le donna à Marcia, et l'incident fut clos.

Tout aurait pu s'arrêter là si Terence n'avait pas remarqué (l'avait-il remarqué ? ou était-ce une idée ?) que les femmes du bureau d'à côté, Mrs Riddle, Marcia et une autre secrétaire, riaient entre elles et se calmaient soudain lorsqu'il apparaissait.

Ce jour-là devait avoir lieu l'ultime réunion du comité de sélection, la toute dernière d'une série qui avait débuté des mois auparavant. En raison du prestige, du montant élevé des bourses de la fondation et de l'intense rivalité qui régnait entre les candidats – même parmi les candidats recommandés –, le conseil d'administration avait eu la sagesse de diviser les différents pouvoirs placés sous la coupe du directeur. On avait donc créé trois instances séparées : un comité de nomination constitué de quinze personnes bénéficiant d'une solide réputation dans le monde de l'art, chargées de recevoir les candidatures aux différents prix accordés par la fondation et de décider des nominations ; un comité d'évaluation, pareillement constitué, qui opérait un tri parmi les milliers de nominations pour en réduire le nombre des neuf dixièmes ; et enfin, un comité de sélection qui effectuait le choix ultime, mais en tenant compte de la liste fournie par le comité d'évaluation. Grâce à cette échelle de contrôles et de contre-pouvoirs, aucun membre du comité n'avait la capacité d'avantager l'un de ses protégés – ce qui se passe couramment dans de telles sélections – et, de ce fait, les prix de la Fondation Feinemann bénéficiaient d'une réputation d'impartialité.

Depuis que Terence Greene était arrivé au poste de directeur, il avait inauguré une politique de transparence, et les liens éventuels des membres du comité avec les candidats étaient soumis à un contrôle sévère – « L'idéal est d'éviter non seulement la fraude, mais l'apparence de fraude. Je suis sûr que vous comprenez tous pourquoi. »

Tout le monde comprenait ; mais, de temps à autre, tel ou tel membre du comité élevait une objection. Un jour, un vieil auteur dramatique qui participait, cette année-là, au comité de nomination déclara sur le ton de la plaisanterie : « Il serait bien malheureux de ne pas avoir le droit de "frauder" un peu à mon âge. »

Les deux premiers comités, bien que houleux, l'étaient généralement moins que le troisième, puisque leur intervention n'était que préliminaire : les membres du troisième comité, quant à eux, tenaient entre leurs mains la somme de 4 millions de dollars, mais ne pouvaient attribuer cet argent qu'aux candidats ayant franchi les précédents barrages. Cette année-là, parmi les quinze distingués membres du comité de sélection trônait Quincy Ryder. Et c'était lui qui vociférait le plus contre la liste dont son groupe avait hérité. Quelques mois auparavant, Terence avait été choqué par la manière désinvolte dont Ryder avait éliminé la poétesse Myra Tannenbaum ; mais Ryder avait rejeté d'autres candidats avec un semblable dédain – « Je tiens à insister sur le fait que nous devrions décider nous-mêmes des nominations, afin de préserver les valeurs culturelles des États-Unis ! »

Son drôle d'accent virginien et son visage luisant et rubicond, qui grimaçait comme si quelque odeur nauséabonde régnait dans la pièce, fit prendre à sa déclaration un tour comique et fleuri. Pourtant, les confrères de Ryder n'avaient guère envie de rire.

Terence rêvait toujours d'Ava-Rose Renfrew, mais, comme il avait pour mission de maintenir la bienséance dans la salle de réunion, il répondit courtoisement à Quincy Ryder, à son habitude – que pouvait-il faire d'autre ? –, et continua de traiter les questions placées à l'ordre du jour. Quincy Ryder n'ignorait pas que le comité de sélection n'avait pas le droit de nommer directement les lauréats de la fondation.

L'un après l'autre, tous les juges prirent la parole. Il y avait là neuf hommes et six femmes : des gens fort sérieux et intelligents qui, comparés à ce foudre de guerre de Ryder, étaient plutôt calmes et respectueux. La plus résolue d'entre tous était une romancière noire d'une cinquantaine d'années, qui toisait froidement Quincy quand il se lançait dans ses monologues tragicomiques, et le reprenait dès qu'il dépassait les limites de ses compétences. Ce jour-là, Adele Brown se moucha à plusieurs reprises dans des Kleenex qu'elle froissa ensuite et posa sur la table, devant elle, tout éparpillés. Sa peau d'ébène semblait plus foncée que d'habitude, ses yeux aux lourdes paupières étaient maussades. Terence se prit à espérer que l'animosité qui régnait entre elle et le Blanc conservateur ne dégénérerait point en une bataille rangée.

La liste des candidats comptait 272 noms, et il faudrait la réduire de manière draconienne pour atteindre le chiffre de 140 ; parmi ces 140, 25 « Espoirs américains » étaient réservés à de jeunes artistes dont l'œuvre majeure restait encore à accomplir. Ces prix, les plus convoités, étaient assortis d'une bourse non pas d'une année mais de cinq ans, s'élevant à 40 000 dollars annuels, toutes taxes comprises. Or, Quincy Ryder semblait être persuadé d'une chose : les jeunes artistes les plus brillants qu'il connaissait personnellement avaient été rejetés par un comité précédent, ou n'avaient pas été sélectionnés du tout.

Ryder était particulièrement exaspéré par l'absence d'un jeune poète nommé T. C. Tucker, dont Terence n'avait jamais entendu parler – « J'exige que nous replacions le nom de cet excellent poète dans la liste dont il a été rayé par tant d'incompétence ! Autrement, je ne vois pas comment nous pourrons prendre ces délibérations au sérieux.

— Mais, Quincy, dit Terence du ton raisonnable qu'il adoptait devant toutes les suggestions déraisonnables. Vous connaissez le règlement de la fondation. Même si ce comité votait pour...

— Je me fous du comité, je parle de justice !

— Nous avons 272 candidats bénéficiant de hautes recommandations, et parmi eux...

— T. C. Tucker est un poète qui se place dans la lignée des Yeats, des Eliot, des Auden – ses livres ont déjà remporté de nombreux prix ! C'est un acte de vengeance personnelle que ce vieil imbécile... » Et là, Quincy réitéra une critique qu'il avait émise lors de précédents comités : l'un de ses ennemis aurait intentionnellement supprimé de la liste le jeune Tucker au moment où le comité d'évaluation avait statué. La voix de Ryder chevrotait de manière dramatique. « *Je parle de justice.* »

Adele Brown avança poliment : « Ce "Tucker"... c'est bien un ami à vous, non ? Ou peut-être un parent ? »

Ryder, hors de lui, beugla : « Et pourquoi n'aurait-il pas le droit d'être de mes amis ? Je choisis mes amis avec soin. »

Plusieurs autres participants entrèrent dans le débat. T. C. Tucker était, ou n'était pas, un jeune poète de premier plan. T. C. était, ou n'était pas, spécialement jeune – il avait trente-neuf ans. (L'âge limite conseillé pour les « Espoirs américains » était de trente-cinq ans.)

Terence écoutait avec une consternation croissante, en se remémorant son expérience de premier juré à Trenton. Les gens se rangeaient si facilement du côté de celui qui avait une idée derrière la tête, même si ces gens étaient par ailleurs des hommes et des femmes intelligents, comme ceux qui composaient ce comité. C'était un phénomène de groupe. Une chose s'imposait à chacun des membres et obscurcissait leur jugement ; une chose ignoble, avilissante : une sorte d'esprit de consensus. Ava-Rose lui avait parlé de ces « éveils à l'extase » qui parfois transformaient les services de son église en spectacles hallucinants. Tous les membres de la congrégation pleuraient de joie, s'exprimaient dans des langues « inconnues ». Le joli visage d'Ava-Rose s'illuminait tandis qu'elle racontait. Pour elle, de telles extases n'étaient pas seulement souhaitables mais inspirées par Dieu lui-même. Et Terence, en l'entendant énoncer ainsi ses convictions, sentait la consternation l'envahir. (Ava-Rose, le sachant agnostique, ne l'avait jamais invité à l'accompagner à l'église et changeait de conversation dès que Terence évoquait ce sujet. Peut-être était-il simplement jaloux ?) Dès la toute première réunion de ce comité, la plupart des juges avaient conçu une véritable aversion envers le ton arrogant de Quincy Ryder et ses manœuvres grossières ; pourtant, à présent, ils se laissaient entraîner par lui dans un débat inutile, alors qu'il n'y avait pas de temps à perdre. Terence les observait, et comprenait qu'en agissant de la sorte ils espéraient l'apaiser, pour ainsi dire – « Quelle pitié de voir les concessions que la bonne volonté fait au mal ! »

Terence, au lieu d'élever la voix, avait émis une sorte de murmure frémissant. Assise à son côté,

Marcia, qui prenait les notes de la réunion, lui jeta un coup d'œil bizarre.

Depuis quelque temps, les gens – les étrangers tout autant que ses proches collègues – le regardaient bizarrement. Non sans sympathie, mais... bizarrement.

Le Dr Greene le voyait-il ? Ou préférait-il l'ignorer ?

Vivre dans l'extase revient à s'aveugler.

À plusieurs reprises, depuis mercredi (on était vendredi), Terence avait tenté sans succès de joindre Ava-Rose Renfrew au téléphone. Était-elle fâchée contre lui ? déçue ? (Ces dernières semaines, il n'avait guère pu participer aux dépenses du foyer car sa fortune intarissable s'était mise à donner des signes d'épuisement – mais cela comptait-il tant pour Ava-Rose et sa famille ?) Il essaierait encore, après le déjeuner. Il appellerait Tamar's Bazaar & Emporium. C'était une belle journée de printemps et le centre commercial de Chimney Point devait être plein à craquer. Ava-Rose serait sûrement derrière le comptoir de L'Art de la Beauté.

Terence interrompit la discussion qui commençait à s'envenimer. Quincy Ryder déclarait « mettre en doute les mérites » d'un auteur dramatique noir qu'Adele Brown avait soutenu depuis le début, et Terence voulait éviter l'explosion. Il s'entendit déclarer, sur ce ton raisonnable et conciliant qu'il haïssait à présent : « Bon, Quincy, il ne s'agit pas d'opposer votre candidat à un autre, et vous devez le savoir. Votre candidat ne figure pas sur la liste. Et par conséquent...

— Je me fous de la liste, "docteur" Greene ! Je vous préviens, j'en parlerai à la presse. J'ai des amis au *TBR*... » – le *New York Times Book Review* – « qui, par simple conscience professionnelle, dénonceraient volontiers la corruption de ce comité ! de cette “Fondation Feinemann”. Personne n’ignore que Nelson P. Feinemann était un parvenu et un escroc. »

Terence répondit sans se démonter : « La qualité ou la non-qualité des affaires de notre fondateur n’a rien à voir avec ce qui nous occupe aujourd’hui, Quincy, et vous devez le savoir. Avant la pause déjeuner, au moins, faisons… »

Ryder fixa sur Terence ses petits yeux qui étincelaient. « Arrêtez de dire que je dois le savoir, Greene. Je n’ai pas à le savoir, puisque c’est faux. Je vous en supplie, tous autant que vous êtes : c’est la justice qui doit nous guider. C’est décidé, j’irai voir la presse. »

Terence hésita. Bien sûr, Quincy Ryder n’avait rien à révéler aux médias, et, pourtant, si un scandale éclatait, qu’il ait un fondement ou non… ! Il arrivait que même des publications sérieuses comme le *New York Times* fassent passer de simples dissensions internes pour des nouvelles dignes d’intérêt.

Terence affirma : « Ce comité ne se soumettra pas au chantage, Quincy. Cela au moins, vous devez le savoir. »

Ryder prit sa respiration pour répliquer, mais ne trouva rien à dire. Il regarda autour de lui et ne vit aucun allié ; Adele Brown se moucha pour exprimer son dédain. Le petit homme rougit jusqu’aux oreilles. Même le blanc de ses yeux était injecté de sang. Son veston croisé à carreaux noir et blanc, sa cravate lavande en imprimé Liberty et sa pochette assortie lui donnaient l’air pimpant d’un mannequin de supermarché ; néanmoins ses mains tremblaient. Il renifla, haussa les épaules et laissa tomber : « Et puis merde. C’est quand le déjeuner ? J’ai besoin d’une vodka Martini. »

« Ava-Rose est-elle ici ? Puis-je lui parler ?

— Oh, c'est vous. » Il y eut une pause. « Nooon, elle est sortie pour la journée, j' suppose. Vous voulez laisser un message ? »

Terence insista : « Holly Mae ? C'est…

— Mais oui, b'jour, docteur Greene ! Eh ben nooon, Ava-Rose est pas ici. Vous devriez essayer chez Tamar, OK ?

— Non, attendez, Holly Mae, ne raccrochez pas… Pourriez-vous lui dire que j'ai appelé, et que je rappellerai ce soir ? Ou que je ferai un saut, peut-être ? Il se peut que j'aie de bonnes nouvelles pour Ava-Rose. Peut-être.

— Ouais ? Quel genre de bonnes nouvelles ?

— Je… je préfère attendre pour en être sûr. Dites-lui que j'appellerai ce soir à 7 heures.

— Quel genre de bonnes nouvelles ? Quelque chose de personnel ? »

Terence ne savait que répondre. Son cœur cognait fort, et son estomac était si retourné qu'il regrettait d'avoir mangé si vite. « Eh bien, oui, je suppose – peut-être. »

À l'autre bout de la ligne, Holly Mae riait, à la façon d'Ethel Merman. Le son qu'elle produisait rappelait de manière désagréable Adele Brown en train de se moucher. « Tout cela m'a l'air drôlement incertain, "docteur" Greene ! »

Le déjeuner avait été interminable. Quincy Ryder avait descendu quatre vodkas Martini. Au sortir de table, les travaux reprirent et les choses avancèrent avec une étonnante promptitude. Soit Ryder avait renoncé à défendre son protégé, soit l'alcool avait émoussé son agressivité du matin. (Ryder ne fut pas le seul parmi les juges à garder les paupières baissées pendant quelques minutes.) Le scrutin commença par l'attribution des « Espoirs américains ». Adele Brown défendit si ardemment l'auteur dramatique noir qu'il remporta son prix à la quasi-unanimité – quatorze votes favorables et une abstention. (Ryder, bien entendu.) Terence se dit : *Oui, Adele est probablement une amie de cet homme*, mais cette pensée ne fit que traverser son esprit et s'effaça aussitôt. Il ne voulait qu'une seule chose : que la sélection soit complète et que le comité se dissolve. Ensuite, il courrait retrouver la belle Ava-Rose et la tiendrait de nouveau dans ses bras. Rien d'autre ne comptait !

Que recherchons-nous dans l'extase, si ce n'est l'aveuglement ?

À la liste des candidats se substitua la liste finale des lauréats. Quincy Ryder soupirait et marmonnait dans sa barbe ; plusieurs fois il sembla sur le point d'élever une objection, mais changea d'avis ; il participa au scrutin d'un air détaché et ironique. Quand les autres parlaient, il regardait ostensiblement sa montre, de manière fort grossière. (Cette montre munie d'un bracelet de daim noir ressemblait tant à celle de Terence que ce dernier vérifia si la sienne était toujours à son poignet.) À 4 heures et demie, durant la dernière heure de travail, alors que chacun pensait que Ryder n'était plus une menace, quelque chose se déclencha en lui. Il s'éveilla soudain et s'écria : « Vous êtes satisfaits, tous autant que vous êtes ! *Cette liste !* C'est honteux, ignoble ! Je ne connais pratiquement aucun de ces "artistes", et ceux que je connais je les abhorre ! » Avant que Terence ait pu l'interrompre, Ryder se lança à corps perdu dans l'une de ces diatribes prétendument spirituelles qui avaient fait sa réputation dans certains milieux. Ses petits yeux rieurs pétillaient de malice tandis qu'il cochait les noms sur la liste : « … ce pédé ringard et ses discours antiaméricains ! Cette "féministe" en bottes de combat et poncho ! Cet arriviste miteux avec ses "action painting", des plagiats de Warhol ! Et ce Juif constipé, on aurait pu croire que cette génération était aujourd'hui éteinte, non ? Les fumistes qui exploitent l'Holocauste en écrivant des vers sirupeux pour que les goyim se sentent coupables… Mais moi je refuse de me sentir coupable, et quand la poésie ressemble à de la merde, moi *je dis que c'est de la merde*. Et cette "artiste environnementale" qui prône le chic lesbien, avec ses ballons-phallus plantés sur des poteaux ! Là, nous avons l'une de nos chères "personnes de couleur", et ici un "handicapé physique" – "Américain ethnique", qui plus est : deux en un ! »

Terence s'exclama, furieux : « Quincy, ça suffit !

— En effet, ça suffit, "Te-rence" ! » hurla Ryder. Il lança la feuille de papier sur la table tout en reculant sa chaise. « Terminez votre méprisable petite besogne sans moi ! » Puis il sortit de la pièce d'un air dédaigneux et claqua la porte derrière lui.

Terence resta un bon moment abasourdi ; non pas à cause du départ de Quincy Ryder, qui était un soulagement considérable pour tous, mais parce qu'il semblait avoir perçu une moquerie dans la façon dont Ryder avait prononcé son nom – comme Ava-Rose, il avait articulé un *Te-rence* dérisoire et chantant.

Mais comment Quincy Ryder aurait-il pu savoir ?

Quincy Ryder ne savait rien, bien entendu. Terence en arriva rapidement à cette conclusion et, oubliant ses craintes, se laissa envahir par une vague de bien-être. Quel soulagement après la longue journée harassante qu'il venait de passer ! À 17 h 20, le comité se sépara enfin ; presque tout le personnel de la fondation était parti. Seule Marcia demeurait à son bureau. Terence la renvoya chez elle et travailla encore quarante minutes, en remettant à plus tard son appel à Ava-Rose, comme pour le savourer d'avance – *non : par peur d'être rejeté*, malgré les bonnes nouvelles qu'il croyait pouvoir lui annoncer maintenant.

Il était sur le point de saisir le combiné quand un bourdonnement se fit entendre à la porte du secrétariat. Étrange, un visiteur à la Fondation Feinemann, à cette heure-ci – 18 heures. Cette personne avait dû être identifiée par le vigile du rez-de-chaussée, aussi Terence, sans hésiter un seul instant, se précipita-t-il pour ouvrir ; mais, tandis qu'il s'exécutait, le bourdonnement recommença, insistant, agressif. « "Docteur" Greene ! Un vrai bourreau de travail ! Puis-je entrer ? » C'était Quincy Ryder ; sa voix était sourde et menaçante.

Terence aurait voulu dire à Ryder d'aller se faire voir ailleurs, mais la grossièreté n'était pas son fort. Malheureusement.

Apparemment ivre, Ryder se rua vers Terence, le dépassa et, avant que ce dernier ait pu faire un geste pour l'en empêcher, pénétra dans son bureau ; Terence fut bien obligé de le suivre. « Je veux voir la liste des lauréats, je veux vérifier un ou deux noms. Où est cette liste ? Je veux voir cette liste, Te-rence ! marmonna Ryder. Je veux savoir ce que vous avez manigancé dans mon dos, bande de traîtres. Je veux voir si vous avez omis… » Il nomma alors plusieurs candidats pour lesquels il avait voté. Terence était épouvanté par la violente intrusion du petit homme – cela ressemblait à un cauchemar.

Terence dit très vite : « Quincy, allons ! Vous ne pensez pas sérieusement...

— Ne croyez pas que vous allez me piquer mes honoraires... » – les juges percevaient une somme de 5 000 dollars – « ... parce que je suis parti juste avant la fin ! Oh non ! Où est cette liste, mon ami ? J'exige de voir cette liste ! »

La liste dactylographiée s'étalait bien en vue sur le bureau de Terence, et rien n'empêchait Quincy Ryder de s'en emparer.

Il s'absorba dans sa lecture, et détailla chaque nom en marmonnant. Son visage écarlate grimaçait une fois encore comme si une odeur nauséabonde s'était répandue dans la pièce. Il passa les colonnes en revue puis, à la grande horreur de Terence, s'arrêta à la dernière ligne et s'enquit, soupçonneux : « Qu'est-ce que c'est que ça ? Quelqu'un a tapé un nom que je n'ai jamais entendu prononcer : "Ava-Rose Renfrew, artiste, 33 Holyoak"... »

Terence arracha la feuille des doigts de Ryder et clama d'une voix chevrotante : « Peu importe, Quincy ! Cela ne vous regarde pas. »

Ryder répliqua : « Quoi ? Cela ne me regarde pas ? Mais qu'est-ce qui se passe ici ? »

Terence sentait le sang envahir ses joues. Il balbutia : « Mais rien du tout, rien... du tout. » Il plia la liste en hâte et la glissa dans un tiroir. « Maintenant, sortez d'ici, c'est compris ?

— "Ava-Rose Renfrew, artiste"... Je l'ai vu, mon ami. Une adresse à Trenton, New Jersey. Trenton ! Qu'est-ce qui se trame ici ?

— Sortez, Ryder. S'il vous plaît. »

Les mains sur les hanches, Quincy contemplait Terence. Cet homme avait tellement l'habitude de toiser les gens qu'il paraissait plus grand qu'il n'était en réalité. Depuis qu'il avait quitté le bureau de Terence, il avait sali le devant de son élégant costume à carreaux ; une tache de ketchup ou de sauce barbecue s'étalait sur son revers gauche. L'accent mielleux de Ryder renforçait son ton sarcastique : « Bien, bien ! Terence Greene, le plus honnête d'entre tous ! "Ava-Rose Renfrew, artiste"... Bien, très bien !

— S'il vous plaît, sortez.

— Je vais sortir, mais comment donc ! » Ryder tourna les talons, mais pas aussi adroitement qu'il l'eût souhaité – il était très saoul –, et, d'un pas majestueux, il quitta le bureau de Terence, traversa le secrétariat et disparut. Un silence profond, terrible, vibra dans son sillage.

C'est comme un cauchemar, mais comment, comment se terminera-t-il ?

« Il faut que nous partions ensemble – Ava-Rose et moi. »

Terence s'assit au bord de son bureau. De sa vie il ne s'était senti aussi fragile, humilié, écrasé. Il resta quelques minutes dans cette position, le souffle court, couvert de sueur, tentant de raisonner sans toutefois y parvenir. Puis il chercha à tâtons le combiné du téléphone pour appeler Ava-Rose, mais l'objet lui glissa des doigts.

Terence était si désemparé qu'il sortit de son tiroir la liste des lauréats et vérifia la dernière ligne, comme s'il espérait découvrir un nom différent, qui n'aurait rien à voir avec « Ava-Rose Renfrew ».

Mais, bien sûr, le nom était là. Terence Greene n'avait-il pas tapé de ses propres doigts « Ava-Rose

Renfrew, artiste, 33 Holyoak Street, Trenton, New Jersey », de manière que son rajout figure bien dans l'alignement de la colonne ? Ava-Rose comptait parmi les « Espoirs américains ».

Il en aurait pleuré de déception et d'angoisse. « Mais, bon Dieu, elle le mérite. C'est une artiste, tout autant que les autres. »

Puis il se répéta, cette fois-ci de manière plus insistante, que la seule solution résidait dans la fuite. Ava-Rose et lui devaient partir ensemble. Mais où trouverait-il assez d'argent pour cela ? La mère de Phyllis avait chargé Terence d'investir plusieurs centaines de milliers de dollars, pris sur son plan d'épargne-retraite, et une partie de cet argent avait servi, en réalité, à éponger les dépenses des Renfrew ; mais de là à détourner une somme plus importante… « Ce serait du vol. Un vol qualifié. »

Non, il ne volerait pas effrontément sa belle-mère.

Même s'il ne faisait pas de doute que, dans son testament, Fanny Winston léguerait presque toute sa fortune aux Greene.

Terence arpentait son bureau, la cravate de travers, quand, à sa grande surprise, *le bourdonnement se fit de nouveau entendre*.

Son cœur bondit dans sa poitrine – « Peut-être que cette scène n'a pas encore eu lieu ? »

Peut-être Quincy Ryder n'avait-il pas encore vu le nom d'Ava-Rose ? Les dix dernières minutes n'auraient-elles été qu'un horrible rêve éveillé ?

De nouveau, Terence se précipita vers le secrétariat ; de nouveau, il ouvrit la porte. *De nouveau, Quincy Ryder se tenait là sur le seuil, le sourire aux lèvres.*

Mais, hélas, Terence vit aussitôt que Ryder était au courant : la scène avait déjà eu lieu et l'on ne pouvait rien y changer.

Cette fois-ci, Terence n'invita pas Ryder à entrer. Ce qu'il avait à dire, il le dirait dans le couloir, puisque le bâtiment était désert. (Il était à présent 18 h 25.) Même si Ryder élevait la voix, ses paroles ne porteraient pas jusqu'au hall d'entrée, huit étages en dessous, où patrouillait l'unique vigile de faction ; au cas fort improbable où le garde, un Haïtien à la voix douce, les entendrait parler, il serait bien en peine d'imaginer la raison de la querelle opposant ces deux Blancs.

En plissant son œil droit comme s'il tentait de le cligner, Ryder articula : « Nous pourrions nous arranger, Terence, mon ami. J'étais sur le point de monter dans un taxi quand cela m'est apparu : on rajouterait T. C. Tucker sur la liste, on barrerait un nom quelconque et personne ne le remarquerait jamais – c'est bien ce que vous avez fait, non ? Qu'en dites-vous, "docteur" Greene ? Donnant donnant ? »

Les yeux de Terence s'emplirent de larmes de rage et d'indignation. Aussi calmement que possible, il répondit : « Quincy, je ne sais pas de quoi vous parlez. Je vous conseille de rentrer chez vous. »

Ryder partit d'un rire émerveillé. « Quel comédien ! Qui pensez-vous tromper ? J'ai vu le nom, je ne l'ai pas imaginé : "Ava-Rose Renfrew, artiste". Qui est-elle – votre petite amie de Trenton, New Jersey ?

— Miss Renfrew n'est pas mon… mon amie. C'est une artiste visuelle sérieuse, très en vue…

— Oh, merde ! Personne n'a jamais entendu parler d'elle, et vous le savez », rétorqua Ryder. Dans un geste espiègle mais plutôt brutal, il toucha la poitrine de Terence et le repoussa, comme un gamin dans une cour de récréation. « Au moins, mon ami le poète Teddy C. est un artiste connu, lui, et il a une réputation nationale. Pas vrai ? »

Terence tressaillit lorsque l'homme posa son index sur lui. Un voile passa devant ses yeux, un voile teinté de sang.

« Je vous le répète : rentrez chez vous, sortez d'ici. Je ne peux supporter de voir votre visage.

— Quoi ? Quel visage ? Pour qui vous prenez-vous, Greene ? Vos façons de grand seigneur ne cadrent pas bien avec… Comment s'appelle-t-elle, déjà ? "Ava-Rose". » Ryder parlait sur un ton chantant mais brusque ; de nouveau, il poussa Terence puis éructa. Son haleine empestait l'alcool.

Livide, Terence s'exclama : « Ne me touchez pas. Allez au diable ! » Il bouscula Ryder, et ce dernier lui retourna son coup, avec une force surprenante qui précipita violemment son adversaire, pourtant plus grand que lui, contre le mur. Le véritable cauchemar avait commencé. En l'espace d'un instant, Quincy Ryder semblait être devenu fou furieux. Le visage cramoisi, les yeux exorbités, il se mit à hurler des mots incohérents, tout en faisant pleuvoir des coups sur la figure et la poitrine de Terence. Dans la confusion et l'horreur du moment, Terence comprenait à peine ce que disait Ryder ; dans ses oreilles résonnait une voix acérée, qui scandait : *Si ton ennemi te frappe, rends-lui coup pour coup. Pare et contre-attaque : un crochet du gauche à la tête ou au corps. Si un salaud te cogne salement, il ne s'en tiendra pas là. Si tu ne l'arrêtes pas…* – et soudain, furieux de se laisser ainsi maltraiter par Quincy Ryder, Terence lui envoya une bourrade plus puissante que les autres.

Le petit homme recula en vacillant, son visage rubicond prit un air concentré, et sa bouche béante forma un O, comme celle d'un poisson. Emporté par son élan, il atteignit bientôt la rambarde qui le séparait du gouffre, et la percuta avec une force telle qu'il bascula, tel un acrobate accomplissant une cabriole extrêmement rapide. Il tomba – ses bras battirent l'air, ses jambes s'agitèrent dans son pantalon à carreaux noir et blanc, on aperçut les semelles éraflées, couleur sable, de ses chaussures noires impeccablement cirées.

Terence se précipita pour le rattraper, mais c'était trop tard. Il vit, consterné, le corps de Quincy Ryder choir comme une pierre ; il entendit le cri étranglé, puis l'écho de ce cri, qui se prolongea le long des huit étages. Son ennemi trouva la mort sur une fontaine blanche de style classique.

« ... Car tout est écrit »

Ce premier jour de mai était prématurément chaud. D'invisibles particules de poussière volaient dans l'air venteux de Trenton. Terence avait un goût d'huile et de soufre dans la bouche. Son sourire d'amoureux éperdu s'effaçait.

Ava-Rose ? Où... ?

Il avait pourtant bien vu – mais bien sûr qu'il l'avait vue – la Corvette jaune canari descendre Broad Street, tourner à gauche pour pénétrer dans le parking à étages proche de Metropolitan Life Plaza. Derrière les grandes portes de verre blindées de l'immeuble, il attendait *patiemment, comme n'importe quel amant guettant l'arrivée de sa belle. Il souriait puis son sourire s'effaça*, car cette Corvette ne pouvait être que celle d'Ava-Rose, ou plus exactement celle qu'il lui avait offerte le jour de la Saint-Valentin (la voiture était immatriculée au nom d'Ava-Rose Renfrew, bien entendu)... *mais où était-elle* ? Il ne lui fallait quand même pas dix minutes pour garer la voiture.

Il était déjà 15 h 25. Ava-Rose avait promis de le rejoindre à 15 heures.

Il ne l'avait pas vue depuis douze jours. Il ne l'avait ni serrée dans ses bras, ni embrassée. Pendant douze jours.

Il ne lui avait pas fait l'amour depuis… *Mais pourquoi envisager les choses en de tels termes ? Pourquoi énumérer ? Il ne servait à rien de conserver le souvenir de cette intimité.* Seul leur vrai amour comptait.

Terence avait pris une demi-journée de congé pour se rendre à Trenton et y retrouver Ava-Rose, en ce 1er mai embaumé, chaud comme un après-midi d'été. Depuis la mort tragique mais accidentelle de Quincy Ryder, dans l'immeuble de la Fondation Feinemann, Terence Greene avait été constamment dérangé dans son travail. Après tout, il était le directeur de la Fondation Feinemann et l'une des dernières personnes à avoir vu Ryder vivant ; la police l'avait bien sûr interrogé, ainsi qu'un enquêteur dépêché par une compagnie d'assurances ; pendant plusieurs jours d'affilée, les deux tiers des appels téléphoniques qu'il avait reçus avaient été liés à cette malheureuse affaire. Les nerfs de Terence étaient si tendus qu'il grimaçait au moindre bruit imprévu. Tant et si bien que Mrs Riddle, sa dévouée secrétaire, insista pour qu'il prenne rendez-vous chez un médecin. Terence obtempéra – ou c'est du moins ce qu'il lui fit croire.

Il avait eu une brillante idée que sa conscience lui déconseillait de mettre en pratique : prendre un congé pour aller voir un médecin – ou, plutôt, utiliser ce prétexte pour s'absenter du bureau et se rendre à Trenton.

C'est pourtant ce que Terence avait fait ce jour-là. Dans la touffeur de ce mois de mai.

Il était parti pour Manhattan tôt dans la matinée et, peu après midi, avait repris la navette ferroviaire pour Queenston. Il courait le risque d'être vu par une de ses connaissances et même, si la chance jouait contre lui, par Phyllis – « Mais je ne peux faire autrement. »

Il devait bien cela à Ava-Rose. Il savait qu'elle lui en serait reconnaissante.

Il retourna donc à Queenston, récupéra sa voiture sur le parking de la gare, roula vers le sud, sur la Route 1, celle de Trenton, et pénétra dans la ville. Il devait retrouver Ava-Rose à 15 heures pile au Metropolitan Life Plaza, pour y rencontrer un certain Mr Post à 15 h 15. Ils étaient déjà en retard, *mais où était Ava-Rose ?*

En se protégeant les yeux, Terence se précipita sur la grand-place balayée par les vents. La Corvette venait d'entrer dans le parking où elle avait disparu, mais il crut apercevoir, à un niveau supérieur de la structure en béton, un éclat de couleur jaune. C'était sûrement elle ! *Dans ce cas, que fabriquait Ava-Rose ?*

Terence Greene était dans un drôle d'état, à la fois malade et en pleine forme. Une chose au moins était sûre : la tension de ces dernières semaines avait marqué son visage. Ses traits, à présent décharnés, avaient acquis cette beauté étrange qu'on remarque chez les personnages de gravures anciennes ; ses cheveux autrefois blond clair parsemés de fils argentés étaient maintenant totalement gris. Il mangeait avec parcimonie, en grimaçant de douleur parfois, avec cet air inquiet et profondément attentif des gens qui souffrent de l'estomac. (Et n'avait-il pas perdu du poids ? Tout comme son visage, son corps semblait émacié.) Il dormait d'un sommeil agité – se retournait, donnait des coups de pied, grinçait des dents, et transpirait tant que ses pyjamas étaient trempés. (Phyllis avait dû le prier de passer ses nuits dans la chambre d'amis.) En société, comme à la maison, ses manières demeuraient affables, *il était dans son petit monde*. Son sourire était si figé que des rides profondes s'étaient creusées autour de sa bouche, telles deux parenthèses. *Je n'ai jamais été si heureux.*

Lui se croyait en parfaite santé. Peut-être buvait-il un peu plus qu'avant – avant sa vie à Chimney Point. Quoi qu'en dît Phyllis, il dormait comme un loir toutes les nuits et parfois éprouvait quelque difficulté à se réveiller, tant son sommeil était lourd. Plusieurs fois par semaine, il faisait des longueurs dans la piscine de l'Athletic Club, et ses performances semblaient toujours aussi satisfaisantes.

Sa barbe elle-même paraissait plus drue ! En fin de journée, sa peau se couvrait de petits poils durs et argentés, si bien qu'il devait se raser de nouveau. *Cette virilité inattendue, comme une seconde accession à l'état d'homme.*

« Ava-Rose… ? »

Terence dévala presque les marches pour atteindre le parking. Il ne voulait pas crier trop fort, de peur de se faire remarquer. (Dans son léger costume gris, sa serviette de cuir au bout du bras, il se confondait avec tous les cadres d'âge moyen travaillant dans le secteur du Metropolitan Life Plaza, l'un des nouveaux complexes urbains de Trenton, un endroit des plus renommés où se brassaient des centaines de millions de dollars. Les hommes comme lui ne crient pas – du moins pas en public.) Terence hésita : emprunterait-il les escaliers ou l'ascenseur pour atteindre le quatrième niveau, où la Corvette jaune était garée ? Si par malchance il ratait Ava-Rose, leur retard ne ferait que s'aggraver ; et Mr Post les attendait pour une affaire de première importance.

Il décida de prendre les escaliers. Parvenu sous la charpente métallique du toit, il s'avança jusqu'à l'angle d'un mur et la vit, de profil – à moins de six mètres de lui, en grande conversation avec un policier noir à la peau plutôt claire. Ava-Rose riait gaiement et l'homme en uniforme aussi ; elle arrangeait ses cheveux décoiffés par le vent, et les écartait de son visage avec des mouvements rapides et nerveux de ses mains couvertes de bagues. Le policier se tenait devant elle, une main légèrement posée sur l'étui de revolver passé à sa ceinture. Terence se rejeta en arrière. Il l'avait reconnu – c'était l'un des adjoints du shérif du comté de Mercer ; ce type se trouvait au tribunal durant le procès de T. W. Binder.

Ava-Rose portait l'une de ses tenues gitanes, composée de plusieurs couches de tissus vaporeux. La couleur dominante en était le rouge sang, tout comme les plúmes de la queue de Darling. Quelque chose pendait dans ses cheveux – une rose de satin crème ? – et elle avait enfilé ces ballerines noires qui rendaient ses pieds aussi fins et menus que ceux d'une adolescente. Des bracelets étincelaient sur ses bras ; plusieurs rangs de perles de verre scintillantes reposaient sur ses petits seins hauts, qui bougeaient librement sous son corsage de mousseline un peu transparent. Comme elle était belle ! Les yeux de Terence brûlaient de la voir ainsi.

L'adjoint du shérif avait fière allure dans son uniforme gris-vert, et il en était conscient. Quand il souriait à Ava-Rose, il rayonnait d'une grâce enfantine, tels ces chanteurs de rock à peine pubères dont les photos ornaient les murs de la chambre de Kim ; il devait avoir dans les trente ans. Terence le vit griffonner quelque chose sur un bout de papier qu'il tendit à Ava-Rose. Cette dernière saisit le mot, et le glissa dans le sac en tissu, un peu vulgaire, qu'elle portait en bandoulière.

Terence rebroussa chemin, craignant d'être découvert. Son cœur battait à tout rompre.

« "La jalousie est la première mort du cœur" » – c'était ce qu'Ava-Rose avait répliqué, un peu mécontente, quand il s'était plaint de ne pouvoir la joindre au téléphone.

Faisant demi-tour, Terence regagna l'immeuble de bureaux. Il attendait là, appuyé à une balustrade, quand une minute plus tard Ava-Rose apparut. Étincelante de bijoux, elle courait dans sa longue jupe légère. Ses cheveux bouclés et vaporeux volaient au vent ; elle avait le charme d'une gamine maladroite. Deux hommes d'âge moyen, qui descendaient les marches de la grand-place, la dévisagèrent. Terence se souvint alors de sa première rencontre avec la mystérieuse jeune femme. Presque un an avait passé depuis ce matin de juin, aussi venteux et ensoleillé qu'aujourd'hui – comme maintenant, elle courait en traversant Market Street au feu vert, sans se soucier de la circulation. Les jambes gainées de collants jaune jonquille, vêtue d'un gilet de soie vert émeraude avec un arc-en ciel brodé sur le dos. Une fille merveilleuse. Une inconnue.

Mais pourquoi tant de précipitation ? *Sa course s'était achevée en haut des marches, derrière les portes à tambour du quartier général de la police de Trenton.*

Maintes fois, Terence avait voulu questionner Ava-Rose sur ses liens avec la police de Trenton et les services du procureur du comté : l'avaient-ils aidée à préparer son témoignage contre Binder ? T. W. Binder était-il déjà connu de la police, laquelle n'aurait attendu qu'un prétexte pour le boucler ? Mais il n'avait pas osé, car ce genre de questions déplaisait à Ava-Rose – « Il est écrit : "Ne cherche pas la confusion, ou tu risques de la trouver". » Et Terence ne pouvait supporter de la voir contrariée.

De même, il avait renoncé à l'interroger sur le décès (le meurtre ?) de T. W. Binder en prison ; ou sur les détails de sa relation avec ce dernier ou Eldrick Gill. Il y avait aussi cette histoire bizarre avec… Comment s'appelait-il, déjà ? Applewine, Wineapple – « Ezra Wineapple ».

Un jour, par hasard, Terence avait demandé à Chick qui était « Mr Wineapple », et Chick avait répondu, avec une telle vivacité, une telle candeur, qu'on ne pouvait raisonnablement le soupçonner de mentir, que ce « gars » avait été « l'un des petits amis de tante Holly ». Elle l'avait rencontré au Club des anciens de Chimney Point, où « toute leur bande avait coutume de se réunir, les jeudis soir, pour jouer au bingo. Tante Holly s'en est fait exclure parce qu'elle remportait si souvent le jackpot qu'on l'avait soupçonnée de tricher ; mais, merde – comment qu'on peut tricher au bingo ? » En prononçant le mot « bingo », Chick avait tordu la bouche, comme s'il n'existait pas de mot plus prétentieux dans toute la langue anglaise. Terence n'avait pu s'empêcher de rire.

Non, admit-il, il n'avait pas la moindre idée de la façon dont on triche au bingo.

« Te-rence ! Vous êtes là ! s'écria Ava-Rose avec une imperceptible moue. Je ne savais pas par où passer, ce fichu endroit est si vaste. »

Élancée, débordante d'énergie, elle se précipita vers Terence qui l'accueillit tendrement en lui posant un fougueux baiser sur les lèvres, attitude qu'elle n'apprécia guère étant donné l'affluence.

Juste au cas où vous regarderiez, monsieur l'officier de police.

Dans l'ascenseur qui les emmenait vers les bureaux de la Metropolitan Life Insurance, au onzième étage, Ava-Rose pressa la main de Terence en frissonnant.

« Quelle aventure d'être ici avec vous – dans ce lieu que je ne connais pas ! » Ava-Rose écarquillait les yeux ; elle parlait sincèrement. Ce que Terence préférait en elle c'était sa faculté d'émerveillement et sa façon de considérer la vie.

« Je me faisais un peu de souci, en vous attendant, dit Terence. J'avais peur que quelque chose ne vous soit arrivé, ma chérie. »

Ava-Rose se mordit la lèvre inférieure et lança à Terence un regard moqueur. Elle pressa de nouveau sa main dans ses doigts fins et vigoureux, comme pour lui adresser un gentil reproche. « Te-rence, rien ne peut m'arriver ! Pas ce trimestre. Je ne vous ai pas dit ? Vénus est entrée en conjonction avec ma Lune de naissance et mon Pluton de naissance semi-sextil, ce qui donne un pluricube dans ma Lune de naissance et un semi-carré dans mon Pluton de naissance. » En voyant son expression, elle s'esclaffa. « Je vais bien. »

Terence rit à son tour, car l'astrologie était un point de désaccord entre eux : ce n'étaient que de petites chamailleries d'amoureux. Ava-Rose le sermonnait en se moquant gentiment de lui ; et Terence la taquinait, avec tendresse, comme il taquinait ses enfants à propos de tel ou tel de leurs hobbies. Il riait, mais la montée rapide de l'ascenseur l'oppressait : l'ascenseur de la fondation lui revenait à l'esprit, de même que *le visage de son ennemi, ce visage sanguin, tordu par la haine, sur lequel s'était peinte une horreur indescriptible quand il avait basculé par-dessus la rambarde et…*

Ava-Rose avait glissé son bras sous celui de Terence, en tournant vers lui son visage mutin. Elle suggéra pour le faire enrager : « J'aimerais réaliser votre horoscope, docteur Greene ! Vous verriez alors que "tout est possible, car tout est écrit". Pourriez-vous savoir l'heure exacte de votre naissance ? Votre mère... »

Terence répondit platement : « Ma mère est morte, Ava-Rose, quand... j'étais tout petit. »

La chose semblait aller de soi. Terence n'en avait jamais rien su – mais y avait-il quelque chose à savoir ? Jusqu'à ce jour.

« Morte ? » Le front lisse d'Ava-Rose se plissa dans un élan de sympathie. « Vous disiez qu'elle et votre père vous avaient abandonné, mais...

— Peu importe, ma chérie. Je préfère ne pas en parler maintenant.

— Mais... vous êtes sûr ? Je veux dire, vous ne sembliez pas au courant, et... »

Quand l'ascenseur s'arrêta au onzième étage, Terence respirait toujours plus difficilement. Néanmoins, il parviendrait à se reprendre : dès qu'il s'avancerait dans le couloir et verrait que, devant lui, ne s'ouvrait pas le vide de l'atrium, il irait tout de suite mieux. *Et c'est ce qui se passa.*

Sur un ton posé, Terence dit à Ava-Rose, en qui il pouvait toujours avoir confiance – elle était dotée d'un tel tact, d'une telle gentillesse –, de ne pas l'assaillir de questions auxquelles il ne souhaitait pas répondre : « Nous parlerons de tout cela une autre fois, Ava-Rose.

— Ou jamais, répondit doucement Ava-Rose : si vous le préférez. »

Bras dessus bras dessous, Terence et Ava-Rose pénétrèrent dans les bureaux en verre de la

Metropolitan Life Insurance. Plusieurs personnes – hommes, femmes, visiteurs, employés – les regardèrent avec curiosité. Un monsieur distingué, entre deux âges, habillé comme un homme d'affaires, une jolie fille pimpante vêtue dans le style hippie, couverte de bijoux de pacotille – quel couple étonnant, non ? Le regard des autres hommes flattait la vanité de Terence ; il savait qu'il agissait de façon effrontée et téméraire en s'affichant en compagnie d'une femme qui n'était de toute évidence pas la sienne ; tout cela aurait pu remonter jusqu'aux oreilles de Phyllis.

(Phyllis avait-elle des soupçons ? – ou, pis encore, savait-elle quelque chose ? Au début de son aventure avec Ava-Rose, Terence s'était senti coupable envers sa famille, mais, tout dernièrement, il avait découvert que sa femme et ses enfants avaient eux-mêmes peu de temps à lui consacrer. Phyllis était très prise : il y avait Queenston Opportunities et sa vie mondaine qui semblaient l'exciter toujours autant ; Kim, aussi occupée que sa mère, menait sa vie d'adolescente, dont son travail scolaire n'était qu'une partie accessoire ; Cindy elle-même recherchait moins la présence de son père, à présent qu'elle s'était inscrite au club de théâtre du lycée. Plus que jamais, Terence avait besoin des Renfrew – « Comme je me sentirais seul, sans eux ! » Il était si éloigné d'Aaron qu'il lui arrivait d'oublier qu'il avait un fils.)

Assis dans l'antichambre, en attendant que Mr Post veuille bien les recevoir, Terence, n'y tenant plus, posa à Ava-Rose, qui feuilletait des numéros de *Fortune* et de *Business Life*, la question qu'il avait décidé, en bas sur la place, de ne pas lui poser. « Cet homme avec lequel vous parliez dans le parking… Qui était-ce ?

— Un homme ? Quel homme ?

— Il avait l'air d'un policier. Un adjoint du shérif. »

Ava-Rose secoua lentement la tête. Ses jolis yeux vert doré étaient limpides. « Je n'ai pas remarqué d'homme, affirma-t-elle. Où était-il ? Dans le parking ?

— J'ai dû me tromper. Je croyais vous avoir vue discuter avec un adjoint du shérif. Mais peu importe. »

Ava-Rose avança la lèvre inférieure de cette façon mi-moqueuse, mi-renfrognée dont les Renfrew exprimaient leur « incompréhension » et que Terence adorait. Elle poussa un petit cri : « Te-rence, vous savez que je n'aime pas les policiers – ils me donnent la chair de poule, quand ils se promènent, prêts à vous tirer dessus avec leurs maudits pistolets ! »

C'était le 1er mai : ce jour-là, Terence souscrivit une assurance-vie de 500 000 dollars, avec pour seule bénéficiaire Ava-Rose Renfrew, domiciliée au 33 Holyoak Street, Trenton, New Jersey. C'était un geste extravagant, mais Terence le considérait comme une sorte de dédommagement – étant donné que, dans un accès de lâcheté et de panique, il avait barré le nom d'Ava-Rose de la liste des lauréats de la fondation, avant l'arrivée de la police.

« Mort des suites d'un accident » – c'est ainsi que le coroner de la ville de New York avait qualifié le regrettable décès de l'ex-poète officiel, Quincy Ryder. Pourtant, quelques semaines plus tard, dans le milieu littéraire, on racontait que l'homme de lettres s'était suicidé. Tout le monde savait que Ryder était alcoolique et profondément malheureux ; il avait étudié avec le poète John Berryman, qui avait eu sur lui une influence considérable. Or, ce dernier, alcoolique lui aussi, s'était donné la mort des années auparavant en se jetant du pont de Minneapolis. La rumeur alla jusqu'à prétendre qu'il avait le sida, mais cette assertion fut infirmée par sa famille.

Ryder était mort sur le coup, dans le bâtiment quasi désert, après avoir dégringolé les neuf étages de l'atrium ; le rapport du légiste releva une forte imprégnation alcoolique, et le vigile qui lui avait ouvert (deux fois en quelques minutes) témoigna que Ryder était « si saoul que, les deux fois, j'ai dû appuyer sur le bouton de l'ascenseur à sa place. Et il a rien trouvé à me dire que "Merci, mon garçon", sans même me regarder ».

Il s'avéra que le vigile était la dernière personne à avoir vu Ryder vivant.

En tant que directeur de la Fondation Feinemann, Terence Greene, qui avait travaillé aux côtés de Ryder durant les neuf derniers mois, avait été longuement interrogé par les inspecteurs ; bien qu'il parût très perturbé par la mort du poète, Terence s'était montré fort coopératif. Il ne connaissait pas très bien Ryder et n'avait jamais discuté avec lui que de sujets d'ordre professionnel, mais il éprouvait une grande admiration pour sa contribution aux lettres américaines et pour la franchise de ses opinions. Le jour de l'accident, Ryder avait eu un différend avec les quatorze membres du comité dont il faisait partie et il était sorti avant la fin de la session en laissant entendre qu'il ne reviendrait pas. Oui, il avait bu, un peu.

Les inspecteurs demandèrent à Terence si, selon lui, Quincy Ryder avait un « problème de boisson » ; s'il semblait « déprimé » pour une raison ou une autre. Terence répondit, après mûre réflexion : « Oui, Mr Ryder avait certainement un problème de boisson, mais il ne semblait pas déprimé. D'après moi, il serait plus exact de dire qu'il était en colère. »

En colère – mais pour quelle raison ?

« C'est un mystère, mais cette opinion est partagée par tous ceux qui le connaissaient, remarqua doucement Terence. Il semblait en vouloir à l'humanité tout entière. À la vie. »

Quant aux circonstances de la mort de Quincy Ryder, Terence ne pouvait guère fournir d'informations. Il répéta plusieurs fois ce qu'il savait : « Le comité s'est séparé, et je suis resté dans mon bureau à travailler, ainsi que j'ai coutume de le faire. Il était un peu plus de 18 heures quand j'ai entendu un bruit dehors, dans le couloir, comme une voix ou des voix qui criaient, et lorsque je suis sorti pour voir ce qui se passait, Quincy Ryder était déjà tombé. Son corps gisait tout en bas, sur le rebord de la fontaine. Je me suis penché par-dessus la balustrade, et j'ai vu Mr Jamahl... » Quand il parlait du vigile, Terence y mettait toujours les formes. « ... près du corps, en train d'appeler des secours. À ce moment, bien sûr... » La voix de Terence trembla et s'éteignit. Ses yeux se remplirent de larmes, et son visage un peu émacié et si distingué prit soudain l'expression du deuil.

Lorsqu'un détective lui demanda s'il pensait que Quincy Ryder s'était délibérément précipité dans le vide, Terence prit son temps pour répondre : « À mon avis, c'est... un accident. Un tragique accident. »

Et pourquoi pas un suicide ?

« Eh bien… en pareil cas, un suicide ne peut-il être considéré comme un tragique accident ? »

Terence se sentait-il atrocement coupable de la mort de Quincy Ryder – ce terrible secret qu'il ne pouvait partager avec quiconque, pas même avec Ava-Rose, pourtant à l'origine du drame ? Oui, certainement – *non, pas du tout : si un salaud te cogne il ne s'en tiendra pas là à moins que tu ne l'arrêtes*. Cet horrible souvenir ne quittait jamais Terence, où qu'il fût. Après tout, il était un homme intègre, un honorable citoyen qui respectait la loi, un mari, un père ; il faisait partie des Américains les mieux payés ; et il avait aussi un doctorat de philosophie ; en plus, *c'était un homme adultère qui se roulait dans le stupre, et n'avait jamais été aussi heureux que depuis qu'il vivait dans la terreur d'être découvert, que tout s'achève – jusqu'à son existence même.*

Terence n'était sûr que d'une chose : « Je ne tuerai jamais plus. »

La vieille dame ne vivra pas éternellement. Vous le savez bien.

Et maintenant, aux « dépenses » occultes de Terence s'ajoutait la prime exorbitante de l'assurance-vie. (Il fallait bien signer ce contrat ; autrement, si Terence mourait subitement, Ava-Rose et sa famille se retrouveraient sans protection. S'il avait négligé leur bien-être, il se serait montré égoïste et imprévoyant.) Il y avait, en outre, les remboursements mensuels de l'emprunt pour la maison ; en mai, un plombier de Trenton était venu effectuer des réparations « urgentes » (un tuyau s'était brisé, la cave avait été inondée), et la note avait été fort élevée ; on avait engagé un peintre afin de rafraîchir la façade de la maison, puis on l'avait congédié pour une raison indéterminée (un désaccord avec captaine uncle Riff ?), mais il avait laissé une facture – une facture étonnamment salée pour le peu qu'il avait fait. À cela, il fallait ajouter les honoraires de l'orthodontiste pour les jumelles. Et l'on devait encore de l'argent à l'équipe d'avocats de Holly Mae (ceux-ci espéraient obtenir bientôt un « arrangement substantiel » de la part de la Compagnie de transports de Trenton). Enfin, pour couronner le tout, il y avait les traites de la Corvette d'Ava-Rose.

Que de « dépenses » !

Une double vie revient cher.

Mais la liste n'était pas close. Un soir, alors qu'il était couché dans les bras d'Ava-Rose, là-haut dans sa petite chambre joliment décorée, sur son vieux lit en cuivre qui grinçait comiquement, Terence avait, sur un coup de tête, décidé d'acheter à Chick une nouvelle bicyclette. Geste hautement romanesque. Ava-Rose lui avait fait remarquer, il est vrai, que sa générosité envers Dara et Dana risquait de froisser le jeune homme. Au grand étonnement de Terence, le vélo sur lequel se porta le choix de Chick n'était autre qu'un superbe modèle italien, avec vingt et une vitesses, ne coûtant pas moins de 640 dollars !

Et quelle déception quand, deux semaines plus tard, on le lui vola – « Des gamins noirs, avec des couteaux, sûr que j'allais pas me frotter à eux. »

Une dépense bien plus importante se profilait à l'horizon : Ava-Rose désirait depuis longtemps quitter le Tamar's Bazaar & Emporium et installer L'Art de la Beauté dans une coquette petite boutique bien à elle ;

pas dans le misérable centre commercial de Chimney Point, mais dans celui, plus huppé, de Quaker Bridge, sur la Route 1. Terence, qui approuvait son projet, avait évidemment l'intention de le financer ; mais il savait – Phyllis ayant elle-même loué un petit bureau à Queenston Square – que de tels locaux étaient hors de prix. Pourtant, quel dommage que, pendant toutes ces années, les jolis objets d'Ava-Rose soient restés cachés dans ce sinistre magasin de Trenton ! Ses vêtements si originaux, ses sacs, ses bijoux... Terence aurait tant aimé offrir à la talentueuse jeune femme une boutique dans le haut de Madison Avenue où ses dons auraient enfin été reconnus, seulement c'était au-dessus de ses moyens ; en outre, il n'aurait pas été très judicieux de la montrer aux New-Yorkais, parmi lesquels auraient pu surgir des rivaux, des soupirants éventuels.

Pauvre Ava-Rose ! Terence n'avait pas osé lui avouer la vérité : il lui avait fait attribuer par la Fondation Feinemann une bourse de 40 000 dollars annuels pendant cinq ans ; mais, pris de panique à l'idée d'être découvert et qu'on établisse un lien entre la liste et la mort de Quincy Ryder, il avait fini par barrer son nom.

« Si elle le savait, elle serait tellement fâchée ! Elle ne me le pardonnerait jamais ! »

Au volant de sa voiture, Terence pensait à tout cela, et à d'autres choses du même acabit – *tant de dépenses ! de frais dissimulés !* Il devait passer chez le coiffeur du village où l'attendait sa belle-mère. C'était un samedi après-midi, à la fin du mois de mai. Son cerveau bourdonnait. Il aurait dû se sentir coupable

– et pourquoi cela ? Ces deux hommes n'avaient-ils pas mérité leur mort ? –, mais il avait de moins en moins de temps pour cela ; il lui fallait d'abord songer à ses problèmes d'argent. Quelle absurdité ! Alors que lui, Terence Greene, n'avait qu'un seul désir : rêver d'amour ; et agir avec les Renfrew comme un homme de bien.

Qu'avait dit la gentille assistante du vétérinaire – « *Pauvre gars* » ? Ou était-ce « *Sacré veinard* » ?

Jusque-là, Terence avait eu de la chance. Une sacrée chance. Pas d'avoir échappé aux poursuites – *non : il s'agissait d'accidents, pas de meurtres* –, mais de pouvoir jongler avec les « dépenses », en transférant les fonds d'un compte sur un autre. Il ne se faisait plus virer automatiquement son salaire sur son compte personnel à Queenston, mais touchait un chèque qui se montait précisément à 12 500 dollars par mois ; il le convertissait en espèces, et pouvait ainsi utiliser cet argent comme il le voulait, avant de le déposer à sa banque. La Fondation Feinemann était très riche et ne lésinait pas sur les indemnités qu'elle accordait à ses cadres, alors Terence n'hésitait pas à en profiter ; par exemple, quand il se déplaçait pour assister à une conférence dans une autre ville, il réclamait 1 000 dollars – même si parfois il restait à Trenton. (Il avait aussi saisi le truc de l'organisateur de congrès qui se fait rembourser la note totale d'un repas où les frais sont partagés entre tous les convives. Une bonne aubaine s'était présentée, quelques semaines auparavant, au « Ritz Carlton » de Boston : Terence avait « invité » à dîner douze personnes qui assistaient comme lui à une conférence à la faculté de lettres de l'Université de Boston ; la note avait été exorbitante – 1 460 dollars.) À l'époque où Terence signa sa police d'assurance-vie, il commençait à expérimenter une nouvelle pratique : quand il rencontra l'actuaire de sa belle-mère, chargé de placer l'argent de sa pension, il insista pour que l'homme partageât toutes ses commissions avec lui – s'il avait refusé, l'affaire ne se serait pas faite. (Mrs Winston, bien que judicieuse en matière d'argent, était plus pointilleuse avec les petites sommes qu'avec les grosses ; il ne lui serait jamais venu à l'esprit, car cela arrive rarement aux veuves fortunées de son espèce, de réclamer des comptes à ses conseillers.)

L'actuaire de Mrs Winston avait accepté la proposition de Terence avec un enthousiasme tel que celui-ci comprit que de semblables arrangements étaient monnaie courante.

« Et ce n'est pas illégal, j'en suis sûr. »

Pourtant, Terence ne pouvait continuer à jeter ainsi l'argent par les fenêtres tout en fraudant pour en gagner. De nouvelles dépenses survenaient, de nouveaux frais occultes. *Je ne tuerai plus jamais. Jamais.* Son cerveau bourdonnait, comme ébranlé par une vibration intérieure malveillante qui, faute de source discernable, était impossible à juguler.

Fanny Winston apparut. Ses cheveux colorés et permanentés lui donnaient une allure endimanchée. Elle était rouge comme une femme qui vient de souffrir pour être belle et veut croire que sa souffrance n'a pas été vaine. Terence l'aida à passer du salon de coiffure à sa voiture garée le long du trottoir ; elle s'appuya lourdement sur son bras, bien qu'elle utilisât par ailleurs son déambulateur en aluminium. D'un air pétulant, elle leva la tête vers lui et remarqua, coquette : « Eh bien ! Vous êtes diplomate, n'est-ce pas ? Muet comme une tombe… » Terence réalisa qu'il aurait dû faire un commentaire sur la coiffure de sa belle-mère. Or, ses cheveux étaient maintenant d'un bleu argenté fort étrange. Ils ressemblaient à des fils de nylon, et ses boucles permanentées se dressaient sur son crâne de manière à dissimuler sa calvitie naissante ; en fait, Mrs Winston n'avait pas changé de coiffure depuis fort longtemps, et Terence la trouvait très bien ainsi. Tout aurait été pour le mieux s'il n'y avait pas eu en dessous ce visage congestionné et boursouflé.

« Votre coiffure est parfaite, Fanny », affirma Terence dans un sourire. De la permanente émanaient de forts relents chimiques qu'un parfum douceâtre recouvrait à peine. Les yeux lui brûlaient. « Je vous préfère comme ça, vraiment.

— Je suis coiffée de la même façon depuis des années. »

Coupant court à toute réplique, Mrs Winston poussa un grognement et, avec un mouvement de balancier, s'engouffra dans l'Oldsmobile à la place du passager. Terence referma la portière. À l'époque où elle utilisait encore sa chaise roulante, il lui était arrivé une fois, par inadvertance, en aidant Mrs Winston à monter dans sa voiture, de claquer la lourde portière sur ses genoux gonflés.

Ils sortirent du village, et pénétrèrent dans le quartier semi-rural où vivaient les Greene. Mrs Winston jacassait et Terence écoutait, ou du moins tendait l'oreille en essayant de ne pas penser à Trenton, à Ava-Rose : *L'aimerait-elle moins s'il ne pouvait l'aider à installer ailleurs L'Art de la Beauté ?* Mrs Winston comptait séjourner une ou deux semaines chez les Greene – à moins qu'elle ne s'y installât définitivement. À l'entendre, elle oscillait entre deux sentiments, se disant d'un côté enchantée de son séjour – « À votre âge, vous ne pouvez imaginer la solitude de mon existence » –, mais ne pouvant s'empêcher, de l'autre, de se plaindre de la conduite de sa fille, comme si elle prenait son gendre pour confident – « Je suis peut-être vieux jeu, mais je ne puis approuver que la mère de deux jeunes filles passe tant de temps loin de chez elle. Vous avez tellement d'amis ! »

Terence, qui n'avait presque pas vu ses amis de Queenston ces derniers mois, murmura d'un ton affable : « Oui. »

Mrs Winston se plaignit aussi de Kim. La jeune fille ne semblait plus avoir une minute à consacrer à sa grand-mère – « Elle n'arrête pas de courir. Pas étonnant qu'elle soit si maigre ! Mais maintenant, quand elle ne traîne pas avec ses amis, elle est à son cours de gymnastique ! Avez-vous remarqué les bleus sur ses pauvres petits bras ? Elle prétend qu'elle est tombée des barres. Il y a quelque chose de malsain dans cette activité. »

Terence marmonna : « Oui. » Pourtant, il ne savait rien de l'engouement de Kim pour la gymnastique. N'était-ce pas plutôt Cindy ?

Mrs Winston continua de sa voix claironnante : « Ne trouvez-vous pas étrange que Cindy se produise dans une pièce montée par des élèves de terminale, à son âge ? Son moral est nettement meilleur et elle a perdu du poids, mais je m'inquiète... Vous connaissez les acteurs. Je ne doute pas un seul instant qu'ils ne fument tous de la marijuana. »

La dernière fois que Terence avait vu l'une des jeunes nièces d'Ava-Rose, la fillette dégingandée aux cheveux bouclés fumait une cigarette, assise nonchalamment sur la dernière marche de la véranda du

33 Holyoak Street. Une cigarette ! À son âge ! Il faisait chaud et humide. La jeune fille portait un short en jean terriblement court et un corsage bain-de-soleil jaune à élastique. On apercevait ses petits seins qui se balançaient en dessous. C'était vraiment gênant. Terence avait été peiné de voir la jeune fille habillée de façon si provocante. N'importe qui aurait pu la surprendre en passant en voiture devant la maison. Il fut aussi choqué par la cigarette – « C'est la dernière nouveauté, Dana, ou… Dara ? » La fille le regarda fixement et se mit à rire, comme s'il avait dit quelque chose de drôle sans le vouloir. « Vous ne connaissez même pas mon nom, docteur Greene, et vous croyez peut-être que vous avez le droit de me dire ce que je dois faire ou ne pas faire ? » Elle parlait d'une voix rauque en avançant sa lèvre inférieure ainsi que le faisaient tous les Renfrew. Cette moue était si séduisante : beaucoup moins hostile que ses paroles n'auraient pu le laisser penser, et plutôt aguichante. Terence rougit et se contenta de marmonner : « Eh bien, j'espère que ta sœur, elle au moins, ne fume pas. » La fille continua de le regarder d'un air tranquille. Elle ouvrit de grands yeux : « Quelle sœur ? Je n'ai pas de sœur, docteur Greene. Qui vous a raconté cela ? »

Les exhalaisons chimiques de la chevelure de Mrs Winston agressaient les narines et les yeux de Terence, qui commençait à avoir un peu mal au cœur. Mais Mrs Winston ne voulait pas qu'on descende trop les vitres de l'Oldsmobile, de peur que le vent ne dérange sa mise en plis. « … tout ce temps passé devant la télé. C'est si déprimant ! Mais si ce n'est pas la marijuana, c'est le crack. Oh, mon Dieu, oui, nous savons tous ce qu'est le crack. »

Terence avait perdu le fil de la conversation. Il lança au hasard : « Aucun de nos enfants ne fume, Dieu merci.

— Oh, mais Phyllis a recommencé, n'est-ce pas ? Elle a l'air en pleine forme ces temps-ci, avec tout ce tennis, et pourtant je m'inquiète… »

Devant eux coulait la Queenston, un cours d'eau étroit mais profond que Terence devait traverser en empruntant un pont à une voie étrangement branlant ; malgré tout, il était solide car on l'avait restauré quelques années auparavant. Sa rambarde et son toit avaient été enlevés pour ne pas gêner la visibilité et, à l'époque, ces travaux avaient soulevé un véritable tollé parmi les habitants des environs. Le chemin de terre qui conduisait au pont était si tortueux que la vitesse y était limitée à vingt-cinq kilomètres-heure ; et, sur le pont lui-même, on ne pouvait dépasser les dix kilomètres-heure. Précautions bien inutiles au demeurant, car personne n'aurait eu l'idée d'accélérer en arrivant à cet endroit. Que se serait-il passé si la voiture avait soudain quitté la route et heurté la rampe qui menait jusqu'au pont ? Que se serait-il passé si la voiture avait défoncé les étroites palissades du pont, *et fait le grand plongeon* ?

Et si la vieille dame mourait noyée, faute de pouvoir sortir de la voiture ?

« Terence ? Pourquoi allons-nous si vite ? Ce pont… »

Avant que Terence s'arrête devant le salon de coiffure pour prendre sa belle-mère – Phyllis lui avait demandé ce service, car elle devait se rendre à un banquet organisé pour collecter des fonds destinés à financer la campagne de leur sénateur –, il avait bu un verre à l'auberge de Queenston ; une vodka Martini. Il n'avait pas l'habitude de boire l'après-midi et n'aimait pas trop les vodkas Martini, mais il avait pris un verre, ou peut-être deux, dans l'espoir de faire cesser ce curieux bourdonnement qui résonnait dans sa tête. Or, l'alcool n'avait rien arrangé, au contraire ; et, à présent, un délicieux vertige s'emparait de lui, comme un souvenir de la vodka qu'il avait ingurgitée. L'alcool qui imprégnait son sang se répandait à toute vitesse. Il appuya sur l'accélérateur tout en regardant, pétrifié, le pont étroit qui grossissait devant lui. *Comme je suis heureux ! Comme c'est bon de savoir quoi faire !*

Ainsi que dans un film d'action, Terence vit l'Oldsmobile blanche défoncer la rambarde, plonger dans l'eau bouillonnante et couler à pic, Fanny Winston enfermée à l'intérieur, sur le siège du passager. Il remontait à la surface en suffoquant, le visage blême, puis replongeait afin de délivrer la femme terrifiée, bloquée dans la voiture – car Terence Greene, assez bon nageur pour un homme de son âge et de sa condition physique, *ne pouvait décemment agir autrement*. Il essayait, mais en vain, de sauver sa belle-mère. Peut-être était-elle coincée sur son siège ? Peut-être son cœur n'avait-il pas tenu le choc ? Et pourtant, il n'abandonnerait pas ! Il essaierait encore ! Héroïquement ! Et, à ce moment-là, une autre voiture arriverait, il y aurait au moins un témoin des efforts désespérés de Terence pour – *comme si c'était sa propre mère qui se trouvait coincée dans cette voiture* – plonger encore une fois…

« Mon Dieu, non ! »

Paniqué, Terence appuya à fond sur la pédale de frein ; il braqua au maximum, si bien que, rebondissant avec fracas sur le sol en planches, la lourde voiture se précipita sur le pont, mais sans pour autant défoncer la rambarde : il avait eu la présence d'esprit de tourner à droite, pour la faire monter sur une légère pente. Son corps se couvrit d'une sueur glaciale, son cœur subit une décharge d'adrénaline – il avait évité de justesse un terrible accident ! Tout près de lui, Fanny Winston, le souffle court, criait : « Oh ! oh ! oh ! »

L'Oldsmobile fit une embardée, mais resta sur la route ; Terence en reprit si vite le contrôle qu'on aurait pu croire que rien ne s'était passé. Il était en sueur, ses dents claquaient. Atterré par la gravité de l'accident auquel ils venaient d'échapper, il tenta néanmoins de s'excuser auprès de Mrs Winston et parvint à articuler : « Cette damnée voiture, les freins ont besoin d'être révisés. Je suis navré, mère… »

C'était la toute première fois que Terence appelait Fanny Winston « mère », malgré les prières qu'elle faisait parfois à Phyllis dans ce sens.

La vieille dame, méchamment secouée, ne semblait pas avoir entendu ; ou, si elle avait entendu, elle n'avait pas dû comprendre. Elle essayait de reprendre son souffle, la main sur la poitrine. « Oh ! oh ! mon Dieu ! » Son visage, sous le maquillage, avait pris une horrible teinte terreuse ; sa mâchoire tremblante pendait.

Et si finalement elle mourait d'une attaque – à cause de sa conduite imprudente, inconséquente ?

Heureusement, au moment où Terence pénétra dans l'allée du 7 Juniper Way, Mrs Winston s'était remise de sa frayeur. Il craignait qu'elle ne fût en colère contre lui, ce qui aurait été son droit le plus absolu ; mais, quand il se pencha vers elle pour l'aider à s'extraire de son siège, elle lui sourit faiblement, et lui tendit ses deux mains pour qu'il la tire à lui ; ses manières étaient plus douces, plus pondérées. D'une voix haletante, elle murmura en papillonnant des cils : « Doux Jésus, nous l'avons échappé belle, n'est-ce pas, Terence ? Dieu nous a protégés, voilà tout ! » Et elle leva vers Terence un regard anxieux et interrogateur.

Terence répondit gravement : « Oui. Je le crois. »

Ava-Rose, l'homme que je suis en train de devenir m'épouvante.

Ava-Rose, je dois cesser de vous voir.

Un soir, tard, Terence se cacha dans son bureau pour appeler Ava-Rose. À l'autre bout du fil, le téléphone sonnait sans discontinuer, comme pour se moquer.

Ava-Rose, ma chérie, je ne puis vivre sans vous : nous devons nous marier.

Enfin, à la onzième sonnerie, quelqu'un décrocha et lança brutalement : « Ouais ? Qui c'est ? »

Terence fut déconcerté, car il ne reconnaissait pas cette voix. Il n'aurait même pas pu dire s'il s'agissait d'un homme ou d'une femme. S'il n'avait pas entendu, au milieu du brouhaha (des voix, des rires), le sifflement strident et bien identifiable de Darling, il aurait cru s'être trompé de numéro. « Qui est à l'appareil ? demanda-t-il.

— Dit'donc, m'sieur, vous voulez causer à quelqu'un, ou quoi ?

— Oui. Je veux parler à Ava-Rose, s'il vous plaît. C'est...

— Ouais ? Quoi ? J'vous entends pas.

— Le "Dr Greene", dites-lui. Le "Dr Greene". Elle comprendra. »

À l'autre bout du fil, le bruit s'enfla, comme si le combiné était tombé. Quel mystère ! Et c'était tellement désagréable ! Les Renfrew se couchaient tous les jours à 22 h 30 et il était déjà 22 h 20. Il se passait quelque chose, assurément. Une fête ? Des invités ? (Terence crut se rappeler qu'Ava-Rose avait fait allusion à une visite de ses parents de Virginie.) Un rire rauque, ressemblant à celui de Holly Mae, fusa.

Plusieurs secondes passèrent, et personne ne prenait le combiné. Terence répétait d'un ton anxieux : « Allô ? Allô ? »

C'était bien cela, le combiné avait dû tomber et on l'avait oublié. Darling, le perroquet, trompetait allègrement : « Soooyezen PAAAAIX ! Soooyezen PAAAAIX ! SOOOYEZEN PAAAAIX ! »

Cela continua pendant un certain temps.

Terence savait qu'il ne dormirait pas et, craignant de rester seul là-haut, dans la chambre d'amis où Phyllis l'avait exilé, il décida de ne pas se coucher tout de suite et de travailler un peu. Depuis la mort de Quincy Ryder, il avait accumulé un certain retard dans l'étude de ses dossiers. Il lui fallait prendre connaissance de plusieurs documents, préparer des rapports, répondre à des douzaines de lettres en souffrance. Phyllis critiquait son air « hagard » et Mrs Riddle, inquiète, ne cessait de lui répéter qu'il était « sous tension », mais Terence aimait tant travailler. Pour lui, le travail avait toujours été une consolation, même quand il était enfant. Il éprouvait un réel contentement devant la tâche accomplie et adorait s'occuper l'esprit. Lorsqu'elle voyait le visage mélancolique du garçonnet, tante Megan lui lançait d'un ton joyeux : « Écoute, mon petit, faut que tu te rendes utile ! » Et c'est bien ce qu'il faisait.

Je suis si seul. Ava-Rose, ayez pitié de moi.

Terence aurait préféré travailler de ses mains plutôt que de rester assis à un bureau, mais il était bien trop tôt pour cela. C'était déjà dimanche. (Ses petits travaux de bricolage… Pourquoi n'avait-il plus une minute à leur consacrer ? Peut-être que son foyer ne l'intéressait plus, depuis qu'il s'était profondément attaché à un autre. Pourtant, les Renfrew ne voulaient pas que Terence Greene joue du marteau chez eux. Ava-Rose lui avait expliqué : « captaine uncle et tantine auraient l'impression, oh, comment dire ? d'être espionnés, en quelque sorte. »)

Alors Terence s'installa à son bureau. Une heure du matin, 2 heures. Puis les caractères imprimés dansèrent devant ses yeux, ses paupières devinrent irrésistiblement lourdes, il posa la tête sur ses bras – et s'endormit, comme on s'évanouit, en quelques secondes.

Il savait qu'il dormait et rêvait ; il savait aussi, d'après la chaleur moite de son corps, qu'il s'enfonçait dans un terrible cauchemar hypnotique. Terence sentait le poids de sa tête sur ses bras quand il perçut soudain un mouvement fantomatique de l'autre côté de la fenêtre. Quelqu'un avait sauté du toit du garage qui, en raison de la déclivité du terrain, était plus bas à l'arrière qu'à l'avant ; à présent, l'individu se dirigeait tranquillement vers les fourrés. Audelà des fourrés, de l'autre côté de la propriété des Greene, passait une route non goudronnée ; et, sur cette route, Terence savait *qu'une voiture de sport était garée, une affreuse Camaro.*

Comment Terence savait-il cela ? Il n'aurait pu le dire. Mais il le savait.

Il savait aussi que la silhouette fantomatique avait rampé sur le toit du garage après être sortie par une fenêtre de la chambre de Kim, au premier étage de la maison.

Avec une célérité qu'il avait rarement durant le jour, Terence sauta sur ses pieds, sortit en courant de son bureau, et descendit l'escalier sombre pour atteindre la porte arrière de la buanderie. De jour, il aurait cherché la torche pendant de longues minutes, et ne l'aurait sans doute pas trouvée. Mais, dans l'urgence de son rêve, il tomba tout de suite sur l'objet – qui fut soudain au creux de sa main.

Dehors, la nuit de mai sentait la terre fraîche, les feuilles mouillées. Les arbres qui, sous la lumière du jour, s'ornaient de jeunes bourgeons, dans l'obscurité ressemblaient à des squelettes. Depuis Chimney Point, Terence négligeait sa propriété ; en cet instant incongru, il se prit à le regretter – une équipe de jardiniers passait toutes les semaines chez lui, comme chez les voisins, pour s'occuper de terrains que leurs propriétaires remarquaient à peine.

Terence aperçut la forme mouvante sur le point de disparaître dans un buisson de conifères, environ dix mètres plus loin. « Hé, vous ! Attendez ! », cria-t-il. La torche éclaira un garçon mince et nerveux, vêtu de noir. Méfiant, ce dernier se retourna vers Terence en grimaçant un sourire dans le faisceau de lumière, comme s'il se tenait sous les feux d'un projecteur de théâtre. Autour de son cou, des chaînes et un lourd médaillon en or scintillaient ; des clous brillaient à chacune de ses oreilles et un mince anneau d'or perçait sa narine. Sa peau semblait pâle comme du parchemin et ses yeux vitreux étaient ceux d'un fou. Studs Schrieber.

« Ouais ? C'est à moi que vous parlez, "Mr Greene" ? » Il posa cette question d'une voix traînante, pleine d'insolence.

Terence balbutia : « Vous… Que diable faites-vous ici ? »

À présent, le cauchemar prenait forme. Il se répandait dans son cerveau. La rage, l'horreur l'envahirent, ainsi qu'une répulsion viscérale. Il était comme un animal affrontant le représentant d'une espèce différente, dans une lutte à mort. *Un animal sur deux pattes.* Bien que paralysé de terreur, Terence reçut soudain une décharge d'adrénaline qui le fit bondir vers son ennemi. *Comme c'est bon de savoir quoi faire !*

Studs Schrieber restait planté là, avec son air effronté. Les mains sur les hanches, les genoux légèrement fléchis. Il était clair, à voir ses yeux fixes et brillants et son sourire en coin, qu'il avait absorbé de la drogue – il était « shooté ». Son T-shirt noir, trempé de sueur, serrait ses côtes proéminentes ; ses bijoux lancèrent une lueur sanglante.

Terence le menaça de sa torche. « Vous n'avez pas le droit de pénétrer sur cette propriété, petit salaud ! Vous le savez bien !

— Et alors, mon vieux ? Je fais c' que j' veux. » D'un air ahuri, Studs Schrieber passa ses mains dans ses cheveux coiffés à la punk. La lumière de la torche sur son visage ne semblait pas l'incommoder. Ses pupilles étaient aussi étroites que des graines de cumin. « Comme toi, mec. » Il rit bêtement.

« De quoi… parlez-vous ?

— Hé, mec, tu le sais bien. »

Terence dévisagea le garçon. Ce fut à ce moment précis, il s'en souviendrait ensuite, que la logique du rêve changea bizarrement. Il faisait face au jeune homme narquois, mais il se trouvait aussi, simultanément, en train de dormir sur son bureau ; sa tête était si lourde, lourde comme la mort, sur ses bras repliés ! Il suppliait Studs Schrieber et, en même temps, le menaçait. Il avançait sur lui en balançant sa torche comme un gourdin et, en même temps, battait en retraite, devant le regard du garçon, cet affreux regard de reconnaissance filiale. Mais il se répétait : *Comme c'est bon de savoir quoi faire !*

« Kim m'en a raconté des vertes et des pas mûres à ton sujet, mec, reprit Studs Schrieber dans un sourire moqueur qui découvrit ses dents humides, à ton sujet et au sujet de ta vieille, comment vous couchez à droite et à gauche. Vachement louche ! Alors, comme ça, tu crois pouvoir dire à Studs Schrieber ce qu'il doit faire, hein ? Eh ben, tu te goures, mec ! » Il faisait de grands moulinets avec ses poings, comme s'il singeait la posture d'attaque d'un vieil homme. « Hé, écoute un peu, "Mr" Greene, je t'ai vu une fois, de mes propres yeux… T'achetais une cage à oiseaux débile à 300 dollars, là-bas sur la Route 1. Kim, elle dit que t'as une petite amie, ou un truc comme ça… mais putain, mec, vis ta vie et lâche-nous ! » Il riait toujours quand la torche s'abattit sur son crâne en répandant partout des éclats de verre.

Au même instant, Terence s'éveilla dans son bureau. Sa tête reposait si lourdement sur ses bras, son cerveau semblait si embrumé, comme enfoncé au plus profond de son crâne ! Sa bouche pâteuse s'emplissait d'une substance huileuse et âcre. Il était à la fois excité et mortellement las. La montre à son poignet marquait 5 h 5.

« La nuit… Où est-elle passée ? »

Dehors, il faisait encore noir ; mais c'était un noir incertain, brumeux, qui glissait vers l'aube. Terence voulut se rendre à la salle de bains puis se coucher pour dormir encore une heure ; mais, lorsqu'il amorça le geste de se lever, il s'aperçut que sa jambe gauche était engourdie. Ensuite, dans un sursaut maladif, son rêve lui revint et il se vit, claquant des dents, hirsute, haletant, en train d'extirper le rouleau de moquette de sous les marches de la cave, où il était dissimulé depuis près d'un an, et le remonter. Il le traînait derrière la maison et, sous le clair de lune, le posait sur le monticule couvert d'aiguilles de pin au pied duquel Tuffi dormait sous une dalle, puis dénouait la ficelle qui le retenait, le dépliait *et roulait à l'intérieur le corps inanimé de Studs Schrieber.*

« Mon Dieu ! Quel cauchemar ! »

Ensuite, Terence se vit rattacher la ficelle, tirer le tapis et son macabre contenu jusqu'à l'allée ; sortir l'Oldsmobile en marche arrière, ouvrir le coffre et, maladroitement mais résolument, y faire entrer le tout. Une extrémité dépassait. Il avisa une autre ficelle dans le garage – lui qui, de jour, aurait cherché en vain ! – et attacha solidement le couvercle du coffre, avec tant d'adresse qu'un observateur extérieur aurait pu croire *que Terence avait préparé son coup de longue date.*

Puis, soudain, le rêve changea. Terence se trouvait à la fois au volant de sa voiture et chez lui, dans son bureau, pris dans la moiteur d'un sommeil agité.

Dans la logique du songe, il était persuadé d'avoir un alibi, cette fois-ci : « Je suis endormi. » Il frissonna, rit et poursuivit sa route.

Il laissa derrière lui Timberland Estates et, comme un possédé *ou un homme ayant soigneusement prémédité son acte*, roula vers le nord sur la Route 33, avec ce terrible fardeau à l'arrière de sa voiture. (Pour quelle autre raison aurait-il conservé ce tapis caché sous les marches de la cave ?) Sans hésiter, Terence contourna Queenston, et traversa à vive allure le comté campagnard de Hunterdon où, des années plus tôt, il emmenait parfois sa petite famille en excursion le dimanche. Toujours dans la logique du rêve, il repéra un profond ravin non loin de là. Pourtant, Terence ne pouvait le voir car il était sur la Route 22. Il emprunta un sentier cahoteux, et déboucha sur un terrain jonché de détritus, une sorte de décharge. Terence recula l'Oldsmobile de manière à se rapprocher le plus possible du ravin encaissé, sortit le tapis du coffre et le laissa choir – il roula, glissa, tomba. Et le sinistre paquet rejoignit les ordures qui s'entassaient dans l'obscurité, tout au fond du gouffre.

Je fais c'que j'veux, mec. Comme toi.

« Mon Dieu ! Quelle abomination ! »

Terence, penché sur son bureau, luttait contre la nausée. Sa jambe gauche fourmillait de coups d'épingles. Il avait vraiment besoin de se rendre à la salle de bains ; il avait vraiment besoin de dormir. Pourtant, il était si épuisé, si écœuré par son rêve, qu'il ne pouvait faire le moindre mouvement.

Pas Kim. Pas ça. Non… Je n'arrive pas à y croire.

Studs Schrieber n'avait pu mourir d'un simple coup de torche sur la tête. C'était improbable (même dans un cauchemar). Malgré son entaille au front, il avait si peu saigné.

Et pourtant… n'y avait-il pas du sang, ou quelque chose qui ressemblait à des taches de rouille, sur les doigts de Terence ? Sous ses ongles cassés ?

Et sur son pantalon kaki tout froissé.

« Quoi ? C'est impossible. »

Il frissonna et rit. Il se sentait très bizarre maintenant.

Dans un état second, Terence descendit à la cave pour regarder derrière les marches : à sa grande horreur, la vieille moquette avait disparu. Elle aurait dû se trouver là, sur le sol en béton, entre les cartons et l'ancienne bicyclette d'Aaron, mais la place qu'elle occupait auparavant était vide – vide.

Et la Camaro garée devant la propriété ?

Repentir

Puis l'été arriva. Un été lourd, étouffant. Comme au fond d'un océan. Terence Greene se déplaçait tel un somnambule craignant de se réveiller tout en sachant son réveil imminent.

Une voix véhémente résonnait à ses oreilles : « Le foutu problème c'est que, contrairement à ce que croient la plupart des gens, seul un petit nombre de crimes sont "résolus" dans ce pays. Même quand la police parvient à arrêter quelqu'un, il est rare qu'il y ait un procès – la chose débouche le plus souvent sur une négociation, avec une diminution des charges à la clé. Et, s'il y a procès, le verdict de "culpabilité" est difficile à obtenir, à cause de nos lois draconiennes.

— Matt, enfin… tu es affreusement cynique. Le pire des cyniques ! » Ces paroles venaient d'une femme à la voix tremblante d'émotion.

« Je ne suis pas cynique, Dieu m'en est témoin – je suis un réaliste. Un réaliste convaincu. Dans la position que j'occupe, à la municipalité, je n'ai pas le choix. Le crime ne cesse de progresser, et les gens se tournent vers leurs élus pour obtenir de l'aide. Mais que diable pouvons-nous faire dans un tel contexte ? Par exemple, quand un criminel est attrapé, déclaré coupable, eh bien il a de fortes chances de ne jamais voir l'intérieur d'une prison. Cette affaire de kidnapping, ou de "règlement de compte", appelez cela comme vous voulez... »

Depuis qu'il avait accédé à un poste public, quelque mineur que fût ce poste, Matt Montgomery multipliait ce genre de déclaration, même dans les réunions mondaines ; sa voix vibrait d'exaltation et d'indignation, comme s'il déclamait du haut d'une tribune.

Terence demanda, avec un sourire mélancolique : « Mais que fais-tu de la justice ? »

Matt Montgomery se mit à rire et lui appliqua une bourrade sur l'épaule. Apparemment, la question de Terence n'était pas assez sérieuse pour qu'il prît la peine d'y répondre.

Ils étaient chez les Classen. À moins que ce ne fût chez les Hendrie. Ou, plutôt, chez les Montgomery. Ils étaient entre amis, de toute façon. Terence savait que la réception ne se déroulait pas chez lui, parce qu'ils étaient venus en voiture. Dans sa voiture.

Il prit une petite gorgée de vodka Martini. Chose étrange, sa main ne tremblait pas.

Quelques minutes plus tôt, tandis que Matt leur apportait leurs verres en sifflotant, Phyllis avait murmuré : « Qu'est-ce que c'est – de la vodka Martini, tout d'un coup ? Pourquoi tu ne prends pas du vin, comme d'habitude ? »

Terence répondit, ennuyé : « J'ai toujours bu de la vodka Martini. »

Phyllis le regarda fixement puis lui donna une petite tape sur le bras, comme s'il venait de faire une mauvaise blague. « Oh, Terry... Voyons ! »

On était le 17 juin au soir, un an exactement après que Terence eut posé, pour la première fois, les yeux sur Ava-Rose Renfrew ; une année entière s'était écoulée depuis que l'assignation imprimée sur papier rose l'avait conduit au tribunal de Trenton. Il prit une bonne rasade en espérant oublier qu'*il mourait d'envie d'être avec elle ce soir, et pas ici, au milieu de ces étrangers*.

L'une des femmes lança gaiement : « Phyl, Terry est si gentil. Si intellectuel. »

Phyllis, qui avait une allure fort impressionnante ce soir-là, dans sa robe de coton blanc mettant en valeur sa silhouette potelée, lui adressa un sourire mystérieux. « Je suis bien placée pour le savoir ! », répliqua-t-elle dans un rire.

Lorsqu'ils étaient tous les deux seuls, Phyllis riait rarement. Terence sentit peser sur lui son regard inquisiteur. Il pensa : Elle sait.

Et pourtant... que pouvait-elle savoir ?

Matt Montgomery et les autres venaient d'évoquer la disparition du fils des Schrieber, Eddy Jr. Il n'avait pas refait surface depuis plusieurs semaines et, durant tout ce temps, le *Queenston Chronicle* avait régulièrement consacré quelques lignes à cette histoire. Pourtant, il n'existait pas le moindre témoin d'une lutte quelconque et la police n'avait aucune piste – ils « poursuivaient leur enquête ». Tout le monde s'accordait à penser qu'Eddy Jr, bien que membre d'une éminente famille de la région, avait trempé dans un trafic de drogue au cours des deux dernières années ; on disait qu'il avait été membre d'un réseau sévissant à l'extérieur de Philadelphie. Le *Chronicle* s'appuyait sur des sources anonymes – « Studs fréquentait des voyous notoires, pas du genre de ceux qu'on rencontre par ici », avait affirmé un élève de terminale du lycée de Queenston. Une de ses ex-petites amies prétendit : « Studs nous disait tout le temps qu'il n'avait pas peur de mourir. » Terence remarqua que les photos du jeune homme disparu imprimées dans le *Chronicle* n'étaient pas récentes, sans doute parce que les parents ne pouvaient supporter de voir leur fils figurer dans le journal local avec sa coiffure punk, ses clous aux oreilles et son anneau dans le nez. Non, ce portrait révélait un autre « Edward Schrieber Jr » : un gamin à la tête étroite et aux yeux si rapprochés qu'il avait l'air de loucher légèrement, avec un menton fuyant et un sourire enfantin un peu forcé. On lui aurait donné entre quinze et dix-neuf ans.

En fait, Studs Schrieber avait dix-neuf ans – enfin, de son vivant.

Ses parents avaient déclaré la disparition de « Edward Schrieber Jr » à la police de Queenston, après une absence de dix-huit heures. Sa voiture, une Camaro dernier modèle, fut retrouvée garée et fermée à clé, au fond d'un cul-de-sac dans Fox Haven Estates, un quartier résidentiel situé à trois kilomètres au nord de Queenston. Personne dans les parages ne le connaissait, du moins personne n'osa l'admettre (et pourtant, plusieurs étudiants des classes supérieures du lycée de Queenston habitaient Fox Haven Estates) ; les résidants de la rue où la voiture avait été découverte affirmèrent qu'ils n'avaient rien vu ni entendu de particulier cette nuit-là. Selon le *Chronicle*, la police supposait que la voiture avait été abandonnée à cet endroit après l'enlèvement du garçon.

Plusieurs grammes de cocaïne enveloppés dans du plastique furent retrouvés au fond de la boîte à gants de la Camaro, à l'intérieur d'un sachet graisseux venant de la pizzeria « Beno ».

« Pauvre Doris, pauvre Eddy ! Quel cauchemar pour eux !

— Pouvez-vous imaginer ? Non seulement leur fils a disparu, mais encore on le soupçonne d'être un dealer ! La victime d'un "règlement de compte" !

— Je ne devrais pas m'exprimer ainsi, mais… l'un de vous a-t-il déjà rencontré ce gamin ? » Mickey Classen parlait de sa voix assourdie. C'était un homme courtois qui portait des lunettes. Il ressemblait un peu à Terence Greene, tant par son physique que par ses manières. Ce riche banquier d'affaires était du genre à rester silencieux, pensif ; puis, après une courte méditation, il formulait une remarque dérangeante. « "Studs" était l'ami de notre fils David et, Dieu ! si quelqu'un méritait d'être tué, liquidé, ou quoi que ce soit d'autre… »

S'ensuivit une vague de protestations, surtout de la part des femmes. Phyllis elle-même, qui avait écouté la conversation avec une expression tendue, s'écria, choquée : « Oh, Mickey… ce que tu dis là est terrible. Ce garçon est un être humain, après tout.

— "Est" ou "était" ? »

Terence avala une autre gorgée. Le liquide alcoolisé laissa sur sa langue une sensation glaciale.

Son rêve. Son rêve hideux. Il ne l'avait pas refait depuis la nuit où Studs Schrieber avait disparu, et n'avait pas tenté d'y repenser depuis.

Ava-Rose Renfrew avait l'air de croire que les songes étaient des « divinations ». Terence lui avait donc raconté le sien : dans son rêve, il avait tué un homme (Terence n'avait pas voulu parler de sa victime comme d'un jeune homme) qui, par la suite, s'avéra avoir disparu la même nuit. « Était-ce quelqu'un de connaissance… ? », demanda Ava-Rose avec un froncement de sourcils professionnel que Terence trouva émouvant. « … ou un inconnu ? – Inconnu, lança Terence sans hésiter. – Alors, déclara Ava-Rose pour trancher la question, ce n'est qu'un signe, pas une entité. Effacez-le de votre souvenir. »

La police de Queenston avait interrogé plusieurs lycéens, et certains professeurs avaient demandé à leurs élèves de fournir toutes les informations qu'ils pourraient détenir ; Terence et Phyllis pensaient que Kim n'avait pas été plus sollicitée que la plupart de ses amies. Quand la disparition du garçon avait été connue, Phyllis, alarmée, avait dit à Terence : « Terry, c'est lui… “Studs”… Tu te souviens ? Ce garçon qui… » Terence l'avait interrompue : « Mais Kim ne l'a pas revu depuis des mois, non ? »

Par la suite, pendant des jours, Terence observa sa fille aînée d'un regard anxieux, sans oser aborder avec elle ce sujet embarrassant. (Phyllis lui assura qu'elle l'avait fait. Il n'y avait « rien à dire de particulier ».) Kim semblait distraite, nerveuse, et, l'instant d'après, se renfermait sur elle-même, devenait triste, préoccupée et étrangement apathique. Elle n'avait jamais beaucoup mangé, mais soudain elle perdit presque totalement l'appétit ; elle cessa de porter des boucles d'oreilles ; si le téléphone sonnait, elle ne se précipitait plus pour répondre. Puis, un soir, à dîner, Cindy lança un peu crûment : « Oh ! là ! là ! ce Studs Schrieber ! À l'école, on dit de ces trucs sur lui ! » Elle regarda Kim, qui conservait les yeux baissés, et insinua avec un petit sourire moqueur : « Ton ex-petit ami, Kim. Wouah. »

Kim répondit très vite, comme une machine, en léchant ses lèvres pâles : « Je ne le vois plus depuis longtemps. »

Cindy continua de sourire effrontément en secouant la tête, comme si elle n'en revenait pas. Bien sûr, elle la provoquait : « Wouah !

— Cindy, s'exclama Phyllis d'un ton sévère, ça suffit. »

Mais Kim ne bronchait pas ; on voyait bien que son esprit était ailleurs. Elle leva les yeux et regarda vaguement autour d'elle, avant de murmurer, si bas que Terence dut se pencher vers elle : « Depuis longtemps. »

Comme cette enfant était jolie, malgré les traces sombres qui soulignaient ses yeux et ce petit rien de vaniteux et de moqueur qui dansait sur ses lèvres ! Terence sentit son cœur se remplir de tendresse. Il était déterminé à la protéger. Même de lui.

Oui, il devait quitter cette maison. Il appartenait à un autre monde, désormais.

Mais voudraient-ils de lui dans cet autre monde ?

Lors du cocktail, la conversation était passée de « Eddy Jr » à des sujets concernant le crime en général. Ceux qui avaient eu le malheur d'être victimes de crimes – il s'agissait toujours de maisons cambriolées mais bien assurées – offrirent leurs expériences. Hedy Montgomery rapporta une histoire époustouflante : elle avait failli être « accostée » dans un parking couvert, en ville – « Du coin de l'œil, je voyais ce petit homme à l'allure hispanique qui se précipitait vers moi ! Mais quelqu'un d'autre est arrivé, en fait c'était Marvin Bruns, et j'ai été sauvée. » Terence – qui n'avait pas bien suivi la conversation – sursauta en entendant Phyllis raconter à leurs amis comment il avait été attaqué et volé, des années auparavant, lors de leur lune de miel en Floride – « Je n'ai jamais vu Terry se comporter de manière aussi féroce ! Vous connaissez cette expression, “les yeux injectés de sang” ? Eh bien, je n’exagère pas : c’est comme ça qu’il était. Je l’ai conduit aussi vite que j’ai pu vers une salle d’urgences ; mais, je le jure, il était si furieux que j’avais peur de lui. »

Tout le monde se mit à rire. Terence savait que les hommes riaient non pas de sa fureur, mais du souvenir improbable qu’avait Phyllis de cette fureur, et il se joignit aux rieurs aussi franchement qu’il le put.

Le fils de Hettie. Il cherche la justice, ou la vengeance ?

Effacez-le de votre souvenir : c’est ce que Terence fit, ou tenta de faire.

Il attendait que la police sonne au 7 Juniper Way pour lui poser des questions, mais personne ne vint. De toute évidence, ils n’avaient pas assez d’imagination pour s’apercevoir que Timberland Estates se situait dans le prolongement de Fox Haven Estates. Il est vrai que chaque « communauté résidentielle planifiée » vivait dans la plus parfaite autarcie. Ils n’avaient pas assez d’imagination pour deviner qu’une personne n’ayant aucun lien avec la drogue pouvait souhaiter se venger d’une créature vicieuse qui tourmentait sa fille.

Tandis que les jours passaient à une allure folle et que le souvenir de son rêve s’effaçait, Terence parvint à se convaincre qu’il s’agissait seulement d’un rêve, et de rien d’autre.

Ne s’était-il pas réveillé sur son bureau après s’y être endormi ? Presque dans la même position ?

Kim n’avait-elle pas affirmé de manière catégorique qu’elle ne savait plus rien de Studs Schrieber ?

Terence pouvait-il mettre en doute la parole de sa fille ?

Mais il restait un mystère : le vieux rouleau de moquette n'était plus derrière l'escalier de la cave. Peut-être Phyllis avait-elle demandé aux éboueurs de le sortir et de l'emporter ? La chose était possible, plausible. Mais Terence n'avait pas voulu s'en assurer auprès d'elle.

Il ne nourrissait pas vraiment de soupçons à l'égard d'Ava-Rose, mais la chaleur de l'été lui embrumait l'esprit. Il n'était pas non plus jaloux d'elle parce que *la jalousie est la première mort du cœur*, mais il avait du mal à croire ces sales menteuses, Tamar ou Holly Mae Loomis, quand au téléphone elles prétendaient ne pas savoir où était Ava-Rose, ni l'heure à laquelle elle avait prévu de rentrer. « S'il vous plaît, demandez-lui de me contacter dès qu'elle le pourra, voulez-vous ? » Terence essayait d'adopter un ton badin, pour ne pas avoir l'air de les supplier.

Comme semblait éloignée l'époque où Ava-Rose rappelait juste après les coups de fil de Terence ! Elle le demandait, à la fondation, en se présentant sous des noms d'emprunt qu'elle s'amusait à inventer, ainsi que l'eût fait une enfant – « Magnolia Pitts », « Rose-of-Sharon Wren », « Petunia Holly-Oak ». À présent, les jours passaient et elle était trop occupée pour le contacter.

Un jour, Terence débarqua sans prévenir au centre commercial de Chimney Point. Il portait des verres fumés, car l'air de la ville, chargé de poussière rougeâtre, lui brûlait les yeux. En entrant chez Tamar's Bazaar & Emporium, il entendit la clochette sur la porte sonner telle une alarme. Tamar, qui servait un client, regarda fixement Terence, en clignant des yeux comme si elle ne pouvait y croire. Le Dr Greene ? Sans prévenir ? Il l'ignora et s'avança vers L'Art de la Beauté. Il n'y avait personne – pas d'Ava-Rose derrière le comptoir. Les objets exposés lui semblèrent moins étonnants que la première fois qu'il les avait vus, mais les fins tissus aux couleurs vives et les bijoux exotiques attirèrent son œil. Sur un écriteau couvert de caractères tracés d'une main maladroite mais charmante, on lisait : VOTRE AVENIR DÉVOILÉ.

Mais où donc était la diseuse de bonne aventure ?

Une fois son client parti, Tamar s'empressa de rejoindre Terence, qui caressait pensivement une robe ou une blouse en mousseline noire pendue à un cintre. Devançant sa question, elle lança : « Elle n'est pas ici et je ne sais pas quand elle reviendra. Pourquoi n'essayez-vous pas chez elle ? » Terence jeta un coup d'œil amusé à la jeune femme trapue, drapée dans son absurde sari bleu roi, et constata qu'elle était nerveuse. Il dit : « Qui est son amant, en ce moment ? Est-ce qu'ils se baladent dans ma Corvette ? » Ses paroles, bien qu'exprimées avec désinvolture, restèrent suspendues dans l'air, aussi âcres qu'un mauvais encens.

Tamar prit une vive inspiration. « Docteur Greene ! s'exclama-t-elle comme si elle le grondait.

— C'est un Noir, n'est-ce pas ? Un adjoint du shérif ? »

Tamar, médusée, ne répondait pas. Elle observait quelque chose dans le visage de Terence Greene dont lui-même ne soupçonnait pas la présence.

« Ou l'un de ses visiteurs de Virginie ? Je ne les ai pas rencontrés, on ne m'a pas encore invité à les rencontrer, mais je sais qu'ils sont chez elle. » Terence fit une pause. Il avait failli ajouter : « Dans la maison que je les aide à payer », mais cela aurait semblé trop cru, trop geignard. *Après tout, un homme doit garder sa fierté.*

De sa voix terne, nasale, à l'accent du New Jersey, Tamar rétorqua : « La vie privée d'Ava-Rose ne regarde qu'elle-même, m'sieur. Elle s'occupe de ses affaires et je m'occupe des miennes, il vaut mieux que vous le sachiez. » Il y avait dans cette remarque quelque chose de suffisant qui agaça Terence.

« Dites-moi, je vous prie : T. W. Binder était-il l'amant d'Ava-Rose ? », insista-t-il.

Les petits yeux de Tamar se firent encore plus étroits. « Qui donc ?

— Vous savez parfaitement de qui je veux parler : l'homme qui a été jugé pour coups et blessures sur Ava-Rose, qu'on a déclaré coupable et envoyé en prison. » Terence s'arrêta. Il voyait que Tamar, la rusée, s'apprêtait à mentir. « L'homme qui est mort en prison.

— Mort ? Ça alors, ça s'est passé quand ? » La surprise feinte de la jeune femme était une insulte à l'intelligence de Terence.

« Vous l'ignorez ? »

Tamar haussa les épaules et gloussa. Sa grosse poitrine était comprimée dans son fin costume de soie ; sur son ventre nu, obscène, ondulaient de petits bourrelets de chair aussi pâle que la peau d'un poulet. La perle rouge qui ornait sa narine lança un éclat, et ses boucles d'oreilles démesurées étincelèrent comme un rire qui jaillit. Soudain, Terence fut pris de l'envie irrésistible de refermer ses mains sur sa gorge, pour l'obliger à le prendre au sérieux.

Par bonheur, il n'en fit rien, car Tamar le surprit en lâchant sur un ton d'indifférence : « Eh ben, ouais, je crois bien avoir entendu dire que T. W. était mort – ou un truc comme ça. L'automne dernier. Aux alentours de la fête du Travail. Peut-être même ce jour-là. Je m'en souviens parce que… »

La fête du Travail. Ava-Rose ne lui avait-elle pas avoué que T. W. Binder avait disparu à la période du nouvel an ?

« Parce que… ?

— Ava-Rose rentrait de vacances et elle avait l'intention de rendre visite à T. W. à Rahway. Elle voulait que je vienne avec elle. Elle avait pitié de ce pauvre type, je suppose – Ava-Rose passe son temps à les prendre en pitié… » Tamar rit. « … mais cela ne les aide pas beaucoup. Et, tout d'un coup, voilà qu'elle me dit que c'est trop tard, que T. W. est mort. Ou un truc comme ça. »

Terence déglutit. « Que voulez-vous dire par "ou un truc comme ça" ? »

Tamar haussa de nouveau les épaules. Terence ne pouvait déterminer si l'attitude de la petite femme hommasse relevait du flirt ou de l'hostilité. Ses yeux luisaient d'espièglerie. « Eh bien, "docteur" Greene, il est dit dans le *Guhyasamâjantra* : "Voir l'apparence comme une apparition revient à appréhender le corps apparent ; voir l'apparition comme ouverte (rien en soi) revient à réaliser la Lumière Radieuse."

— La Lumière Radieuse… ? »

Tamar rit. « Vous parlez comme Darling le perroquet, "docteur" Greene ! La Lumière Radieuse est le cœur de tout Être. Elle *est* l'Être. Et nous ne sommes que des apparences passagères – des "fantômes avides".

— Donc, T. W. Binder n'est pas vraiment mort, mais... ?

— Bon, alors disons que son corps est mort, mais que son Être intérieur est passé à un autre état. Il...

— Un autre état d'Être, pas un autre État comme l'État de New York ou l'Arizona ou la Virginie-Occidentale, n'est-ce pas ? »

L'ironie de Terence n'avait pas de prise sur Tamar qui répondit, pensive, comme s'il venait de soulever un problème épistémologique fort épineux auquel elle avait déjà mûrement réfléchi : « Le corps de T. W. a été enterré dans l'État du New Jersey, ouais ! Mais son Être Radieux a été emporté sur un autre plan.

— Mais pas un plan comme un plan de vol ou un plan d'attaque ? »

À ce moment, Tamar comprit le sarcasme et fusilla Terence du regard. Elle répondit sèchement : « Non.

— Et qui donc a "emporté" T. W. Binder sur ce nouveau plan radieux ? »

Tamar secoua la tête. Ses boucles d'oreilles en forme de cimeterre cliquetèrent. « Comment voulez-vous que je le sache, m'sieur ?

— Un compagnon de cellule ? Quelqu'un qui aurait fait cela comme on rend un service ? »

Tamar haussa les épaules et recula d'un pas, pour parer à toute éventualité.

« Vous connaissiez également Eldrick Gill, n'est-ce pas ? Était-il l'amant d'Ava-Rose, lui aussi ? »

Tamar lança impatiemment : « Écoutez, m'sieur, je vous l'ai déjà dit : la vie privée de cette femme ne me concerne pas. Elle a débarqué un beau jour, avec un gros type chauve, et m'a demandé de lui louer un petit coin de ma boutique pour y installer L'Art de la Beauté. J'ai dit oui. Ses objets sont plutôt jolis, elle les fait elle-même, et ça me plaît. Mais nos relations sont strictement professionnelles. J'en ai par-dessus la tête de ces types qui se ramènent sans arrêt pour la voir ! »

Terence tressaillit. « Quels types ?

— Elle vous attire comme un *ver blanc.*

— Comme un aimant, vous voulez dire.

— "Comme un aimant, vous voulez dire." » Tamar éclata d'un rire dérisoire. « Appelez ça comme vous voulez, c'est vous le professeur, c'est vous la grosse légume. De Queenston, hein ! »

De nouveau, Terence frémit. Tel un besoin irrépressible de tousser ou d'éternuer, il eut de nouveau très envie de refermer ses mains sur la gorge de la femme, et d'effacer de son visage cet air à la fois hostile et suffisant ; mais il ne se départit point de son ton affable, comme s'il traitait avec tel ou tel de ses collègues récalcitrants. « Tamar, vous avez certainement connu Eldrick Gill. Il était ici même, l'autre jour. C'était au mois de septembre. Vous l'avez vu au moins une fois. La dernière fois. Vous vous rappelez ? Vous et Ava-Rose sortiez du magasin quand il s'est approché d'elle – et vous vous êtes éloignée rapidement. » En voyant l'expression peinte sur la face de bouledogue de la femme, Terence comprit que Gill ne lui était pas inconnu, mais qu'elle ne l'admettrait pas. « Était-il l'amant d'Ava-Rose, lui aussi ? »

Tamar regarda derrière elle, mal à l'aise. Comme le magasin devait lui paraître vide ! Elle aperçut l'écriteau OUVERT qui pendait sur la porte vitrée ; à cette heure-là, on aurait dû lire FERMÉ : la pancarte était donc dans le mauvais sens. Mais elle ne comprit pas tout de suite la raison de cette anomalie. Elle dit : « Je ne peux pas continuer à discuter, je suis occupée, m'sieur. Si vous voulez connaître la vie privée d'Ava-Rose Renfrew, vous n'avez qu'à lui poser la question à elle. »

Elle allait s'en retourner, dédaigneuse, quand Terence la saisit par le poignet. « Je vous en prie, je voudrais juste savoir une chose : Eldrick Gill était-il l'amant d'Ava-Rose, lui aussi ? »

Tamar essaya de se dégager, trop étonnée pour avoir peur. « Je vous ai dit de lui poser la question.

— Saviez-vous... Vous l'a-t-elle confié... qu'Eldrick Gill est mort, lui aussi ? »

Tamar cligna des paupières. La minuscule perle piquée dans sa narine se mit à luire comme une petite goutte de sang. « Mais non, il paraît que Dickie est au Nouveau-Mexique. Il a...

— Qui vous a raconté ça ?

— ... déménagé, il fait des affaires là-bas. Où avez-vous entendu dire... ? »

Terence déclara avec une pointe d'ironie : « Son Être intérieur est passé sur un autre plan, mais son corps a disparu. En septembre dernier. Quelques jours après celui de T. W.

— Nooon. J'en savais rien du tout. »

Tamar secoua la tête, têtue, et tira fort sur son poignet. Terence resserra son étreinte. « Ce "Dickie"... Qu'était-il pour vous, et pour Ava-Rose ?

— Absolument rien.

— Quel genre d'affaires traitait-il ?

— J'en sais rien.

— Vraiment, vous ignoriez qu'il était mort ? »

Tamar frissonna. Terence, tout contre elle, semblait l'accompagner dans une danse maladroite ; de son corps émanait une odeur où se mêlaient la senteur du musc et des relents de transpiration.

Tamar était une petite femme robuste, mais Terence la tenait à sa merci. Elle murmura, plus furieuse qu'apeurée : « M'sieur, laissez-moi ! Vous n'avez pas le droit de me toucher. »

Terence hésita. Il ne voulait pas la laisser partir, enclencher l'alarme ou crier à l'aide ; pourtant, il ne désirait pas non plus lui faire de mal – ce n'était vraiment pas son intention.

Je ne tuerai plus jamais. Jamais.

Alors il se radoucit, mais ne put s'empêcher de lui poser une dernière question. « Dites-moi au moins... qui était Ezra Wineapple ? »

Tamar parvint à se dégager et recula vers le comptoir en trébuchant. Elle lâcha, méfiante : « Un type assez bête pour vouloir épouser Ava-Rose et qui, en fait de mariage, a fini dans la rivière. »

La date précise du décès de T. W. Binder – Terence Greene l'apprit en téléphonant à plusieurs reprises à la prison d'État de Rahway – était le 9 septembre de l'année précédente. Quelques jours après, le 14 septembre, Eldrick Gill avait trouvé la mort ; son corps avait coulé dans la Delaware, et personne ne l'apprendrait jamais.

Le ou les meutriers de T. W. Binder, probablement des compagnons de cellule, n'étaient toujours pas identifiés – on l'avait découvert inanimé, dans une arrière-cuisine, tué d'un coup de couteau en plein cœur. Terence aurait voulu savoir si un homme du nom d'Eldrick Gill s'était rendu à Rahway peu avant le meurtre, mais il n'osa pas le demander.

Qu'avait dit captaine uncle Riff ? « À chaque minute, il y a un idiot qui naît, et que pouvez-vous y faire ? »

« Ava-Rose est pas là, docteur Greene, mais v'nez donc nous voir, vous êtes toujours le bienvenu ! » La voix de Holly Mae Loomis résonnait aux oreilles de Terence.

Alors, après avoir quitté Tamar's Bazaar & Emporium, il se rendit au 33 Holyoak Street, sachant pertinemment que, malgré ce que Holly Mae lui avait déclaré au téléphone, il n'était pas le bienvenu.

Il était devenu, sans s'en rendre compte, une sorte de vieil oncle dont on tolérait la présence, une présence amicale – le « Dr Greene ».

Les visiteurs des Renfrew étaient là depuis très longtemps, lui sembla-t-il. On aurait pu croire qu'ils s'étaient installés de façon permanente dans la maison. En même temps, d'après ce qu'il avait pu déduire des vagues explications d'Ava-Rose, l'une des jumelles était partie vivre chez des parents, à l'autre bout de l'État. « Dara ou Dana ? », avait demandé Terence, inquiet et un peu choqué, car il s'était attaché aux deux filles et croyait ne pas leur être indifférent ; or, Ava-Rose lui avait fait une réponse ahurissante, tout en tordant sa bouche dans une petite moue boudeuse : « Oh, elles sont si grandes, maintenant, et elles ont horreur du "jumelage", comme elles disent. La fille que vous verrez lors de votre prochaine visite sera Donna.

— Mais... laquelle est-ce ? Et je ne reverrai plus jamais l'autre ? », s'alarma Terence.

Ava-Rose remarqua d'un air rêveur : « Bien sûr que si... un jour, Terence. Mais vous ne la reconnaîtrez pas, de toute façon – les enfants grandissent si vite, en Amérique ! »

Quand Terence arriva au 33 Holyoak Street, juste avant le crépuscule, la jeune fille en question, probablement Donna, était sur le point de partir. Elle montait dans une Sting Ray d'un noir brillant dont le moteur tournait au ralenti. Ses jambes nues lancèrent un éclair. Au volant de la voiture de sport rutilante était assis un homme d'une trentaine d'années, basané, avec une fine moustache noire, les yeux cachés derrière des lunettes de soleil réfléchissantes ; Terence le méprisa dès qu'il le vit : il n'avait même pas daigné descendre de voiture pour saluer la jolie Donna et lui ouvrir la portière. Comment les Renfrew pouvaient-ils admettre qu'une enfant de cet âge sorte avec un homme tellement plus vieux qu'elle ! (Pourtant, avec sa robe d'été qui épousait ses formes et sa bouche trop rouge, Donna n'avait plus vraiment l'air d'une enfant.) En apercevant Terence, la jeune fille lui fit un signe et lui cria en riant quelque chose comme : « Salut, docteur Applegreen ! » Terence lui rendit son bonjour, un peu nerveusement : « Donna ? Juste un… »

La Sting Ray démarra en trombe, ses pneus crissèrent et, tandis qu'elle prenait de la vitesse, Terence demeura là, médusé, à la regarder s'éloigner. Les gaz d'échappement empoisonnaient l'air.

Terence resta quelques secondes immobile au milieu de la rue, sans comprendre.

« “Donna” ! J'ai perdu du même coup Dara et Dana. »

La Corvette jaune d'Ava-Rose était garée dans l'allée des Renfrew. Ce qui signifiait qu'elle était partie dans la voiture de quelqu'un d'autre.

La jalousie est la première mort du cœur.

Deux voitures inconnues, immatriculées en Virginie-Occidentale, étaient stationnées dans l'allée. Sur le pare-chocs arrière couvert de rouille de la plus cabossée s'étalait un autocollant qui disait : SI VOUS AIMEZ JÉSUS KLAXONNEZ ! Plus loin, abandonnée dans les hautes herbes, on apercevait la vieille camionnette qu'utilisait autrefois captaine uncle Riff pour son commerce de brocante. (Captaine uncle était aujourd'hui l'heureux propriétaire d'une camionnette Ford dernier modèle. Ava-Rose la lui avait achetée, prétendument grâce à ses économies assorties d'un crédit. En réalité, il la devait à la générosité de Terence. Ce dernier, bien qu'un peu à court d'argent ces derniers temps, avait trouvé honteux qu'un homme aussi âgé et distingué que captaine uncle soit obligé de conduire un véhicule en si mauvais état.)

C'était une soirée douce et mélancolique. En découvrant la maison des Renfrew et le jardin à l'abandon qui s'étendait devant la façade, Terence ressentit, comme à son habitude, un curieux pincement au cœur. *Comme si, de nombreuses années auparavant, il avait vécu ici, aux côtés des Renfrew.*

Depuis le mois de septembre, Terence avait englouti des sommes considérables dans la maison (la cheminée en ruine avait été restaurée, les tuiles les plus endommagées remplacées, les moulures de bois repeintes), mais on voyait à peine la différence. La maison serait toujours une vieille bicoque délabrée, quoi qu'on y fasse. Les plantes grimpantes envahissaient tout et s'accrochaient même aux vitres ; la barrière en bois était sur le point de s'écrouler ; la véranda penchée disparaissait presque sous le bric-à-brac que, des mois plus tôt, dans les débuts de son histoire d'amour avec Ava-Rose, Terence avait proposé de débarrasser. (Ava-Rose l'avait remercié poliment en déclinant son offre.) Le jardin étouffait sous les plantes – une profusion de roses multicolores, perdues au milieu de buissons rabougris de roses trémières, d'églantiers sauvages, de chardons géants, sans compter les mauvaises herbes en tout genre. Un flamant en bois gris était tombé à plat sur le sol, et personne ne l'avait relevé.

Bien sûr, maintenant que les jumelles étaient parties, plus personne ne fabriquait ces délicieux ornements naïfs. Plusieurs de ces sculptures invendues pourrissaient sous la véranda.

Terence s'approcha de la maison. Buster, qui somnolait dans l'allée, leva les yeux en les clignant. Sa queue fouetta l'air, il renifla, reconnut le visiteur et se mit à gémir.

Holly Mae Loomis, avec son chapeau de paille et son bleu de travail en lambeaux, était en train de sarcler. Elle cria : « Hou hou, docteur Greene ! Par ici ! Seigneur, vous avez fait vite. » Elle semblait à la fois amusée et bizarrement énervée. « J' vous l'ai dit, pourtant… Ava-Rose est pas ici, et j'ignore quand elle rentrera. »

Terence fut très gêné de constater que Holly Mae n'était pas seule : une femme plus jeune, qui lui ressemblait par ses traits, la couleur de sa peau et même ses cheveux teints en roux, se tenait près d'elle, les bras croisés, en sirotant une canette de bière Rolling Rock. On la lui présenta : « Lily Pancoke de Sheenville, Virginie-Occidentale. » La femme lui tendit prestement la main, et lui adressa un sourire enjoué qui eut pour effet de découvrir ses énormes gencives. « Très heureuse de faire votre connaissance, docteur. » À son regard, Terence comprit qu'elle savait certaines choses à son sujet.

L'amoureux transi d'Ava-Rose, un homme marié.

Le prétendant d'Ava-Rose, qui avait tué, au moins une fois, pour elle.

Ou peut-être ne savait-elle rien de lui – elle lui souriait si amicalement, si franchement, comme s'il n'était qu'un voisin passé dire bonjour.

Holly Mae se remit à la tâche avec entrain, son gros visage brillant de sueur. Parmi les hautes herbes, on apercevait des parterres de roses bien entretenus ; leur beauté heurta douloureusement les yeux de Terence, qui resta médusé, puis ne vit plus rien. Tout ce qu'il voulait, c'était Ava-Rose, et Ava-Rose n'était pas là – ou bien si ? (À travers les fenêtres ouvertes de la maison, l'aboiement aigu d'un chien parvint jusqu'à eux ; mais de quel chien s'agissait-il ?) Holly Mae lui avait paru un peu sèche à son égard, ces derniers temps, au téléphone comme en sa présence. La procédure judiciaire entamée contre la Compagnie de transports de Trenton n'avait toujours pas abouti ; il y avait eu de nombreux ajournements, et au bout du compte l'équipe d'avocats qu'il avait engagés lui avait fait comprendre qu'il ne fallait plus espérer un dédommagement faramineux. (Pour la bonne raison que la municipalité de Trenton était au bord de la faillite.) Terence trouvait injuste que Holly Mae lui en fît le reproche.

Lily Pancoke voulait à tout prix que Terence prît une bière – Terence répondit non, merci, il fallait qu'il parte, mais il ne partait pas. Lily Pancoke lui demanda d'où il était, il n'avait assurément pas l'air d'habiter à Trenton ; mais Terence, distrait, n'entendit pas. Il se disait que, sous le prétexte d'utiliser la salle de bains – après tout, c'était lui qui avait financé sa rénovation –, il pourrait peut-être fouiner dans la maison, pour en avoir le cœur net. (Mais… et s'il trouvait Ava-Rose dans sa chambre avec un autre homme ?)

Il fit le geste de retourner ses poches et observa en souriant : « Je ne suis pas armé – je ne suis pas considéré comme dangereux. »

Lily Pancoke rit de bon cœur, bien que la blague de Terence ne soit guère drôle, à supposer qu'il s'agisse d'une blague. C'était une femme robuste d'environ quarante-cinq ans, avec des joues ridées et des yeux doux et rapprochés. Ses ongles longs, recourbés, étaient peints en rouge violacé. « Non, dit-elle, pas vous. Un juré n'est pas un criminel. »

Holly Mae ne se joignit pas à leur aimable badinage. Elle avait enfoncé un peu plus son chapeau de paille sur sa tête, et on l'entendait respirer tandis qu'elle sarclait, penchée sur les mauvaises herbes qu'elle arrachait, ou jurer en enlevant les insectes posés sur ses roses. Elle s'éclaircit la gorge et répéta : « Euh ! Comme je l'ai dit, Ava-Rose est pas ici, et elle a pas dit quand elle rentrerait. » Elle se tut ; puis, Terence ne répondant rien, elle ajouta prudemment : « Il se peut qu'elle revienne pas avant demain. »

Terence ne laissa pas transparaître l'émoi que provoquait en lui cette déclaration, mais continua de contempler les roses en souriant, en s'extasiant, comme si sa visite n'avait après tout qu'un caractère amical. Il dit : « Holly Mae, vos roses sont plus belles que jamais. » C'était une réflexion joyeuse, mais elle résonna à la façon d'un sanglot.

Terence s'avança pour effleurer une rose blanc crème à l'épaisse corolle. Elle ressemblait à celles qu'il avait admirées l'été précédent, ces fleurs aux nuances d'aquarelle. Les corolles étaient peut-être moins fournies que dans son souvenir, les rosiers plus rabougris, et – qu'est-ce que c'était ? – un insecte brillant et multicolore lui grimpait sur les doigts ; pourtant, ces roses étaient magnifiques, chacune différant subtilement de ses voisines et offrant un parfum suave et délicat. Terence contemplait tout cela en clignant les yeux pour en chasser les larmes. Comment se nommait cette rose thé hybride, déjà ? Il le savait, mais ne pouvait s'en souvenir.

Holly Mae s'exclama d'un ton bourru : « Jolies, j'veux bien vous croire, mais, Seigneur, quel boulot ! Avec mon mauvais dos et peut-être une lésion des vertèbres cervicales ! Une vieille femme qui travaille dur pour créer la beauté, hein ? Et regardez ça ! » Elle se pencha avec une souplesse étonnante pour attraper un insecte et l'écraser adroitement entre ses doigts. « Ces damnés scarabées du Japon ! »

Pour participer à la conversation, Lily Pancoke s'exclama, avec un sourire à l'adresse de Terence : « Nous sommes si loin de tout, là-bas à Sheenville, que nous n'avons même pas de scarabées du Japon. »

Soudain, on entendit un jappement hystérique et, par la porte d'entrée tendue d'un rideau, arriva un petit chien couleur henné, un loulou de Poméranie au collier garni de rubans rouges tout crottés – il passa littéralement à travers le voilage, en le déchirant. La porte s'ouvrit à toute volée, et un jeune homme grand et mince, le torse nu, se précipita derrière l'animal. Il tenta de l'attraper mais rata son coup, tandis que le chien descendait de la véranda, atterrissait sur le sol du jardin et détalait sur ses courtes pattes. Le garçon lui aussi sauta de la véranda et poursuivit la bête à travers le jardin, en trébuchant et jurant à qui mieux mieux. Il cria avec un rire menaçant : « Merde ! », pendant que le chien lui filait entre les jambes ; la petite bête se serait enfuie dans la rue si Buster, qui s'était dressé et aboyait frénétiquement, ne lui avait bloqué le passage. Une nouvelle fois, le loulou changea de direction, haletant et gémissant, et le garçon suivi de Buster courut sur ses traces. Lily Pancoke hurla en riant : « Vas-y, Randy Lee ! Attrape-le ! Il est quasiment de ta taille, pas vrai ! »

Holly Mae, alarmée, avait jeté sa binette et tirait sur le bord de son chapeau comme pour se cacher dessous. « Doux Jésus ! Ne laissez pas ce petit pédé s'enfuir ! »

À la fin, le loulou se prit dans un buisson de roses grimpantes, le garçon l'attrapa et le porta en triomphe. « J' t'ai eu ! » Dès que le chien réalisa qu'il se trouvait emprisonné entre les bras musclés du jeune homme, il cessa de se débattre ; le garçon gloussa : « Hé, Pip, t'es le plus rapide petit salaud que j'aie jamais vu ! » Le chien se mit à lui lécher le visage, si bien qu'il dut détourner la tête pour échapper à ce traitement.

Lily Pancoke n'en pouvait plus de rire. En revanche, Holly Mae, une main appuyée contre sa poitrine, semblait ne pas trouver du tout cela amusant. Elle dit : « Randy Lee, ramène Pip à l'intérieur et enferme-le quelque part. S'il s'enfuit, tu sais que Chick mettra la maison sens dessus dessous.

— Non, tantine, tout va bien maintenant. Il ne se sauvera plus, n'est-ce pas bébé ? » Le garçon serra le chien contre sa poitrine pâle et étroite avec une telle tendresse qu'il eut soudain l'air d'un jeune père embrassant son enfant.

Holly Mae présenta Terence à « Randy Lee Turcoe, lui aussi de Sheenville, Virginie-Occidentale » – un « lointain cousin » d'Ava-Rose et de Chick, qui passait l'été à Trenton. Terence et Randy Lee se saluèrent à mi-voix, avec une certaine timidité de part et d'autre, et ne firent pas l'effort de se serrer la main. Ils étaient embarrassés : le garçon par la présence de cet inconnu en costume-cravate, et Terence par la présence de ce bel adolescent, qui semblait si peu conscient de sa propre beauté qu'il détourna d'instinct les yeux.

Randy Lee Turcoe pouvait avoir entre seize et vingt-six ans. Pieds nus, il mesurait quelque trois centimètres de plus que Terence ; son corps était à la fois élancé, musclé et étrangement pâle ; des poils bouclés poussaient sur ses avant-bras, mais sa poitrine était presque lisse et ses mamelons se coloraient d'un rose tendre. Bien qu'il parlât, rît et se comportât sans la moindre vanité, évitant les regards insistants de Terence, son visage évoquait certaines peintures de la Renaissance auxquelles Terence n'avait pas repensé depuis des années – un tableau en particulier lui vint à l'esprit : l'étonnant *Saint Jean-Baptiste* de Léonard de Vinci.

Ne regarde pas, c'est peut-être plus sage. Ne regarde pas.

Mais il était difficile de ne pas regarder Randy Lee qui, se préoccupant à peine du loulou toujours occupé à lui lécher le visage, passait aux yeux de Terence pour le plus aimable des hommes. Tel le saint de Léonard, Randy Lee avait un visage d'un ovale parfait, une peau d'albâtre, des yeux lumineux au regard noyé, et de fins cheveux bouclés qui tombaient en grappes sur ses épaules. Mais, contrairement à celles du saint, ses dents étaient tachées de tabac ; un vide énorme séparait ses deux incisives et, dans le lobe de son oreille droite, luisait un de ces anneaux d'or à l'aspect barbare. Son jean en lambeaux était bien ajusté sur son petit ventre musclé et il manquait un bouton à sa braguette. Il bavardait – les femmes, surtout Lily Pancoke, le taquinaient – et, pendant ce temps, il agitait ses orteils nus et osseux dans la terre.

Terence comprit que le loulou couleur henné était la plus récente des découvertes de Chick – son prédécesseur, le siamois Marcellus l'Énigme, avait fini par retrouver sa maîtresse éplorée, une vieille dame fortunée qui n'avait pas hésité à payer les 500 dollars de récompense, sans poser de questions. Terence ne voulait pas trop réfléchir à la façon dont Chick était entré en possession de ces animaux de race adorés de leurs maîtres ; de même qu'il évitait de penser, presque depuis le début, à tout ce qui se tramait au 33 Holyoak Street.

Ni à Terence Greene lui-même, fou d'amour comme le petit Pip léchant le visage de son ravisseur.

Il se faisait tard. Il ne parlerait pas à Ava-Rose et il était temps de partir. Ils la lui cachaient et il était temps de partir. Il n'avait nulle part où aller, mais il partirait quand même ; il ne resterait pas. Même si Holly Mae se radoucissait et le suppliait de dîner avec eux, il n'accepterait pas. « Très heureux d'avoir fait votre connaissance, Lily et… Randy Lee, c'est bien cela ? Très heureux. » Il fit sonner ses clés de voiture, qui rendirent un bruit clair et prometteur, et s'en fut en souriant, tandis que Holly Mae Loomis, Lily Pancoke et Randy Lee Turcoe, avec son regard brumeux, le suivaient des yeux. Couché, la langue pendante, dans les zinnias, Buster lui-même l'observait comme pour voir ce qu'il allait faire. Après tout, Terence était aussi conciliant que les Renfrew : il acceptait sa défaite et, pour montrer sa bonne humeur, il se mit à siffler – quand, impulsivement, comme si cette pensée venait juste de lui traverser l'esprit, il se retourna vers Randy

Lee et lui demanda : « Vous ne sauriez pas où elle est… votre cousine Ava-Rose ? » Aussitôt, le garçon grimaça un sourire et répondit : « Si, m'sieur le docteur, je l' sais. Ava est à sa drôle d'église, sur Ed'son Street comme ils disent, même que c'est sûrement pas une *église chrétienne* ! » Il parlait avec une ardeur enfantine, comme s'il attendait que Terence partageât sa désapprobation.

« L'église ? Ah oui. »

Le cœur de Terence bondit dans un accès de triomphe maladif, mais il réussit à étouffer son sourire, ce sourire affable qui jaillissait si facilement, et lança en retour : « Merci, Randy Lee, c'est très aimable à vous. Au r'voir ! » Il feignit de ne pas remarquer l'inquiétude qui avait durci le visage rubicond de Holly Mae ; Lily Pancoke elle-même, qui ne pouvait pas connaître grand-chose du passé de Terence, frissonna.

Terence, assis au volant, leur adressa un dernier regard. Ils étaient debout, tous les trois, au milieu de cette jungle qu'ils appelaient un jardin, en train de l'épier. Dans l'allée, Buster l'observait toujours en remuant benoîtement son petit bout de queue.

Terence repéra l'église sur Edison Street. Elle se situait près du carrefour de la 11e Rue, à la périphérie des quartiers misérables du centre-ville. Quelle déception ! Il ne s'attendait à rien de précis, mais, d'après les remarques d'Ava-Rose, jamais il n'aurait pu imaginer une telle « église », dans un tel quartier.

C'était un bâtiment bas, tout en longueur, construit en brique jaune. Des vitres opaques garnissaient l'unique fenêtre de la façade, comme dans les tavernes d'autrefois – à la vérité, le bâtiment avait tout à fait l'air d'un ancien bowling. La brique était érodée et tachée, et, au-dessus de l'entrée, sur une grande marquise bariolée, s'étalaient des lettres rouges :

PREMIÈRE ÉGLISE DE LA SAINTE-APOCALYPSE,
TRENTON, NJ, ÉTATS-UNIS,
« PLANÈTE TERRE »

Terence se gara de l'autre côté de la rue *en se demandant ce qu'il allait faire : ce qu'on allait lui faire.*

Il lui semblait qu'un temps infini s'était écoulé depuis qu'il avait quitté sa maison de Juniper Way. Or, son départ remontait au matin même ; il s'était levé comme d'habitude, en goûtant l'étrangeté de son existence, mais sans se poser davantage de questions. Lui et une femme nommée Phyllis Winston étaient les adultes de ce foyer, Aaron, Kim et Cindy les enfants, *leurs* enfants ; ils vivaient dans une telle intimité ! Quel besoin avaient-ils de se connaître ? Un jour, il y avait quelque temps de cela, Terence s'apprêtait à sortir de chez lui quand il avait surpris la voix de Phyllis au téléphone. Elle paraissait émue car elle parlait bas et, sans le vouloir vraiment, il s'était arrêté pour écouter sa conversation. Il crut entendre sa voix trembler comme si elle pleurait ou tentait de réprimer un sanglot ; il s'immobilisa, perplexe. Devait-il attendre ou agir ? Il n'en savait rien. *Je dois la protéger*, pensa-t-il, *si*... Mais, un moment plus tard, Phyllis éclata de rire ; profondément soulagé, Terence franchit la porte et sortit sans se retourner.

Ava-Rose, ne me repoussez pas !

Ava-Rose, je n'ai que vous.

Ce matin-là, dans la navette ferroviaire qui roulait vers New York, Terence s'était assis à sa place habituelle (près de Ted Bawden, un avocat d'affaires de Wall Street). Il avait lancé un regard souriant à travers le wagon. Certains de ses compagnons de voyage – hommes et femmes – le connaissaient par son nom, et la plupart de vue ; étonné d'apercevoir tant de visages familiers, il s'était dit : *Nous sommes nombreux, maintenant*.

Cette pensée n'était pas désagréable, mais en même temps elle ne le remplissait pas d'aise. Disons qu'elle était neutre, telle une idée fugace qui vous traverse l'esprit et disparaît.

Terence ne se sentait totalement éveillé, vivant, que lorsqu'il se trouvait en présence d'Ava-Rose ou, comme aujourd'hui, à sa recherche.

Il était vigilant.

« … mais désarmé. »

Assis dans son Oldsmobile, il frissonnait ; il avait beaucoup transpiré, et l'air conditionné lui donnait la chair de poule. Il ne pensait pas à Holly Mae Loomis ni aux autres, et certainement pas à Tamar. Ils l'avaient déçu, rejeté – alors que lui les avait toujours aimés – mais, bon, il valait mieux ne pas trop se demander pourquoi.

Le temps passa. 20 h 30 sonnèrent, et les portes de l'église de la Sainte-Apocalypse restaient closes. Terence se demandait de quelle sorte de « messe » il pouvait bien s'agir. À plusieurs reprises, il avait fait comprendre à Ava-Rose qu'il aurait bien aimé l'accompagner à l'église, mais elle était demeurée évasive ; ou plutôt elle avait noyé le poisson en le taquinant – « Mais enfin, Te-rence, vous savez bien que vous êtes "agnostique", comme vous le dites vous-même. Un “agnostique de naissance”, et vous vous en faites une gloire, non ? »

(Dans sa bouche, le mot « gloire » était chargé de sarcasme. Comme lorsque Ava-Rose pinçait Terence, en saisissant la chair molle de sa taille.)

Il attendit. Il n'avait rien prévu, sauf d'attendre. Quand il la verrait, s'il la voyait, il saurait quoi faire.

Terence ne pouvait détacher ses yeux de la porte peinte en vert de l'ancien bowling métamorphosé en église. Dans cet endroit se célébrait un culte américain très particulier, et la marquise vivement éclairée qui ornait sa façade évoquait les devantures des cinémas pornographiques – FILMS X POUR ADULTES – qu'on apercevait non loin de là. *Comment est-ce arrivé, Terence ? Mon pauvre gars.* Qu'est-ce que la religion ? se demanda-t-il. Pourquoi les hommes et les femmes croient-ils ? Pourquoi y mettent-ils tant de ferveur ? Les jolis yeux d'Ava-Rose devenaient rêveurs quand elle parlait de sa foi – « Toute ma vie, j'ai cru. Dans mon cœur. Mais il y a trois ans un ami m'a conduite à l'église de la Sainte-Apocalypse, et alors, mon Dieu, mon cœur a été *retourné comme un gant.* – Cela ressemble à une éviscération », avait répliqué Terence en s'efforçant de sourire. Sans relever sa remarque (peut-être ne connaissait-elle pas la signification du mot « éviscération » ?), Ava-Rose avait poursuivi, telle une enfant sûre de son fait : « Nous croyons qu'après l'Apocalypse la justice divine régnera sur Terre. Aujourd'hui, il n'y a pas de justice, mais à ce moment-là tout sera différent. “Contentez-vous de croire, n'ayez pas peur, et l'indicible sera prononcé” ».

Terence lui avait demandé la date prévue pour l'Apocalypse – peut-être ferait-il mieux de s'y préparer… De nouveau, Ava-Rose avait ignoré son ton narquois et répondu, avec un sourire glacial mais éblouissant : « Notre révérend Smithy Crystal dit que personne ne la connaît, mais que cela se passera certainement avant le 31 décembre 1999. »

À présent, Terence se souvenait du ton résolu d'Ava-Rose, et il frissonnait.

Il y avait bien longtemps de cela, quand il était enfant, à Shaheen, sa tante Megan l'emmenait parfois à l'église méthodiste qui se dressait au beau milieu de la campagne. Il arrivait même que son cousin Denton accepte de les accompagner. Ils allaient à la messe une fois toutes les six semaines environ – quand l'"esprit" appelait tante Megan et que la "peur du Seigneur" la possédait. (Les humeurs de tante Megan étaient imprévisibles : elles dépendaient de celles de son mari, qui elles-même dépendaient de son alcoolisme.) « Si tu n'irrites pas Dieu, Il ne fera sûrement pas attention à toi, disait tante Megan à Terence qui devait avoir onze ans à cette époque, et Il te laissera tranquille. » Terence qui, malgré son jeune âge, ne semblait pas convaincu de l'existence de Dieu, trouvait cet arrangement fort convenable. Mais quand sa tante Megan lui avait ordonné de prier à genoux pour sa mère, Terence, inquiet, lui avait demandé d'un air têtu : « Et pas pour mon père ? » Alors, le visage austère de tante Megan s'était durci et elle avait dit : « Non. Pas pour ton père. »

Terence s'en souvenait très bien : il avait tenté de prier. Imitant les autres fidèles, il s'était agenouillé, la tête penchée, avait appuyé son front contre le dossier du banc devant lui, serré ses doigts joints, comme si une chose invisible essayait de les séparer. Oui, il avait tenté de prier Dieu, mais c'était comme parler avec les mains devant la bouche. Les mots prisonniers n'allaient nulle part.

Il était presque 9 heures. Terence fixait toujours la porte de l'église de la Sainte-Apocalypse ; il avait baissé sa vitre, et un air tiède et sulfureux s'engouffrait dans la voiture. Cet air poussiéreux qu'on ne respire qu'à Trenton et qu'il avait presque réussi â apprécier – *oui, même à aimer*.

Puis l'église s'ouvrit enfin. Des gens commencèrent à sortir en file.

Terence descendit vite de sa voiture et traversa Edison Street ; comme un somnambule, ou un ivrogne, au milieu des klaxons. Un Noir au volant d'une décapotable lui cria : « Hé, mec, va te faire foutre. Dégage de cette rue ! » Il rejoignit le trottoir opposé et resta planté là, indécis. Après tout, il n'était qu'un intrus : un homme encore jeune, grand, mince, plutôt pâle, élégant bien qu'un peu hirsute, avec un visage intelligent qui semblait sortir d'un étau. Ses yeux détaillèrent avidement les hommes et les femmes qui quittaient le bâtiment. Certains le regardèrent avec curiosité – il fut surpris de voir à quel point ils semblaient normaux, ordinaires. (Et comment leur apparaissait-il, lui ? Sans y prendre garde, il avait enfoncé sa main dans la poche de son costume en coton, comme un homme qui agrippe un pistolet.) Bizarrement, les membres de la congrégation étaient pour la plupart jeunes – entre vingt et trente ans, l'âge d'Ava-Rose ; on apercevait surtout des Blancs avec, çà et là, un visage noir ; il y avait un couple d'Américains d'origine asiatique, habillés comme de vrais Américains, avec ces vêtements bon marché qu'on trouve dans les centres commerciaux. *Et enfin Ava-Rose Renfrew.*

Terence se tenait tout raide sur le trottoir. Les autres, les étrangers, l'entouraient tels des fantômes. Ava-Rose sortit au bras du jeune homme à la peau brun clair que Terence avait vu dans le parking. Elle ne l'avait pas encore aperçu et riait en se tournant vers son compagnon, avec cette charmante expression espiègle qu'elle avait pour regarder Terence.

Le choc fut tel qu'il en eut le souffle coupé.

Et pourtant, il s'admonestait – *Bien sûr. Je le savais.*

Le service religieux de l'église de la Sainte-Apocalypse – quel qu'il fût – semblait avoir laissé les fidèles, y compris Ava-Rose et son ami l'adjoint du shérif, radieux et pleins d'optimisme. Terence, planté sur le trottoir, sentait bouillonner en lui l'ardeur de l'amour et l'indignation de se voir ainsi rejeté.

Parmi cette foule composée de gens ordinaires, Ava-Rose détonnait. Comment les autres la percevaient-ils ? Un turban orangé coupé dans un tissu soyeux lui ceignait la tête, ses cheveux châtain clair tombaient en cascade sur ses épaules – Terence ne l'avait jamais vue coiffée de la sorte. Elle portait d'innombrables colliers, des bracelets et des bagues, comme toujours ; ses délicates oreilles étaient presque masquées par des boucles en plumes turquoise, pareilles à des soleils. Sa jolie bouche humide et pourpre, sa lèvre inférieure charnue, comme gonflée ! Sa jupe longue à volants, en mousseline rouge légère, lui tombait sur les chevilles ; ses petits pieds glissés dans d'étroites ballerines noires étaient ceux d'une écolière.

Ava-Rose, comment avez-vous pu ?

Me décevoir, moi qui ai tué pour vous, qui ai détruit ma vie pour vous !

Bien qu'habillé en civil, l'homme conservait l'air d'un agent de police ; cette façon de se pavaner, de se tenir sur ses gardes. Il portait un pantalon kaki et une courte veste à carreaux rappelant ces vêtements très épaulés conçus pour les hommes « athlétiques ». Ses yeux étincelaient de gaieté mais demeuraient vigilants – avant même que Terence ait esquissé le moindre geste vers eux, il sembla l'avoir repéré.

Dès cet instant, les choses se déroulèrent très rapidement. Néanmoins, il faudrait un certain temps pour les comprendre.

D'une voix enrouée qu'il reconnut à peine, Terence cria : « Ava-Rose ! » Ava-Rose l'aperçut et murmura, d'un ton coupable : « Oh… Docteur Greene. » Presque simultanément, elle agrippa le bras musclé de l'adjoint du shérif et se pencha pour lui murmurer quelque chose à l'oreille. D'instinct, l'adjoint s'avança vers Terence pour lui bloquer le chemin ; ce dernier, d'un air blessé, se précipitait déjà vers Ava-Rose. « Ava-Rose ! S'il vous plaît ! Il faut que je vous parle », lança-t-il sur un ton plus autoritaire que suppliant. Ava-Rose s'écria : « Vous m'espionnez, c'est cela ? Je vous ai dit que *je ne voulais pas qu'on m'espionne*.

— Une minute, mec. Qu'est-ce qui se passe ? Du calme, OK ? » D'un geste expert, l'adjoint aplatit sa main contre la poitrine de Terence et le repoussa.

Mais Terence lui aussi était en colère, Terence lui aussi était fort, ou tellement dopé par un soudain afflux d'adrénaline qu'il semblait fort ; il écarta l'adjoint et tenta de rejoindre Ava-Rose – de lui prendre le bras, pour l'obliger à l'écouter. Pendant ce temps, une douzaine de personnes s'étaient regroupées ; elles regardaient, les yeux écarquillés, en attendant que quelque chose se passe. Le visage couvert de sueur, Terence haletait comme s'il venait de parcourir une longue distance en courant. « Ava-Rose, s'il vous plaît, il faut que nous parlions. Vous savez…

— Que faites-vous de votre dignité, Te-rence ? Je vous ai dit et répété… Vous ne valez pas mieux que les autres ! »

Terence tenta de repousser l'adjoint qui lui bloquait le passage.

« Ava-Rose, je… dois vous parler.

— Hé, mec, tu ferais mieux de te tenir tranquille, dit le policier. N'ennuie pas cette jeune dame, ou va y avoir de la casse ! » Il souriait en grimaçant : son visage adopta une expression à la fois féroce et exaltée.

Terence répliqua comme un homme raisonnable : « Écoutez, je veux seulement parler à Ava-Rose. Juste un…

— Va te faire foutre, mec. La dame ne veut pas t' causer.

— Mais il le faut, nom de Dieu !

— Mec, tu sais quoi ? Tu vas te faire mal ! »

Le visage inquiet d'Ava-Rose était rouge d'indignation ; elle semblait sur le point de fondre en larmes. Elle rassembla ses jupes pour retourner dans le bâtiment, et Terence voulut s'élancer derrière elle. De nouveau, l'adjoint le poussa du plat de la main, assez fort pour lui couper le souffle. Mais Terence n'en tint pas compte et continua sa route, comme un aveugle, sans savoir ce qu'il faisait, submergé par une rage muette et suicidaire. À cet instant même, comme un film passant en accéléré, il vit sa mort prochaine *– l'adjoint sortirait son revolver de sa veste ; il n'était pas en service mais, bien sûr, il était armé, et Terence non ; il tirerait un seul coup assourdissant, et Terence tomberait raide mort sur le trottoir sale d'Edison Street,* *devant la « première église de la Sainte-Apocalypse », à Trenton. Du sang jaillirait à gros bouillons de sa poitrine défoncée. Des femmes hurleraient. Ava-Rose aussi – car elle éprouvait un sentiment pour lui, même si ce n'était que de la pitié.*

« Non. »

Terence ne fit pas un pas de plus. Accroupi, haletant, il tendit les mains, les doigts écartés pour montrer qu'il n'était pas armé ; malgré cela, emporté par la rage, l'adjoint sortit son revolver et, sous les cris des femmes, en assena plusieurs bons coups sur la tête et les épaules de Terence – « Fous le camp d'ici, trouduc ! Va te faire foutre ! »

Terence chancela, mais ne tomba point. Recroquevillé, le nez en sang, il traversa la rue en courant, sans se soucier de la circulation, des klaxons intempestifs et des pneus qui crissaient.

Il réussit à ouvrir la lourde portière de l'Oldsmobile, et s'affala sur son siège dont le cuir crème se couvrit aussitôt de sang. Il ne voyait rien, il avait du sang dans l'œil ; mais il tourna la clé de contact et parvint à démarrer la voiture. Il partit sans oser regarder en arrière, accablé par la honte et l'humiliation, mais encore vivant. Il était libre, il était vivant.

Il s'enfuit.

Je ne reverrai jamais cette traîtresse.

Double délice

Les jours passèrent. Il ne l'appela pas. Et elle non plus.

Chaque matin, il se levait de bonne heure et quittait la maison. Avant de prendre le train pour New York, il nageait dans la piscine de l'Athletic Club de Queenston, en fendant l'eau fraîche qui sentait le chlore. Son cœur battait la chamade. Ses narines palpitaient. S'il avait dû se moucher en sortant de l'eau, les mucosités auraient été mêlées de sang.

Il ne pensait jamais à celle qui l'avait trahi. *Il pensait à elle constamment.* Par moments, il se sentait possédé par une force capricieuse. *Il était blessé, malade, il se noyait.* Il ne lui pardonnerait jamais. *Il ne lui pardonnerait jamais.*

Il se levait tôt. Il ne dormait pas. (En vérité, Terence dormait, mais d'un sommeil léger, inutile et flottant, pareil à des lambeaux de brume balayés par un vent incertain, qui ne lui laissait aucun souvenir.) Il ne rêvait pas.

Il rêvait d'elle tout le temps, mais, ensuite, ne s'en souvenait pas.

« Papa ? Pourquoi tu pleures ? »

D'un air coupable, il leva les yeux et vit sa fille Kim qui l'observait. Son joli visage fin, ses grands yeux intelligents bordés de cils bruns – cela faisait un certain temps qu'il ne l'avait pas regardée.

Papa s'empressa de répondre, en s'essuyant la figure de ses doigts repliés : « Je ne pleure pas, ma chérie – ce n'est que mes yeux. » Il rit pour indiquer que cette remarque, bien que juste, était censée être amusante.

Que fit-il ? Que fit-il ? Il fit une chose terrible, téméraire : exactement un mois après la disparition de « Eddy Schrieber Jr », il téléphona à la police municipale de Queenston, pour demander des nouvelles de l'enquête en se présentant comme un « ami de la famille ».

On lui répondit que son appel allait être transféré auprès de l'inspecteur assigné à cette affaire, on le mit en attente, et il patienta. Il transpirait. Sa tête bourdonnait et son nez aussi. Ses yeux… Pourquoi pleuraient-ils si souvent depuis que l'adjoint du shérif lui avait cogné dessus ? *T'as de la chance d'être en vie, trouduc. Sacré veinard.* Il soupçonnait que son appel était repéré, ou enregistré, ou bien les deux à la fois ; mais il ne raccrocha pas. Il fit un effort pour se rappeler les noms des Schrieber – bon, le père c'était Edward, bien sûr ; mais la mère s'appelait-elle Diane ? Doris ? Qu'est-ce que cela représentait d'avoir « perdu » un fils ? *Serait-il peiné si cela arrivait à Aaron ? – mieux vaut ne pas trop s'interroger.*

L'inspecteur prit la communication. Terence répéta sa question. C'était une question innocente : il était un ami de la famille Schrieber – d'ailleurs, tous les habitants de Queenston sont des amis ou des relations, ils font tous partie du même milieu privilégié. Le policier demanda qui était à l'appareil, et Terence murmura un nom que le policier le pria de répéter – « Quincy Ryder. »

Terence s'empressa d'ajouter : « Je connaissais ce garçon et je sais combien ses parents ont souffert, aussi ne souhaitais-je pas les interroger directement. Je voulais savoir si… eh bien, s'il y a de bonnes nouvelles, des "pistes" d'un genre ou d'un autre. »

L'homme au bout du fil gardait le silence. Terence était certain d'avoir perçu un petit bruit sec. Mais, depuis qu'il avait reçu des coups sur la tête, il entendait souvent de tels bruits dans son oreille gauche ; or, il était incapable – de toute façon, il savait qu'il ne fallait pas prendre ce risque, même pour une fraction de seconde – de passer le combiné à son oreille droite, pour s'assurer que le déclic était dans sa tête et non pas sur la ligne.

Les enquêteurs n'avaient pu établir la preuve qu'il s'agissait bien d'une affaire d'enlèvement et de meurtre liée à la drogue. Il y avait eu une rumeur dans ce sens – en fait, de nombreuses rumeurs, comme des affluents convergeant pour former un seul grand fleuve –, mais, d'après ce que Terence savait, l'hypothèse n'avait jamais été officiellement confirmée. La police suivait peut-être des « pistes », mais elle n'avait aucun intérêt à les divulguer au téléphone. « Quincy Ryder » aurait pourtant dû s'en douter. Tous les citoyens adultes mâles de Queenston sont intelligents, et donc *cette évidence ne pouvait lui échapper*.

« Non, Mr Ryder, désolé, nous n'avons aucune nouvelle. »

Terence avait perdu le fil de la conversation. « Aucune… ?

— Non, rien de nouveau. Pour l'instant.

— Je vois. » Terence déglutit, il avait un goût désagréable dans la bouche. Il savait qu'il fallait raccrocher, et vite. Mais il s'attarda. (Qu'est-ce que c'était que ce petit bruit sec ? Comme le tambourinage produit par une armée de mille-pattes.) Il dit, pour s'excuser : « Je… j'imagine que votre enquête n'est guère facilitée par l'absence de… cadavre ? » Comme l'homme ne répondait rien, Terence fit une bévue et bafouilla : « Je suppose que vous n'avez toujours pas retrouvé le corps du garçon ? Je… » Terence avait l'impression de marcher sur une planche savonneuse, et il était pressé d'arriver sain et sauf de l'autre côté. « Je veux dire que je pensais… nous l'espérons tous… que Studs n'était pas mort, mais… quelque part, bien vivant. »

L'inspecteur répondit : « Oui, d'accord, Mr Ryder, c'est bon. Où disiez-vous que vous habitiez, à Queenston ?

— Je n'ai pas dit que j'habitais à Queenston ; en fait, je… je suis d'ailleurs. »

À ces mots, Terence raccrocha maladroitement.

Il quitta en toute hâte la cabine de la gare de Queenston et pénétra sur le quai afin de se mêler – grand, soigné, bien habillé et portant une belle serviette Gucci – à une soixantaine d'hommes et de femmes pareils à lui.

« Quincy Ryder » … L'ancien poète officiel des États-Unis était effectivement quelque part ailleurs.

Dans un cimetière de Charlottesville, en Virginie, parmi d'autres trépassés se nommant eux aussi Ryder.

L'office funèbre s'était tenu à New York, dans les locaux de la Société de la poésie américaine sur Gramercy Square, sous des éclairages tamisés pour la circonstance. Bien qu'il ne fût pas un ami intime du défunt, Terence Greene avait été invité – ainsi qu'une ribambelle d'hommes et de femmes de lettres américains, triés sur le volet – à lui présenter ses derniers hommages. La plupart des participants à la cérémonie lurent des œuvres de Ryder ; plusieurs poètes récitèrent des élégies écrites à son intention – ou peut-être, en bons poètes, avaient-ils dans leurs tiroirs des élégies déjà toutes prêtes, dédiées à d'autres amis décédés, confrères en poésie. Terence Greene fit une forte impression sur l'assemblée : d'abord parce qu'il semblait fort ému, et même nerveux (« Terence C. Greene » ... quel homme remarquable : un grand nombre d'entre eux ne le connaissaient que de nom et de réputation, en tant que gardien de la si convoitée Fondation Feinemann) ; ensuite parce que, n'étant pas poète lui-même, il avait cherché une élégie adaptée aux circonstances, et avait découvert un magnifique poème de Myra Tannenbaum qu'il avait lu d'une voix cassée mais courageuse.

Fous le camp d'ici, trouduc ! Va te faire foutre !

Son nez saignait, ainsi que les plaies multiples qui meurtrissaient sa tête, et pourtant Terence Greene parvint à s'éloigner d'Edison Street, en conduisant tant bien que mal. Quoi qu'il tremblât de tous ses membres, il atteignit sans incident la Route 1, s'arrêta dans une station-service, près du centre commercial de Mercer, et entra dans les toilettes messieurs pour tenter de laver le sang dont il était couvert. L'employé à queue-de-cheval le regarda en marmonnant : « Eh ben, dites donc », mais s'abstint de le questionner. Terence quant à lui ne lui offrit aucune explication. Quand il arriva chez lui, la chance l'accompagnait : Phyllis était sortie.

Il était 21 h 40 et Phyllis était sortie. Elle assistait à l'une ou l'autre de ses réunions. C'est du moins ce que Terence supposait.

Néanmoins, Cindy, elle, le vit. Elle descendait l'escalier quand elle s'immobilisa et, tout d'un coup, fondit en larmes.

Terence ne bougea pas plus que sa fille. Son nez qui avait cessé de couler depuis quelque temps se remit soudain à saigner ; il fouilla frénétiquement dans ses poches pour trouver des mouchoirs en papier. (Hélas, il ne découvrit que les feuilles de papier toilette qu'il avait prises dans les WC de la station-service.) Son cerveau bouillonnait tant qu'il dut renoncer à s'agiter.

Là était le dilemme : il était épouvanté à l'idée de s'écrouler devant la plus jeune de ses enfants, ce qui risquait de se passer s'il faisait un pas de plus ; mais il ne pouvait non plus la laisser pleurer sans courir la consoler.

« Cindy, ma chérie… Ce n'est que moi, papa. »

Terence réalisa, éberlué, que Cindy n'était plus la fillette d'autrefois. Cela faisait des semaines, ou des mois, qu'il ne la regardait plus vraiment ; or, elle avait grandi, minci et, bien que son visage frais fût rond comme une lune, ses joues paraissaient moins rebondies. Dans son expression, on sentait une maturité précoce, un indubitable dépit d'adulte. Cindy était désespérée de voir son papa dans un tel état, mais elle était en colère aussi.

« Cindy, ne pleure pas, je… je vais très bien. C'était juste un, un… »

Cindy s'écria : « C'est déjà arrivé ! J'étais là ! Tout arrive en double ! J'ai horreur de cela ! J'ai si… peur, papa !

— Sur la Route 1, je… Cette autre voiture… »

Cindy remonta l'escalier en se débattant, comme pour repousser son père qui, pourtant, ne bougeait toujours pas. Terence tenta de lui fournir des explications, mais sa fille fit la sourde oreille et se sauva. De toute façon, franchement, il n'avait plus assez de force pour lui courir après.

Je ne reverrai jamais cette traîtresse. Les jours passaient, sans incident notable. L'été chaud et humide, sans un souffle d'air, s'écoulait telle une eau calme qui s'en va rejoindre le fleuve. Cette paix était insupportable. Comment l'humanité faisait-elle pour l'endurer ?

Te-rence ? – il dressait la tête, tout heureux, mais il n'y avait personne, bien entendu.

Pourtant, il était content. Il avait trouvé la sérénité. Il n'était plus un mari adultère. Sa famille ne pouvait plus rien lui reprocher. C'était le plein été, et c'était comme si cet été avait toujours existé. Il se levait tôt et se couchait tôt, nageait dans la piscine, toussait et suffoquait quand l'eau éclaboussait son nez, qui lui paraissait enflé comme une courgette géante. Il ne rêvait jamais – *sauf de cette Ava-Rose qui l'avait trahi.* C'était peut-être vrai – Phyllis s'en inquiétait et s'en plaignait, Mrs Riddle le soupçonnait – que Terence dormait mal, presque toutes les nuits ; pourtant, il se levait dispos et impatient de commencer la journée, *avec cette cavité béante dans la poitrine à la place de son cœur disparu et ce goût de cendre huileuse dans la bouche.* Sa tête lui faisait mal à l'endroit où le policier, l'amant d'Ava-Rose, lui avait assené des coups de crosse, mais il comprenait qu'il avait une sacrée chance d'être encore en vie – *contrairement aux autres.* Il buvait des vodkas Martini pour se calmer les nerfs. Si Phyllis le regardait, il buvait des vodkas Martini en douce. Quand c'était au tour de Phyllis de boire (elle adorait le bon vin rouge français : seul ce breuvage avait le don de faire surgir le Sourire Radieux), Terence avait la correction de ne pas regarder. Ou alors, il n'était pas présent. Il était ailleurs.

Contrairement aux autres, il était encore en vie. Et il espérait le rester le plus longtemps possible.

« Mais quelle police ? »

Durant cet été-là, il se retrouva souvent accoudé à la balustrade, goûtant la fraîcheur de l'air conditionné, et, dans ces moments-là, cette question lui venait à l'esprit. Il ne se rappelait pas toujours avoir pris l'ascenseur pour monter, puis l'avoir quitté. Au huitième étage. Avec son attaché-case. Il était le premier arrivé et le dernier parti, car il avait perdu tant de temps. Il voulait le rattraper. Il voulait rembourser l'argent (« les dépenses ») qu'il avait détourné de la fondation. Pourtant, personne n'avait rien remarqué, *ce qui risquait de l'amener à persévérer dans son crime.*

L'ascenseur lui donnait des angoisses. Il fermait les yeux et, arrivé au huitième étage, vacillait un peu en sortant de la cabine, comme un homme qui vient de prendre un coup sur la tête. Il revoyait la mort de Quincy Ryder – le poète, fin saoul, perdait l'équilibre, passait par-dessus la rambarde et tombait. (Le malheureux avait-il crié ? Terence Greene était enfermé dans son bureau et, comme il l'avait fait remarquer à la police : « très probablement au téléphone à ce moment-là », il n'avait rien entendu.)

Terence s'éveilla soudain, appuyé contre la balustrade en treillage doré, frissonnant dans l'air conditionné. Là-bas, au-dessous de lui, la fontaine pleine d'écume l'attirait. Parfois, il se penchait tant que le sang lui montait à la tête, provoquant une sensation désagréable. Ses orbites cognaient. Son nez se mettait à saigner sans prévenir. Le sang coulait comme des larmes.

Tu seras châtié pour ta faiblesse. Si personne ne s'en charge, tu le feras toi-même.

Sa mère le punissait lorsqu'il le méritait. Elle l'aimait, il était « tout ce qu'elle possédait », mais elle le punissait pourtant. Les gens étaient comme ça dans l'Amérique profonde, au pied des Adirondacks.

Quand il pleurait, sa mère le prenait dans ses bras et le berçait. Parfois, elle mêlait ses larmes aux siennes. Alors, il savait qu'elle l'aimait.

Quand son père le punissait, il le sentait passer. Ça c'était une vraie punition, pas de doute là-dessus. Cela s'appelait une *fessée*. Un homme fesse son enfant pour son bien ou pour lui donner une leçon. Mais les leçons du père de Terence étaient rarement justifiées. Qu'avait bien pu faire un enfant de deux ans pour mériter de telles fessées ? Après, il ne le consolait jamais. En tout cas, Terence n'en gardait pas le moindre souvenir.

Si personne ne s'en charge, tu le feras toi-même : il trouvait cela normal.

Mais… « Quelle police ? »

Il avait le choix entre la police de Trenton, celle de Manhattan et celle de Queenston. Chaque secteur appartenait à une juridiction différente, et ne pouvait empiéter sur les autres. Le temps passant, Terence commença à oublier ce qu'il devait confesser, ce qui justifierait sa punition, mais c'était sans doute à cela que la police servait.

La *fessée* qu'il n'avait pas volée. S'il n'avait pas été si lâche. Et si respecté par son entourage. Par ses pairs. Une personne intègre, un homme d'honneur. Un gentleman. Un *être charmant*. Et ses enfants… ils ne méritaient pas le scandale, l'humiliation. Et sa femme…

« Non, je ne peux pas. Je ne peux décidément pas. Les enfants, Phyllis, je n'ai pas le droit de les entraîner là-dedans. »

Terence avait dû se pencher de manière excessive, car le sang lui montait à la tête. Avec un sursaut de panique, il réalisa le danger de la situation.

« Non. »

Les jours s'écoulèrent. Les semaines. *Il n'avait jamais éprouvé une telle souffrance ;* il savourait son autonomie, son absence d'entraves. Car l'amour charnel n'est rien d'autre qu'une entrave – la chair possédée par la luxure.

Ava-Rose, comment avez-vous pu me trahir ?

Le « Dr Greene » se sentait si bien, seul avec lui-même : il ne cédait jamais à la tentation d'appeler l'un ou l'autre des numéros de Trenton que ses doigts savaient composer par cœur, autrefois.

Si jamais Ava-Rose l'appelait, si elle le suppliait de lui pardonner et faisait le premier pas vers la réconciliation… Terence lui reviendrait-il ?

« Oui. »

Non.

« Je veux dire… *non.* »

Oui.

Après tout, un homme doit garder sa dignité.

Que faites-vous de votre dignité ? Jamais il ne lui pardonnerait d'avoir prononcé de telles paroles en public. Devant des inconnus.

Plus jamais ses jolis bras blancs, la douceur de ses seins, ses baisers voluptueux donnés par jeu, comme si elle dormait – je ne reverrai plus jamais cette traîtresse.

Quand, sur un coup de tête, il avait contracté cette assurance-vie de 500 000 dollars, avec pour seule bénéficiaire miss Ava-Rose Renfrew, il avait voulu l'impressionner (pourquoi ne pas l'admettre ?) et avait donc payé, avec un chèque de caisse, la totalité de la première prime. Ce qui le menait jusqu'au 1er mai de l'année suivante. *Pourquoi ? Parce que je vous adore, je veux me comporter avec vous comme le mari que je pourrais être.* Un geste d'une suprême sottise, et pourtant Terence ne ne sentait pas en droit de résilier la police pour récupérer son argent – que penseraient Ava-Rose et sa famille ?

« Si quelque chose m'arrivait, au moins ils seraient à l'abri. »

Un soir qu'il était assis près de Mickey Classen, dans le train qui revenait vers Queenston, il s'entendit prononcer sur le ton maladroit et impatient de qui veut faire partager sa science : « Mickey, je me suis aperçu que l'essentiel dans la vie c'est la famille, le foyer. Peu de choses sont aussi tangibles. » Ses joyeux amis intellectuels l'auraient interrompu avec des grognements affirmatifs, mais Mickey, lui, resta silencieux ; peut-être un peu gêné, mais attentif. Terence poursuivit à voix basse : « Il y a quelque temps – cela fait plusieurs années, en réalité –, j'ai failli commettre une terrible bêtise. J'y repense souvent. Un peu comme si j'avais été pris de… folie. Quel est le terme exact ? *Une crise.* Mon Dieu, quelle tragédie cela aurait été pour moi ! Mais j'ai reculé à temps. J'ai réussi à me sauver, moi et ma famille avec. » Son visage s'était empourpré ; il pataugeait, il en avait dit plus qu'il ne l'avait voulu ; la vodka martini qu'il avait avalée avant de prendre le train avait dû lui monter à la tête. Pourtant, Mickey, enfermé dans son silence sourcilleux, semblait compatir, et Terence trouva le courage de continuer : « Je suppose que vous, Mickey, n'avez jamais… été sur le point de… commettre la même sorte d'erreur ? »

Depuis qu'il s'était installé à Queenston, New Jersey, depuis qu'il y avait gagné sa place de résidant – *de citoyen à part entière* –, Terence n'avait jamais, lui le moins agressif des êtres, osé interroger un autre homme de manière si crue ; aucune femme non plus, d'ailleurs (Phyllis comprise). Certes, ce n'était pas son genre, mais il y avait une autre raison à cela : tous les habitants mâles de Queenston fuyaient ce genre de confession, avec le pressentiment que, s'ils l'acceptaient, ils devraient à leur tour passer aux aveux.

Terence lui-même, avant cette *crise*, aurait vu d'un mauvais œil que l'un de ses amis, y compris Mickey Classen, s'adressât à lui aussi brutalement. Il serait demeuré tout raide sur son siège, comme Mickey à présent, aurait contemplé son billet de train coincé sur le dossier du siège devant lui, en fronçant les sourcils ; une rougeur enfantine aurait empourpré son cou et gagné ses joues bien rasées, et sa cravate impeccablement nouée aurait commencé à l'étrangler. Il aurait laissé vaguer son esprit, en se demandant que diable répondre.

Terence avoua, avec un petit rire coupable : « Bien sûr, c'est de l'histoire ancienne. Je ne sais pas pourquoi j'aborde ce sujet aujourd'hui. Je... » Il s'embourbait lamentablement. « ... ne vois pas. »

Ce Mickey Classen, homme plein de tact, lui ressemblait par certains côtés et Terence en était conscient : ils avaient à peu près le même âge et la même silhouette longiligne ; ils étaient aussi timides l'un que l'autre, mais avaient appris à se comporter en société ; ils parlaient avec autorité, mais calmement ; ils se ménageaient peu et souriaient beaucoup. En présence de personnalités « charismatiques » comme Matt Montgomery, ils avaient tendance à se laisser dominer.

Mais ils n'en gardaient pas rancune à ce salaud. Certainement pas.

Mickey Classen était riche ; il avait fait fortune dans les années 1980, lors du boom des investissements, mais ni lui ni sa femme Lulu ne semblaient corrompus par l'argent ; Terence ressentait depuis longtemps à leur égard une sorte de jalousie, car le fils des Classen, David, l'un des camarades de lycée d'Aaron, était devenu en grandissant un garçon gentil, honnête et travailleur – « Au début, ils étaient presque comme deux frères », Phyllis elle-même n'en revenait pas.

Terence avait aussi vaguement envié à Mickey Classen la réussite de son mariage ; non pas à cause de sa femme, Lulu, qui était une personne douce, relativement placide et terne, mais plutôt pour ce qu'il percevait de leur couple : l'aisance, la stabilité, le sens de l'union entre égaux, toutes choses qui, aussi bien en société que dans l'intimité, se trouvaient à l'opposé de ce que lui-même vivait avec Phyllis. Mais, soudain, une pensée alarmante lui vint : et si Mickey rapportait à Lulu cette ridicule conversation, et que Lulu en parle à Phyllis ? Les deux femmes n'étaient pas intimes, et pourtant, Terence le savait bien, dans certains domaines – contrairement aux hommes – les femmes sont toutes des amies.

C'était sûrement un effet de son éducation – Mickey Classen était le plus discret des hommes. Il s'éclaircit la gorge et, saisissant son attaché-case posé aux pieds de Terence, dit gentiment : « Terry, je suppose que personne n'est à l'abri de ces "tragiques erreurs" – nous ne serions pas vraiment humains dans le cas contraire. Mais… » Ici Mickey jeta un coup d'œil à son compagnon, avec une sorte de sourire pincé du genre de ceux que Terence s'adressait parfois dans son miroir, un sourire à la fois gêné et miséricordieux. « … tant que nous n'y tombons pas, et tant que nous n'en parlons pas, est-ce vraiment important, en fait ? »

Le jardin luxuriant, inextricable. L'odeur du soleil, de la chaleur. Les fleurs éclatantes parmi les mauvaises herbes. Les zinnias, les roses. Ces magnifiques roses passant du pourpre au rose pâle. Il tendit la main pour en toucher une, et ses pétales, criblés de petits trous semblables à des impacts de balles, se répandirent sur le sol. Un scarabée à la carapace iridescente prit son envol et frôla son visage. Ses ailes produisaient un cliquètement très aigu.

« Non… Au secours !

— Docteur Greene ? »

Terence leva les yeux, interloqué, et vit Mrs Riddle sur le pas de la porte. Elle avait dû frapper et prendre son cri pour une invitation à pénétrer dans le bureau. Assis à sa table de travail, il lui sourit comme si tout allait pour le mieux, comme s'il ne sortait pas d'un rêve éveillé, d'une hallucination. « Oui, Thelma ? » Dans son poing droit bien fermé, le scarabée était emprisonné.

Le mois de juillet allait s'achever. Bientôt le mois d'août. Puis la fête du Travail. En automne, des milliers de demandes de subvention afflueraient à la Fondation Feinemann. Terence serait submergé de travail. *Mais il ne pouvait supporter d'envisager l'avenir sans Ava-Rose et sa famille*, aussi stupéfia-t-il le président du conseil d'administration, son supérieur immédiat, et le reste du personnel, en les informant qu'il ne prendrait pas ses trois semaines de vacances en août, comme il en avait l'habitude. Il avait tant à faire qu'il résolut de se rendre au bureau cinq jours par semaine, même quand ses collègues n'y seraient plus – « J'ai toujours trouvé les vacances mortellement ennuyeuses. »

Il n'avait pas encore mis Phyllis et les enfants au courant de ce projet, pensant qu'ils désapprouveraient sa décision.

Mrs Riddle, qui vouait à Terence une admiration sans bornes, ne lui cacha point sa réprobation. Il fut touché par sa sollicitude et en conçut une certaine culpabilité ; il se savait indigne de tant d'égards. Pendant des mois, cette femme au grand cœur avait eu à supporter les airs égarés de Terence, ses yeux cernés et son pauvre sourire grimaçant. Elle les avait mis sur le compte du surmenage. Vraiment, il « creusait sa tombe à force de travailler ». Il lui assura qu'en effet il voyait un médecin, un neurologue plus précisément (mais pas celui qu'elle lui avait recommandé) – « Seulement voilà, le problème ne se loge pas dans mon cerveau, mais dans mon esprit. » Terence avait ri pour montrer qu'il plaisantait, mais Mrs Riddle était restée de glace.

« Excusez-moi. Docteur Greene… ?

— Oui, Thelma. Désolé. » Il l'avait oubliée, et contemplait la paume de sa main droite dont les doigts écartés tremblaient légèrement. Il n'y avait rien dans cette main, pas même une tache.

« Je ne voulais pas vous déranger, mais il y a une jeune femme qui insiste pour vous voir. Une certaine "miss Renfrew". "Ava Renfrew". Je lui ai conseillé de prendre rendez-vous, mais… »

Terence leva vers elle un regard torve. Les muscles de son visage se crispèrent. « Qui avez-vous dit, Thelma ? Qui ? »

Mrs Riddle consulta la feuille rose qu'elle tenait en main. « "Ava Renfrew" – c'est ainsi qu'elle s'est présentée. Je lui ai expliqué que vous étiez surchargé de travail et que, si elle désirait obtenir une subvention, il ne servirait à rien de vous voir en personne. »

Terence s'était levé. Ses mains couraient dans ses cheveux. Son cœur s'emballait. « Faites-la entrer, Thelma. Je vous en prie.

— Tout de suite, docteur Greene ? » Mrs Riddle, incrédule, fronça les sourcils.

« Tout de suite, pour l'amour de Dieu, oui ! »

Ainsi elle était venue à lui, finalement. À lui ! À lui ! Il pourrait lui pardonner ! La prendre dans ses bras, l'embrasser tendrement ! Il sentit monter en lui une bouffée d'orgueil viril.

« Ava-Rose, ma chérie… Que vous est-il arrivé ? »

Ce fut l'un des plus grands chocs de sa vie : comme il tendait les mains vers Ava-Rose Renfrew qui pénétrait dans son bureau, il vit combien elle avait changé ; en l'espace de six petites semaines, elle avait vieilli.

Sa beauté délicate s'était fanée, sa peau avait jauni, épaissi, et son front était strié de rides profondes. Ses jolis yeux vert doré semblaient plus petits et avaient perdu leur éclat. Ses cheveux, autrefois magnifiques, n'étaient plus aussi souples qu'avant : ils étaient devenus mous, ternes ; elle les avait coupés court et rabattus derrière les oreilles. Son nez mutin, sa bouche sensuelle, son port de tête majestueux – rien de tout cela n'avait changé, mais la vibration qui en émanait avait disparu. Et comme ses vêtements étaient ordinaires : une jupe bleu délavé, taillée dans un tissu synthétique sans tenue, un seul rang de perles trop blanches, les habituelles ballerines noires, enfilées sur ses pieds nus. Elle ne portait aucune bague et ses doigts semblaient dépouillés.

Terence sentit la piqûre du remords. « Mon Dieu, vous avez souffert, vous aussi ! »

Il était sur le point d'embrasser la jeune femme quand, d'un mouvement adroit, elle le repoussa du plat de la main. Elle était souple et vive comme un serpent, et plus forte qu'elle ne paraissait.

« Ne soyez pas ridicule, "docteur Greene", répliqua-t-elle en lui lançant un regard pudibond, je ne suis pas "Ava-*Rose*", mais "Ava-*Grace*". Votre secrétaire ne vous l'a pas dit ? » Elle avait cette voix de gorge, rauque et si séduisante, que Terence aimait tant, mais ses paroles étaient incompréhensibles.

« Quoi ? Qui ? »

Terence, stupéfait, regardait fixement la jeune femme.

« Je suis Ava-Grace Renfrew, sa sœur. Elle ne vous a jamais parlé de moi ? Cela ne m'étonne pas. » Elle lui tendit la main – une main froide, sèche et rude. « Puis-je m'asseoir ?

— Vous êtes… la sœur d'Ava-Rose ?

— Sa sœur jumelle.

— Sa sœur *jumelle* ! » Terence, épouvanté, ne la quittait pas des yeux.

« Remettez-vous. C'est *nous, je* suis nous, et elle est – Dieu seul sait comment elle y arrive – quelque chose d'autre. » Devant l'air désemparé de Terence, la femme se mit à rire. « Puis-je m'asseoir, docteur ? Je ne resterai pas longtemps. »

Terence marmonna : « Oui, bien sûr », et s'avança à tâtons vers sa propre chaise, derrière la surface brillante de son bureau. Le sol basculait sous ses pieds. Il lui vint à l'esprit que le moment était bien choisi pour un tremblement de terre ; mais il était embarrassé à l'idée que la sœur d'Ava-Rose le vît dans un tel état.

Ava-Grace Renfrew, qui n'avait pas remarqué l'inclinaison du sol, se tenait assise devant lui, bien droite, dans la position effrontée et guindée d'Ava-Rose, le menton levé. Chez Ava-Rose, c'était une attitude franchement provocante ; chez Ava-Grace, elle devenait un tantinet vindicative. Le délicieux sourire d'Ava-Rose s'était transformé, chez Ava-Grace, en un rictus ironique et même hargneux. Il est vrai que la première réaction de Terence à son égard n'avait guère été flatteuse. « Je suppose, docteur, que c'est un choc pour vous de me voir, observa Ava-Grace, d'un ton peu aimable, alors que c'est *elle* que vous attendiez. »

Terence, toujours galant, parvint à murmurer qu'il ne s'attendait pas vraiment à voir Ava-Rose – « Nous nous sommes perdus de vue depuis juin. » Ava-Grace fit un signe de tête agacé, pour lui signifier qu'elle était au courant. Une horreur insensée submergea Terence : et si cette femme était au courant de tout ?

« Oui, je ne doute pas un instant que ce soit un choc pour vous... » – Ava-Grace fit un geste si méprisant que Terence comprit que ce *vous* était un terme générique pour désigner une immense bande d'idiots. « ... de rencontrer la sœur jumelle d'Ava-Rose Renfrew, et d'avoir devant les yeux l'image de ce qu'elle est en vérité. »

Terence essaya de chasser le doute de sa voix. « Vous êtes réellement... de vraies jumelles ? »

Ava-Grace rit. Mais sans gaieté. Son sourire jaillit comme une lame sortant d'un fourreau. « En fait, Ava-Rose est née trente-six minutes avant moi. Et ce fut la dernière fois, à ma connaissance, qu'elle se montra la plus mûre de nous deux. » Ses yeux se plissèrent méchamment. « Il y a trente-sept ans, depuis juin dernier.

— Trente-sept ?

— Il y a trente-sept ans de cela, nous sommes nées à Sheen ville, en Virginie-Occidentale. Notre mère s'est enfuie avec notre père – avec lequel elle n'était pas mariée – et ils ont vécu sur la côte, dans le Maryland et le Delaware ; il l'a laissée tomber et c'est alors qu'elle s'est installée à Trenton. » Ava-Grace récitait ces faits avec une sorte de plaisir sinistre. « Je ne me souviens de rien, et Ava-Rose non plus – c'était tellement affreux. Je veux dire par là que ça n'était pas très "romantique", mais plutôt dégradant. Nous avons eu des tas de "papas" durant des années. » Terence écoutait, fasciné. Il le voyait nettement à présent : la beauté de l'une des sœurs s'était en quelque sorte congelée dans les traits jaunâtres et maussades de l'autre ; Ava-Grace *était* Ava-Rose, mais avec une physionomie légèrement différente, comme altérée. Leurs voix cassées, si étrangement graves, étaient identiques, mais Ava-Rose parlait plus lentement qu'Ava-Grace, d'une manière traînante que sa sœur n'avait pas. Les minuscules cicatrices sur le visage d'Ava-Rose, ressemblant à des fossettes ou aux pas d'un oiseau dans la neige, se trouvaient elles-mêmes reproduites sous la forme de taches de rousseur et de légères fentes, sur la peau plus épaisse d'Ava-Grace. Son teint avait le lustre rugueux de l'étain, comme si son épiderme avait été frotté à la paille de fer.

« Les jumelles m'ont parlé de vous et, bien que je déteste les gens qui se mêlent des affaires d'autrui, j'ai pour règle de m'entretenir avec les "amis" d'Ava-Rose, si je peux les rencontrer à temps. Il va sans dire que j'ai coupé toute relation avec ma sœur. Et elle avec moi. À plusieurs reprises, j'ai rompu avec eux puis je suis revenue. Jusqu'à la dernière rupture, la rupture définitive. » Ava-Grace fit une pause et regarda Terence, d'un air stupéfait. Elle devenait peu à peu plus sympathique ; non pas amicale et certainement pas chaleureuse, à l'inverse d'Ava-Rose qui, en l'espace d'un instant, par un seul de ses sourires éblouissants, semblait capable de vous combler de tendresse ; mais, en tout cas, moins vindicative. Alors se mit à émerger, telle une petite lune grimpant à l'horizon, une sorte de *compassion*.

« Vous disiez : si vous pouvez les rencontrer… “à temps” ? interrogea Terence.

— Même quand j'y arrive, cela ne produit pas toujours le résultat escompté. Comme je l'ai fait aujourd'hui pour vous, un jour je suis partie en bus de Jersey City, où je vis depuis six ans, pour venir dans cette maudite ville – je hais New York de tout mon cœur ! Je voulais prévenir l'un de vos semblables, Mr Bunsen qu'il s'appelait, vous l' connaissez ? – “Randolph Bunsen” ? Il possédait une bijouterie, une très belle boutique ?… Bon, peu importe, j'ai fait le voyage, à mes frais, je me suis entretenue avec ce pauvre imbécile et ça n'a rien donné de bon, en définitive. » Ava-Grace secoua la tête en riant ; elle fouilla dans son sac à main – un objet singulièrement laid, en similicuir noir tout râpé – et y prit un paquet de cigarettes. « Permettez ? », demanda-t-elle, et, sans attendre la réponse de Terence, elle en sortit une cigarette qu'elle alluma avec un petit briquet en étain ressemblant (c'est du moins ce que Terence imagina) à un revolver.

« Que voulez-vous dire par… “en définitive” ? Que lui est-il arrivé ? »

Ava-Grace, agacée, haussa les épaules. Deux filets de fumée descendirent de ses narines et se perdirent dans l'air. Elle adopta un ton à la fois irascible et familier, un ton qui ressemblait étrangement, par son rythme, à celui d'Ava-Rose : « Oh ! Je peux vous citer des cas encore plus pathétiques… Il y a deux ou trois ans, quand toute la famille de ce pauvre type le suppliait de revenir à la maison. Il avait volé de l'argent à son propre père… "Wineapple". » Ava-Grace retroussa sa lèvre supérieure dans une moue dédaigneuse. « On ne peut s'empêcher de plaindre la femme et les enfants qu'il a laissés derrière lui, mais avouez qu'il est difficile de s'apitoyer sur ce pauvre idiot. »

Terence s'empressa de demander : « "Ezra Wineapple" ? Que lui est-il arrivé ?

— Vous n'avez pas lu l'affaire dans les journaux du New Jersey, docteur ? Sacré bon Dieu, c'est quand même là que vous vivez ! »

Terence murmura, pour s'excuser, qu'il ne lisait que le *New York Times*.

« Et ce "Queenston" où les jumelles m'ont dit que vous vivez… n'est-ce pas tout près de Trenton ? »

Terence acquiesça, un peu gêné.

Il dit : « En fait, j'avais l'intention de rechercher la trace de ce "Wineapple" dans les anciens numéros du *Trenton Times*, mais – je ne sais pourquoi – je ne l'ai jamais fait. Je… » Sa voix faiblit. Il était évident qu'il n'avait pas eu envie d'apprendre le sort d'Ezra Wineapple. Il s'était bouché les yeux durant un an.

Ava-Grace Renfrew continua de parler, sur le même ton mi-véhément mi-badin, comme si Terence Greene et elle étaient de vieilles connaissances ; des amis intimes unis dans une espèce de lutte commune revêtant de fortes implications morales. Elle se radoucit et concéda : « Bon ! J'ai peut-être tort, docteur. Ce fut un terrible scandale et une véritable tragédie pour la famille Wineapple, mais peut-être qu'on n'en a pas beaucoup parlé dans les journaux, l'affaire n'ayant jamais été jugée. »

Terence s'enquit en hésitant : « Je suppose que l'homme est... mort ?

— Je me souviens, maintenant, de sa photo dans le journal, observa Ava-Grace d'un air pensif. En première page du *Trenton Times*. Et du commentaire en dessous : LE CORPS NU DU FONCTIONNAIRE DU COMTÉ A ÉTÉ RETIRÉ DE LA RIVIÈRE. »

Terence bredouilla. « Je vois.

— Ce type avait l'air sérieux avec ses lunettes. Cinquante-trois ans, un bon boulot dans le service de l'assesseur du comté ; il perdait ses cheveux, mais n'était pas laid ; une lueur d'optimisme brillait dans ses yeux – il avait l'air qu'ont les gens de cet âge quand on les prend au dépourvu. » Ava-Grace eut un rire qui se termina dans un soupir. Après avoir empuanti l'air de la pièce avec sa cigarette, elle chassait la fumée d'un geste négligent. « Cet *optimisme* – c'est ça le plus triste, je trouve. "Le Royaume de Dieu est en nous, mais les aveugles ne le voient pas !" »

Cette transition vers le religieux était trop abrupte pour Terence. Il sentait, chez la jumelle d'Ava-Rose, un même élan que cette dernière vers le dogme, et ne voulait pas que la conversation s'écarte du pauvre Wineapple, flottant nu sur la Delaware. « Qu'est-il arrivé exactement à Ezra Wineapple ? questionna-t-il.

— Oh, Seigneur ! Qui le sait ? Mieux vaut chercher dans une meule de foin que s'évertuer à connaître la vérité, avec tout ce que racontent et font les Renfrew ! », s'exclama Ava-Grace. Elle plissa ses yeux vert doré pour marquer sa désapprobation. « Il semble que ce Wineapple ait rencontré Ava-Rose lors d'un procès intenté par la famille Renfrew – ce truc avec

Holly Mae que vous aidez à résoudre, vous savez, ce n'est pas le premier du genre, croyez-moi. Peu après, l'homme tombe amoureux d'elle, lui offre des cadeaux et même une voiture ; il les aide à payer les traites de la maison. Un jour, Ava-Rose lui annonce qu'elle est enceinte – il est le père, bien sûr ! Sa "conscience" lui interdit d'avorter, mais elle fait une fausse couche, par accident. Alors commencent à pleuvoir les notes du docteur, les ordonnances. Il tient à payer. (Ava-Rose a un petit ami à Camden, un médecin rayé de l'ordre ; ensemble, ils mettent sur pied une arnaque. Vous avez entendu parler du "Dr Pyles" ? Non ?) Je ne veux pas savoir comment ça s'est passé. Ces trucs-là me rendent malade. En fait, je suis fière de ne pas connaître la moitié de ce qui se trame au 33 Holyoak Street. »

Terence s'enquit d'une voix sinistre : « Mais qu'est-il arrivé à Mr Wineapple, pour qu'il se retrouve nu dans la rivière, et mort ? »

Ava-Grace se passa une main dans les cheveux et saisit une boucle sur sa nuque. Terence se souvint, avec une telle acuité que son cœur en chavira, de la manière enfantine mais si séduisante dont Ava-Rose tripotait ses propres cheveux, les caressait et les tressait. « Je ne connais pas l'exacte vérité, dut avouer Ava-Grace, je n'en sais pas plus que la police. Une nuit, ils sont tous allés nager dans la rivière et lui, le pauvre Wineapple, n'a pas pu résister et il a coulé. Il faut dire qu'il avait bu. Ils avaient donné une sorte de fête. C'était le 4 Juillet, il me semble. Il y avait Ava-Rose, Chick, Holly Mae (croyez-moi si vous voulez, mais cette femme sait nager – enfin, elle flotte sur le dos et bat des pieds comme une folle) et captaine uncle Riff (il nage aussi bien qu'un jeune homme), mais aussi l'un des petits amis d'Ava-Rose, un motard minable, qu'elle avait présenté à Wineapple comme son cousin. Ils se baladaient sans arrêt tous les trois ensemble et le pauvre Wineapple, cet idiot, n'a jamais rien soupçonné. Il a même prêté de l'argent au petit ami. »

Terence murmura de manière presque inaudible : « T. W. Binder !

— Peut-être qu'ils lui devaient beaucoup d'argent, peut-être qu'il réclamait quelque chose en retour, à moins qu'il s'agisse d'un pur accident, ainsi qu'ils l'ont prétendu… Quoi qu'il en soit, ils sont tous allés nager à la Pointe, Wineapple s'est noyé, et la police est venue arrêter T. W. Binder (ce type était une vieille connaissance à eux, mais ils n'avaient jamais réussi à lui mettre la main dessus). Comme il n'y avait pas assez de preuves pour l'inculper, le procès n'a pas eu lieu. Pas étonnant : les seuls témoins du drame n'étaient autres que les accusés eux-mêmes ! » Ava-Grace tirait furieusement sur sa cigarette ; elle semblait d'assez bonne humeur. « Dans ma partie, docteur – rien à voir avec la vôtre : je suis intendante, et j'enseigne le catéchisme au Centre de détention pour femmes et adolescents de Jersey City –, j'ai appris une chose : il est facile de démasquer les méchants, mais sacrément dur d'établir un dossier solide contre eux. Sacrément dur ! »

Terence fixait Ava-Grace Renfrew, aussi hébété que s'il avait reçu un coup sur la tête. Il n'avait pas vraiment mal, mais les séquelles d'un choc ancien vibraient en lui.

« Excusez-moi, je… je ne comprends pas bien. Vous semblez dire – suggérer – que votre sœur est impliquée dans un… meurtre ?

— *Un* meurtre… ? Ai-je jamais parlé d'un seul meurtre ? » Ava-Grace s'esclaffa en secouant sa cendre sur le bureau de Terence.

« Mais…

— Bien sûr, pour être juste, on doit reconnaître qu'Ava-Rose n'a jamais été inculpée de quoi que ce soit : "Innocente tant que la culpabilité n'est pas prouvée". »

Terence dit d'un ton sévère : « Je suis tout à fait d'accord. Innocente tant qu'il n'est pas prouvé… le contraire. » Le visage spectral d'Eldrick Gill scintilla devant lui, à travers les eaux ténébreuses de la Delaware.

Ava-Grace continua : « Mes petites nièces m'ont raconté, docteur, que vous faisiez partie du jury lors du procès de T. W. Binder, le jour où on a fini par le juger pour avoir tenté de tuer Ava-Rose. C'est donc ainsi que vous avez rencontré ma sœur ? Fantastique ! » Et elle recommença à rire, de bon cœur cette fois.

« Plus ou moins. » Terence avait l'impression de se noyer.

« Alors, ils ont mis la main sur ce salaud, et l'ont jugé pour "coups et blessures", avec Ava-Rose comme témoin à charge, hein ? »

Terence protesta : « Mais… Binder était certainement coupable ! Nous avons soupesé les preuves, entendu les témoins, examiné le rapport de l'hôpital décrivant les blessures de votre sœur. Nous nous sommes prononcés à l'unanimité pour la culpabilité. Je refuse de croire que cet homme *n'était pas* coupable. »

Terence se souvint, avec une pointe de remords, du stratagème qu'il avait employé pour aboutir à un verdict « unanime ». Mais cela ne changeait rien, n'est-ce pas, si l'homme était coupable ?

Ava-Grace répliqua, narquoise : « Vous n'auriez pas eu envie de l'assommer si, après s'être servie de vous pour tuer son ex-petit ami, elle vous avait jeté dehors – en gardant pour elle tout l'argent que ce pauvre idiot lui avait donné ?

— Je...

— Je n'en veux pas à la police de Trenton, ni à aucune structure judiciaire. Ils font ce qu'ils peuvent, et parfois ils sont obligés de traiter avec ces gens. Mais moi, je les connais – je les côtoie tous les jours ! La police de Trenton voulait avoir Binder, c'était un dealer à la petite semaine et un voleur, il a probablement trempé dans des affaires de recel, comme mon “oncle” Riff ; alors, ils ont laissé parler Ava-Rose, et conclu un marché avec elle. Ils lui ont peut-être proposé de faire disparaître certaines preuves pesant contre elle, ou contre les autres membres de la famille. Elle accepte, se présente à la barre des témoins, et raconte une histoire qui, sacré bon Dieu, *pourrait parfaitement être vraie* – et ça marche. Vous, les jurés, déclarez Binder coupable, et il entre à Rahway. Pas pour très longtemps, mais au moins il est rayé de la circulation.

— Et il est mort là-bas, à Rahway. Vous devez le savoir. »

Ava-Grace fronça les sourcils. « Oui, je l'ai entendu dire. Mais j'ignore comment, et pourquoi. Les Renfrew voulaient qu'il meure – ils avaient peur qu'il ne se venge dès sa sortie de prison. Toutefois, je n'ai jamais su qui s'en était chargé, exactement. Qui a imaginé la chose. Comment l'argent a transité. » Elle leva vers Terence un regard qui lui rappela les œillades provocantes d'Ava-Rose ; puis ses paupières battirent. « En tout cas, ce n'est pas vous, docteur, hein – un gentleman comme vous… ! » Admirative, elle jeta un coup d'œil autour du bureau de Terence. « … serait tout à fait incapable d'arranger un coup à l'intérieur du pénitencier de Rahway. »

Terence prit son souffle pour parler, mais aucun son ne sortit de sa gorge. La fumée de cette terrible femme irritait ses yeux sensibles. Il avait l'impression de sombrer ; à chaque seconde, il s'enfonçait un peu plus sous une masse liquide et noire. Pourtant, il était encore assez maître de lui pour tenter une diversion. « Si je comprends bien, le procès – *mon* procès – au mois de juin de l'année passée était une sorte de mascarade ? Une manipulation cynique orchestrée à partir du bureau du procureur ? Un détournement de pouvoir ? Et nous, les jurés, en étions les complices involontaires ? »

Ava-Grace, curieusement désinvolte, haussa les épaules. « Oh, eh bien ! Quand un homme s'est déjà rendu coupable de meurtre ou, disons, d'homicide involontaire, en laissant un autre homme se noyer, est-il si farfelu de le condamner pour "coups et blessures volontaires" ? C'est comme ça que les flics ont raisonné. Dieu a Sa justice lui aussi – et parfois elle descend sur cette Terre. »

Terence balbutia : « Mais… T. W. Binder n'était pas jugé pour la mort de Wineapple – mais pour autre chose, une chose totalement différente. Nous les jurés n'en avons pas été informés. Et même si Binder avait participé à la noyade de Wineapple, il n'avait pas agi seul. Votre sœur… » Il fut incapable de poursuivre.

Ava-Grace rétorqua, pleine de dédain : « Oui, monsieur. Seulement, ils n'avaient pas assez de preuves contre elle ; ils ne pouvaient se présenter devant la cour avec si peu d'éléments. Si vous n'êtes pas en mesure de convaincre un jury, il vaut mieux renoncer au procès. Les méchants qui vivent parmi nous le savent parfaitement ; c'est pour cela que la plupart d'entre eux sont *dehors* et pas *dedans*, là où ils devraient être. » Ava-Grace tripotait les grosses perles de pacotille qui entouraient son cou. « À Jersey City, où je travaille, vous rencontrerez surtout des femmes et des gosses qui se sont laissé attraper à cause de leur stupidité. Ils ne savent ni lire, ni écrire, ni penser. Les plus futés, comme Ava-Rose Renfrew, se font rarement prendre. »

Ava-Grace Renfrew parlait, en reprenant des remarques précédentes, de son ton à la fois familier et véhément. Terence, lui, restait silencieux ; il se frottait les yeux. Il lui semblait que sa vie – *sa vie depuis Ava-Rose : depuis l'amour* – défilait à toute allure, comme un film dont le montage accéléré produirait un effet grotesque. Ava-Grace venait de lui livrer la vérité qu'Ava-Rose tenait cachée. Et dire qu'il ne s'en était pas douté ! *Il s'en était toujours douté.* Maintenant, il savait et ne pouvait plus se voiler la face.

« Hé ! La cigarette vous gêne ? », demanda Ava-Grace innocemment. Elle chassa de nouveau la fumée, et d'une chiquenaude fit tomber sa cendre. « Vous n'avez pas l'air bien, docteur. »

Terence n'entendait pas. Ou peut-être entendait-il sans avoir la force de répondre.

Il pensait. Il y avait une chose importante, urgente à laquelle il devait penser. Cette chose s'enfuyait, et lui s'acharnait à la retrouver. Mais son cerveau lui faisait mal. Et ses yeux. Depuis qu'il avait reçu ces terribles coups sur la tête – *encore heureux que son nouvel amant ne t'ait pas descendu, trouduc* –, il ne se sentait plus tout à fait lui-même.

Lui-même ? Qui était-ce ?

Ava-Grace Renfrew l'observait d'un air inquisiteur, avec une sorte de pitié toute professionnelle. Sa misérable robe bleu marine était un uniforme de gardienne de prison, les perles trop blanches autour de son cou une caricature de parure féminine. « Hé, docteur… Vous n'allez pas être malade, dites ? »

Prudemment, comme un homme luttant contre la nausée, Terence articula : « En effet, je crois que je suis un peu… malade, miss Renfrew. Écœuré. Je suis bouleversé – c'est évident. Miss Renfrew, vous…

— Oh, allons : je m'appelle Ava-Grace.

— *Ava-Grace…* Vous débarquez dans mon bureau sans être attendue, sans prévenir – avec un motif charitable, je ne le conteste pas –, et vous devez comprendre que vos paroles constituent un choc, un profond… »

Ava-Grace émit une sorte de ronflement, comme pour exprimer son scepticisme, et l'interrompit : « Non, vous deviez vous en douter – pas vrai ? Tout au fond de vous ? »

Terence ferma les yeux ; il s'agrippa au fil ténu de ses paroles comme à une corde lancée d'un navire, et garda la tête hors de l'eau. « … choc. Ava-Rose et moi sommes séparés. Je crois qu'elle en aime un autre. » *Non, en réalité il ne pouvait y croire : il savait qu'elle n'aimait que lui.* « Je ne suis pas du genre à courir après une femme qui ne veut pas de moi, et je n'ai pas l'intention de m'acharner. Je suis marié, et bien marié. Et je le resterai. Mais, miss Renfrew… » Et là il faillit s'écrouler, s'exprimant soudain avec une vive angoisse : « … vous avez dit de telles choses ! Des choses si incroyables ! Vous avez accusé votre propre sœur de… de meurtre ! D'avoir prémédité un meurtre ! La femme dont j'étais – dont je suis – amoureux. »

Ava-Grace, effarée, retint son souffle. « Quoi ! "Amoureux" ! Mais écoutez-le ! » Elle écrasa subrepticement sa cigarette sur un coin du bureau de Terence, et jeta le mégot dans la corbeille à papier. « Je constate que je me suis trompée en venant ici… pas vrai ? Et, sacré bon Dieu, j'ai horreur de cette putain de ville, et de ce satané Service portuaire… »

Terence, alarmé, lança : « Non, attendez ! Je ne voulais pas…

— … et tout ça à mes frais, rien que pour faire résonner la parole vraie à des oreilles sourdes : Greene, Bunsen, Wineapple, et Dieu sait qui d'autre encore… » Elle s'était levée, ses yeux lançant des éclairs. Terence contemplait, éberlué, cette transformation soudaine. « Moi, en tout cas, je suis chrétienne et j'agis comme telle – contrairement à ma famille –, tandis qu'elle, ma sauvageonne de sœur qui vous tourne tous la tête, est une impudente adoratrice du démon, vous saviez cela ? Hein, docteur ? » Ava-Grace foudroya Terence. De la salive brillait aux commissures de ses lèvres. Terence se leva lui aussi et tenta de s'excuser, mais Ava-Grace l'arrêta. « Jésus voit, Il pardonne, mais des fois Il en a plein le dos, aussi ! »

Terence déclara précipitamment : « Miss Renfrew, je veux dire Ava-Grace… Je vous en prie, ne partez pas encore. Je n'avais pas l'intention de vous offenser…

— M'offenser ? Comment pourriez-vous m'offenser ? Aucun homme ne le peut. Je ne "jette pas mes perles aux cochons". »

Terence priait pour que ses secrétaires n'aient pas entendu les cris de la femme. Il demeurait planté là, interdit, à se tordre les mains. *Laisse-la partir. Tu ne veux pas en entendre davantage. Elle est dure, froide, calculatrice. Efface-la de ton souvenir.* Mais il supplia : « S'il vous plaît, restez encore un peu ! Nous avons beaucoup de choses à nous dire. Et – si c'est une question d'argent – votre ticket de bus… »

Ava-Grace refusa de se rasseoir. Elle gardait devant elle son affreux gros sac comme pour tenir Terence en respect. Mais, apparemment, elle semblait apaisée et ne voulait plus partir : l'offre d'un dédommagement l'avait peut-être amadouée. « Eh bien, à présent, parlons franchement, docteur ! », s'exclama-t-elle en tordant un peu la bouche, dans une moue que Terence avait remarquée une ou deux fois chez Chickie, mais jamais chez Ava-Rose. « Permettez-moi de vous demander : Ava-Rose a-t-elle osé vous dire que j'étais la mère de deux petites ? Dara et Dana, que j'aurais abandonnées ? Oui ? L'a-t-elle fait ?

— Oui, en effet, elle…

— En réalité, docteur, Dara et Dana sont ses enfants à elle. Et elle les a si mal traitées que j'essaie en ce moment d'en obtenir la garde par l'intermédiaire du bureau d'aide à l'enfance. Alors, ça vous en bouche un coin ? »

Terence, sidéré, répondit : « Mon Dieu, que dites-vous là ? Ava-*Rose*, la mère des jumelles ? Mais je pensais… »

Ava-Grace brandit un doigt menaçant. « Et ne vous avisez pas de payer un de vos sales avocats pour geler mon affaire, ou je dirai tout ! Je mettrai votre photo en première page du *Trenton Times* ! Elle et vous ! Tous autant que vous êtes ! La propre grand-mère des petites les a trahies et je suis au désespoir ! Dana est cachée quelque part, j'ignore où ; et Dara commence à... changer. Mes chères petites nièces, qui m'ont toujours aimée.

— Attendez, intervint Terence, permettez-moi de récapituler : c'est Ava-Rose qui est la mère des petites, et pas vous ; et Holly Mae est... votre mère ? À vous et à Ava-Rose ?

— C'est tout à fait cela, docteur, lança Ava-Grace d'un ton féroce. Ne me faites pas croire qu'au fond de vous-même vous ne le saviez pas. »

Or, Terence ne le savait pas. Il ne le savait absolument pas.

Et pourtant !

« Et Chick est aussi le fils d'Ava-Rose. Elle l'a eu à seize ans, quand elle s'est enfuie pour Atlantic City avec un joueur professionnel – qui l'a laissée tomber alors qu'elle était enceinte de neuf mois. J'ai dû aller la chercher là-bas, en bus, et j'ai raté la moitié de mes examens au lycée. J'ai failli être recalée à cause de cela ! Ça ne lui a fait ni chaud ni froid, elle ne m'a même pas remerciée. Vous savez ce qu'elle m'a dit, docteur ? “Pourquoi fourres-tu toujours ton nez dans mes affaires, Ava-Grace ?” C'est ce qu'elle m'a dit, cette ingrate. Je ne l'oublierai jamais !

— Chick est le fils d'Ava-Rose ? Mais...

— Oh, je me suis beaucoup occupée de lui aussi, quand il était bébé. Du jour au lendemain, Ava-Rose disparaissait avec des types, et personne ne savait où elle était, ni si elle était encore vivante. Ce petit garçon m'aimait comme si j'étais sa mère, et il m'aime toujours, bien qu'il ait adopté depuis longtemps les manières des Renfrew, comme un jeune serpent qui prend la couleur du paysage. Chaque jour, je prie pour son âme et celle des jumelles, docteur, oui je prie.

— Son fils ?… »

Terence revit le grand garçon blond : son sourire affecté, sa façon « innocente » de lever les yeux, sa figure large, belle mais blafarde. Le fils d'Ava-Rose ?

Telle une furie vengeresse, Ava-Grace se tut et regarda Terence avec un dédain renouvelé. « "Mais, Ava-Rose est trop jeune pour être sa mère"… C'est ce que vous pensez, hein, docteur ? J'entends toujours les mêmes foutaises. Vous les hommes !

— Je vous en prie, Ava-Grace, ne parlez pas si fort…

— Je parlerai aussi fort que ça me chante, docteur. Et "que celui qui a des oreilles entende". Vous voulez savoir la vérité, oui ou non ?

— Oui, bien sûr, je…

— La voici : Holly Mae Loomis, qui est la plus fieffée menteuse de toute la bande, est notre mère, oui m'sieur, celle d'Ava-Rose et la mienne. Elle l'a toujours nié en mentant éhontément à ses propres filles, mais nous savons ce qu'il en est. Elle a inventé une foutue histoire selon laquelle notre vraie mère nous aurait abandonnées ; quant à elle, elle nous aurait recueillies. Bon, je ne dis pas que cette femme est l'incarnation du mal – c'est ma mère et elle n'est pas entièrement mauvaise, j'en suis convaincue. Lorsque Ava-Rose et moi étions en seconde, elle a fait de la prison, pour chèques sans provision, et là elle a rencontré Jésus. Après cela, elle a replongé, dans une certaine mesure ; mais quand Jésus est dans notre cœur, Il y reste. » Ava-Grace s'interrompit pour lancer à Terence un regard glacial. « La cruauté de cette femme lui a fait préférer l'une de ses filles à l'autre, et ce depuis le berceau. Ma sœur et moi sommes nées égales, comme tout homme est égal devant Dieu ; puis il y a eu un changement, et Ava-Rose est devenue la préférée. Je crois que c'est parce qu'elle a assimilé les travers des Renfrew quand nous étions encore à l'école primaire, et que moi je n'y suis jamais parvenue. Elle était l'une des leurs, elle prenait plaisir à faire le mal, moi pas. Et je suis fière de dire que *je ne serai jamais comme eux.* »

Le front d'Ava-Grace était profondément plissé. Son visage maussade semblait gonflé. Terence sentait que, si jamais il faisait un geste trop brusque, elle risquait de réagir en le frappant de son sac à main.

« C'est une chose redoutable que d'avoir une jumelle, reprit Ava-Grace en grimaçant. Être jumelle. Il y a des peuples primitifs, voyez-vous, qui tuent les jumeaux à leur naissance. Vous avez déjà entendu parler de cela ? Il paraît que, dans d'autres civilisations, les gouvernants sont toujours des jumeaux (peut-être seulement les garçons). Je ne suis sûre de rien, et toutes ces histoires ne sont que pure superstition, mais cela fait froid dans le dos, parfois. J'étais incapable de communiquer avec Ava-Rose par la pensée, en revanche elle pouvait m'envoyer des messages. Dans ma tête, j'entendais cette petite mélodie qu'elle fredonnait : “Tu es trop bonne pour nous, pourquoi ne viens-tu pas nager dans la rivière ?” Je me précipitais pour la rejoindre, lui dire d'arrêter, mais elle se contentait de me regarder, la bouche en cœur, et demandait : “Arrêter quoi, Ava-Grace ?” À ce moment-là, cette voix revenait, doucereuse comme celle du serpent. Satan a élu domicile dans le joli corps d'Ava-Rose. Je me mettais à pleurer, m'arrachais les cheveux et, la voyant là avec son air innocent, je me ruais sur elle et la frappais de mes poings. “Ava-Rose, tu me rends folle, arrête ! Arrête ou je te tue !” Alors, elle commençait à pousser des cris comme si on cherchait vraiment à la tuer. Elle appelait à l’aide – et il venait toujours quelqu’un. » Sur ces derniers mots, la voix d’Ava-Grace faiblit. Elle respirait fort. Comme si elle sentait qu’elle avait été trop loin, elle reprit plus calmement : « Je ne doute pas, docteur, qu’Ava-Rose vous ait dit beaucoup de mal de moi en s’appuyant sur ses foutus astres, ce qui est faux – non seulement en soi (les gens éclairés méprisent l’astrologie), mais parce qu’elle et moi sommes exactement du même signe. Je n’y connais rien et ces trucs m’indiffèrent ; seulement voilà : mon “thème” est son “thème”, et elle le sait. Nous sommes la même personne, *et l’une de nous a mal tourné.* »

Terence fut pris du même vertige qui l’avait assailli quand Ava-Grace Renfrew était entrée dans son bureau. Là, sous les traits fanés de cette furie aux petits yeux étincelant de colère, se cachait le visage de l’autre – un visage radieux, magnifique, avec des yeux qui, eux, luisaient comme des pierres précieuses : ceux d’Ava-Rose.

« J’imagine, docteur, qu’Ava-Rose s’est vantée auprès de vous de la manière dont elle m’a chassée de son cœur, hein ? J’ai d’ailleurs fait la même chose de mon côté. »

Terence rétorqua dans un souffle : « Mais non, Ava-Rose n’a jamais rien affirmé de tel. Je crois me souvenir qu’elle disait vous aimer. Mais que vous ne vous étiez pas revues depuis… onze ans.

— Pur mensonge, répondit Ava-Grace d’un air satisfait. Je passe chaque mois dans ce lieu de perdition, pour essayer de voir mes petites nièces ; parfois j’y arrive, parfois non. Quand elle est là, Holly

Mae, ma mère naturelle, refuse de me laisser passer le seuil – ça vous en bouche encore un coin, hein, docteur ? »

Terence voulut adopter un ton compatissant. « Je suis vraiment navré de l'apprendre, Ava-Grace.

— Et tout ça à cause du procès – ce damné procès qui les a fait se retourner contre moi, et moi contre eux, pour toujours !

— Un procès ?

— Captaine uncle Riff a dû comparaître devant une cour fédérale à Trenton, pour fraude au courrier, et certains membres de la famille, dont Ava-Rose et moi, ont été convoqués pour déposer contre lui. Je savais que le vieux renard était coupable de tous les faits qu'on lui reprochait et...

— Coupable ? de fraude au courrier ? Captaine uncle Riff ? » Terence ne pouvait y croire. Il revoyait la digne silhouette du patriarche aux cheveux blancs et à la barbe neigeuse.

« Mais bien sûr, docteur : la "fraude au courrier" n'était qu'une de ses combines, mais là il aurait mieux fait de s'abstenir. Voilà comment il procédait : il passait simplement une petite annonce dans une série de journaux – "Vous êtes ambitieux et vous voulez gagner 100 000 dollars par an sans sortir de chez vous ? Envoyez 11,95 dollars en espèces et une enveloppe timbrée à votre adresse pour la réponse !" Et des centaines de pauvres imbéciles envoyaient de l'argent à l'une ou l'autre des boîtes postales indiquées sur l'annonce. Captaine uncle faisait le tour et renvoyait ses "instructions" sous la forme d'un minuscule feuillet imprimé, comme ceux qu'on trouve dans les biscuits chinois, disant : "Passez mon annonce dans les journaux." » Ava-Grace ne put s'empêcher de rire. « Ce vieillard ne manque pas d'esprit, il faut le reconnaître. Le "Prince des ténèbres" travesti. Mais ils l'ont arrêté ; il a fallu qu'il comparaisse, et j'ai été appelée à témoigner, comme je l'ai dit. Je n'ai rien caché de ce que je savais ; mais Ava-Rose est passée juste après moi et a contredit ma déposition point par point, en leur servant de purs mensonges. Le serment sur la Bible n'a jamais rien signifié pour elle ! » Le visage injecté de sang, Ava-Grace fit une pause. Elle serrait son sac toujours plus fort contre sa poitrine. « Et, à l'époque, nous nous ressemblions davantage qu'aujourd'hui. Par une ruse diabolique, Ava-Rose avait réussi à savoir ce que je porterais ce jour-là et elle s'est habillée de la même façon. Naturellement, ces idiots de jurés se demandaient qui croire ; et captaine uncle se défendait avec tant de brio, depuis qu'il avait entendu prêcher le révérend Billy Graham, qu'ils se sont retranchés sur un verdict de non-culpabilité. » Ava-Grace s'arrêta un instant. Son regard exprimait la résignation et l'amertume. « Je sais qu'une fois, une seule, cet homme (qui n'a jamais été l'oncle de personne, ni capitaine au long cours, ni même un membre de la famille Renfrew) a fait un séjour en prison – pour homicide involontaire, à Miami. Il en a pris pour sept ans et il est sorti au bout de trois. Mais il était jeune alors, ce pécheur, et il n'avait pas sa belle barbe et ses cheveux blancs.

— Homicide involontaire ? Captaine uncle ? Qui a-t-il tué ? »

Ava-Grace rétorqua d'une voix chargée de sarcasme : « Vous voulez dire, pour quel crime l'a-t-on attrapé ? »

Avant qu'Ava-Grace Renfrew ne s'en aille, Terence insista pour lui rembourser son voyage en autocar depuis Jersey City – ses doigts tremblaient affreusement. Le prix du ticket aller-retour étant étonnamment bas, il voulut lui offrir le double, mais elle refusa tout net – « Merci, docteur, pas moi. »

Elle ajouta en partant : « Je sais que vous avez reçu un sacré choc, mais "la vérité vous libérera". Confiez-vous à votre épouse légitime et suppliez-la de vous pardonner, au nom de Jésus. Vous le ferez ? »

Terence approuva gravement. « Oh oui.

— Ma sœur... Elle vous a toujours attirés comme des vers blancs, vous les hommes, quels que soient votre âge et votre intelligence. Je jure que je n'y comprends rien. »

Terence, qui avait ouvert la porte donnant sur le secrétariat pour laisser sortir Ava-Grace, cligna des yeux. Malgré la douleur qui obscurcissait sa conscience, il se rendait bien compte que Mrs Riddle et ses assistantes ne perdaient rien de leur conversation, tout en feignant d'être absorbées dans leur travail. Il murmura : « Vous voulez dire "aimants". Pas "vers blancs". »

Dans ses ballerines râpées, Ava-Grace pivota, et fit un large geste du bras pour bien montrer son dédain. « Non, monsieur le docteur, prononça-t-elle d'un ton emphatique, j'ai dit *vers blancs*, et je voulais dire *vers blancs*. »

Le sol bascula. Terence Greene tenta d'escalader la pente inclinée qui s'étendait sous ses pieds, mais tomba comme une masse. Sa tête heurta une surface plate, puis une surface aiguë et quelque chose d'opaque au reflet poli. Il était inconscient ; pourtant il s'éveilla, agité de convulsions. Une vieille dame nerveuse et une autre, plus jeune, étaient penchées sur lui ; elles lui jetaient de l'eau au visage. Elles se tenaient là où la pente devenait très raide, et se lamentaient, presque à l'unisson : « Docteur Greene ! Oh, docteur Greene ! »

Mais il était trop loin pour les consoler.

Dénouement

À Queenston, vers la fin de l'été, tout le monde savait – même les gens qui n'appartenaient pas à leur petit cercle d'amis – que les Greene s'étaient séparés ; qu'ils divorceraient bientôt.

Au mois d'août, Phyllis Greene et ses filles partirent en vacances chez la mère de Phyllis, dans sa résidence estivale de l'île de Nantucket – « Nous y allons les premières et Terry nous rejoindra un peu après », dit Phyllis à ses amis. Mais leurs relations – du moins celles qui n'étaient pas elles-mêmes parties en août – s'aperçurent qu'en réalité Terence restait seul dans la grande maison du 7 Juniper Way et continuait de se rendre à New York durant la semaine, comme si rien n'avait changé (sauf qu'il était seul, bien sûr). Il ne répondait pas aux invitations. Il retournait rarement les appels téléphoniques.

Puis, à la fin du mois d'août, Terence déménagea soudainement et s'installa dans un studio près de la gare. Il n'avertit pas ses amis, ne fournit aucune explication, hormis deux ou trois mots qu'il murmura d'un air embarrassé : « C'est temporaire » et « Nous pensons que c'est mieux comme ça ». Telle fut la déclaration qu'il fit à Burt Hendrie, après être tombé nez à nez avec lui, un soir, dans un magasin de spiritueux.

Ensuite, Phyllis et les filles – et, pour les quelques jours qui le séparaient de la rentrée universitaire, son fils de vingt ans, Aaron, qui avait passé presque tout l'été dans le Wyoming – regagnèrent la maison du 7 Juniper Way.

La famille n'était plus unie, cela crevait les yeux – mais pourquoi ?

Quant à ce divorce, lequel des deux époux avait bien pu le demander ?

Les choses se déroulèrent ainsi.

Une nuit de juillet, très tard, une bande de jeunes s'était regroupée dans le centre commercial de Mercer, près de la pizzeria « Beno », quand ils virent arriver Studs Schrieber sur sa moto pétaradante ; ce dernier coupa par le parking pour éviter les feux de la Route 1. Ce pouvait être Studs Schrieber, ou bien un jeune homme lui ressemblant comme un jumeau : maigre, vêtu d'un T-shirt noir, d'un jean déchiré, coiffé d'un casque intégral et portant de grosses lunettes à verres réfléchissants.

Parmi les onze adolescents qui aperçurent le motard, huit étaient fermement persuadés qu'il s'agissait de Studs – « Y' en a qu'un comme lui, mec. » Mais leurs avis divergeaient quant à la marque de la moto : certains avaient vu une Harley-Davidson noire, d'autres une Yamaha noire. En outre, nul ne put offrir d'explication valable au fait que Studs, leur vieux pote, ne se soit pas arrêté pour leur parler ; il ne leur avait même pas fait signe en passant.

Une fille prétendit que Studs l'avait saluée d'un geste – « Il fallait le connaître très bien pour s'en rendre compte. »

La nouvelle se répandit très vite parmi les jeunes du secteur, et le téléphone fit son office. Il était 11 heures, le matin suivant, lorsque Kim Greene décrocha l'appareil en présence de sa mère. Phyllis entendit sa fille inspirer brutalement, comme si elle avait reçu un choc, et s'écrier : « Oh ! wouah ! C'est super ! » Elle répéta d'une voix tremblante et méconnaissable : « C'est... super ! » Puis, incapable de continuer, elle fondit en larmes. Le combiné lui glissa des doigts, et tomba lourdement sur le plan de travail de la cuisine.

Phyllis n'en revenait pas. Elle n'avait jamais assisté à une telle transformation : Kim était devenue blanche comme de la cire ; on aurait dit qu'en quelques secondes le sang s'était retiré de son visage.

Phyllis s'enquit : « Ma chérie, que se passe-t-il ? » Mais Kim, qui s'était détournée, traversait en chancelant la salle à manger. Elle murmurait : « Non non non, oh, mon Dieu non », et quand Phyllis la rattrapa, la jeune fille, au bord de la crise de nerfs, tenta d'abord de la repousser. Sa mère, pour l'empêcher de s'enfuir dans sa chambre, la serra très fort contre elle et réussit à l'apaiser. Peu à peu, la tension qui possédait son corps se relâcha et Kim enlaça Phyllis, l'étreignant de toutes ses forces comme une fillette apeurée. « Maman, c'est Studs – il est revenu », sanglota Kim, et Phyllis demanda : « Studs Schrieber ? Il est revenu ? Vivant ? » Kim répondit : « Maman, je croyais qu'il était mort, je croyais qu'il était parti. Oh, maman, j'ai si peur. » Phyllis, tenant toujours contre elle sa fille bouleversée, se laissa gagner par la peur de son enfant. Son instinct maternel lui soufflait ce qu'elle devait entendre – « Maman, il m'a fait faire des choses, je ne voulais pas… avec ses amis aussi, d'autres gars ; oh, maman, il me faisait mal, il me tordait les bras, me frappait et se moquait de moi ; je croyais qu'il était mort, je croyais qu'on l'avait tué, j'étais si heureuse qu'il soit parti ; j'ai peur, maman, il me faisait mal, il faisait des choses mauvaises, j'étais si heureuse qu'il soit mort, et maintenant il est revenu… »

C'est ainsi que Phyllis Greene apprit l'un des secrets du 7 Juniper Way, Timberland Estates, à Queenston.

Un peu plus tard, Phyllis caressait le front brûlant de Kim, à présent étendue sur son lit, pâle et épuisée, et lui promettait qu'elle n'aurait plus rien à craindre, que rien de tout cela ne se reproduirait, jamais – « Je te le jure. »

Phyllis elle aussi était blême, à bout de forces, comme si elle venait d'endurer les souffrances d'un nouvel accouchement. Sa propre fille avait été maltraitée. Exploitée sexuellement. Par un jeune homme qu'elle, sa mère, avait trouvé gentil, au moins une fois – en tout cas, elle ne l'avait jamais autant détesté que Terence l'avait fait. (Terence, lui, l'avait jugé du premier coup d'œil !) La jolie Kim, cette enfant sensible de quinze ans à peine, qui offrait tous les aspects de l'innocence, de la naïveté, de la virginité. D'après certains détails que Kim avait confessés en sanglotant dans les bras de sa mère, Phyllis présageait qu'elle n'avait pas encore tout dit. Mais si Kim avait peur de parler à sa mère, peut-être se confierait-elle à un thérapeute.

« Mon Dieu, quelle horreur ! »

À qui la faute ? Phyllis se reprochait amèrement de n'avoir pas réagi lorsque, l'hiver précédent, elle avait constaté la présence de bleus sur les bras de Kim ; elle avait préféré croire, sans chercher plus loin, que ces bleus étaient le résultat de la nouvelle passion de Kim : la gymnastique. Kim restait chaque jour après les cours, pour assister à sa leçon de « gymnastique ». Il y avait même eu des « entraînements » le samedi, parfois. Et durant les vacances de Pâques.

Tous ces souvenirs refluaient en elle. Des mois plus tôt, avant la disparition de Studs Schrieber, lors d'un dîner, la conversation était tombée sur ces blessures aux bras et au cou ; Kim avait ri nerveusement, puis s'était renfrognée et avait changé de sujet. Phyllis avait cru remarquer le regard insistant de Terence sur sa fille – puis elle s'était peu à peu aperçue qu'en réalité il la regardait sans la voir. Ses regards passaient à travers elle, comme s'il songeait à quelque chose d'autre ou à quelqu'un d'autre.

Phyllis avait vite oublié cet épisode. Car elle-même était préoccupée par quelque chose – quelqu'un – d'autre.

« Doux Jésus ! Comment avons-nous pu être si égoïstes, si aveugles ! »

Phyllis resta longtemps assise près de Kim, jusqu'à ce que la jeune fille s'endorme. Elle caressa son front, ses longs cheveux soyeux et ondulés. Une nouvelle réalité se faisait jour en elle : ce n'était ni un vœu ni même une promesse, mais un fait établi – « Nous allons changer de vie. Nous tous. Ce genre de choses n'aura plus jamais lieu. »

Elle décida, de manière impromptue, d'emmener Kim et Cindy en balade – « Il y a si longtemps que nous n'avons pas fait quelque chose ensemble, juste nous trois ! » Elle espérait que l'éclat de son sourire occulterait le tremblement de sa voix.

Non, ce n'était l'anniversaire de personne. Ni un jour de fête. Ni les vacances. Kim, qui avait recouvré une relative sérénité depuis l'épisode de l'autre jour, comprit que leur mère devait avoir quelque chose d'important à leur dire. Cindy, elle, ne se doutait de rien.

Elles prirent la direction de l'ouest pour rejoindre la vallée de la Delaware, traversèrent une série de collines escarpées, pittoresques, passèrent par Mount Rose, Hopewell, Lambertville, franchirent le pont étroit surplombant la Delaware, et pénétrèrent dans New Hope, Pennsylvanie ; ensuite, elles obliquèrent vers le sud et longèrent la route de la rivière jusqu'à Washington's Crossing, et atteignirent enfin la vieille auberge où Phyllis n'avait plus remis les pieds depuis des années.

« N'allions-nous pas ici autrefois, maman ? Il y a longtemps ? demanda Cindy.

— Oui, répondit Phyllis, il y a longtemps. »

Elle se souvenait, mais vaguement ; comme à travers un écran opaque. Les Greene – Terence, Phyllis et les enfants : Aaron, Kim et la petite Cindy. *Quelle famille heureuse, charmante, typiquement américaine !*

Où était-elle passée ?

Phyllis n'était pas sentimentale, mais ses yeux s'emplirent de larmes.

Dans la salle de l'auberge, enfermé dans une grande cage en cuivre, trônait un superbe perroquet. C'était un oiseau d'Amazonie aux plumes multicolores – rouges, jaunes, vert émeraude. « Hé, j' me rappelle de lui, je crois, déclara Cindy en observant l'oiseau. Vous croyez que c'est le même qu'à l'époque ? »

Kim, en répondant à sa sœur, eut ce genre de réflexion perspicace qui ne manque jamais d'impressionner les parents : « Mais bien sûr. Les perroquets vivent très longtemps – plus longtemps que nous. »

Elles soupèrent dans la vieille salle à manger romantique aux lumières tamisées. Le repas fut très agréable. C'était vraiment bien. Cette soirée demeurerait gravée dans leurs mémoires. À plusieurs reprises, les yeux de Phyllis se remplirent de larmes (à son grand désespoir, car elle s'amusait vraiment) qu'elle essuya subrepticement du coin de sa serviette, en espérant que personne ne les remarquerait.

Cindy bavarda gaiement tout au long du dîner. Kim, peu vorace quand elle était à la maison, mangea avec appétit. Phyllis regardait tendrement ses filles et se répétait : Il fallait que je sois devenue folle pour les négliger à ce point ! Mes filles adorées ! Et mon fils – l'ai-je perdu ? Est-il trop tard ?

Cindy ne savait rien des révélations de Kim, et n'en saurait jamais rien. La semaine suivante, Kim irait consulter une thérapeute spécialisée dans les problèmes des adolescents, et elle avait supplié Phyllis de n'en parler à personne – « Surtout pas à papa. » (Quand sa mère avait demandé pourquoi « surtout pas à papa », Kim avait répondu, soucieuse : « Parce qu'il est capable de tuer Studs – si Studs est vraiment vivant et qu'il revient. ») Phyllis oscillait entre sa fureur envers le jeune homme qui avait abusé de sa fille et les reproches lancinants qu'elle s'adressait pour n'avoir pas prévu la chose. Elle n'avait confié son émoi qu'à une seule personne, à Queenston. Et cette personne n'était pas Terence Greene.

Vers la fin du repas, Phyllis prit une profonde inspiration et sourit à ses filles. Ce sourire n'avait plus rien à voir avec ses habituels sourires assurés, radieux ; c'était un sourire timide et plein d'espoir. « Kim ma chérie, Cindy ma chérie… j'ai quelque chose à vous dire. Cela concerne l'avenir de notre famille. C'est… »

La gorge de Phyllis se noua et, durant un moment, elle fut incapable de parler. Kim, alarmée, saisit son verre d'eau et but avec avidité. Cindy arqua les sourcils et énonça d'une voix courageuse : « Papa et toi, vous allez divorcer ? »

Il sait. Il sait sûrement. Sait-il ?

« Excuse-moi, Terry. Puis-je entrer ? »

Terence leva les yeux d'un air perplexe car la présence de Phyllis dans son bureau, à cette heure tardive, était inhabituelle. « Mais certainement », assura-t-il.

Phyllis avait tant répété les paroles cruciales, irrévocables qu'elle devait prononcer, qu'au moment de passer à l'acte elle se retrouva sans voix. Elle rougit. Ses yeux se remplirent de larmes involontaires.

Elle bafouilla : « Je… me demande si tu es courant. Le fils Schrieber ? Selon la rumeur, il serait de retour, après toutes ces semaines. »

Terence, installé devant le bureau massif de feu le révérend Winston, décachetait une pile de courrier à l'aide du coupe-papier en cuivre sculpté de feu le révérend Winston. Les initiales déliées *WSW* – Willard Symons Winston – étaient gravées en relief sur le manche arrondi. Pendant que Phyllis parlait, Terence, après quelques efforts, réussit à glisser la lame aiguisée sous le rabat d'une enveloppe qu'il déchira irrégulièrement. (Comme il était émouvant de voir Terence Greene ouvrir, de cette manière méthodique n'appartenant qu'à lui, un courrier dénué de tout intérêt ! Les enveloppes vides échouaient l'une après l'autre dans la corbeille à papier tandis que leur contenu s'étalait devant lui dans un ordre parfait.) Terence regarda sa femme du coin de l'œil et la pria de répéter ce qu'elle venait de dire – il n'avait pas bien entendu.

« Une rumeur semble courir parmi les gosses, selon laquelle le fils Schrieber… » Phyllis, les mâchoires serrées, ne pouvait se résoudre à l'appeler autrement. « … serait de retour. Mais les Schrieber eux-mêmes…

— De retour ? Où cela ? »

C'était une question insolite, et l'expression torve et incrédule de Terence ne l'était pas moins. Mais Phyllis était trop préoccupée pour le remarquer. « Ici. Quelque part dans le coin. Une des amies de Kim…

— Il est de retour ? Mais comment ? De retour… d'où ? »

Les doigts de Terence se crispèrent dans un réflexe nerveux. Le coupe-papier en cuivre lui tomba des mains et vint cogner sur le bureau. Derrière l'air sidéré de son mari, Phyllis crut percevoir une sorte de terreur sous-jacente : savait-il quelque chose de la tragique aventure de Kim avec Studs Schrieber ? Le lui avait-il caché ? Kim s'était-elle finalement confiée à son père sans lui en parler à elle ? Était-ce possible ?

Des tas d'idées contradictoires passèrent par l'esprit de Phyllis. Elle ne voyait pas comment cela aurait pu se produire, étant donné le bref laps de temps qui s'était écoulé depuis sa confession, et la nature des relations qu'entretenait Kim avec son père ; en outre, pourquoi, après avoir déclaré de manière si catégorique vouloir garder le secret, Kim aurait-elle changé d'avis sans en avertir sa mère ?

« Terry, comment veux-tu que je le sache ? Je te l'ai dit, ce n'est qu'une rumeur qui circule chez les jeunes. Les Schrieber eux-mêmes en ignorent tout. C'est Suzi

Ryan qui a appelé Kim ; j'en ai discuté avec sa mère, Glenda, qui m'a dit avoir aussitôt appelé Doris – ce que pour ma part je n'aurais sûrement pas osé faire. Doris était affreusement déprimée, parce que la famille ne sait rien du garçon, sauf qu'il a disparu voilà des semaines sans laisser de traces. Pauvre Doris ! Elle dit qu'ils s'attendent à recevoir une demande de rançon. Ils s'accrochent désespérément à l'espoir de le retrouver en vie. Et maintenant, cette rumeur… »

Le regard de Terence se fit encore plus torve, comme si Phyllis était nimbée d'une lumière aveuglante. « Il… "Studs"… est de retour ? À Queenston ?

— Enfin, personne n'en est sûr. Sauf…

— Alors, il n'est pas mort ? Il était mort – non ? »

Une expression si curieuse se peignit sur le visage hagard et livide de Terence que Phyllis fut soudain désorientée. Elle se rappelait à présent la première fois où Terence avait posé les yeux sur Studs Schrieber, le soir où il l'avait surpris avec Kim dans le salon ; il avait réagi avec une fureur extrême et inhabituelle. Or, à sa connaissance – elle en était tout à fait certaine –, Terence n'avait jamais revu Studs Schrieber depuis ce jour-là. Quand le sujet de la disparition du garçon était venu dans la conversation, Terence Greene n'avait rien dit, comme à l'accoutumée.

Phyllis avait mis des heures à rassembler son courage pour parler à son mari d'une autre question, bien plus grave, et maintenant elle regrettait d'avoir évoqué ce sujet fâcheux. Sa voix vibrait d'émotion ; elle détestait tant Studs Schrieber qu'elle craignait de perdre tout contrôle. « Je souhaite qu'il soit mort, pour ne rien te cacher ! Au moins, qu'il ait disparu. Et qu'il reste là où… il est. »

Terence secoua la tête comme pour s'éclaircir les idées. « Il *est* mort. Je veux dire : il l'*était*. N'est-ce pas ? »

Phyllis déclara : « On n'a jamais retrouvé de corps et, bien que la police prétende avoir questionné un tas de gens impliqués dans des trafics de drogue, ici et à Philadelphie, personne n'a pu fournir d'informations précises. S'il était revenu, les Schrieber auraient été les premiers avisés, donc ce n'est probablement qu'un fantasme d'adolescents. Pouvons-nous changer de sujet, s'il te plaît ? »

Terence avait repris le coupe-papier en cuivre et le faisait tourner distraitement entre ses doigts. « Tu as dit que quelqu'un avait appelé Kim ? Je ferais mieux de lui parler. »

Phyllis, consternée, répliqua : « Mais pourquoi ? Pourquoi lui parler ? Appelle Glenda Ryan si tu veux, mais laisse Kim en dehors de cela. Tu ne feras que l'attrister – tu connais les filles de cet âge.

— Je n'en suis pas sûr. Je ne suis plus sûr de connaître qui que ce soit.

— Eh bien, les adolescents ont tendance à se montrer morbides sur certains sujets. Il est sage de ne pas y accorder trop de crédit. »

Le visage de Terence était devenu cramoisi ; Phyllis vit de grosses gouttes de sueur perler à la racine de ses cheveux. S'ils n'avaient soutenu une conversation aussi intense, *et si elle l'avait encore aimé*, elle aurait essuyé cette sueur du bout des doigts.

Tout à coup, Terence s'exclama : « L'a-t-il appelée ? C'est ce que je veux savoir.

— Qui ? Que veux-tu dire ?

— Ce... salaud, cette... crapule ! Cet animal... l'a-t-il appelée ? *C'est ce que je veux savoir.* »

La sortie de Terence était si soudaine, l'expression de dégoût sur sa face si intense que Phyllis en fut presque effrayée. Elle n'aimait pas le voir manipuler ce coupe-papier bien aiguisé : au lieu de le tenir par le manche, ses doigts nerveux l'agrippaient par la lame.

« Terry, déclara-t-elle pour le calmer, je t'ai dit que Suzi Ryan l'avait appelée. Et quelques autres élèves du lycée. Je suis certaine que le… garçon lui-même n'est pas entré en contact avec Kim. Ça non.

— Elle a pu te mentir, Phyllis. Elle n'arrête pas de nous mentir. Comment sais-tu qu'il n'a pas appelé, puisqu'il est vivant et de retour en ville ?

— Parce que Kim me l'aurait dit, articula Phyllis. Je la crois. Qu'entends-tu par “Elle n'arrête pas de nous mentir” ? Pourquoi employer des termes si terribles, si cyniques pour parler de ta propre…

— En tout cas, c'est vrai. Tu l'ignores ?

— Bien sûr que non. Je… j'aime Kim. Je l'aime beaucoup. Je…

— Elle t'aime sûrement elle aussi, et elle doit m'aimer tout autant, mais cela ne l'empêche pas de nous mentir. À qui prendrions-nous le soin de mentir, sinon à “ceux que nous aimons” ? »

Cette déclaration courageuse résonna d'une façon à la fois brusque et subtile, si bien que Phyllis en fut décontenancée.

« Tu te rends ridicule, maintenant. Tu déraisonnes. Je voulais te parler de… quelque chose. Et…

— Mais tu es bien en train de me parler de quelque chose, non ?

— Quelque chose de plus… personnel. Privé. J'ai longtemps remis cette conversation à plus tard, et à présent je… »

Terence, toujours assis à son bureau, fit le gros dos. On voyait bien qu'il était très énervé et déployait des efforts pour se contenir. Si seulement il avait cessé de tripoter ce damné coupe-papier !

Durant leurs vingt années de mariage, Phyllis avait souvent ressenti de l'exaspération devant le comportement maniaque de son mari ; mais, pour la première fois, l'exaspération faisait place au désarroi. Son instinct d'épouse lui dictait de lui retirer cette lame, comme on l'eût fait avec un enfant, mais elle ne bougea pas. Lors de sa dernière visite, sa mère lui avait fait une curieuse remarque, elle s'en souvenait à présent : « *Terence est un homme dangereux. J'ai peur de lui. Je ne veux plus jamais rester seule avec lui.* »

C'est ce que Fanny Winston avait déclaré après être sortie indemne d'un prétendu accident de voiture, un jour où Terence la ramenait d'une séance chez le coiffeur. Phyllis, qui n'avait pas assisté à la scène et connaissait le goût de sa mère pour l'hyperbole et le mélodrame, avait cru qu'elle exagérait ; Terence, lui, avait parlé d'un léger dérapage ; les freins de l'Oldsmobile avaient besoin d'être révisés. Mais la mère de Phyllis s'était accrochée à sa version de l'histoire et quand, récemment, elle avait eu sa fille au téléphone, elle lui avait fait part de son intention de modifier son testament – et d'écarter son gendre de sa succession.

Phyllis avait écouté, agacée, les plaintes de la vieille dame qui, elle n'en doutait pas, révélaient davantage une blessure d'amour-propre qu'une vision impartiale de la réalité. Mais à présent, à voir Terence ainsi rivé à son bureau, tournant et retournant ce coupe-papier entre ses doigts, avec cette respiration difficile et cette sueur qui lui couvrait le visage, elle ressentait elle aussi une certaine inquiétude. *Homme dangereux. Peur de lui. Plus jamais rester seule avec lui.*

Phyllis lança d'une voix hésitante : « Ça fait longtemps que nous n'avons pas vraiment parlé tous les deux, Terry. Je ne veux pas dire que c'est ta faute

– les torts sont partagés. J'ai été tellement... occupée. Et toi, à la fondation et... en déplacement sans arrêt. Je... oh, mon Dieu, c'est si difficile à dire ! »

Terence soupira – à moins que ce ne fût un sanglot étouffé ? Il jeta au loin le coupe-papier, dans un geste probablement involontaire. L'objet alla heurter un gros vase de céramique posé sur le bureau, rempli de crayons et de stylos ; l'ensemble bascula et s'écrasa sur le sol avec fracas.

Phyllis tressaillit. Pourvu que Kim et Cindy soient endormies. Pourvu qu'elles ne prennent pas ce bruit pour ce qu'il n'était pas.

Terence répondit, avec un petit sourire mélancolique : « Tu n'as pas besoin de me le dire, Phyllis. Je crois que je comprends. Tu aimes un autre homme et tu veux divorcer pour l'épouser. C'est Matt Montgomery – n'est-ce pas ? »

Phyllis fut incapable de contenir son émotion. Des larmes roulèrent sur ses joues avant qu'elle ait pu les retenir. À cet instant resurgit son ancien amour pour Terence Greene – cet attachement inexprimable qui n'était plus qu'un souvenir.

Elle répliqua, réprobatrice, comme l'épouse qu'elle n'était plus vraiment l'aurait fait : « Oh, Terry ! Pas Matt. *Mickey Classen.* »

Pendant des mois – disons depuis le mois de septembre de l'année précédente –, Phyllis Greene avait soupçonné son mari de mener une double vie. *Il ne me fait plus que rarement l'amour* avait été remplacé par une phrase encore plus terrible : *Il ne fait presque plus attention à moi*. C'était devenu une idée fixe. Terence avait une aventure – aucun doute là-dessus, cela crevait les yeux, il était « amoureux » – avec l'une de ses jeunes assistantes de la fondation.

(La certitude de Phyllis ne reposait sur aucun fait tangible. Mais son propre père, le révérend Willard Winston, ce parangon de vertu, n'avait-il pas eu une liaison : un « flirt poussé » avec une séduisante jeune secrétaire, quand Phyllis était encore au lycée ? Le mariage apparemment inébranlable des Winston n'avait-il pas subi alors une sérieuse secousse aux conséquences irréparables ? On n'avait pas cru bon d'en informer officiellement Phyllis – qui, malgré tout, n'avait cessé d'y penser, de manière obsessionnelle, en remâchant sa fureur et son indignation d'adolescente ; elle n'avait jamais oublié.)

Phyllis savait que cette femme n'habitait pas Queenston, car Terence ne se sentait pas à son aise dans cette ville ; cela, elle s'en était rendu compte depuis longtemps.

Elle-même avait vécu, durant toutes ces années, des amitiés romantiques avec un certain nombre d'hommes appartenant à leur petit cercle, et d'autres qui n'y appartenaient pas. Dans le genre de milieu qu'elle fréquentait, composé de gens riches et imbus d'eux-mêmes, de telles « amitiés » – glissant parfois, mais pas inévitablement, vers des « aventures » – étaient monnaie courante. Phyllis était une personnalité locale, on la trouvait séduisante, pétulante, on l'admirait ; son mari était apprécié, mais considéré par certains comme « trop intellectuel », « trop sérieux ». On lui préférait Phyllis, cela allait de soi. Alors, personne ne voyait rien à redire quand elle jouait au tennis avec les maris de ses amies, qui pour leur part n'aimaient pas ce sport ; et si elle déjeunait, buvait, et de temps en temps dînait avec un ami que son sens de l'humour et de l' « aventure » attirait, il n'y avait pas de quoi fouetter un chat. Queenston Opportunities lui avait procuré – elle en fut sûrement la première surprise – de nombreuses opportunités qui ne se réduisaient pas au strict domaine des affaires.

Quand Phyllis commença à fréquenter le mari de son amie Lulu Classen, en décembre de l'année précédente, le thème de leurs relations – de telles relations, comme les cours pour adultes, ont toujours des « thèmes » – reposait sur leur souhait mutuel d'une vie simple, d'un « retour aux choses essentielles ». Mickey était persuadé, et Phyllis l'approuvait avec enthousiasme, que la frénésie de la vie mondaine et professionnelle à Queenston les privait du bonheur que procure une vie sans artifice – « À quoi sert l'argent, sinon à nous apporter la tranquillité d'esprit ? » Mickey, étonnamment amer pour quelqu'un qui avait toujours semblé se résigner à son sort, regrettait que sa femme se préoccupât davantage de ses « activités » que de lui ; quant à Phyllis – qui savait orner ses regrets de mélancolie et non d'amertume –, elle se plaignait de ce que son mari se préoccupât davantage, bien davantage et de manière obsessionnelle, de son travail que d'elle. Mickey prêta à Phyllis un exemplaire cartonné, patiné par l'usage, du *Walden* de Henry David Thoreau, la bible de sa vie ; Phyllis, après avoir fouillé dans les cartons de livres stockés dans un coin de la cave, découvrit un livre de poche, tout aussi patiné par l'usage, des *Poèmes* d'Emily Dickinson qu'elle prêta à Mickey – « La bible de *ma* vie. »

Entre Phyllis et Mickey, les choses devenaient de plus en plus sérieuses, et leurs conversations retombaient souvent sur le même sujet sous-jacent : leurs conjoints. Terence et Lulu, issus « de milieux plus modestes » que les leurs, privilégiaient leur position sociale, leur réputation : ils « s'inquiétaient bien trop » de la façon dont les autres les percevaient. En revanche, Lulu se montrait souvent négligente sur la qualité des aides ménagères qu'elle engageait et se laissait pousser les cheveux jusqu'à une longueur peu convenable ; elle était bien trop indulgente avec les enfants, par faiblesse morale. Et Terence ! Eh bien, Terence était impossible.

Phyllis avoua à Mickey, dans un soupir moqueur : « Je doute que cet homme soit capable de s'habiller ou même de choisir une cravate décente sans mon aide. »

Et : « Il est si faible avec Aaron... On dirait qu'il craint que son fils ne l'aime pas. »

Phyllis Greene et Mickey Classen étaient extrêmement riches l'un comme l'autre. Dans leurs relations, cette particularité restait sous-entendue. Le divorce ne les priverait aucunement de ressources, et l'idée de bâtir un nouveau foyer, dans une partie « plus rurale » de Queenston, les émoustillait par avance. Phyllis s'était toujours sentie « à l'étroit, enfermée » dans la maison du 7 Juniper Way ; Mickey avait « toujours désiré vivre dans de plus grands espaces, au cœur d'une vraie forêt ». Un court de tennis en terre battue, une piscine olympique. Des logements séparés pour les invités. Un bureau pour Phyllis, un four pour Mickey – qui rêvait de devenir potier – dans lequel il pourrait « cuire » ses pots. Leurs conjoints – Lulu et son sourire nerveux, le grave et toujours courtois Terence – passaient à leurs yeux pour des êtres égoïstes, des présences étouffantes, comme des geôliers ou de grosses araignées habitant des maisons depuis longtemps abandonnées. Il devenait si difficile, soudain, de respirer en leur présence !

Mickey ignorait – et Terence n'en aurait jamais la confirmation – que Phyllis avait effectivement « fréquenté »

Matt Montgomery. Leur histoire avait duré à peine six semaines, et Montgomery avait rompu de manière si abrupte que, pour Phyllis, cette liaison ne comptait pas vraiment. Elle avait pleuré un peu : on l'avait humiliée, après tout. Pourtant, Matt Montgomery étant de loin l'homme le plus séduisant de Queenston, elle ne put lui en garder longtemps rancune. Aujourd'hui, quand ils se voyaient lors d'une réception, Matt se conduisait comme si de rien n'était, comme si rien ne s'était passé entre eux – oubliés les baisers passionnés, oubliées les ardentes étreintes. Après le premier choc, Phyllis suivit l'exemple de Matt Montgomery et décida de se comporter de la même façon.

Elle savait qu'un jour tout serait oublié – car elle n'avait jamais aimé quelqu'un autant qu'elle aimait Mickey Classen.

« Pas Matt, Mickey ? Mon Dieu, cela ne me serait jamais venu à l'esprit. »

Terence Greene répéta plusieurs fois cette exclamation, tout en dévisageant sa femme comme s'il la voyait pour la première fois.

Ils pleurèrent dans les bras l'un de l'autre ; ils pleurèrent et parlèrent, longtemps. Pas dans le bureau de Terence, mais dans le salon, où l'on risquait moins de les entendre. Vers 2 heures du matin, Phyllis proposa d'ouvrir une bouteille de vin blanc – ce délicieux vin blanc français hors de prix que les Classen en personne leur avaient apporté un soir de l'hiver dernier – pour se calmer les nerfs.

Puis, soudain, ils se retrouvèrent nus, comme des jeunes mariés, et s'enlacèrent en sanglotant. Un désir frénétique les poussait l'un vers l'autre ; ils voulaient s'aimer – pas comme ils le faisaient depuis des années, mais comme aux débuts de leur passion, quand ils étaient jeunes. « Je t'aime », murmurait l'un. « Je t'aime aussi », chuchotait l'autre. Terence, les yeux fermés, tenta de se remémorer sa fiancée sensuelle et provocante, la fille du riche pasteur ; Phyllis tenta de se remémorer son beau fiancé fougueux. Ils n'y parvinrent ni l'un ni l'autre.

Mais n'y avait-il pas comme un soulagement dans cet échec mutuel ? dans le fait que leurs baisers au goût de vin soient impuissants à ranimer une vieille passion qui ne leur allait plus ? Non seulement du soulagement mais aussi du pardon, et même de la tendresse. Couchés l'un près de l'autre, un peu mal à l'aise, sur le canapé, devant la grande cheminée obscure ; étroitement enlacés, nus. Pour la dernière fois.

Au bout d'un moment, Phyllis demanda à Terence s'il était réveillé, Terence fit oui, et Phyllis déclara gentiment, presque timide : « Tu n'es pas obligé de me le dire, Terry, si tu ne veux pas. À propos de ton… » Elle ne savait pas comment exprimer la chose avec tact : ton amie ? ta maîtresse ? ta vie secrète ? Mais Terence vint à son secours en affirmant : « Phyllis, il n'y a personne. » Phyllis répondit, comme s'il l'avait rabrouée : « Personne ? » Terence confirma d'un ton neutre : « Personne », et Phyllis répliqua : « Mais il y avait bien… quelqu'un ? – Je ne sais vraiment pas, ma chérie. Peut-être n'y avait-il personne, en réalité. »

Ils essayèrent de s'endormir, mais leur sommeil fut léger. Vers le matin, Phyllis se glissa sans bruit hors de la pièce, et monta l'escalier sur la pointe des pieds pour regagner sa chambre. Terence, qui avait fait semblant de dormir jusqu'au départ de Phyllis, prit le même chemin et retrouva son lit. Chancelant, légèrement nauséeux, il fut happé par le sommeil et tomba dans un gouffre obscur.

Je suis un homme mort, ma vie est finie. Je puis enfin commencer à vivre.

Le destin capricieux lui réservait encore d'autres surprises. Terence s'éveilla brusquement d'un rêve confus, un rêve d'enfance, angoissant et passionné tout à la fois. Devant lui, Phyllis, vêtue d'un peignoir jaune en éponge, les cheveux mouillés, l'appelait par son nom en souriant timidement ; elle tenait le plateau du petit-déjeuner. À présent qu'il n'y avait plus de secrets entre eux, dit-elle, elle avait quelque chose d'autre à lui avouer. Et, tandis qu'elle parlait, Terence réalisa qu'au moment où Phyllis l'avait réveillé en entrant dans sa chambre, il était en train de rêver de sa mère morte, Hettie Greene.

À la vérité, le secret de Phyllis était plutôt celui de ses parents : voilà presque vingt-cinq ans, ils avaient exigé d'elle la promesse solennelle de ne jamais rien révéler à Terence. Mais, à présent, elle voulait le lui dire. À l'époque où Phyllis était tombée amoureuse – de façon si inattendue – de Terence et avait décidé de l'épouser (lui, un jeune diplômé qui devait de grosses sommes à l'université, un jeune homme malingre, apparemment sans famille), les Winston avaient eu l'impudence, à l'insu de leur fille, de louer les services d'un détective privé pour enquêter sur leur futur gendre – « J'ai été furieuse quand j'ai appris cette chose odieuse. Comme s'ils n'avaient pas pu se contenter de t'accepter tel que tu étais : un merveilleux jeune homme ! »

Terence Greene, le merveilleux jeune homme qui aujourd'hui avait dépassé la quarantaine, s'arma de courage pour écouter.

Et, en l'espace de quelques minutes, durant une chaude matinée de juillet suivant cette nuit fatale qui avait mis fin à son mariage, Terence Greene apprit enfin la vérité sur son passé.

Sa mère était morte « de sa propre main » – elle s'était pendue avec une serviette – dans la cellule d'une prison de l'État de New York ; elle s'était donné la mort deux jours après le début de son procès pour assassinat et complicité d'attaque à main armée.

Le père de Terence, le véritable auteur de ces crimes, après avoir tiré sur le gérant d'une taverne de campagne qu'il venait de cambrioler, et l'avoir blessé mortellement, n'avait pas survécu jusqu'à son procès – la police l'avait abattu alors qu'il tentait de s'enfuir.

Sa mère se nommait Hetitia Greene ; elle était née à Tintern Falls, dans l'État de New York, dans une famille de fermiers, et était âgée de vingt-trois ans à l'époque de sa mort. Le père de Terence avait un nom « passe-partout, quelque chose comme Mack Smith, Mike Smith ». Également originaire de la région de Tintern Falls, c'était un ancien marine qui s'était fait prendre une ou deux fois pour vol de voiture ; quand il décéda des suites de multiples blessures par balle, il avait une trentaine d'années.

Né « en dehors des liens du mariage », Terence n'avait pas de frère ou de sœur. Il était âgé de deux ans au moment du suicide de sa mère.

Le père de Terence avait été pris en chasse par la police ; Hettie Greene ainsi que le petit Terence se trouvaient dans la voiture avec lui.

Quand les balles touchèrent Smith, le véhicule quitta la route et fit plusieurs tonneaux dans un champ enneigé. Hettie Greene et son enfant, assis sur le siège arrière, furent blessés et hospitalisés. Smith mourut sur le coup.

Hettie Greene prétendit qu'on l'avait forcée à prendre part au cambriolage et au meurtre. Elle raconta à la police et plus tard devant les juges que Smith, avec qui elle vivait depuis plusieurs années, la battait souvent et la menaçait de les tuer, elle et leur fils, si elle ne faisait pas ce qu'il lui commandait de faire.

Smith s'était rendu coupable d'autres vols, d'autres attaques à main armée, dont Hettie Greene avait également été la « complice non consentante ». Elle avait déjà eu des ennuis dans son enfance – c'était une « fugueuse ». En outre, ses dépositions se « contredisaient ».

Lorsque la jeune femme se donna la mort, le procès – « Je suppose que le détective s'est fié aux comptes rendus des journaux » – était fort mal engagé pour elle. Si jamais on l'avait déclarée coupable d'assassinat et de complicité d'attaque à main armée, elle aurait pu se voir condamnée à soixante-dix ans de prison.

Après la mort de Hettie Greene, son fils Terence fut recueilli par des parents et passa d'un foyer à l'autre à travers tout l'État de New York. Il n'y eut plus d'autres incidents de « nature publique » dans sa vie.

Dans toutes les écoles qu'il fréquenta, Terence Greene se montra brillant, et finalement remporta une bourse pour entrer à l'Université de New York, à Binghamton. Là, il fit des étincelles, et… « nous arrivons au moment présent, quand Terence Greene rencontre Phyllis Winston, et qu'ils se fiancent ».

Phyllis avait parlé avec ferveur, bien que de manière un peu décousue, comme si sa grande révélation était improvisée. Mais on voyait bien qu'elle savourait le côté dramatique, le *pathos*, de ce moment. Le silence de Terence, sa totale immobilité, l'expression extatique de ses yeux cadraient parfaitement avec la scène poignante dont elle était l'actrice principale. S'il n'y avait eu le tremblement qui agitait les mains de son mari, Phyllis aurait pu le croire indifférent ; ou si mortellement touché par ses paroles qu'il n'éprouvait pas le besoin d'y répondre.

Elle dit, en faisant une mimique de gamine vexée : « Imagine un peu… Père et mère pensaient que ce rapport pourrait me faire changer d'avis à ton sujet ! Je me souviens de papa, qui en fait t'aimait bien, m'emmenant dans son bureau pour me déclarer du ton le plus solennel que j'aie jamais entendu dans sa bouche : "Les enfants sont punis pour les péchés des pères" avant de se mettre à parler d'hérédité, de génétique, ce genre de choses. » Phyllis se tut. Terence avait reposé sa tasse de café et se frottait les yeux comme s'il allait pleurer ; Phyllis craignait de fondre en larmes, elle aussi. « Terry, je me revois devant lui : je me tenais bien droite, j'ai cogné du poing sur son bureau – ce bureau qui nous appartient à l'heure actuelle – et j'ai répliqué : "Tu te prétends ministre de Dieu ? Tu te dis chrétien ? Et tu profères de telles ignominies contre l'homme que j'aime ?" Je leur ai déclaré, à lui et à maman, que j'allais t'épouser avec ou sans leur bénédiction, un point c'est tout. J'étais sacrément entêtée, à l'époque ! »

Phyllis Greene se fit soudain l'effet d'une grande héroïne : elle qui, la nuit précédente, était apparue comme une odieuse femme adultère !

Terence remarqua calmement : « Tu as été courageuse. »

Il reposa sa tasse et s'avança vers une fenêtre, d'où il contempla le jardin, à l'arrière de la maison.

Phyllis vint très vite se placer derrière lui et lui toucha l'épaule. « Terry, tu vas bien ? Ai-je eu raison de te parler ? Aurais-tu préféré ne rien savoir ? »

Terence ne répondit pas ; il semblait ne pas avoir entendu. Phyllis sentit que le corps de son mari se couvrait de sueur froide. (Il était en sous-vêtements de coton.) Elle continua, navrée : « Et un tel choc, après ce qui s'est passé la nuit dernière... Tu sais, dans un sens, je me suis toujours demandé pourquoi tu n'avais jamais vraiment pris la peine d'enquêter sur ton passé. Tu aurais pu consulter les comptes rendus des tribunaux, ou même engager un détective privé. À ta place, j'aurais voulu savoir. »

Terence laissa Phyllis le toucher, mais ne l'encouragea pas à continuer. Il dit, en regardant toujours par la fenêtre les bosquets de conifères et les grands feuillus qui s'étendaient jusqu'au fond de leur propriété : « Peut-être ai-je toujours su. Je ne voulais pas m'en souvenir, tout simplement.

— Nous n'en parlerons jamais aux enfants – bien sûr. Ni... » Là, Phyllis hésita puis poursuivit avec tact : « ... à Mickey. Je te le promets. »

Terence se ressaisit et répondit vivement : « Bon, laissons tomber cette vieille histoire. Maintenant, il faut organiser l'avenir. Je dois partir, je suppose ? N'est-ce pas l'usage ? Combien de temps me laisses-tu ? »

Phyllis frissonna. « Oh, Terry, "partir" – ce mot sonne de manière si... définitive. » Elle se tut, les yeux soudain pleins de larmes. Comme une épouse aimante, elle pressa son front et ses yeux humides contre le dos de Terence, revêtu de son tricot de corps en coton. « Peut-être... lundi prochain ? »

L'assignation

C'est bizarre, cette chose aurait pu parvenir jusqu'à moi par l'entremise du souvenir ou du rêve, et finalement c'est par elle qu'elle est passée. Pourtant, Terence ne cessait de rêver, comme si un déclic s'était produit tout au fond de son âme. De sa vie il n'avait fait des rêves aussi fréquents et prenants – dans la maison du 7 Juniper Way, cette bâtisse remplie d'échos mélancoliques où il vécut seul presque tout le mois d'août, et ensuite dans son studio « grand standing » de Queenston Square.

Il était étrange que Terence Greene fût capable de rêver, et de se rappeler ses rêves au réveil, car presque toutes les nuits il buvait jusqu'à l'abrutissement.

Je vois une jeune femme aux yeux égarés, ma mère. Elle me serre très fort contre sa poitrine. Non, non, ne regarde pas ! Un homme, mon père. Son menton couvert d'une courte barbe noire. Ses yeux furieux, injectés de sang. Sa toux sèche et pénible. Et le sang qui lui jaillit de la bouche tandis que les balles pénètrent à l'arrière de son crâne.

Hettie Greene : encore une gamine, si jeune. Pendue dans sa cellule. Le tribunal, le procès. La chaire du juge, dominant l'assemblée. Le drapeau américain derrière. L'odeur de la laine mouillée, des bottes en plastique humides. Les adjoints du shérif, leurs visages, leurs yeux impassibles. Leurs pistolets à la ceinture. Tous les gens du tribunal observant la jeune femme effrayée, à la barre des témoins. La condamnant par avance – *coupable des charges retenues contre elle*.

Ces scènes, je ne les ai jamais vécues. J'étais trop jeune pour cela. On ne m'aurait pas permis d'y être. Pourtant… « Ce cauchemar est si réaliste que *je ne peux pas* ne pas y avoir assisté. »

Terence quitta sa maison pour toujours le 29 août, bien avant le retour de sa famille, prévu pour le 7 septembre. (La fête du Travail tombait plus tard, cette année-là.) Il prit quelques affaires, et lança en arrière un regard dans lequel se lisait le regret. Bizarrement, il éprouva un sentiment de perte en se rappelant le pauvre Tuffi qu'un soir il avait emporté, roulé dans une vieille serviette de plage en guise de linceul, et enterré parmi les conifères, au creux de cette terre qui fleurait bon les aiguilles de pin.

Cette crapule, cet animal, avec son anneau d'or dans le nez, était tombé au même endroit, mais Terence ne l'avait pas enterré là. Terence n'avait pas pris la peine de l'enterrer du tout.

Il rêvait plus fréquemment, et ses rêves étaient atroces. Étalé en travers du lit, dans ses sous-vêtements moites. *J'ai dit vers blancs, et j'ai voulu dire vers blancs. Vous les hommes !* Il s'éveillait, affolé, en entendant le rire d'une femme.

À la fin de l'été, les journées devinrent interminables, écrasantes de chaleur. Quant aux nuits, elles étaient encore plus longues. *Plus jamais cette femme. Cette traîtresse. Jamais.* Même lorsqu'il revenait de la gare, avec son allure impeccable, son attaché-case à la main, et qu'il marchait jusqu'à son appartement, un ou deux pâtés de maisons plus loin, même alors il avait du mal à trouver son chemin : où donc était l'entrée de l'immeuble ? Était-ce bien là, un peu après Qwik-Copy (photocopie, fax), à droite et ensuite à gauche, après Yogurt Delite ?

(Sur le trottoir, devant Yogurt Delite, traînaient les adolescents qui fréquentaient cet établissement. Terence Greene détournait les yeux pour éviter d'apercevoir ses enfants ou d'être vu par eux. Mais, bien sûr, ils étaient loin – ses filles à Nantucket, son fils dans l'Ouest. Ainsi, leur papa ne risquait pas de les gêner.)

Oui, il ferait en sorte que tout se passe bien. Il ordonnerait à son avocat de négocier avec celui de Phyllis. Il avait déménagé du 7 Juniper Way bien avant la limite fixée par sa femme, et avait restitué toutes ses clés. Terence Greene était un gentleman et le resterait jusqu'à la fin.

Après tout, Phyllis s'était montrée si prévenante : elle avait changé d'avis et ne l'avait pas mis tout de suite à la porte, décidant qu'il vaudrait bien mieux, pour elle, Kim et Cindy, lui laisser encore un peu la maison et précipiter leur départ pour Nantucket, chez sa mère – *que je regrette de n'avoir pas tuée quand j'en avais l'occasion* –, et y séjourner jusqu'à la fin de l'été. (Mickey avait loué une villa à Nantucket, lui aussi. Il avait pris ses dispositions des mois auparavant, à l'insu de Lulu.) De la sorte, expliqua Phyllis, Terence aurait tout son temps pour penser à l'avenir.

Après la première bouffée d'excitation et de triomphe personnel – elle était devenue le personnage central de cette histoire ! –, Phyllis s'était rabattue sur le rôle moins gratifiant de médiatrice, d'organisatrice. Elle se disait « mortellement inquiète » – les enfants ne seraient-ils pas « traumatisés » ? – et semblait redouter que Terence, de par sa docilité même, ou son indifférence, ne fît mauvaise impression.

Elle le grondait un peu au téléphone : « C'est sacrément dur pour nous tous, Terry. Pas seulement pour toi. »

Je veux confesser plusieurs crimes. Je ne sais pas très bien comment m'y prendre. Le premier meurtre se déroula à Trenton, en septembre dernier : la victime s'appelait (s'appelle ?) Eldrick Gill. Le deuxième a eu lieu à Manhattan, en avril dernier : la victime était le fameux poète Quincy Ryder dont la mort, causée par une chute du huitième étage, fut déclarée « accidentelle ». J'ai commis mon troisième meurtre à Queenston, New Jersey, en juillet : cette fois, la victime était un jeune homme nommé Studs Schrieber (Edward Schrieber Jr) que la police croit « disparu ». On retrouvera son corps, en état de décomposition avancée, roulé dans un tapis, au fond d'un ravin, aux abords de la Route 22, dans l'arrière-pays du comté de Hunterdon.

Chacune de ces personnes méritait de mourir. Je n'avais pas l'intention de les tuer. Néanmoins, je l'ai fait. Je souhaite me rendre immédiatement aux autorités compétentes. Je renonce à tout conseil d'avocat. Je plaide COUPABLE. Je coopérerai avec la police. Je ne me pendrai pas avant la fin de mon procès. Cela je vous le promets, salauds de pharisiens. Dieu me vienne en aide.

Il s'éveilla en travers de son lit. Il était abruti, il avait la gueule de bois. Était-ce le téléphone qui sonnait ? Le réveil ? Terence s'assit et plissa les yeux ; une douleur aiguë lui transperçait le crâne. La veille, il avait bu jusqu'à l'inconscience. C'était le matin, mais de quel jour ? Un dimanche ou un jour de semaine ?

Il vit, au milieu des draps froissés, la lettre manuscrite qu'il avait rédigée la nuit précédente. *Je veux confesser plusieurs crimes. Je ne sais pas très bien...* Pris de panique, il s'empara de la feuille de papier et la froissa.

Te fais pas de bile, fils. Ton secret est en sécurité avec nous.

À la fondation, Dieu merci, personne ne savait (ou bien alors savaient-ils ?) que Terence Greene était sur le point de divorcer. Au moment voulu, il faudrait bien en avertir Mrs Riddle et Marcia. Mais elles étaient en vacances, pour l'instant, et ne rentreraient qu'après la fête du Travail. Il restait une seule secrétaire, assise au bureau de Mrs Riddle. Elle venait d'être embauchée et souriait timidement en disant : « Bonjour, docteur Greene ! », mais ses yeux n'en perdaient pas une miette.

La jeune femme était de race noire, mais pas originaire de Haïti comme Jamahl, le vigile du rez-de-chaussée. Ces deux-là avaient déjà sympathisé –, *qu'est-ce que Jamahl avait bien pu lui raconter à propos de Terence Greene ?*

Un matin, au début du mois de septembre, Terence découvrit au milieu d'une pile de courrier une enveloppe mauve parfumée. Son nom et l'adresse de la fondation y figuraient en lettres énormes, tracées à l'encre violette. Au recto et au verso s'étalaient de farouches mises en garde : PERSONNEL ! CONFIDENTIEL !

Terence regarda fixement le cachet de l'enveloppe : elle venait de Trenton, NJ.

Comme un homme se protégeant d'un serpent venimeux, il repoussa la missive d'une chiquenaude en se servant d'un coupe-papier. Aucune force au monde n'aurait pu l'obliger à l'ouvrir, mais il l'ouvrit quand même. Ses mains tremblaient si fort que le contenu de l'enveloppe – des pétales ? des pétales de rose ? – se répandit sur le sol. Il s'accroupit pour les ramasser. Oui, c'étaient des pétales de rose, des pétales odorants, d'un rose sombre ourlé d'ivoire ; cet ivoire glissait tout doucement vers le blanc crème, et l'effet en était si délicieux que ses yeux s'emplirent de larmes. Il murmura : « Non. Non. Non. »

L'enveloppe ne recelait rien d'autre.

Quand Phyllis l'appelait, Terence avait tendance à se montrer vague, affable, poli, *dans son petit monde à lui*. Il se gardait bien *de penser à elle*, elle qui l'avait trahi ; aucune puissance au monde n'aurait pu l'obliger à revoir cette femme, sauf pour exiger d'elle une explication radicale, un *mea-culpa* en bonne et due forme. Et, même dans ce cas, il ne lui pardonnerait jamais, au grand jamais !

« Terry ? » La voix de Phyllis vibrait, comme si elle se trouvait tout à côté de lui. « Quelque chose ne va pas ? Tu m'entends ? Il y a… quelqu'un avec toi ? »

Sans réfléchir, Terence jeta un coup d'œil circulaire dans la pièce (un salon meublé par des inconnus) avant de répondre : « Ici ? Bien sûr que non. »

Finalement, Terence Greene n'y tint plus.

Lors d'un après-midi chaud et humide, peu après la fête du Travail, il décida d'aller jusqu'à Trenton, sans téléphoner au préalable à Ava-Rose Renfrew, se disant en lui-même : *Elle sera là, et rien n'aura changé.*

Ne l'avait-elle pas convoqué auprès d'elle ? Aurait-elle agi ainsi si elle n'avait pas souhaité le revoir ?

Il plaça dans la poche de sa chemise, tout contre son cœur, l'enveloppe parfumée contenant les pétales de rose écrasés et flétris.

Il avait réglé les traites de la maison, même pendant les mois où il n'avait pas vu Ava-Rose, et la famille Renfrew avait dû en être ravie. Il n'avait pas résilié sa police d'assurance de 500 000 dollars.

« Car je l'aime, bien sûr. Je ne vais pas l'abandonner. »

Terence hésitait à se rendre directement au 33 Holyoak Street. Il se souvenait que, lors de sa dernière visite, sa vieille amie Holly Mae Loomis avait clairement tenté de le duper. Il revoyait le jeune cousin d'Ava-Rose, ce garçon qui pourchassait le loulou – quelque chose en lui avait gêné Terence au plus haut point.

Il poursuivit donc sa route jusqu'au centre commercial de Chimney Point, pour voir si Ava-Rose s'y trouvait.

Mais le bazar de Tamar était fermé, et apparemment depuis un bon bout de temps. « C'est impossible ! » Terence se protégea les yeux puis regarda à l'intérieur du magasin. Il y régnait une obscurité vague et poussiéreuse. L'écriteau FERMÉ pendait à un crochet, dans la vitrine, et une légère odeur d'encens lui chatouilla les narines.

Terence tenta d'ouvrir la porte, la secoua ; mais, bien sûr, elle était verrouillée.

Il lui revint à l'esprit qu'un jour – un jour qui lui parut très lointain – il avait subrepticement retourné cette pancarte du côté où était inscrit le mot FERMÉ. *L'avait-on jamais remise dans le bon sens ?*

« Excusez, m'sieur… Vous cherchez quelqu'un ? »

Celui qui l'interpellait ainsi était un homme entre deux âges, corpulent, la peau huileuse. Terence l'avait remarqué un peu plus tôt, lorsqu'il s'était approché du bazar. Il se prélassait à la porte du magasin de chaussures voisin, en mâchonnant un cure-dent. La grossièreté de son regard et sa question prononcée d'une voix traînante mirent Terence de mauvaise humeur. Voulant rester poli, il demanda : « Ce magasin n'est plus ouvert ? Quelque chose s'est passé ? »

L'homme changea la position de son cure-dent, tout en détaillant Terence des pieds à la tête. Ses souliers retinrent tout particulièrement son attention ; ils étaient de bonne qualité, avec des lacets de cuir vert, mais fort usés. Tandis que ses yeux remontaient vers le visage de Terence, ce dernier remarqua leur curieuse teinte jaune. On les aurait crus tachés. « Vous avez une raison précise pour demander cela, m'sieur ? » Son accent était nasillard, un accent du New Jersey très semblable à celui de Tamar.

Terence prit son air le plus désarmant, sourit et répondit : « Je suis un ami des jeunes femmes qui travaillent ici et je me demandais simplement ce que… où elles étaient. Je…

— Vous ne les connaissez pas vraiment, ou alors vous seriez au courant, hein ? »

Terence sentit ses joues s'empourprer. Mais il ne se départit pas de son sourire. L'homme au cure-dent devait être le propriétaire du magasin de chaussures Howard, et si quelqu'un savait ce qui était arrivé au bazar de Tamar c'était bien lui.

Terence déclara : « J'espère que la boutique n'a pas fait faillite…

— Qui vous êtes, en vrai ? »

Terence rougit encore plus. « Pour tout dire, je ne suis qu'un… client. J'ai acheté pas mal d'objets ici, à Tamar et… à l'autre jeune femme, il y a quelques mois – des choses charmantes, vraiment étonnantes – et je… comptais en acheter d'autres. C'est tout. »

Tout en ruminant, le propriétaire du magasin de chaussures changea de nouveau l'emplacement de son cure-dent. « Ah bon.

— Ah bon… quoi ?

— Ah bon, voilà tout.

— Quelque chose s'est-il passé ? Ont-elles ouvert une boutique ailleurs ? »

(Cette pensée désagréable venait de lui traverser l'esprit : et si un rival avait financé le transfert de L'Art de la Beauté dans un centre commercial plus achalandé ? Quel fou il avait été de n'écouter que son orgueil blessé, durant toutes ces semaines !)

Le propriétaire du magasin de chaussures observa, en faisant toutes sortes de simagrées : « Elles sont deux, m'sieur, ou étaient. Pas des sœurs, pour sûr. Pas dans l'affaire toutes les deux.

— Que voulez-vous dire par… "étaient" ?

— Vous cherchez Tamar ou… ? »

Terence dit impatiemment : « Oui, c'est ça. Je cherche Tamar.

— Ouais, m'sieur, ça fait pas de doute, répliqua l'homme en clignant de l'œil, comme si le mensonge de Terence les rapprochait. Sauf que vous avez pas d'chance, alors. Cette petite môme d'Asbury Park – "le boulegogue" comme je l'appelais, juste pour rigoler, elle disait qu'elle était indienne, vous savez, elle portait des "saris" et une drôle de graine rouge dans le nez, on s'entendait bien, même si elle avait un sale caractère pour une môme – eh ben, elle est morte. »

Terence le regarda d'un air absent.

« Elle est morte, c'est pour ça que le magasin est fermé. Définitivement.

— Morte ?

— Ouais ! "Tamar" – comme elle disait s'appeler : c'était pas son nom, sûr – a été retrouvée morte au fond de la boutique, il y a deux mois environ. L'autre, la diseuse de bonne aventure, la hippie, "Ava-Rose", elle l'a découverte le matin suivant, quinze heures après sa mort. Il y a eu un sacré ramdam par ici, vous pouvez en être sûr. » Le propriétaire du magasin de chaussures regarda attentivement Terence, en faisant de nouveau circuler son cure-dent dans sa bouche.

Terence balbutia : « Mais… comment est-elle morte ? A-t-elle été… ?

— Étranglée.

— Étranglée ! Mon Dieu. » Terence s'entendit parler et sa voix était sourde, comme si elle venait de loin. Il avait mal au cœur. Et à la pensée de la pauvre Ava-Rose découvrant le corps de son amie, son malaise ne fit que s'accroître.

« Les flics ont dit qu'il s'agissait pas forcément d'un cambriolage, ou d'un truc comme ça. Il restait pas beaucoup d'argent dans la caisse, mais c'était pas très étonnant : les affaires ont pas marché fort, cet été. » La bedaine de l'homme saillait sous sa chemise blanche ; il poussa un énorme soupir. « Ouais, ça a fait un sacré ramdam par ici, tout a été encerclé pendant des heures. On a eu la télé locale.

— La police a-t-elle une idée de qui… ?

— Qu'est-ce que vous croyez ? On est à Trenton, ici.

— Mais… ils doivent bien avoir une idée. Des soupçons. Je ne peux pas croire…

— Avant, à Chimney Point, y avait pas trop d'crimes. Mais maintenant, avec tous ces nègres camés qui traînent partout. »

Terence se crispa. L'homme s'exprimait avec une telle haine ; ses yeux avaient une lueur jaunâtre. Terence demanda : « La police croit-elle que le crime soit en relation avec la drogue ? D'après votre description, cela ne semble pas être le cas. Si on a retrouvé de l'argent dans la caisse… »

Il n'en fallut pas plus. L'homme se déchaîna soudain en arrosant Terence de postillons. « Les Chaussures Howard sont ici depuis dix-huit ans, j'habite Chimney Point depuis 1957 et je vais vous dire, m'sieur : si j'en avais les moyens, je partirais dès demain. J' vous jure que c'est vrai ! » Pendant plusieurs minutes, il laissa libre cours à sa rage ; le nom de Chimney Point fut tant de fois évoqué que Terence ne put s'empêcher de s'enquérir, comme si cette question venait juste de germer en son esprit : « Excusez-moi… mais pourquoi

“Chimney Point” ? Qu’est-ce que ce nom signifie ? » L’homme furibond interrompit sa diatribe pour expliquer : « Diable, c’est l’ancien crématorium, là-bas – le nom vient de là. C’est un vieux truc énorme, affreux, construit en brique ; on l’a bâti sur cette colline en 1900, et ça fait peut-être quarante ans qu’il est fermé, maintenant. »

Chimney Point… un crématorium !

Une mère et ses deux enfants pleurnichards pénétrèrent dans la boutique de chaussures après en avoir léché la vitrine ; le propriétaire s’en aperçut, s’essuya le visage en toute hâte avec un mouchoir en papier et leur emboîta le pas. Il lança par-dessus son épaule, avec une grimace graisseuse : « Bon ! J’ vous souhaite d’avoir plus de chance la prochaine fois, m’sieur ! »

Terence le regarda partir.

En contemplant la devanture du bazar, il vit une chose qui lui avait échappé auparavant : le magasin était vide. Il avait un aspect lugubre, désolé. Le panonceau FERMÉ couvert de poussière, suspendu à la porte, disait bien ce qu’il voulait dire. Il pendait au bout de son attache, comme si on l’avait accroché là d’un geste négligent, ou même dédaigneux. Terence savait que forcément ce n’était pas lui qui l’avait placé ainsi – et pourtant ?

Zone interdite. Jury non admis.
Mais… qui le saurait ?

Terence roulait vers l’ouest sur Holyoak Street. Il traversa les quartiers ouvriers, un no man’s land parsemé de petites usines, de chantiers de chemins de fer, de terrains vagues ; en passant devant les murs carbonisés de l'église méthodiste, et la sinistre maison de correction de Chimney Point, une forte appréhension le saisit. Il n'avait pas revu Ava-Rose Renfrew depuis l'épisode humiliant de l'église de la Sainte-Apocalypse, il ne l'avait même pas eue au téléphone – comment l'accueillerait-elle aujourd'hui ? Les pétales de rose glissés dans l'enveloppe parfumée étaient un signe, *mais quel genre de signe, exactement ?*

Il traversa le carrefour où s'alignaient plusieurs petites boutiques, aperçut dans un frisson l'ancien cimetière à l'abandon et, au sommet d'une colline boisée, une vieille bâtisse lugubre en briques tachées, de couleur fauve, surmontée de hautes cheminées noires de suie – le crématorium.

Il continua son chemin.

Aussi anxieux que la première fois où il avait pénétré dans ce quartier de Trenton. Quelle audace, au beau milieu du procès ! Il avait sciemment violé les instructions du juge. Terence avait eu si peur d'être découvert et renvoyé du jury – « démasqué publiquement ». Comme cette inquiétude paraissait superflue, avec le recul. Car, bien sûr, personne ne savait. *Personne n'était là pour le voir.*

Terence avait compris sur le tard que nous habitons un monde d'apparences en constante mutation, rempli d'écrans, de miroirs se réfléchissant à l'infini. Dans ce monde illusoire, une brute pouvait être abattue en s'enfuyant après son crime, une femme désespérée pouvait se pendre pour échapper à un destin injuste ; dans ce monde, un homme pouvait disparaître, se dissoudre dans une rivière, sans que personne l'apprenne, sans que personne s'en inquiète.

Un autre pouvait faire une chute mortelle et périr dans une terreur indicible ; cette chute serait ensuite interprétée comme l'« inévitable trajectoire d'une destinée poétique » (car, à présent, les amis et admirateurs de Quincy Ryder s'accordaient à dire que le poète ne s'était pas seulement suicidé, mais qu'il avait préfiguré son acte dans son œuvre, et ce dès son premier livre) ; une autre victime pouvait se vanter : *Je fais c' que j' veux, mec, comme toi…* tout en recevant un coup mortel sur le crâne. (La torche ne s'était-elle pas brisée, dans la main de Terence, avant de rejoindre le corps enroulé dans le tapis et de basculer dans un ravin rempli d'ordures ? Quel rêve affreux !)

Dans ce monde, une jeune femme pouvait être étranglée par des mains anonymes, les mains d'un meurtrier, *n'appartenant à personne*.

Mais c'était aussi un monde où un amant pouvait se laisser guider – comme un homme caché sous l'eau suit le chemin que lui dictent les mouvements capricieux de la paille le reliant à l'air libre – par le parfum de quelques pétales de rose.

Un monde où un homme pourrait trouver le bonheur, tout compte fait. Un homme qui recherche la Justice depuis toujours.

Je n'avais jamais réalisé, jusqu'à ce jour, que *la justice c'était moi*.

Terence fut soulagé de constater que la vieille baraque des Renfrew avait si peu changé – malgré l'argent qu'il leur avait donné pour les réparations, durant toute l'année précédente.

Les lumières de Noël figuraient à la même place, enroulées autour de leurs poteaux vermoulus ; nombre d'entre elles étaient cassées. Dans la véranda bancale s'alignaient le même canapé, les mêmes chaises, les mêmes vieilleries. Sur la façade, les parties repeintes et restaurées alternaient avec d'autres plus anciennes, et tout était pareillement surchargé de rosiers grimpants et de vigne vierge. La jungle cultivée de Holly Mae Loomis débordait jusque sur le trottoir, dans un enchevêtrement de couleurs. Terence aspira une bouffée de ce parfum riche et capiteux.

Rien de plus magnifique.

Il s'était garé dans l'allée défoncée, derrière la Corvette jaune (qui semblait quelque peu abîmée : le pare-chocs arrière était fortement enfoncé et le tuyau d'échappement pendait) ; en sortant de sa voiture, il vit, sur le toit pentu de la maison, une silhouette à demi nue qui grimpait – le jeune homme, Randy Lee Turcoe ? –, torse élancé, très tanné, cheveux noirs brillants tombant sur les épaules. Le garçon baissa les yeux et regarda Terence bouche bée tandis que ce dernier levait la tête pour le regarder bouche bée lui aussi. Puis il le reconnut, et lui lança un bonjour enfantin : « Hé ! Hé oh ! C'est vous, hein doc ? »

Terence lui retourna son bonjour d'un geste timide. « Salut, Randy Lee. »

Randy Lee s'accroupit sur la pente du toit ; quelque chose de blanc le dépassa à toute vitesse ; mais, d'une main preste, il l'attrapa et leva l'animal qui se débattait, pour le montrer à Terence – c'était un gros chat angora d'une blancheur éclatante, doté d'une remarquable queue empanachée. Il cria : « Cette petite salope n'arrête pas de grimper ici, mais je l'ai eue ! Jolie bête, pas vrai, doc ? »

Terence s'étira le cou en arrière, tout en se protégeant les yeux d'une main. En effet, ce chat angora était fort beau.

Et Randy Lee Turcoe, que Terence avait totalement oublié, était le plus beau jeune homme qu'il lui eût été donné de voir en chair et en os.

La porte s'ouvrit avec fracas, et Holly Mae Loomis apparut. Elle portait un bleu de travail trop grand pour elle, un T-shirt et un foulard noué autour de la tête. « Seigneur, ça serait pas le Dr Greene ? C'est une sacrée bonne surprise – juste à temps pour notre pique-nique ! » Holly Mae souriait d'un plaisir non feint. Malgré son bras gauche en écharpe, elle était restée la même. Elle se retourna à demi, et cria de toute la force de ses poumons, d'une manière enthousiaste qui ne pouvait manquer de flatter Terence : « Ava-Rose ma chérie, viens donc ! Vite ! Y a quelqu'un pour toi ! »

Terence gravit d'un bond les marches branlantes de la véranda et serra la main de Holly Mae. Comme c'était bon de la revoir ! Elle avait l'air en forme, malgré sa blessure ! Ses cheveux cuivrés étaient teints de frais, ses joues resplendissaient. Quand Terence lui demanda ce qui avait bien pu arriver à son bras, elle soupira, roula des yeux et dit qu'elle avait eu un accident, en quelque sorte – « Un escalator, au centre commercial de Quaker Bridge, s'est mis à... bouger dans tous les sens, et je suis tombée. À mon âge, mieux vaut ne pas se fier à ces sales machines. »

Terence s'exclama : « Mais, Holly Mae, c'est terrible. Vous avez mal ?

— Eh bien, pas tout le temps. Mais mon cœur en a pris un coup, il s'emballe pour un rien.

— Y a-t-il eu des témoins ?

— Diable oui. Mais je n'ai pas leurs noms. »

À ce moment-là, derrière Holly Mae, surgit Chick avec ses larges épaules, ses cheveux blonds et son sourire moqueur. Tout excité, il cria vers l'intérieur de la maison : « Hé, Ava-Rose ! C'est lui ! », puis se précipita dans la véranda, et tendit sa main à Terence avec une spontanéité toute masculine et fort impressionnante. « Vraiment content de vous revoir, docteur ! Ça fait un bout de temps ! On pensait que quelque chose vous était arrivé.

— Chick, je suis très heureux de te voir. »

Terence remarqua que le garçon avait grandi. Sa voix était devenue très grave, et son menton se couvrait d'une courte barbe blonde. Ses cheveux étaient coupés si court que sa tête semblait toute petite par rapport à ses épaules. « Ouais, mec, on s' faisait du souci, un peu. On croyait que quelque chose vous était arrivé. »

Terence lança gaiement : « En fait, je vais bien. »

Holly Mae renchérit : « Et vous en avez l'air.

— Pas mal de choses ont changé dans ma vie, depuis notre conversation de l'autre jour. Si j'ai fait de la peine à Ava-Rose, ou à l'un d'entre vous, croyez bien que je le regrette. Je… »

C'est alors qu'apparut Ava-Rose. Elle courait, hors d'haleine, la main posée sur sa gorge ; ses magnifiques cheveux châtains se balançaient dans son dos.

« Comment avez-vous pu rester si longtemps loin de moi, Te-rence ? Vous m'avez presque brisé le cœur.

— Je… ne savais pas. Je croyais…

— Une nuit où je broyais du noir et où je m'apitoyais sur mon sort, tantine m'a dit : "Tu es d'un orgueil indécrottable, c'est ton problème, ma fille." Alors, mes yeux se sont ouverts, et j'ai vu qu'elle avait raison. Dans *Le Livre du millénaire*, il est écrit : "L'orgueil n'est que cendres dans la bouche", et moi, dans ma folie, je n'en avais pas reconnu le goût ! Du coup, la première chose que j'ai faite, le lendemain, a été de cueillir une rose dans le jardin de tantine et de vous l'envoyer. Oh, Terence, j'avais presque oublié comme il est bon de se faire humble, de se purifier par la modestie. Je me suis vidée de tout l'orgueil dont l'amour peut vous remplir.

— Et vous m'aimez vraiment, Ava-Rose ? Ce n'est pas un rêve ? »

Comme une petite fille, Ava-Rose se mit à rire, enlaça Terence et couvrit son visage de gros baisers sonores. « Peut-être est-ce un rêve, répliqua-t-elle dans un chuchotement rauque, mais nous y sommes tous les deux, serrés l'un contre l'autre. »

Ava-Rose, ma chérie.
Ava-Rose, ayez pitié.

Quand enfin ils quittèrent la chambre d'Ava-Rose et descendirent pour rejoindre les autres, les heures avaient passé. C'était le crépuscule. Tout le monde était rassemblé dans la cour arrière. On préparait le pique-nique dans une ambiance survoltée ; partout ce n'étaient que voix bourdonnantes, éclats de rire ;

en reniflant l'odeur de la viande grillée, Terence se mit à saliver. L'amour avec Ava-Rose l'avait laissé épuisé, affamé !

L'air était encore doux. Il n'y avait pas de vent hormis, de temps à autre, une légère brise venue de la rivière.

La famille célébrait la fête du Travail, expliqua Ava-Rose, qui ajouta : « Un peu tard. »

Elle avait enfilé une blouse légère qui s'arrêtait aux genoux ; le tissu en était presque transparent et, dessous, ses seins pâles semblaient flotter. Ses longues jambes étaient nues, ainsi que ses pieds. Elle avait enlevé tous ses bijoux, sauf ses nombreuses bagues, et ne les avait pas remis ; ses cheveux humides et emmêlés tombaient en cascade dans son dos. (Terence et elle s'étaient rapidement douchés ensemble à l'étage.) Ava-Rose passa son bras sous celui de son amant et le conduisit vers la troupe des Renfrew en lui murmurant à l'oreille : « Maintenant, ne soyez pas timide, Terence. Ce sont tous vos amis. »

Et Terence ravi, émerveillé, s'aperçut que c'était vrai.

Lily Pancoke s'avança pour le saluer et lui présenter sa grande fille Flossie ; Donna, une jolie adolescente aux cheveux longs, d'environ seize ans, moulée dans un jean taille basse et un corsage bain-de-soleil, posa un gros baiser mouillé sur la bouche de Terence ; puis vint captaine uncle Riff, la barbe bien taillée, portant un tablier blanc taché de sang, une grande toque de chef cuisinier, et brandissant une énorme fourchette à deux dents – « Heureux de vous accueillir de nouveau à bord, fils. » Parmi tous ces visages, il y en avait un que Terence avait totalement oublié, depuis un an – il appartenait à Ronnie Reuben, la voisine qui avait témoigné contre T. W. Binder. Corky Reuben, le conjoint de Ronnie, l'accompagnait. Et tant d'autres, de nouveaux visages, de nouveaux noms. « Enchanté d' vous connaître, docteur » « Très honoré, docteur ! » On serra la main de Terence à qui mieux mieux. Buster se dressa sur ses pattes arrière, et passa sa longue langue souple sur la figure de Terence. Holly Mae Loomis donna à Terence un énorme hamburger débordant de ketchup, et Chick lui tendit un verre rempli à ras bord de bière Chimney Point, la spécialité de captaine uncle. Randy Lee, toujours torse nu, et déchaussé comme Ava-Rose et la plupart des autres jeunes gens, arriva avec une assiette en carton pleine de salade de pommes de terre, de chou cru, de betteraves au vinaigre et de salade Waldorf. La voix de Randy Lee était trop douce pour que Terence l'entende parmi le brouhaha ; aussi s'installèrent-ils à l'écart de la foule, dans l'herbe haute. Randy Lee déclara en rougissant : « J' voulais seulement dire que c'est pas mes affaires, mais je suis content que vous vous soyez remis avec Ava-Rose, docteur. Vous avez manqué à cette pauv' gosse. »

Terence répondit chaleureusement : « Eh bien, elle m'a manqué aussi. Vous m'avez tous manqué. »

En entendant son nom, Ava-Rose, qui était en train de bavarder avec la fille de Lily Pancoke, s'avança vers Terence et Randy Lee, glissa un bras de propriétaire autour de la taille de Terence et tendrement, mais non sans rudesse, pinça le nombril de son beau cousin aux cheveux longs. « Toi, Randy Lee ! Ne raconte pas d'histoires sur mon compte, ou j'en dirai une ou deux te concernant. »

Darling le perroquet fondit sur la table du pique-nique, à grand renfort de criaillements et de claquements d'ailes ; chacun dut amorcer un plongeon pour l'éviter. Puis il s'en alla en emportant un bout de viande accroché à ses serres.

Des enfants que Terence n'avait jamais vus jouaient à cache-cache en courant et riant comme des fous.

La lune brillante montait dans le ciel ; elle apparut derrière le toit. Terence leva la tête, cligna des yeux et sourit.

Je n'ai jamais été si heureux. De toute ma vie.

Il n'était pas saoul, mais quand même un peu gris. La bière brassée par captaine uncle lui monta vite à la tête, les baisers d'Ava-Rose le laissèrent étourdi, pantelant. *Je veux vivre, je veux vivre éternellement, s'il vous plaît, ayez pitié.* L'une des filles – était-ce Donna, ou bien une autre, légèrement grassouillette, avec une poitrine très généreuse ? – se précipita vers Terence et lui saisit la main ; un disque de rock passait à fond. Des rires, des cris fusèrent. Les gens commencèrent à se trémousser ; malgré son bras en écharpe, Holly Mae elle-même, emportée par l'ambiance, frappait du pied pour marquer le rythme. Comme un gamin espiègle, Chick lança une guirlande d'allumettes japonaises qui explosèrent au faîte d'un saule pleureur ; les étincelles aveuglantes et le crépitement des pétards surprirent tellement les fêtards qu'ils en restèrent bouche bée.

« Dieu nous vienne en aide, je croyais que c'étaient des coups de feu ! » Lily Pancoke, chancelante de frayeur, posa la main sur sa poitrine.

La musique était proprement assourdissante. Terence avait-il déjà dansé ainsi ? Il trébucha, se redressa, se débarrassa vite de ses chaussures et dansa en chaussettes ; puis il ôta ses chaussettes pour danser pieds nus, comme les jeunes. Son cœur bondissait dans sa poitrine.

Ava-Rose le rejoignit. Essoufflée, elle riait comme une folle, son joli visage embrasé par l'effort. Terence avait dû faire un geste comique et touchant, car Ava-Rose s'arrêta pour lui saisir la tête entre ses deux mains et lui déposer un baiser sur la bouche. Un parfum de talc et de musc monta de ses aisselles.

Près d'eux, le beau Randy Lee frétillait des épaules et secouait vigoureusement les hanches et le bas-ventre. Il dansait seul et semblait ne pas s'en soucier. Ou bien était-il jaloux de Terence Greene et de sa cousine – les épiant à travers ses longs cils, tandis qu'il tournoyait dans son coin, la tête penchée en arrière, sa crinière sombre flottant au vent ?

Les femmes emportaient les assiettes en papier sales, les reliefs de nourriture. Buster dévorait à belles dents un morceau tombé par terre ; et le chat angora blanc, sur ses pattes de velours, traversa la table du pique-nique, en dressant bien haut son élégante queue empanachée.

Captaine uncle Riff avait ôté sa toque de chef cuisinier. Sa haute silhouette se profilait dans le clair de lune. Il adopta un air solennel. Tandis que les convives se regroupaient autour de lui, il porta un toast à Terence et Ava-Rose ; et chacun leva son verre en leur honneur.

« Mes enfants, je vous souhaite une vie longue et heureuse ! Soyez bénis.

— Merci, captaine uncle. » Terence, profondément ému, tendit son verre en direction du vieil homme et but avidement. Le breuvage sombre et amer lui brûla les entrailles. Ava-Rose se pelotonna au creux du bras de Terence et prit une gorgée de bière. En effet, elle était *forte.*

Darling le perroquet, perché sur la branche d'un arbre voisin, secoua ses ailes rognées et trompeta : « SOOOYEZEN PAIIIIX ! SOOOYEZEN PAIIIIX ! »

Il se faisait tard. L'air de la nuit était humide et embaumé, avec un arrière-goût métallique. La lune avait déjà bien entamé sa course dans le ciel.

Un bain de minuit ! Aussitôt, le cri fut repris par les plus jeunes. *Oui, oui ! Un bain à la Pointe !*

La rivière coulait non loin de là. Ils se mirent à courir. Terence, s'efforçant de ne pas se laisser distancer, entourait d'un bras la taille d'Ava-Rose ; cette dernière le tenait de même. Il trébucha, et fit une grimace de douleur. Bon Dieu ! Ses plantes de pied étaient si tendres, il éprouvait un mal fou à marcher déchaussé comme les autres, sur ce mauvais sentier caillouteux.

Le chemin qui descendait jusqu'à la rive devint de plus en plus raide. Ils traversèrent un tunnel de branches basses et de buissons épineux, et débouchèrent sur le fleuve – la Delaware était si large, vue de là. Terence Greene avait l'impression de la découvrir. Certes, les circonstances étaient inhabituelles : il était à pied – pieds nus, plus exactement – et dans un état d'excitation proche de l'euphorie. Comme le fleuve était large et magnifique ! Quel merveilleux spectacle sous le clair de lune ! Terence, hypnotisé, ne pouvait en détacher son regard.

Du côté Pennsylvanie, de rares lumières brillaient. C'était fort étrange. La rive opposée semblait lovée dans les ténèbres. On l'aurait crue presque inhabitée. Mis à part le courant rapide qui agitait les eaux de la rivière, tout était tranquille.

Une lueur argentée recouvrait tout ; on aurait dit que cette lumière étrange émanait de chaque élément du paysage. Seul le vieux pont de chemin de fer, qui enjambait la rivière à cinq cents mètres sur la gauche, écrasait le panorama de son énorme masse sombre ; ce pont n'était pas éclairé, et son ombre flottante bondissait dans l'eau noire comme de l'encre.

Ils semblaient avoir tous l'habitude – tous sauf l'ami d'Ava-Rose, le Dr Greene – de s'élancer de la langue de sable éparse appelée la Pointe, pour nager jusqu'à la première pile en béton soutenant le pont. À la base de cet édifice saillait une corniche. C'était là que la course s'achevait. Terence avait du mal à évaluer la distance – « Diable, ce n'est rien. À la piscine, je parcours trois fois cette longueur. »

Et pourtant : le grand bonheur qu'il venait de goûter l'avait anéanti. Sa tête était totalement vide.

Et pourtant : *Pourquoi suis-je ici, qui sont ces gens, ces inconnus ?*

Il avait peur de se déshabiller devant les jeunes, il avait peur de nager nu. Ils se moquèrent de lui et le taquinèrent gentiment, comme des enfants, comme ses propres enfants auraient pu le faire autrefois. Ava-Rose lui chuchota à l'oreille qu'elle était gênée, elle aussi, mais… « "La honte elle-même te sera enlevée, à la fin." »

Le rire de Terence se mêla à ceux des autres. Chick, qui paraissait fin saoul, ôta son T-shirt noir et le brandit comme un drapeau. « Youpi ! J' vais tous vous battre ! »

Randy Lee n'avait que son jean à enlever – en dessous, il était nu et blanc comme un molluque arraché à sa coquille. La pâleur nacrée de ses fesses formait un étonnant contraste avec son dos bronzé.

Tout en riant et mordillant sa lèvre inférieure, Ava-Rose dégrafa courageusement la ceinture de son léger vêtement, qui glissa le long de ses jambes et tomba sur un rocher. Terence, en train de s'escrimer sur les boutons de sa chemise, avait du mal à la regarder, tant elle était jolie.

Et Randy Lee était si beau, avec son corps parfaitement proportionné, sa poitrine presque imberbe, et son visage ciselé comme celui d'un saint Jean-Baptiste.

Ne regarde pas.

Une substance chaude et acide monta dans la gorge de Terence. Il crut vomir, mais ravala très vite sa bile.

Hurlant de rire tels des gosses déchaînés, Ava-Rose et Randy Lee aidèrent Terence à se dévêtir. Ils lui otèrent son pantalon. Son caleçon. Alors c'était décidé, oui, il nagerait avec les autres.

Il n'y avait pas de plage à la Pointe de Chimney Point, pas même du sable, juste des rochers, de grands rochers pleins de creux et de bosses, couverts de mousse gluante, et des galets éparpillés. Des débris de polystyrène coincés entre les pierres flottaient près de la rive.

Les vagues étaient lourdes et chargées d'écume. Mais parfois elles s'agitaient et se faisaient violentes.

Il n'y avait pas de vent. Cependant, une vague sur cinq giflait les chevilles de Terence assez fort pour qu'il éprouve une sensation de piqûre.

Une légère odeur de soufre se répandit. Une brise presque imperceptible, à peine plus qu'un frémissement, effleura son visage et son corps embrasés – son torse, son ventre, son sexe, ses cuisses maigres et musclées. Apeuré, il vacilla. *Tu peux encore faire demi-tour.*

Les restes d'Eldrick Gill reposaient tout au fond du fleuve, au large de la Pointe. Mais où étaient-ils exactement ?

Donna, la fille au regard farouche, et une autre qui dissimulait sa poitrine d'un geste timide, s'écrièrent : « Vous venez, oui ou non ? » Elles entrèrent dans l'eau en s'éclaboussant et en poussant des cris stridents.

Chick, si grand, si musclé qu'il semblait plus nu que les autres, avait grimpé sur une éminence, pour que tout le monde le voie plonger. Il s'élança dans la rivière en entonnant une tyrolienne, et on vit émerger plusieurs mètres plus loin sa tête, lisse comme celle d'un phoque ; il nageait en donnant de grands coups de battoir avec les mains et les pieds.

Ava-Rose agrippa la main droite de Terence, Randy Lee sa main gauche, et ils l'entraînèrent. L'eau clapotante à l'odeur nauséabonde mouilla ses genoux, puis ses cuisses. Ava-Rose s'écria : « Oh, Seigneur, elle est froide ! » et Randy Lee répliqua : « Nooon, elle est tiède, pas vrai docteur ? »

Terence déclara : « Elle est… parfaite. »

Tous trois se jetèrent à l'eau et commencèrent à nager. D'abord ils restèrent sur une même ligne, en coordonnant leurs mouvements. Puis Randy Lee s'éloigna, et Ava-Rose le suivit de sa brasse papillon un peu désordonnée. Terence, malgré son entraînement, se laissa distancer. Le fleuve était étonnamment froid, comparé à l'air moite ; les vagues épaisses, puissantes, n'avaient rien à voir avec la belle eau bleue chlorée de l'Athletic Club de Queenston. On aurait dit que leurs substances étaient différentes. Terence paniqua, son corps semblait ne plus lui appartenir ; il pesait des tonnes, comme celui d'un inconnu qui, sachant à peine nager, s'affolerait en brassant l'eau, les doigts écartés, sans parvenir à avancer. Oui, son corps était de plomb, son ventre gonflé de nourriture et de liquide ; les muscles de ses épaules lui faisaient mal comme s'il n'avait pas pris d'exercice depuis des mois. *Tu peux encore faire demi-tour : il n'est pas trop tard, tu peux t'en sortir.* Mais il n'était pas question d'abandonner et de se couvrir de honte devant les jeunes Renfrew.

Pas question non plus de les appeler à son secours. À bout de souffle, tentant de recracher l'eau qui emplissait sa bouche, il aurait pourtant pu les supplier – *Ava-Rose ! Randy Lee ! Attendez !*

Devant, il aperçut les autres. Ils étaient au moins cinq ou six, qui nageaient en s'éclaboussant gaiement et fendaient l'eau ridée, ourlée de rayons de lune. Bientôt, ils se fondraient dans l'ombre du pont. Terence plissa les yeux pour en chasser l'eau qui les aveuglait. Il discernait à peine les corps pâles s'agitant plusieurs mètres devant lui ; leurs pieds nus battaient l'écume, leurs jambes musclées fendaient l'eau telles des épées, leurs bras lançaient des éclairs. Si seulement il était comme eux, s'il avait été l'un d'entre eux ! Ses poumons semblaient sur le point d'exploser, son cœur cognait désespérément, sans parvenir à oxygéner son cerveau. *C'est une question de vie ou de mort, je ne ferai pas demi-tour.* Elle l'avait déjà abandonné une fois, dans un monde vide, hostile – *Le fils de Hettie ! Le fils de Hettie !* autrefois, quand il était un petit enfant sans forces et sans voix. Mais, cette fois, il ne la laisserait pas faire, il s'agripperait à elle, il la garderait, oh, Dieu qu'il l'aimait ! il l'aimait plus que sa propre vie, car sa vie ne signifiait rien sans elle ! À présent, il était trop tard pour faire demi-tour. Il le savait et en éprouvait un certain réconfort, un soulagement. Il était trop loin pour songer à revenir. Les vagues épaisses le giflaient, le cognaient, le malmenaient. Comme les poings d'un homme en colère. *Une question de vie ou de mort*. Il nage, et son corps traverse la clarté lunaire éparpillée sur l'eau comme des morceaux de vaisselle brisée. Il avale de l'eau, suffoque, ne peut faire autrement que respirer par la bouche, son souffle est haché tel un tissu qu'on déchire, ses jambes pèsent lourd, et des crampes tordent ses épaules comme si ce corps n'était pas le sien, comme s'il était emprisonné dans la peau d'un inconnu. Seuls ses sens demeurent intacts, en alerte. Devant lui, les silhouettes agiles fendent l'eau traîtresse et atteignent en un clin d'œil l'ombre du pont. Leurs pieds blancs lancent des éclairs, leurs jambes s'envolent devant ses yeux – *Au secours ! Ne me laissez pas ! Attendez !*

C'est alors qu'une chose incroyable se produisit. Le désespoir, la terreur mortelle qui l'étreignaient provoquèrent en lui une sorte de sursaut. L'adrénaline monta jusqu'à son cœur, l'oxygène afflua dans son cerveau. Il retrouva son adresse et son assurance ; les mouvements frénétiques de ses bras, le battement de ses jambes se firent plus puissants. *Oui ! Comme cela ! C'est bien !* Il voulait y arriver, malgré l'épuisement. Il n'abandonnerait pas, il ne coulerait pas. Il ne se noierait pas. Quelque six mètres devant lui, les autres grimpaient la corniche. Terence, lui, redoubla d'efforts. Les vagues le ballottaient, le frappaient, mais il nageait comme on le lui avait appris, comme son oncle Frank le lui avait appris, la tête bien dressée. Garde le rythme, respire par le nez, ne panique pas, regarde droit devant toi et ne ferme pas les yeux. Suffoquant, avalant toujours cette eau empoisonnée au goût exécrable, il continua son chemin – il n'abandonnerait pas !

Le corps élancé d'Ava-Rose surgit de l'eau. À bout de souffle, elle se hissa en riant sur le rebord en béton à demi écroulé. Randy Lee l'aida à se rétablir ; ils entendirent l'appel de Terence, et se retournèrent comme s'ils l'avaient oublié. Ils se penchèrent pour contempler, non sans une certaine perplexité, l'homme qui se débattait dans l'eau. À présent, les Renfrew, alignés en rang d'oignons au bord de la corniche, étaient tous là, à observer le malheureux Terence Greene. Leurs visages pâles luisaient dans l'ombre profonde du pont.

Chose incroyable, Terence avait réussi à nager jusqu'au pied même de la corniche, là où des tuyaux rouillés s'élançaient comme des clous géants à travers l'eau clapotante.

Terence hoqueta : « Ava-Rose, donnez-moi la main ! »

Il se tendit vers elle de toutes ses forces ; le bras qu'il brandit devant la jeune femme était agité de tremblements. Son souffle n'était plus qu'une série de frissons. Ses mâchoires se crispèrent dans un sourire. Il était très fatigué, plus fatigué qu'il ne l'avait été de toute sa vie ; et pourtant, même dans un moment pareil, Terence trouvait la force de sourire. Il les avait bien eus, ça oui, et il leur réservait encore d'autres surprises.

« Ava-Rose, aidez-moi ! Je vous aime. »

Sur le visage impénétrable d'Ava-Rose, lissé par l'eau de la rivière, se dessina une expression aussi furtive que du vif-argent. Puis elle éclata d'un rire impétueux. « Ça alors, Te-rence, vous êtes un excellent nageur ! » – et elle tendit sa main à l'homme épuisé pour l'aider à se hisser jusqu'à la corniche, à ses pieds.

Table

L'assignation 13
Le procès 47
« Papa m'a regardée sans me voir » 109
Chimney Point 139
L'amant 197
« Tout est possible… » 245
« … Car tout est écrit » 283
Repentir 317
Double délice 353
Dénouement 393
L'assignation 417

Composition et mise en pages
Nord Compo à Villeneuve-d'Ascq

Impression réalisée à Barcelone par

BLACKPRINT

en mars 2015
pour le compte des Éditions Archipoche

Imprimé en Espagne
N° d'édition : 342
Dépôt légal : avril 2015